CES GENS DU BEAU MONDE

Paru dans Le Livre de Poche :

LE BAL DES GUEULES NOIRES
LA FILLE DE LA RAMIÈRE
LA GANTIÈRE
LA MONTAGNE SACRÉE

En collaboration avec Danielle Magne :

LE CAFÉ DE CAMILLE

DANIEL CROZES

Ces gens du beau monde

ROMAN

ÉDITIONS DU ROUERGUE

© Éditions du Rouergue, 2002.

1

Alors que le repas s'achevait, la cuisine du domaine résonnait de chants et de rires au point que personne n'entendit les douze coups de minuit à la pendule. Pendant deux jours, sous un beau soleil d'automne, le personnel de la ferme de Lunet et quelques femmes du bourg de Sainte-Croix, recrutées par le maître-valet, avaient coupé du raisin sans relâche dans les vignes du château. Avant de passer à table, des hommes en chemise avaient foulé les grappes. Maintenant que les comportes étaient nettoyées et s'alignaient devant les remises, les convives prenaient le temps de déguster des gâteaux qu'Estelle avait déposés sur les tables avant de remplir à nouveau les cruchons de rouge. À l'instant où elle avait rejoint la salle, les conversations avaient cessé chez les hommes comme à chaque fois qu'elle était apparue à la cuisine depuis le début de la soirée, et les regards s'étaient concentrés sur elle avec tant d'insistance que son père en avait éprouvé de l'agacement : il s'était alors efforcé d'aiguiller les discussions sur la prochaine battue aux renards pour détourner l'attention. Eugène Savignac, maître-valet de Lunet, cherchait à protéger sa fille des convoitises qu'elle suscitait parmi le personnel et les hommes du bourg. Estelle était une belle rousse, aux pommettes piquetées de son, aux prunelles vert céladon et aux fossettes rieuses, qui séduisait par son entrain, son humeur espiègle et une grâce que beaucoup de femmes enviaient. Elle coiffait sa longue chevelure en chignon mais la dénouait le soir, à son retour du château où la famille Ballard l'employait comme lingère : la lumière des lampes au cours du repas puis des flammes de la cheminée lorsqu'elle avait rejoint le *cantou* pour la veillée, illuminait alors ses mèches de reflets cuivrés, attisant les désirs. Certains domestiques la déshabillaient du regard tandis qu'ils tressaient de l'osier dans la pénombre. À l'inverse, parce qu'elle leur paraissait inaccessible et peut-être diabolique, d'autres la maudissaient pour sa beauté provocante ; ils la fuyaient comme si elle semait le malheur. N'était-elle pas la seule femme rousse du pays ?

Estelle amena encore du marc aux convives et s'installa près du feu pour feuilleter *L'Union catholique*, quotidien conservateur de l'Aveyron que les Ballard l'autorisaient à emporter le soir à la ferme. Ce journal de quatre à huit pages selon les jours, publié à Rodez sous l'égide de l'évêché, la passionnait en dépit de son esprit polémique et de sa présentation austère. Peu réceptive aux idées qu'il défendait, elle s'intéressait avant tout à la rubrique des nouvelles du monde qui parvenaient jusqu'à Rodez par un « fil télégraphique spécial ». Sans quitter Lunet où elle était née vingt et un ans plus tôt, elle pouvait voyager de la France au Japon et à la Russie, de la Chine aux Amériques. Le moindre événement piquait sa curiosité comme le naufrage du paquebot *La Seyne* au large de Singapour, le passage dans le ciel de Nouméa de la comète de Halley, la visite du tsar Nicolas II à Paris, les obsèques du roi Édouard VII d'Angleterre. Ce soir-là d'octobre 1910, l'annonce de la mort du fondateur des grands magasins *La Parisienne* attira son attention. « Hier, à son domicile de l'avenue de Messine, Félix-Édouard Savignac est décédé à l'âge de quatre-vingt-huit ans. Propriétaire-fondateur des grands magasins *La Parisienne*, il les dirigea en personne jusqu'à son soixante-quinzième anniversaire... »

« Je le croyais mort ! » murmura-t-elle.

Enfant, à la fin d'un repas du dimanche ou à la veillée, Estelle avait souvent entendu son père raconter les années parisiennes de la famille Savignac depuis le départ du grand-père Félicien et ses débuts de cocher de fiacre dans la capitale jusqu'à la maladie de la grand-mère Euphrasie, sans oublier l'entrevue que Félicien avait obtenue du fondateur de *La Parisienne* lorsque son épouse avait séjourné à l'hôpital à trois reprises en quelques mois pour y être soignée d'une pleurésie. Félix-Édouard Savignac, sensible à sa détresse, s'était spontanément proposé de l'aider. Fidèle à une réputation de philanthrope qu'il savait entretenir, il avait pris à sa charge tous les frais d'hôpital, les honoraires des médecins et les dépenses de pharmacie. Après avoir constaté que les deux familles étaient originaires du Carladès, aux confins de l'Aveyron et du Cantal, il avait glissé à Félicien : « Nous sommes sûrement cousins ! » Puis il avait ajouté en le raccompagnant : « N'hésitez pas à me solliciter en cas de besoin... » Quelques années plus tard, Félicien avait suivi ses conseils au moment de la mort de sa femme mais sa secrétaire l'avait empêché de l'approcher; il n'en était pas moins demeuré convaincu qu'ils étaient cousins.

Les flammes avaient faibli. Avant de poursuivre sa lecture, la jeune femme rechargea le feu. Aussitôt les étincelles fusèrent en gerbe tandis que les billots de bois sec crépitaient.

« Ne gaspille pas ! gronda Eugène. Il est tard... »

Sa fille ne l'entendit pas, penchée sur son journal et absorbée par ses découvertes. « Mécène, amateur d'art, il possédait une collection de tableaux, bronzes et gravures qu'il lègue à l'État, à l'exception d'une dotation spéciale qu'il réserve à son ami, Pierre Beauregard ; il a décidé de consacrer la somme de deux millions de francs à l'installation de ces œuvres dans les salles du musée du Louvre et d'allouer, en outre, trois millions de francs à la ville de Paris pour compléter le fonds de ses musées. Dans son élan de générosité, le propriétaire-fondateur de *La Parisienne* n'a pas oublié ses deux mille employés qui se partageront un million de francs, ni les pauvres de la capitale qui recevront 200 000 francs. Quoiqu'il ait attribué la somme de trois millions de francs à l'ancien président du Conseil, Grégoire Monin, l'essentiel de sa fortune revient à Pierre Beauregard qui occupe actuellement la direction de la manufacture des Tabacs de Paris et qu'il a choisi par ailleurs comme son exécuteur testamentaire : il hérite ainsi de son hôtel particulier de l'avenue de Messine et d'une somme de quinze millions de francs qu'il devra partager avec des parents proches ou lointains du défunt qui pourraient se trouver dans le besoin ; ce dernier a déclaré, après l'annonce du décès de son ami, qu'il respecterait cette disposition à la lettre, incitant des cousins ou petits-cousins du défunt dont il ignorerait l'existence mais qui connaîtraient des difficultés à se manifester... »

De l'éloge du fondateur de *La Parisienne*, Estelle ne retint que cette dernière phrase. Sourde aux chansons paillardes que des domestiques entonnaient maintenant à pleine poitrine, battant la mesure avec leurs sabots ferrés, elle la répéta à mi-voix pour se prouver qu'elle ne rêvait pas et graver ainsi chaque mot dans sa mémoire. « Si une famille mérite un geste, c'est bien la nôtre ! » jugeait-elle, fermement résolue à en parler à son père après le départ des journaliers et du personnel. Elle rassembla aussitôt quelques arguments qui ne laisseraient sûrement pas insensible l'exécuteur testamentaire de celui qu'elle appelait déjà Savignac le Riche : Eugène élevait seul ses trois enfants depuis la mort de sa femme Mélanie, emportée par une pneumonie pendant l'été 1900 ; le dernier d'entre eux, Norbert, n'avait encore que douze ans. Il ne possédait pas de maison ni le moindre arpent de terre, tout juste quelques meubles sans valeur, un coffre de linge et de maigres économies. Les Savignac de Lunet ne disposaient que de leurs bras comme unique capital.

Le journal plié en huit, selon son habitude, Estelle songeait au contenu de la lettre que son père devrait adresser sans tarder au siège de *La Parisienne* lorsqu'une lame de couteau claqua. Déjà, Eugène coiffait son feutre qui cacha aussitôt son crâne luisant, ses cheveux clairsemés parmi lesquels brillaient quelques fils blancs. Dans un même élan, hommes et femmes quittèrent leur place.

Dans la cuisine de la ferme où flottaient des relents

d'étable et une odeur de moût de raisin, il ne resta bientôt plus que ses filles et la cuisinière. Le petit dernier, Norbert, avait disparu. Vaincu par la fatigue de la journée, il devait déjà dormir sur la paillasse de sa chambre, sous les toits. Pendant que Perrine et Estelle aidaient à débarrasser, Eugène se réfugia sous le manteau de la cheminée près des braises pour parcourir à son tour le journal.

« Félix Savignac est mort ! » s'écria-t-il soudain.

À ces mots, Estelle posa sur la table la pile d'assiettes qu'elle s'apprêtait à ranger dans le buffet de la cuisine et le rejoignit. Son père la regarda fixement par-dessus ses bésicles :

« Tu te souviens de ce que racontait le grand-père ?
— Nous devrions écrire, répondit-elle. Pour l'héritage…
— Pour l'héritage ? s'étonna-t-il.
— Bien sûr ! » confirma-t-elle en hochant la tête.

Eugène réagit sèchement :

« Nous ne sommes pas dans la gêne !
— Pense à tes vieux jours, à la dot de tes filles, à l'installation de Norbert ! rétorqua-t-elle sans se démonter. Depuis la mort de maman, rien n'a été facile pour toi. Sa maladie a coûté cher : tu as mis des années à rembourser les dettes… Nous n'avons rien…
— Tu oublies l'honneur ! coupa-t-il.
— C'est une occasion inespérée ! insista-t-elle. Nous pourrons acheter une belle maison à Villeneuve, un domaine sur le causse pour y installer Norbert dans quelques années, une boutique de nouveautés à Villefranche… Ou bien un hôtel… Peut-être aussi une mer-

cerie pour établir Perrine après son mariage... Nous ne manquerons plus jamais d'argent ! »

Le quotidien aveyronnais était formel : « Grâce aux intentions désintéressées du fondateur de *La Parisienne*, le petit-cousin de province qui croupit aujourd'hui encore dans la misère n'aura plus le souci du lendemain : il empochera la bagatelle de 7,5 millions de francs ! En admettant qu'il place cette somme au taux de 3 % seulement, il pourra dépenser chaque année 225 000 francs soit 18 500 francs par mois et 625 francs par jour ! À Paris, un cocher doit se contenter d'un salaire mensuel de 100 francs. Par ailleurs, en supposant que deux cousins du défunt puissent prétendre à une part des fameux 15 millions, chacun d'eux disposera tout de même d'un compte en banque convenablement garni... »

« Même si nous n'obtenions qu'un million de francs, nous aurions les moyens d'acquérir deux cents hectares parmi les meilleures terres du pays ! souligna Estelle. Nous aurions alors le plus beau domaine à des dizaines de kilomètres à la ronde... »

Cette perspective laissa son père songeur. Même durant les années difficiles, il n'avait jamais sollicité quiconque pour parvenir à joindre les deux bouts. Par dignité. Il avait choisi de se priver.

« Nous devons écrire ! reprit-elle. Sauf si tu préfères que l'ami de Savignac le Riche dépense notre part dans les grands hôtels et s'offre de beaux voyages jusqu'en Chine ou au Japon... »

Alors qu'elle rangeait les couverts dans les tiroirs du vaisselier, Perrine l'approuva d'un signe de tête discret. Pour ne rien perdre de leur conversation, elle n'avait cessé de trottiner entre la cuisine et la souillarde, ramenant tantôt une soupière ou un plat tantôt un pichet ou une louche. Elle admirait Estelle de pouvoir parler aussi librement à leur père qui l'impressionnait malgré ses attentions et la tendresse dont il l'entourait. Des liens très étroits les liaient l'une à l'autre depuis le décès de leur mère. Perrine avait alors quatre ans et sa sœur avait tenté de la remplacer auprès d'elle comme de leur frère. Elle partageait l'opinion d'Estelle quant à l'avenir, à leur bonheur. Quel mari les accepterait sans dot ? Un miséreux ou un domestique. Alors que grâce à l'héritage, elles pourraient échapper à leur condition peu enviable.

Un moment plus tard, après avoir longuement lissé son crâne avec sa paume calleuse, Eugène concéda :

« C'est à réfléchir…

— Le grand-père a toujours affirmé que nous étions cousins ou petits-cousins ! martela-t-elle tandis que Perrine montait l'escalier conduisant aux chambres, après les avoir embrassés. Une part de sa fortune nous revient. C'est notre droit ! »

Le lendemain à 7 heures, lorsqu'elle descendit à la cuisine, Estelle le trouva changé. Après leur premier repas de la journée, les domestiques avaient regagné les étables : Eugène était seul à sa place habituelle, en bout de table, et mangeait en silence. À peine avait-elle déposé un baiser sur son front sillonné de rides qu'il s'inquiéta de savoir si Jules Ballard devait s'absenter dans la matinée ou en début d'après-midi. Conseiller d'arrondissement, le propriétaire de Lunet passait une journée par semaine dans la sous-préfecture ainsi que deux à trois demi-journées au chef-lieu de canton,

Villeneuve. La jeune femme répondit sans hésitation : les Ballard recevaient à déjeuner ce jour-là le sous-préfet et son épouse ainsi qu'Ernest Constans, ancien ministre de l'Intérieur et ancien ambassadeur de France à Constantinople, qui s'apprêtait à quitter l'Aveyron pour Paris après un séjour de trois semaines dans son château de Sembel dont on apercevait l'une des tours depuis les fenêtres mansardées de la ferme, derrière les arbres.

« Du beau monde ! constata Eugène avant de repousser son assiette. Ce n'est pas le moment de déranger... »

Décidé à écrire à Pierre Beauregard, il souhaitait prendre l'avis du châtelain et obtenir des conseils pour rédiger sa requête. Ce revirement inespéré enthousiasma Estelle.

« Je le préviendrai tout à l'heure en arrivant, s'empressa-t-elle de proposer à son père. Il aura certainement du temps pour toi après le départ de l'ambassadeur. »

Le maître-valet attendit le coucher du soleil avant de traverser le parc et de frapper à la porte de service. Il avait coiffé un feutre gris qu'il réservait à ses rares sorties à Villefranche et Villeneuve, chaussé ses souliers noirs du dimanche, enfilé une blouse ample que Perrine avait repassée dans la matinée. Justine, la cuisinière du château, l'introduisit dans le salon où Jules Ballard feuilletait *Le Figaro*, confortablement assis dans un fauteuil. C'était un homme d'une soixantaine d'années, aux cheveux grisonnants et au crâne dégarni, à la barbichette poivre et sel toujours taillée avec soin, qui en imposait par sa stature et dont l'embonpoint trahissait ses penchants pour la bonne chère. Il se leva pour saluer Eugène, le pria de s'asseoir tandis qu'il garnissait à nouveau la cheminée. Le père Savignac connaissait bien cette pièce du rez-de-chaussée, richement meublée, dont les fenêtres donnaient sur le parc et où le châtelain accueillait ses visiteurs : il y trônait un grand portrait du général Ravier, grand-père de Reine Ballard et baron d'Empire, qui avait consacré une partie de sa fortune à l'achat de la ferme et à la construction du château. Le général avait posé dans sa tenue d'apparat avec ses décorations, raide comme à la parade, ce qui ne manquait pas à chaque fois de glacer Eugène.

Les deux hommes parlèrent tout d'abord de la vendange qui s'annonçait moins abondante que les années précédentes et qui produirait un faible degré, puis des cours du bétail qui accusaient une baisse inquiétante depuis trois mois, de la récolte de fruits et de pommes de terre, des lièvres qu'ils avaient traqués dans les bois du château depuis l'ouverture de la saison de chasse. Jules Ballard changea soudain de conversation : Estelle l'avait informé, dès son arrivée, des liens de parenté qui les rattachaient selon le grand-père Félicien au fondateur de *La Parisienne*.

« Quel honneur ! » souligna-t-il.

En ce jeudi 13 octobre 1910, *Le Figaro* et *L'Union catholique* abordaient en détail la préparation de ses obsèques prévues à La Madeleine : cortège d'une centaine de landaus et de voitures, harmonie de cinquante musiciens, présence de deux ministres et du président du Conseil ainsi que d'une foule de personnalités de la politique, des affaires et des arts.

« Comme pour les plus grands de ce monde ! commenta le châtelain. L'État le regrettera : c'était un mécène. Il avait disputé à un collectionneur américain un tableau de Géricault qu'il avait offert au Louvre pour qu'il puisse rester en France. Le gouvernement l'avait récompensé par le grand cordon de la Légion d'honneur... »

Comme Eugène s'impatientait, les yeux rivés à la pendule, Jules Ballard balaya ses préoccupations d'un revers de main :

« Comptez sur moi ! Je travaillerai à votre lettre ce soir : vous n'aurez plus qu'à la signer demain matin. J'y joindrai aussi un mot de recommandation pour Pierre Beauregard et je porterai moi-même l'enveloppe à la poste dans la matinée. »

Eugène pouvait avoir une totale confiance : le châtelain, ancien directeur des contributions indirectes du Tarn-et-Garonne, était un homme réfléchi et pointilleux qui saurait choisir les mots pour être convaincant. Peu habitué à autant de sollicitude, il se confondit en remerciements.

« Il me paraît normal qu'une part de l'héritage vous revienne : vous êtes un homme méritant ! répondit le châtelain.

— Je pense avant tout à mes enfants, insista-t-il. Une fille sans dot n'a aucune chance de trouver un mari. »

Ce soir-là et les jours suivants, après le repas, Estelle dévora les articles de *L'Union catholique* à propos de Savignac le Riche qui l'intriguait de plus en plus. Quel étrange destin ! Comment ce modeste employé d'un magasin de nouveautés du quartier des Invalides avait-il pu devenir l'un des hommes les plus en vue de la capitale ? Tandis que s'écoulait la fin de la semaine, elle alla de surprise en surprise à propos de ses funérailles, de son cercueil en bois d'amarante, du drap de fil d'or qui tenait lieu de linceul, de son gilet qui s'ornait de pierres précieuses en guise de boutons. À partir des trente lignes du compte rendu des obsèques, elle imagina la solennité de la cérémonie : une marche funèbre, une foule compacte massée devant l'église de la Madeleine autour des deux mille employés des magasins *La Parisienne*, les chars croulant sous les couronnes et les gerbes de fleurs, les grandes orgues, les discours d'Émile Loubet, d'Aristide Briand et Gaston Doumergue, la bousculade au moment de la sortie du cercueil au point que des dizaines de gardiens de la paix s'étaient résolus à intervenir pour protéger le président du Conseil.

« C'était sûrement grandiose ! affirma-t-elle à sa sœur qu'elle avait mise dans la confidence depuis le début. Comme pour l'enterrement du roi d'Angleterre ! »

La réponse de l'exécuteur testamentaire parvint à Lunet neuf jours seulement après les obsèques.

« Déjà ! » s'écria Eugène, étonné par tant de rapidité.

Ce matin-là, après avoir sélectionné quinze agneaux destinés à être vendus à la foire de Cajarc, il surveillait la fermentation du moût à la cave. Le facteur de Sainte-Croix l'obligea à cesser son travail sur-le-champ puis à se laver les mains dans l'abreuvoir de la cour pour signer son registre : le courrier qui portait l'en-tête de *La Parisienne*, avait été adressé sous pli recommandé.

« Dépêche-toi de l'ouvrir ! insista-t-il. J'attendrai s'il y a un bleu à expédier à Paris. »

Il le suivit jusqu'à la cuisine, prit place sur le banc autour de la table, avala deux verres de rouge et guetta la réaction d'Eugène qui avait décacheté délicatement l'enveloppe avant de découvrir une feuille blanche pliée en quatre puis un texte d'une dizaine de lignes dactylographiées qu'il parcourut sans laisser transparaître la moindre émotion sur son visage.

« Pas de bleu ? demanda le facteur au bout d'un moment.

— Non. »

Après son départ, partagé entre la satisfaction d'avoir obtenu une réponse et l'angoisse de devoir prendre le train pour monter à Paris ainsi que l'exigeait l'exécuteur testamentaire, désireux de le rencontrer avant de se prononcer sur l'opportunité d'accorder à la famille Savignac une part de l'héritage, le maître-valet se rendit au château. Midi sonnait au loin tandis qu'il pénétrait dans le parc. Malgré l'heure, il se risqua à déranger Jules Ballard mais Justine l'informa qu'il déjeunait au château du Trioulou chez la veuve de l'ancien ministre des Travaux publics, Émile Maruéjouls, qui fêtait la brillante promotion de son fils récemment nommé à la direction du personnel du ministère des Affaires étrangères. Elle le reçut à l'office où Estelle mettait le couvert pour trois : Mathias, le cocher, ne tarderait pas à revenir une fois ses patrons déposés devant le perron du Trioulou.

« Des nouvelles de Paris ? » demanda aussitôt la jeune femme tandis que Justine sortait d'un placard une bouteille de liqueur.

Il confirma d'un hochement de tête, tendit à sa fille la lettre qu'il avait glissée dans la poche de sa blouse.

« Je suis prête à partir si tu ne peux pas », annonça-t-elle avec une détermination qui le stupéfia.

Eugène ne répondit pas : il attendait de connaître l'opinion du maître. Il retourna au château à l'approche de la nuit. Jules Ballard l'accueillit dans son bureau où il rédigeait du courrier. Devait-il se soumettre aux exigences de Pierre Beauregard?

« Une entrevue à Paris augmenterait sûrement vos chances! jugea le châtelain.

— Vous avez besoin de moi! rétorqua Eugène. Le travail ne manque pas à cette saison : on remise les dernières récoltes, on laboure et on sème, on prépare les lots de bétail pour les foires. Peut-être à la fin de l'année…

— C'est trop risqué! estima Jules Ballard, persuadé que cette succession serait réglée avant Noël.

— À moins que ma fille…

— Estelle?

— Elle est majeure depuis trois mois et peut me représenter! précisa fièrement le maître-valet. Avec votre permission… »

En quête d'un numéro de *Femina* qu'elle avait abandonné sur un secrétaire, Reine Ballard les rejoignit alors au salon; elle jugea l'idée excellente, proposant même d'offrir le billet de train à sa lingère dont elle ne tarissait pas d'éloges.

« Estelle l'a bien mérité! souligna-t-elle. Elle n'a jamais abîmé un seul costume de Monsieur ni une seule de mes dentelles ou de mes robes. Nous n'avons pas souvent l'occasion de la gâter. Comme vous avez des parents à Paris, elle logera chez eux. À moindre frais! »

Eugène, gêné par son geste, protesta :

« Elle vous manquera!

— Nous trouverons quelqu'un au bourg pour seconder Justine pendant son absence », répondit la châtelaine.

Elle appela Estelle qui repassait dans la buanderie. Les joues cramoisies sous l'effet de la chaleur et sous le coup de l'émotion, la jeune femme ne cacha pas sa joie ; elle pourrait ainsi revoir sa cousine Amélie qu'elle avait perdue de vue depuis l'enterrement de sa mère à la fin de l'été 1900.

« Comment vous remercier, Madame ? » bredouilla-t-elle alors, touchée par son attention.

Ce séjour à Paris la comblait : Amélie leur envoyait de temps à autre des cartes postales représentant les attractions de la foire du Trône, la tour Eiffel, Notre-Dame ou les quais de la Seine, qui nourrissaient ses envies de voyages. L'un de ses rêves pourrait s'accomplir ; c'était inespéré. Partir seule ne l'effrayait pas même si elle n'avait jamais quitté l'Aveyron ni emprunté le train. L'oncle Gustave l'attendrait certainement à la gare pour l'emmener dans le quartier de Bonne-Nouvelle où il tenait une épicerie fine avec son épouse, Marcelline, sœur aînée de sa mère. Huit jours plus tard, elle reviendrait à Villeneuve par le même train. Sa rencontre avec l'exécuteur testamentaire du fondateur de *La Parisienne* la préoccupait davantage : saurait-elle le convaincre du bien-fondé de leur requête et défendre les intérêts de la famille ? Elle se jura de s'y employer au mieux : elle s'y préparerait avant son départ avec les conseils du châtelain, consciente de l'importance de sa mission et décidée à ne pas décevoir la confiance de son père.

Eugène sollicita, dès le lendemain, un rendez-vous auprès de Pierre Beauregard et prévint sa belle-sœur Marcelline. Comme il écrivait peu souvent, il passa une partie de la matinée à chercher ses mots, raturant ses phrases d'un geste rageur et déchirant au moins une dizaine de feuilles de papier à lettre. Perrine l'exhorta à montrer plus de patience mais il la renvoya à ses fourneaux. Enfin satisfait du résultat, il cacheta les deux enveloppes juste avant le passage du facteur qui l'assura que son courrier partirait pour Villefranche le soir même. Puis tout s'enchaîna rapidement. Trois jours plus tard, un télégramme fixait l'entrevue au jeudi 3 novembre à 11 heures, dans les bureaux de *La Parisienne* situés au 11, boulevard Saint-Martin. Depuis la poste du chef-lieu de canton, un jeune homme courut remettre le bleu à Eugène. C'était le vendredi 28 octobre en milieu de matinée. Le temps était brumeux et déjà froid pour la saison. Le maître-valet et deux domestiques avaient commencé à labourer une parcelle de cinq hectares en bordure de la route de Cajarc. Ils achevaient leur sillon, disposés à laisser souffler les bœufs, lorsque Eugène entendit les appels de Perrine qui marchait à grands pas au côté du commissionnaire à l'allure d'échalas. L'instant suivant, il tenait le bleu entre ses doigts gourds.

« C'est pour le 3 », murmura-t-il à l'adresse de sa cadette.

Dès qu'il empoigna à nouveau les mancherons de la charrue, Eugène s'efforça de dresser une liste des démarches qu'il devait effectuer avant la fin de la journée : avertir les Ballard, confirmer à une secrétaire de *La Parisienne* qu'il acceptait le rendez-vous du jeudi 3 novembre, retenir les billets de train au guichet de la gare de Villeneuve, préciser à sa belle-sœur le jour et l'heure d'arrivée d'Estelle, établir une procuration au nom de sa fille, demander au secrétaire de mairie de Sainte-Croix un extrait du livret de famille pour prouver son identité et la filiation de ses enfants. Un casse-tête !

Deux heures plus tard, lorsque Perrine retourna au champ, chargée des porte-repas en fer-blanc, il s'empressa de manger puis de regagner la ferme après avoir confié sa paire de bœufs au quatrième domestique qui avait accompagné sa fille avec une provision de fourrage pour l'après-midi. Par chance, Jules Ballard n'avait pas quitté le château ce vendredi-là ; il accepta aussitôt de faciliter ses démarches pour qu'Estelle puisse prendre le train de Paris dès le lundi, réglant en quelques heures tous les détails du déplacement puis du séjour de la jeune lingère dans la capitale. Installé dans son bureau qu'il avait équipé du téléphone après son déménagement de Montauban à Lunet, Eugène ne perdit pas un mot de ses conversations avec les secrétaires de la manufacture des Tabacs et des magasins de *La Parisienne* puis avec le chef de gare de Villefranche. Il apprécia le ton ferme qu'il adopta, impressionné par son aisance.

« J'aurais été bien en peine de me débrouiller seul ! » avoua-t-il en le remerciant chaleureusement alors que le feu faiblissait dans la cheminée et que la pendule sonnait 5 heures.

Jules Ballard se contenta de sourire.

« Vous m'avez rendu bien des services en vingt ans », glissa-t-il.

S'arrachant à la douce température de la pièce, ils traversèrent un couloir sombre et glacial pour rejoindre Estelle qui les attendait avec impatience à l'office. Absorbée depuis le début de l'après-midi par la préparation des confitures, elle accueillit la nouvelle de son départ avec enthousiasme.

« Dans deux jours ? » s'exclama-t-elle, incrédule.

Tous deux confirmèrent avant que le châtelain tire de la poche de sa veste un carnet sur lequel il avait inscrit les renseignements fournis par les employés de la compagnie d'Orléans.

« Lundi 31 octobre à 9 h 40 en gare de Villeneuve, pour une arrivée à Paris-Austerlitz à 22 h 55 ! précisa-t-il alors. Retour le 7 novembre à minuit cinq. Les billets seront prêts demain.

– Quelle chance ! murmura-t-elle avant d'essuyer ses mains à son tablier. Merci encore ! »

Un moment plus tard, lorsqu'elles se retrouvèrent seules face à leurs paniers de fruits, Justine partagea sa joie.

« Profite bien de Paris avec ta cousine, insista-t-elle à mi-voix. Offre-toi du bon temps ! Pour une fois que Monsieur et Madame sont généreux… »

Rentrant de l'écurie, Mathias les surprit en grande discussion à propos des magasins de confection de la capitale.

« C'est décidé ? demanda-t-il à Estelle. Tu pars ? »

Elle hocha la tête. Le bonheur illuminait son visage.

Le cocher accusa le coup, soudain triste.

« Pour huit jours seulement ! » ajouta Justine qui avait remarqué son abattement.

Elle savait le jeune homme amoureux d'Estelle depuis la nuit de la Saint-Jean où il avait pris sa main, sur l'aire de battage de la ferme, pour l'inviter à sauter le feu à ses côtés ; elle l'avait deviné à la tendresse de son regard pendant les repas, à ses attentions les matins de lessive : il s'arrangeait discrètement pour charrier à sa place l'eau du puits jusqu'à la buanderie, pousser sa brouette lourdement chargée de linge sur le chemin du lavoir. Nul n'ignorait qu'Estelle l'attirait : ils avaient beaucoup dansé le dimanche de la fête de Sainte-Croix et il l'avait invitée à boire de la limonade à la terrasse de l'auberge.

« Une semaine ! soupira Justine tout en pelant ses pommes. C'est court pour découvrir Paris. »

Le cocher ne l'écoutait déjà plus ; il avait disparu dans la nuit et s'était posté près de l'un des marronniers du parc pour guetter le passage d'Estelle car 8 heures approchaient. Dès qu'il aperçut la lueur de sa lanterne, il courut à sa rencontre.

« Estelle ! Estelle ! Attends-moi ! insista-t-il. C'est important. »

Elle s'arrêta net.

« Qu'est-ce qui se passe, Mathias ? s'inquiéta-t-elle.
– Pose ta lampe ! » ordonna-t-il.

Elle s'exécuta sans discuter. Une lune, jaune et à demi voilée, éclairait le parc.

Alors, d'un doigt tremblant, il caressa sa joue encore cramoisie par la chaleur qui régnait dans l'office.

« Je voulais te dire, Estelle… »

Mathias n'acheva pas sa phrase. Avant qu'elle ait pu réagir, il la prit dans ses bras vigoureux pour l'embrasser. Elle n'essaya pas de se dégager et ne desserra l'étreinte qu'au bout d'un long moment, étonnée du plaisir qu'elle y trouvait.

« Je t'aime ! » chuchota-t-il enfin à son oreille.

Elle ne répondit pas, la gorge nouée par l'émotion ; son aveu était tellement inattendu.

« Je viendrai avec ton père à la gare le soir où tu descendras de Paris ! promit-il. Avant que tu partes, il fallait que je…

– Il est tard : je dois rentrer maintenant », coupa-t-elle d'une voix douce avant de reprendre sa lampe.

Cette nuit-là, tout s'entremêla dans ses rêves : les mots et les gestes tendres de Mathias, son premier voyage et son séjour à Paris, son rendez-vous au siège de *La Parisienne*...

2

Dès le lendemain, parmi les domestiques de Lunet puis dans les familles du bourg, la nouvelle du départ d'Estelle alimenta les conversations. Tous les habitants de Sainte-Croix s'interrogeaient sur les raisons qui poussaient Eugène à dépêcher sa fille à Paris. Partait-elle travailler comme lingère chez des amis des Ballard ou de sa tante Marcelline ? Devait-elle y rencontrer le jeune homme proposé par l'oncle Gustave et appelé à devenir son mari si elle avait décidé de s'établir dans la capitale ? Le mystère s'éclaircit rapidement grâce aux révélations du facteur qui avait obtenu des confidences de Justine. Aussitôt la rumeur colporta que la famille Savignac avait hérité du fondateur de *La Parisienne* et s'apprêtait à acheter une grande ferme. Le dimanche, lorsque Estelle poussa la porte de la mercerie en quête de boutons pour un caraco, les clientes cessèrent de parler et la jeune femme sentit poindre à son encontre de l'envie mêlée à de la suspicion et de la jalousie. Leur regard ne trompait pas : toutes brûlaient d'envie de savoir mais aucune d'entre elles n'osait poser de questions pendant que la mercière, commère plantureuse, les servait dans un silence pesant. Arriva enfin le tour d'Estelle.

« Mademoiselle désire ? » lança-t-elle alors sur un ton ironique, les mains agrippées au rebord de son comptoir.

Estelle expliqua ce qu'elle cherchait.

« Ce que j'ai dans mes boîtes n'est plus assez chic pour toi : des boutons de paysanne ! répondit-t-elle sèchement. Comme les châtelaines du pays, tu trouveras mieux à Villefranche ! »

Elle insista longuement mais ne put rien obtenir et quitta alors la boutique en claquant la porte...

Après le repas de midi, sous l'œil curieux de sa sœur, Estelle rangea les vêtements qu'elle emportait.

« Quelle chance ! glissa Perrine, avec envie, lorsqu'elle ouvrit les deux battants de l'armoire. Tu pourras étrenner une partie de ton trousseau... »

Lorsqu'elle était entrée au château, l'été de ses quinze ans, sa patronne l'avait encouragée à préparer son trousseau de mariée. « C'est de ton âge ! » avait-elle répété. Avec l'accord d'Eugène, elle la conseillait pour ses achats de tissus. Chaque début d'été, après avoir touché ses gages annuels, Estelle choisissait auprès d'un marchand ambulant de Villefranche quelques pièces de toile et de flanelle qu'elle confiait à la couturière de Sainte-Croix pour confectionner son linge personnel. Désormais, elle était fière d'en posséder suffisamment pour se marier ; elle le dépliait parfois le dimanche après-midi pour le plaisir de le contempler bien qu'il fût moins élégant que les ensembles en percale, en mousseline ou en batiste finement brodés de Reine Ballard.

« Pour te marier, il te manque encore le linge de maison ! ne manquait pas d'observer Perrine.

— Plus tard ! coupait Estelle. Laisse-moi le temps d'y penser, de mettre de l'argent de côté. »

Alors qu'elle comptait ses chemises avant de les poser à plat au fond de la valise prêtée par Reine Ballard, Perrine s'écria :

« Les mouchoirs de la châtelaine ! »

À l'occasion de ses vingt ans, Estelle avait reçu six mouchoirs en lin de sa patronne ; elle les sortit aussitôt de l'armoire.

« Ils sont tellement beaux que tu épateras la tante Marcelline ! » souligna-t-elle d'un ton malicieux.

Sous le linge, elle glissa une enveloppe contenant les articles consacrés au décès de leur cousin et les certificats remis à son père par le secrétaire de mairie le matin même. Elle y joignit une photocarte de Mathias : il avait insisté pour qu'elle l'emmène à Paris. Ce portrait, pris à Béziers trois ans plus tôt à l'occasion de son service militaire, le représentait en uniforme avec en toile de fond un décor de palmeraies africaines. Mathias était bel homme avec ses yeux rieurs, ses moustaches frisottantes, ses cheveux très bruns, coupés ras. Sa taille élancée, son élégance les jours où il revêtait son habit de cocher et coiffait un haut-de-forme pour conduire ses maîtres dans les châteaux voisins ou à la ville, le plaçait nettement au-dessus des domestiques du domaine au physique lourd, à l'allure pataude. Même si elle appréciait son sérieux et demeurait sensible à ses attentions, inhabituelles chez des hommes de sa condition à la campagne, Estelle n'éprouvait que de l'amitié à son égard et hésitait à répondre à ses avances. Elle n'ignorait pas que son avenir était tracé si elle l'épousait : ils travailleraient tous deux au château ; elle remplacerait Justine d'ici quelques années et ils s'installeraient alors dans l'ancien pavillon de chasse, charmante maisonnette bâtie à l'orée des bois que la famille Ballard réservait à la cuisinière et à son mari. Mais un doute l'habitait. Estelle se demandait si elle l'aimerait suffisamment pour être heureuse à ses côtés pendant toute une vie.

Perrine la tira soudain de ses réflexions :

« Tu vas me manquer. C'est la première fois que tu pars. »

Dans le quotidien de l'adolescente, Estelle occupait une place essentielle. Depuis des années, sa sœur aînée était sa seconde mère, son unique confidente.

« Je me sentirai bien seule le soir », ajouta-t-elle.

Puis elle éclata en sanglots et Estelle la serra dans ses bras pour la consoler. Elle pleurait encore à chaudes larmes le lendemain lorsque le break s'engagea en direction de la gare de Villeneuve après un passage au cimetière de Sainte-Croix pour déposer des fleurs sur la tombe de leur mère en cette veille de Toussaint. Alors que Norbert crânait à l'avant près de son père, Perrine s'accrochait à sa sœur qui tenta d'atténuer son chagrin par des paroles douces, promettant d'envoyer une carte dès son arrivée puis de choisir pour elle une boîte à ouvrage dans les rayons de *La Parisienne*, qui tiendrait lieu de cadeau de Noël.

Le chef de gare écourta leurs adieux : le convoi avait déjà dix minutes de retard par rapport à l'horaire.

« Dépêchez-vous ! » tonna-t-il à l'attention d'Estelle qui tardait à monter dans le compartiment.

Elle se hâta d'embrasser Perrine et Norbert puis leur père qui contenait mal son émotion, incapable d'articuler un seul mot alors qu'il avait l'intention de renouveler à sa fille des recommandations pour le voyage et le séjour, qu'il ne cessait de ressasser depuis trois jours. Soudain le mécanicien actionna le sifflet de la machine et la jeune femme grimpa sur le marchepied de la voiture. Puis le nez collé à la vitre de la portière, elle agita sa main jusqu'à ce que son père, Perrine et Norbert disparaissent de sa vue. Alors elle chercha sa place et s'installa avec l'assurance d'une femme habituée à prendre le train.

Comment allait-elle reconnaître l'oncle Gustave parmi la foule d'hommes, de femmes et d'enfants qui avait envahi les quais de la gare d'Austerlitz ? Hissée sur la pointe des pieds, balayant du regard l'immense halle métallique qui résonnait du ronronnement des locomotives, de coups de sifflets et d'appels au porte-voix, Estelle le chercha pendant un moment. Plantée près des chariots chargés de bagages que s'apprêtaient à déplacer deux agents, bousculée par des gens pressés qui couraient, déjà repérée par un homme qui s'inquiétait de savoir dans quel quartier et quel hôtel elle descendait, la jeune femme commençait à désespérer lorsqu'elle entendit enfin son prénom. Dans le même temps, elle aperçut un foulard fuchsia brandi par une main agile qui s'efforçait d'attirer l'attention. C'était sa cousine.

« Amélie !
– Estelle ! »

L'instant d'après, heureuses de se revoir après tant d'années, elles s'embrassaient.

« Comme tu as changé ! » s'exclama Estelle.

Elle l'observa à la lumière du réverbère qui éclairait le quai.

« Qu'est-ce que tu es chic ! » constata-t-elle avec envie.

Amélie rougit sous le compliment.

Puis, désignant d'un doigt sa pommette gauche, elle entreprit de la taquiner pour renouer avec leurs chamailleries d'enfant :

« Encore ce grain de beauté ? »

En réaction, sa cousine la débarrassa aussitôt de son chapeau qui dissimulait ses longs cheveux pour s'écrier :

« Toujours aussi rousse ? »

Elles partirent toutes deux d'un grand éclat de rire.

L'oncle Gustave les rejoignit à son tour, de mauvaise humeur pour s'être frayé à grand-peine un passage dans la bousculade. Avec l'âge et surtout les bons repas au restaurant qu'il s'offrait le dimanche soir en compagnie de son épouse et de sa fille, il s'était empâté, ce qui l'obligeait à marcher d'un pas mesuré en respirant bruyamment.

« Quelle cohue ! grommela-t-il. Pressons-nous, les filles ! Sinon nous n'aurons plus de fiacre. »

La pendule du salon sonnait une heure lorsqu'ils arrivèrent rue d'Hauteville. La bonne les attendait dans la cuisine, prête à servir le souper. Marcelline était déjà couchée.

« Même si c'est Toussaint, elle ouvre l'épicerie à 7 heures comme le dimanche », précisa Gustave avant de s'attabler face à sa nièce.

Brisée de fatigue, Estelle ne goûta que du bout des lèvres au bourguignon préparé par Orancie et préféra rejoindre la chambre attenante à la salle de bains où sa cousine avait déposé sa valise. À peine s'était-elle coulée entre les draps tièdes qu'elle sombra dans un profond sommeil. Les conversations des passants, une complainte chantée par un musicien de rue qui s'accompagnait à l'orgue de Barbarie, les hennissements d'un cheval, mêlés à des bruits de casseroles dans la cuisine, ne la réveillèrent qu'en fin de matinée. Le soleil perçait à travers les rideaux, inondant la pièce d'une lumière crue qui l'obligeait à cligner les paupières. Dans sa précipitation à se lever, elle faillit glisser sur le parquet.

« Amélie ! Amélie ! » appela-t-elle en ouvrant la porte.

Un trottinement de souris et Orancie accourut.

« Votre cousine est au magasin, expliqua-t-elle.

— Quelle heure est-il ? demanda alors Estelle.

— 11 heures, mademoiselle ! »

Déjà Orancie disparaissait, retournant à son fourneau. L'instant d'après, elle déposait son petit-déjeuner sur la table de la salle à manger. Comme une bourgeoise, Estelle s'accorda le temps de savourer son chocolat et sa brioche. Lorsque Amélie monta, elle feuilletait *Le Petit Journal* que son oncle avait acheté. Ébouriffée, elle était toujours en chemise.

« Quelle paresseuse ! » la taquina sa cousine.

Puis plus sérieusement :

« Ma mère commence à s'impatienter derrière son comptoir ; elle déteste qu'on traîne.

— Même le dimanche ou le jour de Toussaint ? » coupa Estelle.

Elle confirma, catégorique.

« Dépêche-toi de t'habiller ! ajouta-t-elle.

— Pour une fois que je…

— Dépêche-toi ! » ordonna Amélie.

Après avoir bâclé sa toilette, coiffé ses cheveux en hâte puis enfilé sa robe de la veille, la jeune lingère descendit avec Amélie jusqu'à l'épicerie familiale qui occupait tout le rez-de-chaussée de l'immeuble. C'était un temple du luxe comparé à la boutique de Sainte-Croix qui proposait des produits de première nécessité au milieu d'un bric-à-brac de quincaillier. Les étagères, garnies de champagne, de bordeaux et de bourgogne, d'eaux-de-vie de Cognac et de rhums, de pâtes de Gênes, de thés de Chine, de cafés de Porto Rico, d'une foule de spécialités de France et des îles attiraient l'attention d'emblée.

« C'est beau, n'est-ce pas ? » glissa l'oncle Gustave à sa nièce dès qu'elles entrèrent.

Raide dans un complet anthracite, une chaîne de montre en or au gilet, Gustave accueillait les clients avec déférence tandis que Marcelline, très élégante dans une robe en velours vert, s'affairait derrière un monumental comptoir en acajou. Estelle faillit ne pas reconnaître sa tante tant elle était devenue planureuse avec des joues tombantes et un triple menton dont la chair molle flottait sur sa poitrine. Pendant qu'elle terminait d'encaisser les achats d'une dame d'âge mûr dont le manteau orné d'un col de fourrure suscita son admiration, la jeune femme flâna dans les rayons et se laissa éblouir par cet étalage de luxe. La maison Castelnau avait réussi à fidéliser les familles bourgeoises en imitant Félix Potin : garantir l'origine et la qualité, afficher les prix, livrer à domicile. Le succès avait permis d'engager quatre commis alors que les commandes affluaient de la Madeleine et de la place Saint-Georges.

« Des comtesses, des femmes de banquiers, d'industriels ou de chefs de services des ministères ! » avait précisé Amélie à sa cousine tout en dévalant l'escalier.

Certains jours, à l'approche des fêtes de Noël, du Nouvel An et de Pâques, l'affluence était telle que le magasin ne fermait qu'à une heure tardive.

« C'est dommage que tu sois si loin : nous aurions bien besoin de toi dans ces moments-là ! » avait encore confié Amélie à Estelle.

La clochette de la porte avait à peine retenti, saluant le départ de la dernière cliente, que sa tante l'apostrophait :

« Enfin levée ! »

Ces paroles glacèrent Estelle. Pourquoi se montrait-elle aussi désagréable à son égard ? N'avait-elle pas droit au repos après une journée de train ? Sa froideur coupa court aux effusions qu'elle espérait. De son séjour à Lunet au moment de la maladie puis de la mort de sa mère, Estelle avait conservé le souvenir d'une femme douce, tendre et attentionnée qui s'était efforcée d'atténuer leur chagrin. Alors qu'elle pensait retrouver en Marcelline des traits de sa mère, établir avec elle une complicité, son attitude la décevait et l'attristait.

Soucieuse de dissiper le malaise, Amélie proposa une visite de la réserve pendant que ses parents compteraient la recette.

« Depuis que l'épicerie prospère, ma mère est revêche avec tout le monde ! souffla-t-elle à Estelle lorsqu'elle referma la porte de l'arrière-boutique. On s'y habitue à la longue...

– Certainement ! soupira-t-elle. Mais je plains l'homme que tu épouseras ; il devra être patient et docile. »

Glissant une main dans sa chevelure bouclée, châtain comme celle de Perrine, Amélie sourit ; elle ne pensait pas au mariage.

« Je suis sûre qu'elle s'adoucira pour pouvoir me garder dans la maison ! » répondit-elle.

Estelle changea brusquement de conversation : des parfums exotiques, mêlant les épices au café, chatouillaient ses narines et elle souhaitait savoir de quels pays provenaient les produits que les Castelnau vendaient dans leur épicerie.

« Des quatre coins du monde ! » souligna fièrement Amélie.

Le matin, en ouvrant les cartons pour ranger boîtes et sachets dans les rayons, elle rêvait des Antilles, de l'Afrique, de la Chine et de Ceylan. Il suffisait d'un dessin illustrant une marque de rhum ou de thé pour l'emporter très loin de Paris...

Après le déjeuner qui les ennuya à force d'entendre Gustave et Marcelline commenter leur chiffre d'affaires du mois d'octobre, Amélie proposa à sa cousine une promenade dans le quartier ; le temps doux incitait à la flânerie. Elles remontèrent la rue Richer, s'arrêtèrent près de l'entrée des *Folies-Bergère* devant laquelle patientaient des centaines d'inconditionnels de l'actrice américaine Loïe Fuller qu'ils s'apprêtaient à applaudir dans son spectacle de danse serpentine.

« Ma mère prétend que c'est réservé aux hommes vicieux et qu'ils raffolent de la Loïe Fuller parce qu'elle est presque nue sur la scène ! pouffa Amélie lorsqu'elles reprirent leur chemin. Elle n'a jamais eu la curiosité de réserver une place dans ce cabaret pour se rendre compte. Moi… Quand je passe devant l'affiche, je dois résister à l'envie d'entrer… »

Amélie avait fêté ses dix-huit ans à la mi-juillet mais paraissait plus que son âge. Chaque fois qu'elle sortait dans Paris, seule ou accompagnée de ses parents, sa coquetterie et sa prestance se remarquaient : les hommes se retournaient sur son passage. Malgré tout, soucieuse de protéger la réputation des Castelnau, elle préférait ne pas courir le risque d'être contrôlée aux guichets ou, pire, dans la salle par des inspecteurs de police.

Sans interrompre leur conversation, les jeunes promeneuses s'engagèrent ensuite dans la rue de Provence puis gagnèrent le square Montholon par la rue La Fayette. Amélie aimait cet enclos de verdure avec ses grilles en fonte qui dataient de Napoléon III et ses platanes d'Orient. Assises sur un banc face au soleil, elles échangèrent des confidences à propos de leur enfance, de leurs parents, de leur métier, de leur avenir, de l'amour et de leur idéal d'homme. Amélie s'appliqua à percer des secrets intimes de sa cousine qu'elle jugeait discrète, parlant trop peu à son goût. Était-elle fiancée au pays ? Fréquentait-elle un beau jeune homme de Sainte-Croix, de Villeneuve ou même de Villefranche ? Sans se départir de son sourire, Estelle s'arrangea pour ne pas répondre quoiqu'elle songeât à cet instant-là à Mathias.

Elles rentrèrent à la nuit tombée, disputèrent une partie de jeu de l'oie avant le dîner. Lorsque la bonne débarrassa, Marcelline insista auprès de sa nièce pour choisir la tenue qui conviendrait le mieux à sa rencontre prévue avec Pierre Beauregard. Désignant soudain au milieu de ses affaires une jupe noire en drap de laine, longue et froncée qu'Estelle avait emmenée pour déballer des marchandises dans l'arrière-boutique, elle s'écria :

« Cette jupe est parfaite !

— Pour ressembler à une souillon ? rétorqua Estelle, froissée.

— Si le cœur t'en dit, tu peux passer une robe neuve ce jour-là mais tu n'obtiendras pas un centime ! » répliqua Marcelline.

Estelle protesta : elle ne souhaitait pas noircir le tableau en se présentant dans des habits fripés.

« Fais-moi confiance et tu me remercieras, répondit sa tante. Je t'accompagnerai à *La Parisienne* ; je parlerai pour toi… »

Ce soir-là, avant de s'endormir, Estelle se demanda pourquoi Marcelline déployait autant d'efforts pour les aider jusqu'à perdre une matinée pour tenter de convaincre Pierre Beauregard de leur attribuer une part d'héritage ; elle en conclut qu'elle comptait sur la reconnaissance de son beau-frère et espérait être récompensée de sa peine. Jamais elle ne l'aurait imaginée aussi intéressée par l'argent. Son comportement l'éclairait enfin sur la manière dont les Castelnau avaient réussi dans leur commerce, coulant désormais une existence de petits-bourgeois parisiens tout en prenant soin d'assurer l'avenir de leur fille. Estelle en déduisit, par ailleurs, que les apparences les avaient trompés pendant des années et que Marcelline s'avérait différente de sa sœur Mélanie.

Deux jours plus tard, une brume épaisse noyait Paris dans la grisaille lorsque Estelle et Marcelline quittèrent l'épicerie de la rue d'Hauteville, ouverte depuis près de deux heures déjà, pour les grands magasins que Savignac le Riche avait fondés boulevard Saint-Martin. La jeune femme avait accepté de porter sa jupe de paysanne et un manteau bleu noir, à l'étoffe élimée, que sa tante avait rangé quelques années plus tôt dans une malle, au grenier ; elle marchait d'un pas hésitant, les yeux rivés au pavé du trottoir pour ne pas croiser le regard de quelques passantes richement habillées. Quant à Marcelline, boudinée par une robe gris perle, elle était moins élégante que derrière son comptoir.

Depuis le carrefour du boulevard Saint-Denis et de la rue du Faubourg-Saint-Martin, l'immeuble de *La Parisienne* leur apparut enfin avec ses enseignes lumineuses.

« Le palais des nouveautés ! annonça alors Marcelline sur un ton théâtral. Les gants les plus chic de la capitale, les chapeaux les plus originaux, les plus belles robes ! Le bon goût ! »

Devant leurs voitures alignées en bordure de la chaussée sur une centaine de mètres, les cochers bavardaient dans l'attente du retour de leur patronne qui devait essayer un chapeau ou des gants en compagnie d'une amie.

« C'est aussi réputé que *La Samaritaine*, *Le Bon Marché* et *Les Galeries Lafayette* ! » ajouta-t-elle.

Marcelline avait proposé à sa nièce de partir suffisamment tôt pour qu'elle puisse, avant son rendez-vous, découvrir une partie des rayons de *La Parisienne*. En habituée des lieux, elle la guida à travers les étages. L'émerveillement saisit Estelle dès l'entrée, lorsqu'elles pénétrèrent dans le hall par un tourniquet. Rien n'était trop beau pour attirer le client : escalier monumental, mosaïques, statuettes et colonnes de marbre, grilles et rampes en fer forgé, coupoles, lustres hollandais à boules et à branches de cuivre.

« Comme dans un château ! » murmura-t-elle.

Sa tante l'arracha à ses rêveries.

« Dépêchons-nous ! » dit-elle.

Elle l'entraîna aussitôt au premier dans une enfilade de pièces peuplées de mannequins présentant de somptueuses toilettes pour les dames des beaux quartiers : des manteaux de velours avec des garnitures de renard argenté, des robes de bal en soie avec leurs manches bouffantes bordées de volants en dentelles, des tenues d'après-midi en mousseline de soie, des robes de mariée en satin. Au passage, Estelle effleura les tissus du bout des doigts. La jeune femme aurait aimé prendre le temps d'admirer en détail chaque modèle mais Marcelline, bousculant même une essayeuse dans sa hâte, la pressa de rebrousser chemin pour gagner à l'opposé le rayon des accessoires de mode.

« C'est à *La Parisienne* que j'achète toujours mes chapeaux ! » souffla-t-elle après avoir salué l'une des vendeuses.

Les canotiers à bords plats voisinaient avec les chapeaux de paille, décorés de fleurs de soie ou de plumes, et les toques de fourrure. Estelle éprouva l'envie de coiffer un feutre rouge devant l'un des miroirs de la pièce pour juger de l'effet sur sa chevelure rousse mais elle y renonça lorsqu'un geste autoritaire de sa tante l'enjoignit de la suivre jusqu'aux vitrines exposant les gants avant que les ombrelles, les cannes, les éventails, les sacs à main, les étoles et les bijoux ne s'offrent tour à tour à leur regard. Frustrée par cette visite au pas de charge, elle se promit d'y revenir avec Amélie si Marcelline consentait à libérer sa fille le lendemain ou le matin de son départ. Poussée par la curiosité, elle souhaitait tout voir : la lingerie, le linge de maison, les meubles, les rideaux, les escarpins, les bottines…

Les bureaux de *La Parisienne* occupaient le cinquième étage de l'immeuble. Un ascenseur permettait d'y accéder et sa cabine était si étroite qu'Estelle plaqua son corps contre la paroi pour ne pas être écrasée par sa tante. Flegmatique derrière son guichet, le concierge examina longuement le télégramme et les lettres de Pierre Beauregard puis les introduisit dans une pièce chichement meublée et à la peinture défraîchie où elles patientèrent tout en feuilletant des numéros anciens de *L'Illustration*. Enfin, une jeune secrétaire leur demanda de l'accompagner jusqu'à son bureau dont elle ferma la porte capitonnée avant de leur annoncer que Pierre Beauregard ne pourrait recevoir Estelle. Alors qu'elle s'apprêtait à fournir des explications, Marcelline l'interrompit brutalement.

« Pourquoi ne nous a-t-on pas prévenus ? lança-t-elle, rouge de colère. Ma nièce est montée de l'Aveyron pour le rencontrer. Les voyages coûtent cher. Elle n'a pas les moyens de…

– Nous le comprenons fort bien ! » coupa la secrétaire d'un ton courtois mais ferme.

Elle révéla alors que Pierre Beauregard avait quitté la capitale le matin même pour effectuer une inspection à la manufacture de Bergerac, exécutant un ordre de mission du directeur de la Régie nationale des Tabacs dont il n'avait eu connaissance que la veille.

« À cette heure-là, Mademoiselle Savignac avait sûrement pris son train, souligna-t-elle. Il nous était impossible de la joindre... »

Marcelline l'admit.

« Monsieur Beauregard est désolé pour ce contretemps, poursuivit encore la jeune femme. Il est prêt à entendre Mademoiselle Savignac dès son retour à Paris ; il rentrera mercredi. »

Estelle accepta dans l'instant ; elle télégraphierait au début de l'après-midi au château de Lunet pour informer son père et Jules Ballard de la prolongation de son séjour puis de la date de son arrivée à Villeneuve. Pointilleuse, comme à l'habitude, Marcelline chercha à obtenir la certitude qu'il respecterait l'heure et le jour de l'entrevue ; elle craignait une nouvelle défection de sa part.

« C'est important, insista-t-elle. Ma nièce ne peut pas rester à Paris une journée de plus sinon elle perdra sa place. »

La secrétaire hocha la tête.

« Vous avez ma parole », répondit-t-elle d'un ton sincère.

Cinq jours plus tard, la jeune femme les accueillait à nouveau dans son bureau. Il était 15 heures. Retenu par un déjeuner d'affaires, Pierre Beauregard devait arriver à *La Parisienne* d'un moment à l'autre. Effectivement, il les rejoignit un quart d'heure plus tard.

« Les boulevards et les avenues de Paris sont éternellement encombrés ! » prétendit-il, se confondant en excuses.

C'était un homme grand et maigre, qui portait une moustache finement taillée. Ses cheveux clairsemés, poivre et sel, laissaient supposer qu'il approchait la soixantaine. Estelle qui avait le sens de l'observation à force de servir du beau monde au château de Lunet et d'essayer de classer les convives par ordre d'influence, remarqua que la rosette d'officier de la Légion d'honneur ornait sa boutonnière.

Il les convia aussitôt à passer dans le bureau du fondateur de *La Parisienne* dont il emporta les clés que la secrétaire conservait dans un tiroir : elle les avait remises à Félix-Édouard Savignac tous les vendredis à 14 heures jusqu'à ce que la maladie l'oblige à garder la chambre. Le vieil homme aimait y passer quelques heures.

À peine le seuil franchi, le raffinement du décor frappa Estelle. C'était tellement plus avenant que la pièce attenante où travaillait son ancienne collaboratrice, qui croulait sous un fatras de papiers, où les murs blanchâtres exsudaient l'austérité et l'ennui. Au fur et à mesure que Pierre Beauregard alluma les lampes, elle découvrit le mobilier : un bureau d'ébène aux pieds galbés, deux fauteuils et des poufs Napoléon III, des guéridons en bois laqué et deux canapés. Puis des toiles qui représentaient des bords de mer et des scènes champêtres. « C'était un homme de goût ! » constata-t-elle. Ses impressions confirmaient les articles élogieux qui avaient paru dans la presse au lendemain de sa mort.

Le directeur de la manufacture des Tabacs n'osa pas prendre place derrière le long bureau d'ébène dans le fauteuil qu'occupait d'ordinaire Félix-Édouard Savignac ; il préféra s'installer dans l'un des canapés face à

Estelle et à sa tante auxquelles il réserva les sièges capitonnés. Marcelline, impatiente, prit aussitôt la parole mais il l'arrêta d'un geste :

« C'est Mademoiselle Savignac que je souhaite écouter ! »

Quelque peu vexée, elle s'enfonça dans son fauteuil pour ne plus en bouger. Alors Estelle commença à raconter l'histoire des Savignac depuis l'arrivée de son grand-père à Paris au début du règne de Napoléon III jusqu'à la mort de sa mère en 1900, sans oublier la générosité de Félix-Édouard à leur égard. Ce récit, son père l'avait consigné dans une lettre de cinq pages rédigée avec les conseils de Jules Ballard et qu'elle remit à Pierre Beauregard. Ce dernier chaussa ses lunettes, la parcourut puis la rangea dans une chemise cartonnée avant d'étudier les documents d'état civil qu'elle y avait joints.

« C'est tout ? demanda-t-il un moment plus tard.
— C'est tout, confirma-t-elle.
— Qui peut établir les liens de parenté entre votre famille et le fondateur de *La Parisienne* ? poursuivit-il.
— Monsieur Savignac n'avait rien exigé de mon grand-père : il l'avait aidé sans rechigner...
— C'était son droit le plus absolu ! Félix dépensait son argent comme il l'entendait alors que je ne dispose pas aussi librement de sa fortune. D'autant plus qu'il ne s'agit pas de payer aujourd'hui des factures d'hôpital mais de partager quinze millions de francs ! Vous comprendrez que j'ai besoin de preuves...
— Quelles preuves ? s'écria Estelle.
— Vous n'avez rien dans vos papiers de famille ? »

Dans la boîte de fer qui contenait les archives des

Savignac, ou ce qu'il en restait puisque sa maison natale du Carladès avait été vendue, Eugène n'avait retrouvé que le livret militaire de son père, des correspondances sans intérêt. Pas la moindre allusion à leurs relations avec Félix-Édouard ; pas de lettres avec en-tête de *La Parisienne*.

Dépitée, Estelle répondit d'un signe de tête.

« Dans ce cas, nous effectuerons des recherches auprès des notaires et des mairies ! proposa-t-il alors. C'est dans l'intérêt de tous, pour que personne ne soit grugé…

— Notre parole ne suffit pas ? s'étonna Marcelline.

— Hélas non, Madame ! rétorqua-t-il poliment. Sinon comment pourrions-nous éliminer les imposteurs ? »

Elles en convinrent toutes deux.

« Combien de temps devrons-nous attendre ? » s'inquiéta la jeune femme.

Même s'il confiait cette mission dès la semaine prochaine à un cabinet parisien spécialisé dans le règlement des successions, il ne comptait pas obtenir de résultats concrets avant quatre mois.

« Au moins ! précisa-t-il.

— Quatre mois ! s'exclama Estelle.

— C'est un travail fastidieux qui exigera de la patience et de la rigueur ! » expliqua Pierre Beauregard.

Malgré sa déception, elle hocha la tête avant de glisser :

« J'attendrai, monsieur ! C'est trop important… »

3

Poings serrés dans les poches de son manteau et mâchoires crispées, Estelle parvint à refouler ses larmes jusqu'à l'immeuble des Castelnau puis, une fois dans le vestibule, elle s'effondra en pleurs sous le coup de la désillusion :

« J'avais promis à mon père de…
— Tu t'es bien défendue ! la consola sa tante. Il faudrait que cet homme n'ait pas de cœur pour qu'il manque à sa parole… »

Elle l'approuva de ne pas vouloir regagner l'Aveyron avant le terme de l'enquête : Pierre Beauregard souhaiterait certainement la rencontrer à nouveau dans quelque temps.

« Il m'a paru pressé aujourd'hui ! » jugea-t-elle.

Elle acceptait de l'héberger jusqu'au printemps prochain pour limiter ses frais de séjour à Paris mais à la condition qu'elle trouve du travail, seconde les commis de l'épicerie dès le lendemain et s'acquitte d'une pension mensuelle.

« Calculée au plus juste ! s'empressa-t-elle de préciser. C'est pour te rendre service… »

Soulagée de ne pas se retrouver seule tout au long de

l'hiver dans une chambre mansardée, Estelle retrouva son sourire.

La nuit était tombée et la lumière jaune des lampadaires filtrait désormais à travers les carreaux. Marcelline transmit ses ordres à Orancie puis, avant de descendre, se recoiffa devant le miroir de l'entrée. Le menton calé dans le creux de ses mains, indifférente aux bruits qui montaient de la rue, Estelle resta seule face à ses pensées. Après leur entrevue avec Pierre Beauregard, elle était tenaillée par l'angoisse à l'idée que sa mission pourrait échouer si les recherches s'avéraient infructueuses. « Notre grand-père était pourtant formel : nous sommes des cousins du fondateur de *La Parisienne* ! » se répétait-elle pour chasser le doute et reprendre confiance. Impuissante à infléchir le cours des événements, elle n'avait pas d'autre choix que d'attendre. Elle comptait sur Amélie pour l'aider à s'adapter à la ville et à sa nouvelle vie. Ce soir-là, peinant à s'endormir, elle songea à Perrine qui guettait son retour et souffrirait de son absence puis à Mathias dont elle imaginait la déception.

Le lendemain, trois coups frappés à sa porte la réveillèrent brusquement. C'était Amélie.

« Les commis commencent à 7 heures ! chuchota-t-elle. Arrange-toi pour ne pas être en retard le premier matin ! »

Elle s'habilla et se coiffa en hâte. Dans la cuisine, debout près de la table garnie de bols et de pots de confiture, sa tante savourait son premier café tandis qu'Orancie surveillait le four où grillaient des tranches de pain. L'air distant comme chaque matin, elle l'accabla de directives quant à la méthode de rangement des réserves, pendant qu'elle prenait son petit-déjeuner. Amélie les rejoignit au moment où Estelle enfilait une blouse de coton grise, ample et longue, dans laquelle elle flottait. En la découvrant dans cette tenue vieillotte et austère, elle s'esclaffa :

« Une petite sœur grise ! »

Marcelline qui s'apprêtait à descendre pour accueillir les quatre employés, les rappela à l'ordre :

« Ne lambinez pas ! »

Estelle s'activa toute la matinée à déballer puis à ranger dans l'arrière-boutique des boîtes de thé, des paquets de chicorée et de café, des biscuits, des bocaux de harengs saurs et des pots de moutarde tandis qu'Amélie préparait les premières livraisons. Les commis l'observèrent avec un œil curieux mais, taciturnes et méfiants, n'essayèrent nullement de sympathiser avec elle ; ils laissèrent les deux jeunes femmes seules à l'approche de 11 heures lorsqu'ils disparurent tous au volant de leur triporteur. Au cours de cette première journée, sa tante contrôla souvent son travail puis la félicita pour avoir appliqué ses consignes à la lettre.

« Elle comprend vite ! » confia-t-elle à son mari

En milieu d'après-midi, Estelle s'absenta pour se précipiter au bureau de placement de la rue Papillon qu'elle avait déjà repéré au retour d'une promenade au square Montholon en compagnie d'Amélie. Il était 4 heures et la salle était envahie par des femmes qui jacassaient comme des commères. Au bout d'un moment, l'une d'entre elles qui cousait des chemises pour les grands magasins chercha à connaître sa spécialité. Était-elle gantière, apprêteuse, garnisseuse, brodeuse de casquettes, plumassière, ouvrière en tapisserie pour pantoufles, corsetière, cravatière ?

« Blanchisseuse ! répondit fièrement Estelle.

— C'est pas ton jour de chance ! soupira-t-elle, compatissante. Il paraît qu'on embauche surtout des couturières... »

Estelle se rembrunit mais cette femme aux cheveux ternes et aux joues sillonnées de rides la rassura :

« L'hiver commence juste. On aura besoin de blanchisseuses dans quelque temps : c'est un métier qui ne chôme pas ! »

Une heure plus tard, la directrice confirma à Estelle les propos de cette chemisière.

« Revenez dans une semaine ! » suggéra-t-elle.

Pour multiplier ses chances, Estelle s'inscrivit également dans un bureau de la rue Montmartre où elle passa chaque jour, à 9 heures, peu après l'ouverture. Une employée l'accueillit un matin avec un grand sourire :

« Une place de lingère dans une famille bourgeoise du boulevard des Italiens ! »

Lingère dans la bonne société parisienne ? C'était inespéré ! Elle s'imaginait déjà en train de repasser tout en fredonnant des chansons lorsque la jeune femme exigea des recommandations.

« Vous n'en avez pas ? s'étonna-t-elle. C'est indispensable ! Nos clients demandent de sérieuses références. Monsieur dirige une importante étude de notaire... »

Estelle promit d'écrire à Reine Ballard, dès le lendemain, pour pouvoir fournir des certificats sous huitaine.

« Je crains qu'il ne soit trop tard ! estima l'employée, désolée de la décevoir. Essayez quand même... »

Effectivement, lorsque le facteur déposa à l'épicerie

le courrier des châtelains de Lunet, la place était pourvue depuis trois jours. Elle se résigna à travailler dans une blanchisserie du boulevard Poissonnière pour calmer l'impatience de sa tante qui ne supportait plus qu'elle revienne bredouille des bureaux de placement.

« Tu trouveras mieux d'ici quelque temps ! » répéta Amélie qui désapprouvait les pressions de sa mère.

Un matin glacial de novembre, Estelle quitta ainsi les réserves de l'épicerie qui embaumaient le safran et la vanille pour affronter les effluves d'un bateau-lavoir. À 7 heures, posté derrière les carreaux de l'entrée de la blanchisserie sur lesquels le givre avait dessiné des arabesques pendant la nuit, Simon Taillefer guettait l'arrivée des huit ouvrières et ne manqua pas de la gratifier d'un sonore :

« Bonjour, Mademoiselle ! »

C'était un homme d'une quarantaine d'années, chauve et déjà bedonnant, qui avait produit bonne impression sur Estelle le jour où elle s'était présentée.

« Notre blanchisserie est une affaire familiale ! avait-il souligné. L'ambiance y est bien meilleure que dans les "usines à linge" ; nous ne poussons pas au rendement mais tout doit être d'une propreté et d'une blancheur exemplaires. »

Ce matin-là, après l'avoir complimentée pour sa ponctualité, il désigna d'un doigt une longue étagère où s'alignaient des boîtes en bois dont certaines portaient des initiales gravées.

« Le "carrosse" de Germaine pour Estelle ! » annonça-t-il d'un ton presque solennel comme s'il cherchait à l'introniser parmi ses futures compagnes de lavoir.

Une laveuse ne partait jamais sur les bords de la Seine

sans son carrosse ni son battoir. Pour frotter, tordre ou battre le linge, elle s'agenouillait dans ce carrosse qui la protégeait ainsi des éclaboussures. Une couche de paille ou un coussin en garnissait le fond, ménageant ses genoux qui imploraient grâce à la fin de la journée. C'était une découverte pour Estelle, habituée à s'installer à même la pierre plate du lavoir lorsqu'elle avait placé à portée de main ses montagnes de draps et de torchons.

Simon Taillefer remit encore à la jeune femme une brosse de chiendent, un pain de savon et un battoir qui avait déjà servi.

« En attendant qu'un fiancé vous offre un joli présent d'amour ! » s'exclama-t-il, déclenchant des plaisanteries grivoises.

Équipée de son carrosse, chargée de son cabas contenant le casse-croûte de midi, Estelle suivit les blanchisseuses de Simon Taillefer à travers un dédale de rues avant de parvenir au quai de la Mégisserie, près du Châtelet, où on distinguait à peine dans la brume matinale les cheminées de trois bateaux-lavoirs.

« Le moulin à paroles ! » claironna Étiennette, la plus ancienne.

Se frayant un chemin entre les tonneaux, les sacs de charbon et les piles de bois, elles parvinrent au pied de la passerelle qui permettait d'accéder à leur bateau-lavoir. Comme il appartenait à Marion Beaucart, elles avaient coutume de l'appeler *Le Moulin de Marion*. Des acclamations et des hurlements d'apaches saluèrent leur arrivée au milieu du tintamarre des battoirs.

« Les filles du boulevard Montmartre ! précisa aussitôt Læticia à Estelle. Blanchisserie Montvert. »

Solidement amarré à la berge pour résister pendant l'hiver à la montée des eaux du fleuve, construit en bois et couvert d'une toiture en zinc, *Le Moulin de Marion* pouvait recevoir jusqu'à deux cents lavandières ! Un plancher à fond plat, assemblé avec des madriers, protégeait de l'eau tandis qu'un large couloir desservait les deux rangées de places. Une pièce, connue sous le nom de « calorifère », avait été aménagée pour le coulage du linge avec des chaudrons et un énorme fourneau muni d'une réserve d'eau. À l'opposé, quelques tables et des bancs délimitaient l'espace réservé à la cantine où Marion proposait à midi des repas à prix modiques. Étiennette présenta Estelle à la patronne, une femme tout en nerfs dont les cheveux raides tombaient sur les épaules comme des baguettes de bambou.

« Elle remplace Germaine ! prévint-elle.

— Cette pauvre Germaine ! » murmura Marion.

Quelques jours plus tôt, victime d'évanouissements répétés, Germaine avait été conduite à l'hôpital Saint-Lazare.

« Ménage-toi ! conseilla Marion à Estelle. Le métier est rude ! Le jour où tu es usée jusqu'à la corde, le patron ne se préoccupe plus de toi : tu peux moisir à l'hospice ! »

Étiennette écourta la discussion.

« Au travail ! lança-t-elle en frappant dans ses mains rêches.

— Tout est prêt ! » s'empressa de glisser la patronne.

À la fin de la journée, un charretier reprenait les ballots de linge propre à la blanchisserie du boulevard Poissonnière après avoir déposé des paquets de linge sale. Pendant la nuit, un employé du bateau-lavoir était chargé de «couler» les lessives pour que les lavandières puissent dès le matin procéder au «retirage», c'est-à-dire savonner, rincer et essorer.

Étiennette attribua un panier à chacune de ses compagnes et annonça à Estelle qu'elle vérifierait, durant la pause du repas, les pièces lavées au cours de la matinée.

«Pour éviter les embrouilles avec le patron qui contrôle tout à la loupe, affirma-t-elle. C'est un homme très tatillon.»

Jusqu'à midi, Étiennette s'efforça de surveiller tous les gestes de la nouvelle recrue de Simon Taillefer qu'elle avait installée à la place de Germaine, à sa droite et aux côtés de Læticia. Tantôt elle modérait son ardeur à manier le battoir afin de ne pas abîmer les chemises, tantôt elle l'incitait à frotter davantage pour obtenir plus de mousse avec son pain de savon et débarrasser efficacement les draps des impuretés. Chaque fois, docile, Estelle obéit sans rechigner. Comme elle n'était pas retournée au lavoir depuis les dernières lessives du château, à la mi-octobre, elle ressentit dès le milieu de la matinée des douleurs lancinantes au bas des reins puis dans les bras. Les eaux de la Seine étaient hautes, froides et boueuses. De temps à autre, Estelle cessait de travailler pour réchauffer ses doigts gourds qui avaient pris une couleur de sang et masser ses reins. Elle refusa de porter à ses lèvres la gourde d'eau-de-vie que Læticia avait glissée parmi ses affaires pour en avaler une rasade toutes les heures.

«Un jour, tu t'y mettras comme les copines! rétorqua Læticia à chaque fois avant d'essuyer sa bouche au revers de sa manche. Sinon tu ne tiendras pas le coup.

— Puisqu'elle n'aime pas boire, laisse la tranquille

avec ton eau de Lourdes ! gronda Étiennette. On peut très bien s'en passer. »

Mouchée, Læticia marmonna quelques mots avant de déplier largement un jupon en batiste à volants superposés, incrustés et bordés de dentelle qui devait appartenir à une femme riche ou aux penchants coquins.

« À tous les coups, c'est un jupon de cocotte et il a assisté à de belles parties de jambes en l'air ! » s'exclama-t-elle.

Elle déclencha aussitôt des éclats de rire pendant que fusaient des remarques égrillardes au sujet des corsets en satin, des bas de soie noire et des culottes fendues.

« On s'amuse toujours autant chez vous ? demanda Estelle à Étiennette, séduite par cette ambiance alors qu'elle lavait le linge du château le plus souvent seule sous la toiture en tuiles rouges du lavoir de Lunet.

— Entre deux coups de collier, on peut quand même prendre du temps pour s'amuser ! répondit-elle. Ce n'est pas drôle d'être "cul-bas" toute la journée. »

Estelle accueillit la cloche de midi avec soulagement ; elle ne toucha pas à son casse-croûte préparé par Orancie et préféra se joindre à ses compagnes à l'une des tables de la cantine.

« C'est peut-être de la tambouille, observa Læticia lorsque la cuisinière apporta le ragoût fumant, mais on mange chaud ! »

Ce soir-là, Estelle retourna à la blanchisserie les jambes et les bras lestés de plomb. Pendant que les femmes rangeaient leurs carrosses, leurs brosses et leurs savons de Marseille, le patron interrogea Étiennette pour connaître les aptitudes de la nouvelle. Sa réponse réchauffa le cœur d'Estelle.

« La petite a sa place chez nous », dit-elle.

Lorsqu'elle rentra, l'épicerie s'apprêtait à fermer. Debout près de la caisse, au milieu d'un fatras de papiers qui encombraient le comptoir, Marcelline rédigeait une commande de confitures pour la maison Lamoureux de Tours. Absorbée par ses chiffres, elle prêta peu d'attention à sa présence, contrairement à Gustave qui la pressa de questions après l'avoir embrassée : le monde des bateaux-lavoirs l'intriguait. En dépit de la fatigue, des tiraillements d'estomac, Estelle s'appliqua à satisfaire sa curiosité. Dès que sa tante éteignit les lampes et qu'elle les pria de monter pour dîner, la jeune blanchisseuse retrouva avec un plaisir évident la douce chaleur du poêle Godin, les parquets frottés, les bonnes odeurs de cuisine, la table mise à la salle à manger et le confort de sa chambre ; elle appréciait ce privilège alors que la plupart de ses compagnes du *Moulin de Marion* croupissaient dans des taudis humides et infestés de vermine.

Jusqu'aux fêtes de fin d'année, les journées s'écoulèrent dans la froidure, la grisaille, la pluie et le grésil mais Estelle résista sans une plainte aux assauts de l'hiver qui compliquaient le travail des blanchisseuses. Certains matins, elles devaient briser l'ourlet de glace qui s'était formé en bordure du plancher durant la nuit avant de plonger leur linge dans l'eau. Parfois, sous l'effet du courant, le bateau-lavoir tanguait malgré les amarres et elles en avaient des nausées. Estelle attendait le dimanche avec impatience : sa tante l'autorisait en effet à dormir tard ce jour-là, à l'inverse d'Amélie qui rejoignait l'épicerie à 8 heures. Après le petit-déjeuner, elle paressait sous les couvertures en parcourant les numéros du *Petit Journal* qui s'entassaient à la salle à manger ; elle en profitait aussi pour envoyer des nouvelles à sa famille. Ses lettres qu'elle adressait chaque semaine à Lunet comportaient trois à quatre feuillets mais les réponses de son père et de sa sœur étaient trop brèves à son goût, souvent banales : elle sentait bien qu'ils s'obligeaient à écrire. Elle était heureuse, toutefois, d'apprendre que Perrine se plaisait au château où elle occupait maintenant sa place. Eugène l'avait remplacée à la ferme par une jeune fille de Marinhagues à qui il reprochait d'être peu méticuleuse ; il n'était pas plus satisfait de Norbert qui jouait déjà les fortes têtes malgré ses douze ans et qu'il menaçait de placer. Au bourg, l'héritage du fondateur de *La Parisienne* nourrissait encore quelques conversations mais ne suscitait plus de passion. D'aucuns étaient persuadés désormais qu'Eugène s'était laissé abuser par l'imagination de sa fille aînée et n'obtiendrait rien de la fortune de Savignac le Riche avec qui il n'avait certainement aucun lien de parenté. Comme beaucoup le craignaient dans le pays, personne ne se risquait à le railler pour sa naïveté le dimanche au café. Quant à Mathias, il s'appliquait à rédiger chaque semaine quelques mots d'amour pour Estelle sur une carte qui représentait tantôt Villeneuve ou Villefranche tantôt le château de Najac ou la tour de Martiel. La jeune femme avait constaté que la séparation n'avait guère modifié ses sentiments à son égard : elle n'était pas plus amoureuse du cocher de Lunet qu'après leur premier baiser dans le parc du château. Pourtant, le soir, en se couchant, elle avait souvent regardé son portrait dans l'espoir que l'absence éveillerait des regrets, le désir de le revoir rapidement. Peut-être trop accaparée par l'attente de la réponse de

Pierre Beauregard et ses longues journées au bateau-lavoir, par ailleurs bien entourée par Amélie, elle n'avait jusqu'alors rien éprouvé qui ressemblât plus ou moins à de l'amour. Certes elle répondait à ses cartes mais se contentait d'évoquer les caprices du ciel et l'animation des rues comme si elle écrivait à un cousin. Fallait-il s'obstiner au risque de tout gâcher ? Estelle s'y refusait, disposée à laisser sa chance au hasard : le grand amour l'attendait peut-être à Paris.

Une semaine avant Noël, un incident éclata à la blanchisserie : le patron accusa Estelle d'avoir abîmé deux manches en batiste et une chemise en percale qui appartenaient à une comtesse de la place de la Bourse. Un matin alors qu'elle reprenait sa brosse et son carrosse, il l'apostropha devant ses compagnes.

« C'est du sabotage ! » gronda-t-il en brandissant les broderies et les dentelles déchirées.

Abasourdie, elle marqua un temps d'étonnement puis affirma d'un ton catégorique qu'elle n'avait pas lavé ces vêtements.

« Cette chemise et ces deux manches de la comtesse Albas étaient dans votre panier, hier soir ! » prétendit Simon Taillefer tout aussi péremptoire.

Comment pouvait-elle prouver sa bonne foi ? Estelle sollicita l'arbitrage d'Étiennette, seule capable de rétablir la vérité, mais la plus ancienne des blanchisseuses ne s'aventura pas à contester les propos du patron. Mieux ! Pour s'attirer ses bonnes grâces, elle abonda dans son sens

« Tu te trompes, Estelle ! Cette chemise et ces manches

de la comtesse y étaient sûrement. Monsieur Taillefer contrôle tout à l'arrivée du charretier.

— C'est faux ! rétorqua Estelle.
— Elles y étaient ! reprit le patron en durcissant le ton.
— Reconnais-le ! insista à son tour Étiennette.
— Jamais ! cracha la jeune lavandière. C'est un coup monté ! »

Un murmure de stupéfaction parcourut le cercle des laveuses.

« Quel toupet ! répliqua Étiennette.
— Salope ! Ordure ! » entendit-on aussi.

Pendant que les injures pleuvaient, les grands yeux perçants d'Estelle fouillaient le regard de ses compagnes dans l'espoir de provoquer des aveux chez l'une d'entre elles ou de déceler des signes qui permettraient de démasquer la coupable. Car, pour la jeune femme, il n'y avait pas de doute : elle était victime d'une machination. Elle pensait que les lavandières n'appréciaient pas toutes les sourires et les amabilités dont le patron était coutumier à son égard, que certaines cherchaient à la « mettre au pli ». Mais elles demeurèrent imperturbables.

« Le règlement de la maison doit s'appliquer : j'en suis navré, mademoiselle Savignac ! annonça alors Simon Taillefer après avoir rompu le silence. Pour les dédommagements de la comtesse Albas, je retiendrai la moitié de votre salaire de décembre... »

Estelle procéda à de rapides calculs : elle gagnait deux francs et cinquante centimes pour douze heures de travail quotidien soit soixante à soixante-cinq francs par mois. Elle acceptait à midi un repas sans viande à quatre-vingts centimes au *Moulin de Marion* tandis que sa tante affichait des prétentions modérées quant à sa pension. En fin de mois, elle disposait au mieux de quinze francs pour renouveler sa garde-robe, acheter du papier à lettre et des timbres. Elle devait renoncer aux dépenses superflues, à toutes ses envies de sortie dans Paris.

« La moitié du salaire ? s'indigna-t-elle.

— C'est le règlement ! » soupira Simon Taillefer.

Ce matin-là, au bateau-lavoir, Estelle demeura sur ses gardes et surveilla constamment son panier tout en refusant de se mêler aux conversations. À l'heure du repas, elle emporta son assiette près de sa montagne de linge et mangea debout dans le couloir sous le regard interloqué des filles du boulevard Montmartre. En milieu d'après-midi, elle s'absenta un instant pour se rendre aux tinettes sommairement aménagées à l'aide de planches au bord du chemin. Lorsqu'elle retourna au lavoir, elle surprit l'une de ses compagnes, Madeleine, en train de fouiller dans son panier sans que personne ne tentât de l'en empêcher. Connue sous le nom de Mado, cette femme n'avait pas été gâtée par la nature : plate comme une limande, elle était affublée d'un goitre.

« Mado ! » hurla Estelle.

Comme la lavandière farfouillait toujours, elle la saisit par les cheveux et l'accusa d'avoir abîmé le linge de la comtesse en la menaçant avec son battoir.

« Avoue ! » ordonna-t-elle.

Mado ne répondit pas, essayant d'échapper à son regard qui jetait mille éclairs de colère. Estelle accentua alors la pression :

« Avoue que c'est toi, Mado ! Ou je retrousse tes jupes et je te flanque une fessée devant les copines. »

C'était la première fois qu'Estelle éprouvait le besoin

d'avoir recours à la violence pour défendre ses droits et son honnêteté. Autour d'elles, le vacarme des battoirs avait cessé. Personne ne souhaitait intervenir dans leur différend mais toutes les laveuses, sans exception, n'entendaient rien perdre de la scène tandis que Marion quittait la pièce du calorifère pour les rejoindre en bout de couloir, mains sur les hanches mais prête à les séparer en cas de besoin. Le combat entre les deux blanchisseuses du boulevard Poissonnière s'annonçait inégal : Mado, maigre et efflanquée, ne résisterait pas longtemps à Estelle qui la dépassait d'une bonne tête. Estelle n'avait nullement envie de s'acharner sur cette loque humaine, détruite par l'alcool, mais elle avait l'intention de la forcer à reconnaître qu'elle était coupable.

« Mado ! » tonna-t-elle avant de tirer sur ses cheveux gras.

Lorsque la douleur redoubla d'intensité, Mado céda et avoua. Puis elle éclata en sanglots avant de regagner sa place, de boire une rasade d'eau-de-vie tandis que le bruit des battoirs reprenait en cadence sous la toiture en zinc.

Au retour du lavoir alors qu'elles remontaient la rue du Louvre, Læticia félicita Estelle :

« Pour une jeunette qui débarque à Paris, tu te défends bien ! Mado est jalouse : elle t'envie d'être belle. Apprends à te méfier des femmes autant que des hommes... »

4

Comme la Noël et le Nouvel An tombaient cette année-là un dimanche, les fêtes n'offrirent à Estelle qu'un court répit dans des semaines de labeur ; elle apprécia d'autant plus ces moments-là que son oncle et sa tante la traitèrent chaque fois avec égard. Le 24 décembre, au retour de la messe de minuit qu'ils entendirent en famille sous les voûtes de l'église Saint-Vincent-de-Paul, elle reçut en cadeau une belle robe et des bottines vernies pour ses sorties du dimanche avec leur fille. Grâce à eux, pour la première fois, Estelle goûta au champagne au cours du réveillon à tel point qu'elle titubait dans le couloir pour gagner sa chambre. Nouvelle surprise le lendemain. Après le déjeuner, Amélie l'emmena au cinéma dans une salle de la rue de la Gaîté. Elles assistèrent à un récital de piano et à un spectacle de magie avant d'applaudir une série de films comiques de Max Linder. Estelle raconta à son oncle les scènes les plus piquantes dès qu'elles rentrèrent. Pour parachever le tout, les Castelnau la convièrent le 1er janvier à partager leur table dans un restaurant de la Madeleine où ils avaient l'habitude de déjeuner à l'occasion de la nouvelle année. Estelle en était gênée : elle n'avait rien à offrir. Sa cousine balaya ses scrupules.

« Mes parents te le devaient bien pour les journées passées dans les réserves de l'épicerie ! » souligna Amélie au terme de ce dimanche de fête alors qu'elle rangeait sa robe dans l'armoire.

Quoique leur accueil s'efforçât d'être aimable dans l'attente de la fin des recherches ordonnées par l'exécuteur testamentaire de Savignac le Riche, Estelle souhaitait prendre ses distances : elle était toujours en quête, même pour quelques semaines, d'une place de lingère dans une famille bourgeoise qui puisse la loger. Les employées du bureau de placement de la rue Montmartre avaient promis de prévenir Amélie lorsqu'elles recevraient une offre correspondant à son attente. Lætitia, sa voisine du bateau-lavoir, l'encourageait depuis le début à retourner à son premier métier et, pour l'heure, à changer rapidement de maison :

« Ne t'incruste pas chez Taillefer sinon tu le regretteras ! C'est un patron redoutable qui mettra le grappin sur toi. Tu as tout pour plaire : tu es belle, jeune et fraîche.

– Qu'il essaie ! rétorquait Estelle, décidée à résister.

– Il ne te laissera pas le choix ! rétorquait Lætitia. Pour rester, les filles y sont toutes passées...

– Même Mado ?

– Pas Mado, bien sûr ! Ni Lucette qui est trop vieille.

– Toi aussi ? »

Chaque fois qu'elles entamaient cette discussion, à leur retour du bateau-lavoir, à l'écart de leurs compagnes, Lætitia confirmait. Rouge de honte. Elle avait cédé peu après son arrivée ; il l'avait harcelée sans relâche pendant des mois, l'obligeant deux à trois fois par semaine à satisfaire ses désirs dans une pièce attenante à son bureau qui servait de débarras mais qui était curieusement meublée d'un canapé recouvert d'une housse. Elle sanglotait en confiant à Estelle les humiliations qu'elle y avait subies.

« Pourquoi ne pas avoir claqué la porte ? demandait Estelle.

— Pour aller où ? répondait-elle. Le patron siège à la chambre syndicale des blanchisseurs de Paris : il m'aurait barrée... »

Puis Simon Taillefer avait engagé une jeune laveuse fort gironde, qui n'avait pas tardé à remplacer Læticia sur le canapé à la tapisserie élimée, mais qu'il avait bientôt congédiée.

« C'est maintenant ton tour : tiens-toi sur tes gardes ! » répétait Læticia, multipliant les avertissements.

Estelle redoubla de vigilance, évitant d'arriver trop tôt le matin et s'efforçant le soir de disparaître une fois rangées ses affaires. Elle pensait avoir échappé à ses griffes lorsqu'il s'arrangea pour la retenir, un soir de janvier, sous le prétexte d'une augmentation de salaire qui pourrait prendre effet le mois prochain. C'était une journée neigeuse, froide. Depuis midi, les flocons tourbillonnaient dans le ciel de Paris. Les joues et les mains bleuies, Estelle était pressée de rentrer chez sa tante pour changer ses bas humides, réchauffer ses pieds glacés contre le poêle de la salle à manger et quémander une assiette de bouillon brûlant auprès d'Orancie à la cuisine. Comme à son habitude, Étiennette quitta la blanchisserie la dernière après avoir vérifié l'état des brosses et inventorié les réserves de savon de Marseille. Derrière elle, Simon Taillefer tira le verrou de la porte principale et la rejoignit dans son bureau en affichant un sourire insolent. « Me voilà prisonnière ! » en déduisit Estelle, le cœur battant et la gorge nouée. Debout au milieu de la pièce encombrée de journaux et de paquets de linge, elle sentit ses jambes s'amollir mais chercha aussitôt à se ressaisir, prête à admettre qu'il souhaitait simplement discuter de son salaire.

Simon Taillefer rechargea le poêle, s'adossa contre la porte et la félicita pour la qualité de son travail.

« Quelle conscience ! Quel entrain ! souligna-t-il. Vous méritez d'être mieux payée ! »

Il s'accorda un moment de réflexion avant d'annoncer :

« Quinze francs de plus par mois !
— Quinze francs ! s'exclama-t-elle, soudain moins glaciale. »

Un franc sourire éclaira à nouveau son visage. Elle avait repris peu à peu des couleurs sous l'effet de la douce température qui baignait maintenant la pièce.

« C'est à vous d'en décider, glissa-t-il.
— À moi ? s'étonna-t-elle.
— Vous pourriez vous montrer... »

Pour ne pas la braquer, Simon Taillefer hésitait sur les mots à employer : il devait agir avec finesse tant elle était différente des lavandières qu'il avait l'habitude de séduire. À l'occasion du conflit qui l'avait opposée à Mado, la jeune femme avait manifesté une telle impertinence à l'égard de son patron qu'elle avait réclamé et arraché des excuses devant ses compagnes.

« Comment ? demanda-t-elle avec une fausse naïveté.
— Vous pourriez vous montrer plus aimable et gracieuse ! J'ai comme l'impression que... »

Il n'acheva pas sa phrase, déconcerté par son regard

perçant. Elle avait compris qu'il essayait de la piéger, comme Læticia.

Après un long silence, il poursuivit d'un ton conciliant :

« Nous pourrions trouver un arrangement...
– Lequel ? » coupa-t-elle sèchement.

Simon Taillefer ne répondit pas et commença à tourner autour d'elle, la déshabillant d'un œil connaisseur. « Quel culot ! pensa-t-elle. C'est un mufle ! » Læticia n'avait pas forcé le trait : l'homme était abject et dissimulait son vice sous une allure débonnaire pour mieux tromper ses victimes. Les poings serrés, la jeune femme bouillait de colère ; elle se demandait jusqu'où le pousseraient ses manies répugnantes tant il peinait à contenir son désir, s'il se contenterait de quelques attouchements pour ne pas l'effrayer et obtenir mieux les jours suivants ou s'il prendrait le risque de la violer sous la menace comme Læticia dès le premier soir. « Il ne me laissera pas sortir sans avoir tenté sa chance ! » en conclut-elle, prête à se débattre, à le frapper, à le griffer et à le mordre, à appeler au secours dans l'espoir d'être entendue par les locataires du premier étage.

Soudain le patron posa une main sur son épaule.

« On arrive toujours à trouver un arrangement ! murmura-t-il. Si chacun y met du sien... »

Comme il ne retirait pas sa main, Estelle le pria de l'enlever.

« Ne me touchez pas ! » prévint-elle fermement.

Au lieu de s'exécuter, il la laissa glisser de l'épaule jusqu'aux hanches qu'il s'enhardit à caresser à travers le tissu de la robe.

« Ne me touchez pas ! » hurla-t-elle alors avant de se retourner et de le gifler de toutes ses forces.

Surpris par sa réaction, il porta une main à sa joue brûlante.

« Petite garce ! siffla-t-il entre ses dents.

— Obsédé ! Ordure ! répliqua-t-elle sur le même ton.

— Tu le paieras ! jeta-t-il d'un regard haineux. Je préviendrai la chambre syndicale. »

Indifférente à ses intimidations, elle haussa les épaules.

« C'est la misère qui t'attend ! claironna-t-il avec jubilation. Une liste circule dans les blanchisseries avec les noms des têtes de pioche que personne n'embauche. Au bout de quelque temps, ces femmes échouent dans les hospices pour les plus vieilles et dans les claques pour les plus fraîches comme toi !

— Vous pouvez toujours me menacer : je retourne chez moi, dans l'Aveyron, au printemps ! » rétorqua-t-elle.

Alors qu'elle enfilait sa pèlerine et nouait son écharpe de laine autour du cou, il prédit encore :

« Avant la fin du mois, tu me supplieras de te reprendre.

— Jamais ! répondit-elle.

— Tu n'auras pas le choix !

— Imbécile ! Minable ! »

Il blêmit sous les insultes avant de fouiller nerveusement dans les tiroirs de son bureau en quête de trente francs pour régler les deux semaines de travail d'Estelle.

« C'est bien payé ! estima-t-il, les lèvres tremblantes. »

Il la raccompagna jusqu'à la porte de la blanchisserie avant de terminer ses comptes de la journée.

Quoique satisfaite d'avoir tenu tête à son patron, Estelle rentra abattue. Dans la précipitation, elle manqua tomber sur les pavés du boulevard Poissonnière que le gel rendait glissants. La neige avait cessé de tourbillonner : un vent fort avait chassé les nuages mais promettait une nuit glaciale. Elle avait à peine franchi le seuil de l'épicerie où Marcelline s'activait encore malgré l'heure tardive, plongée dans ses commandes, qu'elle chercha sa cousine :

« Amélie ! Amélie !

— Elle est déjà montée ! » répondit sa tante sans remarquer son affolement.

Estelle monta à son tour d'un pas lourd et lent qui trahissait à la fois sa fatigue de la journée et ses angoisses du lendemain ; elle trouva Amélie dans la salle à manger, près d'une lampe, en train de feuilleter une revue de mode tandis que son père relevait les derniers cours du napoléon dans *Le Petit Journal*.

« Amélie ! » s'écria-t-elle en larmes, figée à l'entrée de la pièce sans avoir le courage d'enlever sa pèlerine.

Son appel de désespoir retentit entre les murs.

La jeune femme sursauta ; elle referma aussitôt son magazine pour rejoindre Estelle puis la prendre dans ses bras.

« Tu es malade ? » demanda-t-elle.

Elle répondit par la négative sans pouvoir articuler un seul mot et Amélie l'entraîna alors dans sa chambre, la débarrassa de son manteau puis la força à s'asseoir sur le bord du lit.

« Que s'est-il passé ? reprit-elle d'une voix douce.

— Le patron m'a renvoyée ! » concéda enfin Estelle.

Elle hésitait à parler alors qu'elle avait confiance en sa cousine.

« C'est délicat à expliquer », avoua-t-elle.

Opiniâtre et patiente, Amélie parvint à vaincre ses réticences

« Ne me cache rien ! »

Sans céder une seule fois à l'émotion, la jeune blanchisseuse raconta tout : les confidences de Læticia, les propositions de son patron, ses gestes obscènes, la gifle, ses menaces, son renvoi, ses propres craintes pour retrouver désormais du travail puisque Pierre Beauregard tardait à se manifester.

« C'est un beau salaud qui mériterait d'être dénoncé ! » trancha Amélie au sujet de Simon Taillefer.

Durant le dîner, elle défendit Estelle face à sa mère qui peinait à croire qu'il existât des patrons aussi répugnants.

« C'est la première fois que j'entends de telles accusations ! » insista Marcelline, sceptique.

Puis, s'adressant à Estelle, elle insinua qu'elle l'avait provoqué sans y prêter garde.

« Provoqué ? s'étrangla-t-elle.

— Certaines femmes savent jouer les allumeuses pour éblouir leur patron et obtenir une augmentation de salaire ! prétendit-elle à la surprise de son mari et sa fille.

— Tu t'imagines alors que je tortille des fesses devant Taillefer pour toucher plus ? rétorqua Estelle. C'est ignoble ! »

Marcelline, embarrassée, protesta de sa bonne foi.

« Je ne t'accuse de rien, s'empressa-t-elle de préciser. Je me demandais simplement si...

— C'est tout comme ! » considéra la jeune blanchisseuse.

Comme le ton montait, Gustave et sa fille s'appliquèrent tous deux à ramener le calme. Marcelline s'inclina à contrecœur.

« Quel fichu caractère ! lâcha-t-elle avec ironie en fixant Estelle. Aucun patron ne te supportera.

— C'est mon problème ! » répondit-elle avant de se lever.

Des cauchemars agitèrent son sommeil cette nuit-là : elle rêva que Simon Taillefer la poursuivait dans les ruelles, réussissait à la rattraper et à la pousser dans un renfoncement de porte cochère pour abuser d'elle.

Dès le lendemain, à l'ouverture, Estelle retourna au bureau de placement de la rue Montmartre. La directrice n'avait rien d'autre à proposer ce matin-là qu'une place de lavandière dans le quartier du canal Saint-Martin. Elle l'accepta aussitôt pour ne pas subir au cours des prochains jours les sautes d'humeur de sa tante. Deux heures plus tard, le directeur du lavoir Chassany la recevait dans son bureau de la rue des Récollets et l'engageait sur-le-champ à un salaire plus avantageux que chez Taillefer : elle gagnerait cinq francs de plus par mois.

« Avec de meilleures conditions de travail ! » souligna Gaston Chassany tout en bourrant sa pipe.

L'immense bâtiment qu'il avait édifié en 1900 dans la rue des Récollets comptait parmi les grands lavoirs parisiens. Il constituait une véritable usine « à laver » avec ses installations pour le lavage, le rinçage et le séchage du linge comme Estelle put le constater au cours de sa visite des lieux sous la conduite de l'une des contremaîtresses. Il l'impressionna avec ses piliers de fonte, ses chaudrons de cuivre et ses cuviers, ses machines à vapeur, ses essoreuses à cylindres, son long séchoir aménagé à l'étage et fermé sur les deux côtés par des persiennes à petites lames, surtout l'équipement des cent quatre-vingts places réservées aux lavandières. Chez Chassany, on ne lavait pas le linge à genoux comme dans les bateaux-lavoirs du quai de la Mégisserie mais debout. Les femmes travaillaient toutes dans des loges en bois qui protégeaient leurs jupes des éclaboussures d'eau. Chacune disposait d'une planche, devant elle, pour battre les chemises et les draps ; elle utilisait également trois baquets, installés à portée de main : le plus petit, monté sur pieds, contenait l'eau chaude et l'eau de lessive qu'elle allait chercher au cuvier à l'aide d'un seau ; le plus grand recevait l'eau froide grâce à un robinet fixé juste au-dessus et le troisième permettait de passer le linge « au bleu ».

« C'est moderne ! remarqua Estelle.

— Comme en Angleterre et en Amérique, précisa fièrement la contremaîtresse à la poitrine opulente et à la repartie facile. »

Puis elle ajouta avec satisfaction :

« Pour l'année prochaine, le patron a promis un système de séchage à l'air chaud et une salle de repassage. »

Dans son lavoir, Gaston Chassany accueillait les laveuses du quartier Magenta-Saint-Martin mais employait aussi ses propres lavandières pour traiter les caisses de linge que confiaient toutes les semaines des maisons de Paris et de banlieue spécialisées dans le blanchiment des draps, des taies d'oreillers, des nappes et des serviettes de restaurants, des blouses de coiffeurs.

« Voilà qui me changera des mouchoirs, des dentelles et des jupons de duchesse ! » s'enthousiasma Estelle.

À sa sortie du lavoir, elle remonta la rue des Récollets avec la certitude d'avoir trouvé une bonne place.

À 7 h 30, le lendemain, elle prenait rang devant l'entrée d'un bureau à la porte vitrée pour obtenir une brosse, un battoir et un savon. Puis, emportée sous le hangar par le flot des laveuses, Estelle chercha à s'installer. Bousculée, rabrouée, expulsée des loges qui paraissaient libres au premier abord, elle désespérait lorsque deux femmes la repérèrent au milieu de la cohue puis l'abordèrent pour la convaincre de rejoindre leur groupe, l'assurer qu'elle y aurait sa place pour laver. Jeanne accourut la première. Son teint rougeaud, ses bras ronds frappèrent Estelle.

« Pour qui travailles-tu ? demanda-t-elle.
— Chassany.
— Je t'embarque dans mon équipe ! répondit Jeanne, tendant une paume rêche et crevassée pour sceller leur entente. »

Une main puissante et large agrippa alors l'épaule d'Estelle.

« Je la prends : je l'avais vue avant toi ! » tonna une poissarde.

C'était Gertrude, une blonde aux cheveux gras, au nez aquilin et à la corpulence masculine.

« Essaie de me la chiper et c'est le grabuge ! promit Jeanne.

— C'est la petite qui doit décider ! répliqua-t-elle.

— Elle a choisi ! trancha la lavandière au teint rougeaud, prête à emmener Estelle pour grossir les rangs de son groupe.

— C'est faux ! rétorqua Gertrude. Laisse-la parler. »

Estelle ne savait que dire ni pour qui prendre parti.

« Méfie-toi de Jeanne : c'est une ivrogne ! insista à l'adresse d'Estelle la blonde au nez aquilin. Elle tourne à la "verte", elle te forcera à acheter ce soir une bouteille d'absinthe : c'est le droit d'entrée dans le clan des Récollets. Elle t'obligera aussi à payer ton "gorgeon" une fois par semaine : c'est le droit d'entretien ! La place te coûtera cher : tu regretteras d'y claquer une partie de ton salaire. Chez moi, il n'y a pas de droit...

— Chez toi ? s'exclama Jeanne en plantant ses mains sur ses hanches. C'est un ramassis de pétasses qui filent débaucher les éclusiers du canal Saint-Martin dès qu'elles sortent !

— Dans ton clan, les filles racolent aussi le long du canal quand arrive la fin du mois ! Elles sont... »

Elle ne put terminer la phrase : la contremaîtresse exigea que la nouvelle se mette au travail sans plus tarder.

« Sinon elle n'aura pas le temps de manger ! ajouta-t-elle.

— Qui l'embarque ? questionna alors Gertrude.

— Elle est à moi ! » annonça Jeanne.

Estelle obtint ainsi une place, dans le lavoir, qu'elle paya cher comme l'avait prédit Gertrude puisqu'elle dut s'acquitter, en effet, d'un droit d'entrée dans le clan des Récollets. Dès le lendemain, pendant la pause de midi, elle acheta de l'absinthe pour Jeanne dans une épicerie de la rue des Vinaigriers où les lavandières de Chassany avaient leurs habitudes : elle aurait eu honte de devoir en demander à sa tante.

— Une bouteille de Cusenier ! insista-t-elle. Pas de l'absinthe parisienne du Val Roger. Ne te trompe surtout pas !

Le soir même, autour de leur chef de clan, toutes trinquèrent à son arrivée. À la stupéfaction d'Estelle, beaucoup tirèrent de leur cabas une cuiller à long manche, un verre à pied et du sucre. Elle les observa doser l'absinthe avec minutie puis déposer le sucre sur la cuiller avant de verser l'eau sur le sucre en prenant soin de respecter un cérémonial qu'elle découvrait pour la première fois : on préférait l'eau-de-vie à l'absinthe à l'auberge de Sainte-Croix et elle n'avait jamais surpris les hommes de la ferme ni les invités des Ballard en train d'en boire. Les verres passèrent de main en main. Lorsque arriva son tour, Estelle refusa d'y goûter. Aussitôt, les quolibets fusèrent :

« Femmelette

— Chochotte !

— Encore une pisseuse qui tête sa mère ! »

Jeanne la persuada d'y tremper les lèvres.

« C'est ta tournée ! dit-elle. Personne ne comprendrait que tu joues les buveuses d'eau bénite ! C'est le seul moyen pour toi d'être acceptée parmi nous. »

Estelle s'exécuta à contrecœur, avala lentement cette boisson douce et sucrée qu'elle imaginait tord-boyaux comme le trois-six de Lunet pour en apprécier finalement le goût anisé. Une salve d'applaudissements l'encouragea puis les laveuses entonnèrent à pleine poitrine :

« Elle est des nôôôôôtres !

« Elle a bu sa verte comme les ôôôôôtres !

« C'est une ivrôôôôôgne !

« Ça se voit rien qu'à sa trôôôôôgne ! »

Jeanne, euphorique après son second verre, enroula un bras autour de sa taille pour chuchoter à son oreille :

« Bravo, petite ! Tu vois que c'était pas si terrible ! »

Le patron ferma son lavoir à 8 heures comme tous les soirs mais elles continuèrent à chanter et à boire devant l'entrée tandis que des mariniers les rejoignaient. Estelle chercha à s'esquiver à la faveur de l'animation qui régnait dans la rue mais Jeanne et ses deux acolytes l'en empêchèrent :

« C'est ta fête ! Tu ne peux pas nous lâcher ! »

Elle céda à leurs supplications mais parvint à s'écarter du cercle chaque fois que la bouteille de « verte » circula. Aux environs de 9 heures, profitant de l'épais brouillard qui noyait maintenant le quartier, elle leur faussa compagnie et rentra d'un pas pressé.

« Que t'est-il arrivé ? » s'inquiéta sa cousine.

Elle raconta à mi-voix dans la salle à manger pour ne pas être écoutée par Orancie qui s'affairait à la cuisine.

« Heureusement que mes parents sont sortis ce soir ! soupira Amélie, effrayée par ses fréquentations et l'ambiance qui régnait dans le lavoir. S'ils apprenaient que…

— Je peux compter sur toi ? coupa Estelle.

— Bien sûr ! dit-elle en haussant les épaules. Mais jure-moi de te méfier de cette bande ! Tu n'es entourée que de souillons, de dégénérées, d'ivrognes et de tapineuses. »

Estelle promit.

« Tu mérites mieux, ajouta Amélie.

— J'en sortirai bientôt ! » affirma-t-elle.

Jour après jour, la jeune blanchisseuse s'habitua à supporter les coups de colère de Jeanne et ses extravagances lorsqu'elle défiait ses compagnes à la lutte après deux verres de « verte ». Ce corps à corps dans la moiteur du lavoir, au milieu d'une odeur savonneuse et âcre à la fois, attirait beaucoup de lavandières qui s'en délectaient avant de regagner leur foyer. La première fois, Estelle y assista par curiosité. C'était un spectacle. Sur une toile étendue à même les pavés, Jeanne affronta la meilleure lutteuse du hangar. Toutes deux ne gardèrent que leur chemise ample dont elles remontèrent les manches et leur pantalon retenu à la taille par un cordonnet. Elles combattirent à mains nues sous les acclamations du public et le regard amusé de Gaston Chassany qui avait renoncé à interdire ces divertissements des débuts de soirée. Jeanne gagnait souvent, s'autorisant des audaces que la foule réprouvait par des sifflets répétés ou applaudissait à tout rompre. Le premier soir où Estelle la découvrit dans son rôle de lutteuse, elle arracha le pantalon de son adversaire qu'elle brandit tel un trophée avant de s'écrouler, les chairs rougies et fumantes.

« C'est une tigresse ! » confia Estelle à Amélie, dès son retour, impressionnée et révoltée à la fois par ces jeux si peu féminins.

Outre les combats initiés par Jeanne, le lavoir accueillait dès la fin de l'après-midi des photographes, des chanteurs ambulants, des musiciens et des cartomanciennes en tournée dans le quartier. On improvisait un bal au son d'un accordéon et on tirait les cartes sous la houlette d'une jeune Tsigane aux yeux malicieux. Bientôt, les employées du lavoir Chassany songèrent à préparer la fête des lavandières qui se déroulait chaque année à l'occasion de la mi-carême. Les deux cent mille blanchisseuses de Paris et de la banlieue abandonnaient ce jour-là leur battoir pour se grimer, se masquer et défiler dans les rues avec de belles toilettes qu'elles empruntaient souvent à leurs clientes. Dans chaque lavoir, elles élisaient leur reine, intronisant la plus jeune et la plus jolie au point que Marcelline prévint sa nièce :

« Débrouille-toi pour ne pas recevoir la couronne !
– Pourquoi ? s'étonna Estelle qui, précisément, brûlait d'envie de se distinguer pour prendre une revanche sur des pimbêches des Récollets.
– Les reines de lavoirs sont les femmes les plus vulgaires de Paris ! répondit-elle ironiquement. Je tiens à ma réputation. »

Estelle renonça à regret à ses projets alors qu'elle avait toutes les chances, selon Jeanne, d'être élue reine en cet après-midi de mars 1911. Dans un magasin de fripes où Amélie l'accompagna, elle dénicha une chemise d'homme aux manches bouffantes, un pantalon blanc dans lequel elle flottait et qui couvrait à peine ses chevilles, un bonnet noir et une collerette plissée.

« Habillée en pierrot, maquillée en blanc, les cheveux cachés sous mon béret, personne ne me remarquera ! souffla-t-elle à sa cousine. C'est bien ce que souhaite ta mère ? »

Sortant de chez le fripier, elles rencontrèrent Læticia qui pleura longuement : Simon Taillefer la harcelait à nouveau.

« Décide-toi à changer de patron ! l'encouragea son ancienne compagne de lavoir.

— Après Pâques ! » jura-t-elle en séchant ses larmes.

Puisqu'elle habitait passage Dubail, à une portée de fusil des Récollets, Estelle la convia à déserter *Le Moulin de Marion* le soir de la fête pour la rejoindre chez Chassany.

« On s'amusera une bonne partie de la nuit ! » annonça-t-elle.

Le grand jour arriva enfin, baigné d'un soleil généreux qui était déjà chaud pour la saison. Les lavandières cessèrent de travailler à midi, bâclèrent leur repas et disparurent aussi vite qu'une volée de moineaux pour revenir en milieu d'après-midi prêtes à défiler, par les boulevards de Sébastopol et de Strasbourg, de la gare de l'Est jusqu'au Châtelet où les blanchisseuses des autres quais de la Seine devaient grossir leurs rangs. Estelle était méconnaissable dans sa tenue de pierrot : ses vêtements amples dissimulaient ses formes tandis que ses taches de rousseur s'étaient effacées sous un masque de farine et de lait qu'elle avait préparé à la hâte puis appliqué avec soin sur son visage. Les apparences étaient tellement trompeuses que Jeanne la confondit avec un musicien qui fréquentait le lavoir.

À la tombée de la nuit, rassemblées sur la place du Châtelet, les laveuses désignèrent leur reine par acclamation : le titre tant convoité cette année par le clan des Récollets revint à une jeune blanchisseuse du faubourg Saint-Antoine qui grimpa aussitôt sur une charrette décorée de guirlandes multicolores et équipée d'un trône pour effectuer un tour d'honneur le long des quais jusqu'à la place de La Concorde. La tête du cortège arrivait en vue du jardin des Tuileries lorsqu'un homme habillé en Tyrolien saisit soudain la main d'Estelle pour l'entraîner dans une farandole qui se formait au milieu du quai. Grâce à la lueur blafarde des lampadaires, elle ne tarda pas à le démasquer : c'était Vincent qui animait souvent les fins d'après-midi au lavoir avec son orgue de Barbarie, ses jeux de magie, ses tours de jongleur. Originaire des plaines du Nord, il avait su s'attirer des sympathies. Beaucoup le trouvaient beau avec ses cheveux d'une blondeur éclatante, son sourire enjôleur.

Vincent ne quitta pas Estelle de la soirée au point que Læticia s'ennuya après le repas pendant que le couple valsait. Comme elle ne connaissait personne, elle sirota du marc qui circulait dans des bouteilles sans étiquette fournies par les mariniers. Estelle la découvrit ivre, à minuit. Vincent l'aida à rentrer chez elle, dans son deux-pièces du passage Dubail ; ils la couchèrent tout habillée. Estelle proposa de la veiller mais le jongleur s'y opposa :

« On guinche jusqu'au bout de la nuit ! »

5

Deux semaines plus tard, une lettre attendait Estelle au retour du lavoir Chassany.

« C'est un courrier de *La Parisienne* ! » s'empressa de préciser Amélie dès qu'elle entra dans la salle à manger.

Sans s'accorder le temps d'enlever son chapeau, elle l'ouvrit d'un geste nerveux. Pendant qu'elle le parcourait, son visage se décomposa. « *Suite à notre entretien du 9 novembre dernier, je suis aujourd'hui en mesure de vous annoncer que les recherches entreprises par le cabinet Miralet pour tenter d'établir une filiation entre votre famille et le propriétaire-fondateur des magasins* La Parisienne *sont terminées. Mais, à mon grand regret, je ne peux donner suite à votre demande puisque l'enquête n'a pu prouver un lien de parenté, même éloigné, entre les Savignac de Lunet (commune de Sainte-Croix, Aveyron) que vous représentez et Félix-Édouard Savignac, décédé à Paris le 11 octobre dernier, dont je dois exécuter le testament. Croyez bien, Mademoiselle, que j'en suis désolé...* »

La nouvelle l'anéantit : elle s'effondra dans un fauteuil. Soudain s'écroulèrent tous ses espoirs : sa famille ne pourrait jamais sortir de sa condition misérable. Quelle amère désillusion ! Estelle ne comprenait pas pourquoi le cabinet Miralet n'était pas parvenu à démontrer qu'ils étaient cousins.

« Mon grand-père en était fermement convaincu et Savignac le Riche le pensait aussi ! répéta-t-elle.

— C'est honteux ! » lâcha sa tante Marcelline un instant plus tard lorsqu'elle la rejoignit après la fermeture de l'épicerie.

Elle accabla alors l'exécuteur testamentaire qu'elle soupçonna de malhonnêteté.

« Ce rapiat n'a jamais eu l'intention de partager ! affirma-t-elle. Il nous a endormies toutes les deux avec des promesses et de belles paroles : il savait bien que ton père ne pouvait pas s'offrir des recherches longues et coûteuses. Je ne serais pas étonnée d'apprendre qu'il n'y a pas eu d'enquête ! »

L'oncle Gustave, surpris par son accusation, tenta de modérer ses propos mais elle redoubla de virulence à l'égard du directeur de la manufacture des Tabacs :

« C'est un hypocrite qui a manqué à son honneur !
— Marcelline ! Tu ne peux pas…
— En cinq mois, il ne s'est pas soucié d'Estelle une seule fois ! poursuivit-elle. Le jour de notre entretien, il aurait pu l'embaucher à *La Parisienne* pour quelques mois mais il n'a rien proposé : cet homme n'a pas de cœur ! »

Estelle l'approuva d'un signe de tête : elle aurait accepté avec enthousiasme une place de vendeuse.

« J'aurais même déballé des vêtements dans les entrepôts ! » révéla-t-elle.

Elle devait maintenant prendre une décision : rester à Paris ou retourner dans l'Aveyron.

« Je m'installe à Paris ! » dit-elle sans hésiter.

Habituée désormais à la grande ville et à la foule qui l'effrayait les premiers temps, elle n'éprouvait pas l'envie de retrouver la campagne aveyronnaise, trop morne par comparaison, même si elle ressentait l'éloignement. Son choix enchanta Amélie tandis que Marcelline et Gustave n'y opposèrent aucune objection :

« Puisque tu préfères Paris... »

Ils continueraient à l'héberger tant qu'elle n'aurait pas obtenu la place de lingère qu'elle recherchait.

Dès le lendemain, elle envoya une longue lettre à son père à laquelle elle joignit le courrier de Pierre Beauregard, ne manquant pas de souligner à son tour qu'elle mettait en doute sa sincérité : « *Comment connaître la vérité ? Nous n'avons aucun moyen de contester son enquête devant les tribunaux et nous ne sommes pas de taille à affronter les gens du grand monde... Qu'importe ! En définitive, nous n'avons pas besoin de tous ces millions pour vivre : nous sommes assez courageux pour gagner notre pain à la sueur de notre front... J'ai décidé de m'établir à Paris : j'espère que tu ne m'en voudras pas trop. Ne t'inquiète pas pour moi : je saurai me débrouiller seule. En cas de besoin, la tante Marcelline et l'oncle Gustave ont promis de me soutenir. J'essaierai de vous aider de mon mieux depuis Paris et quoi qu'il arrive, je ne vous oublierai pas...* »

Après les fêtes de Pâques, le bureau de placement l'informa qu'une famille bourgeoise du quartier de l'Opéra désirait engager une bonne à tout faire. Elle hésita à s'y rendre.

« Nourrie et logée à l'année, une lingère gagne vingt francs de plus par mois ! expliqua-t-elle à Amélie.

– Tu devrais te présenter, insista sa cousine. Si les patrons te semblent trop maniérés, tu pourras toujours refuser. »

La jeune blanchisseuse y réfléchit une partie de la nuit, pesant ses arguments. Certes elle avait l'intention de changer de métier pour échapper aux griffes de Jeanne qui s'appliquait à l'entraîner dans la boisson et à l'atmosphère pénible qui régnait au lavoir, justifiant à trois reprises l'intervention de la police, mais ne voulait pas regretter sa décision dans quelque temps : elle ignorait tout de la famille Mornand, de ses exigences, de son comportement à l'égard du personnel. Elle avait entendu des récits terrifiants au *Moulin de Marion*. Une blanchisseuse du boulevard Montmartre, bonne à tout faire chez des bourgeois parisiens à l'âge de treize ans, leur avait souvent raconté comment ses patrons la traitaient lorsqu'ils séjournaient dans leur propriété proche de Saint-Maur : elle couchait dans le poulailler. Lorsqu'elle y songeait, Estelle en frissonnait d'effroi. À son tour, elle n'entendait pas devenir une femme « à tout faire » dans cette famille de la rue d'Antin, encore moins se prêter à des jeux cyniques de tyrans domestiques. Au besoin, elle quitterait sa place et les dénoncerait. Au réveil, sa décision était prise : elle acceptait cette part d'inconnu.

Ce jour-là, Estelle écourta sa pause de midi et rentra plus tôt. Après une toilette rapide, elle passa une belle robe et gagna le quartier de l'Opéra. Il était 7 heures lorsqu'elle sonna chez Hortense et Hector Mornand. Une femme rondelette et aux joues cramoisies entrebâilla la porte. C'était la cuisinière.

« Madame est absente jusqu'à l'heure du dîner, répondit-elle en la toisant de pied en cap.

— Monsieur peut me recevoir ? demanda alors Estelle.

— À cette heure, Monsieur est encore à la Cour des comptes.

— Je peux les attendre ?

— Les attendre ? s'écria-t-elle. Mais je n'ai pas d'ordre !

— Vos patrons ont été prévenus par le bureau de placement, souligna Estelle. Ils m'attendent. »

La cuisinière examina la lettre puis, à contrecœur, s'effaça pour la laisser entrer. Alors qu'elles traversaient le vestibule richement meublé pour rejoindre la cuisine, elle appela d'un ton criard :

« Loulou ! Loulou !

— J'arrive, Annette ! » entendit-on.

Un moment plus tard, Loulou apparut enfin.

« La femme de chambre de Madame ! » précisa-t-elle.

Cette jeune femme aux cheveux bruns, posée et gracieuse, accueillit Estelle avec chaleur et commença à nouer avec elle une conversation qu'Annette interrompit aussitôt :

« Au travail ! »

Elle préparait une anguille en matelote. Comme Loulou ne se pressait pas de peler les oignons, elle la bouscula.

« Dépêche-toi : Madame ne tardera pas ! » jeta-t-elle.

Annette cherchait dans ses placards un plat creux, pour servir tout à l'heure, quand Hortense Mornand rentra. À peine avait-elle refermé la porte qu'elle demanda sa femme de chambre.

« Loulou ! Loulou ! »

Loulou déserta aussitôt la cuisine pour emporter son manteau de fourrure, son chapeau et ses gants.

« Une demoiselle vous attend à l'office », chuchota-t-elle.

Hortense Mornand pensa à la jeune femme que le bureau de placement avait promis d'envoyer pour pourvoir la place de bonne qui demeurait vacante depuis deux semaines.

« J'espère qu'ils auront eu la main heureuse ! » murmura-t-elle.

L'instant d'après, elle surprenait Estelle dans la cuisine en train d'émincer des champignons !

« Elle s'est proposée de m'aider, reconnut Annette.
— Pour que l'anguille soit prête à l'heure ! » ne manqua pas de souligner la jeune femme.

Elle l'engagea alors à la suivre jusqu'au salon dont elle alluma les lampes avant de s'installer dans un fauteuil, priant Estelle de rester debout près de la cheminée. Puis cette femme élégante, grande et mince, qui aimait jouer avec ses bagues et ses bijoux, parla longuement de la disponibilité et des compétences qu'elle exigeait du personnel.

« De la première heure jusqu'au coucher, tout doit être parfait dans la maison ! » décréta-t-elle.

Estelle ne broncha pas ; elle s'adapterait.

« J'y compte bien ! » glissa-t-elle.

Elle la soumit ensuite à un feu incessant de questions : quelles tâches effectuait-elle chez ses anciens patrons ? La famille Ballard recevait-elle beaucoup ? Était-elle fortunée ? Possédait-elle une résidence à Nice et un appartement à Paris ? Invitait-elle souvent des députés, le préfet, des personnages importants de l'État ?

« Un ministre et même un ambassadeur, avança Estelle.

— Vraiment ? affirma Hortense Mornand, peinant à croire qu'un couple de petits-bourgeois puisse accueillir dans son château de l'Aveyron des hôtes aussi marquants. Qui donc ? »

La jeune femme mentionna alors les noms d'Ernest Constans et d'Émile Maruéjouls.

« Ne fabulez pas, ma petite ! prévint-elle, en prenant des airs menaçants pour essayer de l'impressionner. Monsieur fréquente les ministres et les ambassadeurs ! »

Estelle persista dans ses déclarations, avec aplomb, au point qu'elle changea de conversation pour obtenir des confidences à propos de ses parents, de ses années d'enfance, de sa famille parisienne, des raisons qui l'avaient amenée à monter à Paris, de son métier de lavandière.

« Un amant peut-être ? » demanda-t-elle ensuite.

Choquée par son indiscrétion, Estelle refusa de répondre.

« Comme vous voudrez ! répliqua-t-elle. Dans quelque temps, je m'arrangerai pour...

— Vous n'avez pas le droit ! » coupa la jeune blanchisseuse.

Amusée par sa réaction, Hortense Mornand éclata de rire.

« Nous avons tous les droits ! proclama-t-elle. Vous partagez notre intimité et nos secrets à longueur d'année : il est normal que nous sachions absolument tout de nos domestiques pour que la confiance règne. Imaginez, un instant, que j'engage une jeune fille perverse qui s'applique jour après jour à débaucher Monsieur...

— Madame ! protesta Estelle avec vigueur, cramoisie par ses insinuations. Vous n'allez tout de même pas m'accuser de...

— Je n'accuse personne ! répliqua-t-elle vertement. Je prends des précautions : je m'efforce toujours de choisir des jeunes filles sérieuses et discrètes qui ne me décevront pas... Malgré tout, il m'arrive aussi de me tromper. La petite bonne qui nous a quittés cachait bien son jeu sous son air de bécassine : elle recevait des hommes sous notre toit. Elle a fêté Pâques avant les Rameaux et nous avons dû la renvoyer. Je ne souhaite pas, ma petite... »

Soudain elle s'arrêta de jouer avec l'une de ses bagues pour pointer son doigt sur Estelle :

« Comment vous appelez-vous ?
— Estelle Savignac.
— Estelle ? s'écria-t-elle avec une moue de dédain. Quel drôle de prénom ! Vous vous appellerez Marie.
— Pourquoi, Madame ?
— C'est plus simple et plus joli ! Toutes les femmes devraient s'appeler Marie. »

Les mâchoires crispées, Estelle encaissa mais elle n'admettait pas pour autant que les patrons puissent marquer à ce point leur autorité sur le personnel. Elle était fière du prénom qu'elle portait et que ses parents avaient librement choisi ; elle n'entendait pas en changer pour satisfaire les caprices d'une bourgeoise pincée. Humiliée, elle s'apprêtait à moucher Hortense Mornand au risque de devoir renoncer à la place lorsque le maître de maison frappa et les rejoignit. C'était un bel homme mais habillé strictement, qui approchait aussi de la quarantaine, sans paraître aussi arrogant et rigide que son épouse. Il la rassura et elle promit de commencer son service le 1er mai comme ils en avaient manifesté le souhait auprès du bureau de placement.

« Pourquoi pas demain ? insista Hortense Mornand qui s'était radoucie.

— Le directeur du lavoir compte sur moi », expliqua-t-elle.

Sa future patronne la rappela alors que la femme de chambre la guidait jusqu'à la sortie de service.

« Soyez prête à 6 heures le 1er mai ! recommanda-t-elle.

— Prévoyez d'arriver la veille pour vous installer, ajouta Hector Mornand. La chambre est au cinquième. »

Tandis que les maîtres passaient à table, au soulagement de la cuisinière qui piaffait d'impatience devant son fourneau, Loulou bavarda un instant avec Estelle en haut de l'escalier.

« On n'est pas plus malheureux chez les Mornand qu'ailleurs ! confia-t-elle. Monsieur travaille ; Madame s'absente l'après-midi. Ils reçoivent et sortent souvent.

— Annette ? s'inquiéta Estelle.

— C'est une brave femme mais elle aime commander ! glissa Loulou. Elle a apprécié que tu me remplaces tout à l'heure. C'est un bon point pour toi. »

Estelle retrouva son sourire.

Elles s'embrassèrent comme des amies.

Lorsqu'elle emménagea dans sa chambre du cinquième, trois semaines plus tard, Loulou l'attendait. C'était un dimanche après-midi et la jeune femme avait tenu à l'accueillir au lieu de profiter du soleil printanier dans les jardins du Palais-Royal, du Carrousel ou des Tuileries pendant les quatre heures de liberté que la famille Mornand accordait à son personnel chaque semaine. Estelle s'en réjouit : elle pourrait ainsi, avant le soir, répondre à ses questions quant aux habitudes de la maison, aux manies des patrons, aux réceptions qu'ils offraient à leurs amis et à leurs relations. Amélie et son père l'avaient accompagnée ; un fiacre les avait déposés devant l'immeuble. Maintenant, par l'escalier étroit, ils peinaient à monter l'énorme malle de bois au couvercle bombé et recouvert de toile goudronnée. Gustave avait enlevé sa veste et son gilet, desserré le nœud de sa cravate et retroussé les manches de sa chemise pour être plus à l'aise mais il transpirait et massait le bas de ses reins à chaque arrêt.

« Dieu que c'est lourd ! » pestait-il en épongeant les gouttes de sueur qui perlaient à son front.

Sa fille et Estelle l'aidaient de leur mieux tandis que Loulou les guidait pour leur éviter, au passage dans les angles, d'abîmer le plâtre des murs. Après une heure d'efforts, ils parvinrent enfin au cinquième étage. Les Mornand possédaient deux chambres de bonne aménagées sous les toits. Éclairée par un chien-assis qui permettait d'apercevoir le dôme de l'opéra Garnier par-delà les cheminées, chacune d'elles était meublée d'un lit, d'une armoire, d'une chaise et d'une table de toilette ce qui laissait peu de place pour une malle aussi imposante. Ils l'abandonnèrent au milieu du couloir puis la remisèrent dans les combles dès qu'Estelle eût fini de ranger ses affaires.

« Il est déjà 6 heures ! » s'écria alors Gustave.

Comme ils avaient faim et soif, il les invita dans le café le plus proche de l'avenue de l'Opéra où ils dévorèrent des crêpes tout en savourant une limonade fraîche.

Au moment de l'embrasser, Gustave glissa à sa nièce :

« Même si tu auras peu de temps pour toi, passe nous voir ! Nous serons contents d'avoir de tes nouvelles...

— Je vais encore me retrouver seule ! confia Amélie avec une voix brisée par l'émotion. Mes parents sont tellement occupés par leurs affaires qu'à nouveau, je n'aurai plus personne à qui parler... »

Estelle promit de passer le dimanche après-midi pour qu'elles puissent flâner dans les rues comme avant.

Après leur départ, elle remonta dans son pigeonnier pendant que Loulou reprenait son service auprès de Madame. Avant de la rejoindre pour le repas des domestiques, elle s'offrit un brin de toilette puis s'allongea. Ses pensées la ramenèrent à l'Aveyron. Dans ses lettres, Eugène Savignac ne cachait pas sa satisfaction de la savoir désormais employée chez un conseiller référendaire de la Cour des comptes. « *C'est plus sûr et mieux qu'une place de blanchisseuse dans les grands lavoirs parisiens*, avait-il écrit à Estelle. *Dans cette maison, tu retrouveras certainement la même ambiance familiale qu'au château de Lunet où tu te plaisais tant.* » Perrine qui n'avait pourtant pas à se plaindre de son sort l'enviait. « *Tu as de la chance d'habiter un immeuble chic et de côtoyer le beau monde !* prétendait-elle. *C'est dommage pour Mathias... Il demande régulièrement de tes nouvelles ; il parle de toi à table ; il est souvent triste...* » Dès qu'elle l'avait informé de son choix, le jeune cocher avait exprimé sa déception : « *Nous aurions pu être heureux tous les deux à Lunet si tu l'avais voulu et j'aurais même quitté le pays pour te suivre à Paris si tu m'avais aimé comme je t'aime : ton oncle n'aurait pas refusé de me recommander auprès d'un patron de fiacres... Je ne pourrai jamais t'oublier...* » Estelle regrettait qu'il souffrît de cette situation.

Soudain Loulou l'arracha à ses réflexions

« Estelle ! Estelle ! Il est plus de 8 heures. »

Comme les maîtres dînaient dans un restaurant du quartier où ils s'étaient rendus à pied, la cuisinière s'apprêtait à servir.

Estelle sauta à bas du lit, défroissa sa robe, ferma à clef puis dévala les escaliers. L'instant d'après, trois étages plus bas, elle partageait à l'office le repas du personnel. Annette la présenta à Anatole, cocher chez les Mornand depuis douze ans et qui était aussi leur homme de confiance. Loulou avait recommandé à Estelle de mesurer ses propos en sa présence : « Anatole parle peu et ne plaisante jamais mais tu dois t'en méfier il enregistre tout ! C'est l'oreille des patrons. » Effectivement, le cocher avait un physique d'espion : c'était un grand échalas d'une cinquantaine d'années au crâne dégarni, au visage osseux comme taillé dans le silex et au regard d'aigle qui restait toujours en alerte. Estelle s'appliqua dès le premier soir à observer à la lettre les conseils de la femme de chambre : elle se contenta de réponses évasives aux questions insistantes d'Annette à propos du travail dans les lavoirs et de la famille Ballard. Son attitude contraria quelque peu la cuisinière qui espérait en apprendre davantage. Lorsque le cocher disparut en direction de l'écurie pour s'occuper des deux chevaux avant de regagner le quartier du Faubourg Saint-Antoine où il habitait avec sa femme et ses enfants, Annette s'exprima franchement :

« Entre nous, on ne se cache rien !

— Je n'ai rien à cacher ! protesta Estelle.

– C'est à se demander ! » répondit-elle, peu convaincue.

Estelle débarrassa la table dans un silence pesant ; elle l'aida ensuite à nettoyer et à ranger la cuisine.

Après avoir enlevé son long tablier maculé de taches de gras et de sauce, Annette quitta à son tour l'appartement. Mariée à un commis charbonnier, elle logeait près de la gare Saint-Lazare.

« Ne traînez pas, les filles ! » ordonna-t-elle avant de partir.

Depuis une fenêtre du salon, Estelle et Loulou la regardèrent s'éloigner en direction de l'avenue de l'Opéra.

« Maintenant, la maison est à nous ! » décréta, un moment plus tard, la femme de chambre.

Au service des Mornand depuis quatre ans, elle la connaissait dans les moindres recoins. Avec jubilation à l'idée d'enfreindre la consigne de la cuisinière, elle guida Estelle de la bibliothèque au salon et à la salle à manger avant de l'introduire dans l'intimité des chambres de Monsieur et de Madame.

« De la marqueterie, du bronze, de l'or, de l'argent, de la soie, du cristal de Bohême, de la porcelaine de Sèvres, du marbre de Carrare ! déclama-t-elle solennellement en traversant les pièces.

– C'est splendide ! » s'exclama Estelle.

Par comparaison, les salons de Lunet manquaient d'éclat.

« Tu trouves ? ironisa Loulou. Les angelots des bronzes, les breloques des lustres, les bibelots sont des nids à poussière et des repaires d'araignées. Bientôt, à force de t'acharner à enlever avec ton plumeau le moindre grain de poussière, tu les maudiras autant que moi ! Madame est une maniaque de la propreté ; elle passe beaucoup de temps à contrôler ; elle a l'œil partout. »

En effet, dès le lendemain, Estelle constata que la maîtresse de maison, plus avare de compliments que de remontrances, ne ménageait personne. Pour respecter l'usage en vigueur dans les familles bourgeoises, elle était toujours la première levée. À 6 heures sonnantes, au moment où elle rejoignit l'office en compagnie de Loulou, Estelle la découvrit en déshabillé de chantilly en train de fouiller dans les placards. Une liste à la main, Hortense Mornand attribua à chacun les tâches de la matinée, de l'après-midi et du début de soirée avant de communiquer à Annette les menus du déjeuner et du dîner. Estelle s'activa sans relâche pour parvenir à exécuter tout ce qu'elle avait exigé. Chez les Mornand, la bonne à tout faire était chargée d'allumer le feu le matin et de l'alimenter, de monter de la cave le bois et le charbon, mais aussi de prêter main-forte à la femme de chambre pour le ménage, de repasser le linge qui était confié deux fois par semaine à la blanchisserie, d'accomplir des corvées auxquelles Estelle était rompue à Lunet comme l'entretien des cuivres, des pièces d'étain, des couverts et des plats en argent. Méticuleuse, Estelle pensait satisfaire ses exigences mais Hortense Mornand qui la suivit pas à pas rectifia souvent ses gestes, entre autres lorsqu'elle entreprit de nettoyer ses bottines et ses escarpins. À genoux dans un coin de l'office, elle les brossa avant de les cirer et les frotter à l'aide d'un chiffon. Les chaussures étaient propres et brillantes mais la maîtresse de maison ne s'en contenta pas.

« C'est bâclé, ma petite Marie ! estima-t-elle.

— Comment, Madame ? s'insurgea Estelle.

— Chez vos anciens patrons, poursuivit-elle, n'avez-vous pas appris à cirer les semelles ?

— Non, Madame ! Ils estiment que c'est inutile à la campagne.

— C'est indispensable à Paris ! rétorqua-t-elle. Nous sommes dans l'une des plus grandes capitales d'Europe. »

Estelle compléta son travail sans renâcler.

« Je t'avais prévenue ! glissa Loulou lorsqu'elles se croisèrent dans le couloir. C'est une maniaque ! »

L'après-midi s'avéra moins tendu. Après le déjeuner, comme chaque jour, Hortense Mornand changea de toilette puis sortit en compagnie d'Anatole en grande tenue de cocher. Ce jour-là, elle devait essayer de nouvelles robes chez sa couturière et assister à une conférence au Louvre.

« Nous sommes tranquilles pour un moment ! » soupira Loulou.

Pour autant, toutes deux ne chômèrent pas jusqu'à son retour peu avant le dîner : Annette veillait en l'absence de sa patronne, ravivant les énergies. Ce soir-là, après seize heures de service, Estelle retrouva enfin sa chambre : elle s'endormit tout habillée. Heureusement, Loulou la réveilla à l'aube.

« Ne lanterne pas ! insista-t-elle. C'est le jour de réception. »

Le mardi après-midi, Hortense Mornand accueillait ses amies. L'effervescence régnait dans la maison dès le matin et ne retombait qu'après le départ des dernières invitées à 7 heures.

« C'est la plus grosse journée de la semaine », précisa Loulou.

Estelle la jugea harassante et éprouvante pour les nerfs : elle ne cessa de courir de l'office au salon, d'encaisser des reproches et d'essuyer des coups de colère. Les esprits étaient survoltés au point que la panique régna dans la cuisine avant midi. Annette devait confectionner des brioches et des choux à la crème : l'une des brioches carbonisa dans le four qui était trop chaud alors que la pâte à choux était trop molle et grumeleuse. Elle rendit Estelle responsable de ses malheurs : la bonne n'était-elle pas chargée d'amener le four à bonne température et de préparer la pâte à choux ? Pour s'éviter le ridicule, Hortense Mornand passa alors commande chez un pâtissier de l'avenue de l'Opéra mais devint menaçante à l'égard d'Estelle.

« La prochaine fois, je le retiendrai sur vos gages ! »

C'était injuste à l'égard d'Estelle qui, révoltée par son attitude, manqua s'effondrer en larmes mais elle résista, serrant les dents pour ne pas paraître faible. Le soir, dans sa chambre, elle craqua et pleura longuement. Après deux jours de service, elle n'éprouvait qu'une envie : rendre son tablier et régler ses comptes avec cette femme bouffie d'orgueil.

« Pour aller où ? demanda Loulou qui avait connu les mêmes déboires à ses débuts. Les patrons t'empêcheront de retrouver du travail... Prends patience ! Tout s'arrangera. »

Estelle ne répondit pas, essuyant ses larmes avec un coin du drap. Saisie par le découragement, elle regrettait d'avoir accepté cette place. Jusqu'à sa décision d'être restée à Paris. « Je serais plus heureuse à Lunet parmi les miens, avec des patrons plus humains ! » constata-t-elle. Un instant, elle songea à repartir mais, pensant à sa famille qu'elle avait promis d'aider, elle reprit courage.

Le dimanche suivant, Estelle s'épancha auprès de sa cousine à l'ombre des platanes du square Montholon. C'était une belle journée de printemps qui embaumait le lilas et les avait incitées à passer une robe légère. Amélie l'écouta sans l'interrompre mais l'exhorta à ne pas céder à l'abattement.

« Ne désespère pas, répéta-t-elle. Tu as simplement besoin de temps pour t'habituer ! Les grands bourgeois de Paris sont si différents de tes châtelains : moins proches de leur personnel et surtout plus cassants... Dans quelques mois, tes patrons finiront par reconnaître qu'ils t'ont mal jugée. »

Réconfortée, Estelle retourna chez les Mornand avec la ferme intention de prouver ses capacités dès la première occasion. La chance tourna plus rapidement qu'elle l'imaginait. Après les fêtes de Pentecôte, un jeudi de juin, les Mornand convièrent à dîner un cercle d'amis. Une semaine auparavant, la maîtresse de maison en informa la cuisinière en présence d'Estelle.

« Trente couverts ! précisa-t-elle. Nous n'aurons que du beau monde comme d'habitude ! Un sous-directeur du ministère de la Guerre, un magnat du textile, un industriel du pétrole, un directeur de banque, le président de la société de Géographie qui revient d'un séjour au Sahara, l'un des vice-présidents de la chambre de Commerce de Paris, un professeur de l'académie de Médecine, le principal actionnaire de la Compagnie coloniale qui nous offre toujours de délicieux chocolats... »

Elle modifia le plan de table à cinq reprises après de longues discussions avec son mari, changea quatre fois de menu au point d'hésiter encore le matin même, pour le dessert, entre l'alésia, le savarin et le saint-honoré. Ces tergiversations effrayèrent Estelle qui craignait le pire en cuisine mais Loulou la rassura :

« Avec la patronne, c'est toujours la même comédie lorsqu'ils reçoivent puis tout rentre dans l'ordre dès l'arrivée de Fernand. »

Fernand secondait Annette en cuisine à l'occasion des grands dîners ; il avait travaillé durant une dizaine d'années au *Marguéry*, l'une des meilleures tables de la capitale.

Comme l'avait prédit Loulou, le calme revint à l'office au début de l'après-midi dès que Fernand les rejoignit et noua son tablier autour de la taille. Mais alors que tout était prêt pour accueillir les invités, Annette perdit soudain connaissance et s'effondra sur les carreaux de la cuisine. L'affolement gagna aussitôt la maisonnée. Loulou courut prévenir le médecin des Mornand qui résidait dans la rue Gaillon, pendant que Fernand et le cocher transportaient la malade dans la chambre d'amis. Quand le docteur l'ausculta, elle avait repris ses esprits mais se sentait très lasse.

« Surmenage et fatigue ! » diagnostiqua-t-il.

Anatole attelait les chevaux pour la reconduire chez elle au moment où la sonnerie retentissait. Hector Mornand se précipita. Assise dans la cuisine, blême en dépit de la chaleur qui régnait dans la pièce, Hortense

Mornand était catastrophée. Annette assurait le service d'ordinaire. Qui pourrait la remplacer ? Comme Fernand refusait de quitter les fourneaux et Loulou avait peur de gâcher la soirée par des maladresses, elle s'adressa à contrecœur à Estelle.

« C'est le moment ou jamais de nous montrer que vous avez effectivement servi des ministres et des ambassadeurs ! dit-elle, dissimulant mal ses angoisses.

— Je saurai, Madame ! » répondit Estelle sans hésiter.

Pendant qu'Hector Mornand proposait un apéritif aux invités dans le salon, elle monta se rafraîchir, se recoiffer puis changer de tenue. À son retour, Loulou la complimenta. Avec un corsage blanc au col festonné de dentelle, une jupe longue et noire à plis creux, un chignon qui gonflait ses cheveux flamboyants, Estelle était très en beauté. Fernand la félicita à son tour :

« Aussi chic que les serveuses des grandes brasseries ! Il ne te manque que le long tablier blanc. »

De bout en bout, elle s'acquitta de sa mission à la perfection. L'un des convives, Maxime Chevalier, le remarqua au point d'en être intrigué. Cet homme de belle taille, aux cheveux poivre et sel déjà clairsemés, dirigeait des affaires florissantes en Russie dans l'industrie du pétrole et du manganèse. Après le dessert, quand la jeune femme proposa des alcools dans la bibliothèque tandis que les dames se rassemblaient dans le salon pour prendre une infusion, il ne manqua pas de l'observer discrètement depuis un angle de la pièce où il s'était retiré pour s'installer dans un fauteuil. « Quelle élégance ! Quelle aisance ! constata-t-il, étonné par ses attentions à l'égard des invités, ses gestes précis et son respect des règles en vigueur dans le monde. Elle a certainement appris son métier dans des restaurants prestigieux. » Il la trouvait distinguée et d'une beauté rare avec des traits racés, un regard lumineux et profond, une démarche altière qui n'avait rien de hautain. À l'heure de prendre congé, comme il était le dernier à partir, il interrogea la maîtresse de maison.

« Marie ? Mais c'est une fille de la campagne ! » s'exclama-t-elle.

Surpris, il souligna alors :

« Elle a du métier ! Remplacer Annette n'était pas facile et elle est si gracieuse.

– Elle a sauvé la soirée. »

Ce qu'elle admit auprès d'Estelle un instant plus tard à l'office alors que la jeune femme aidait Loulou à essuyer une montagne d'assiettes et de plats en porcelaine.

« Félicitations ! dit-elle d'un ton sincère avant de jeter un coup d'œil aux reliefs du dîner et de disparaître.

– Cette fois, c'est gagné pour toi ! » estima Loulou.

6

La première semaine de juillet, Hortense Mornand quitta Paris pour s'installer à Cabourg où le couple louait une villa pour l'été. Trois jours avant son départ, à bord d'un tortillard, Loulou rejoignit la Normandie en compagnie de la cuisinière : elles ouvriraient la maison, déballeraient les caisses de vaisselle puis rangeraient le contenu des six malles dans les armoires avant l'arrivée de leurs maîtres. Le 8 juillet, en milieu d'après-midi, le cocher conduisit les Mornand à la gare Saint-Lazare. Hector Mornand avait réservé deux places dans le Cabourg-Express que la Compagnie internationale des wagons-lits affrétait tous les étés pour sa clientèle parisienne ; on l'appelait le « train des maris » puisqu'il ramenait les hommes d'affaires à Paris le lundi matin après leur avoir permis de passer le dimanche au bord de la mer avec leur épouse et leurs enfants. Il l'empruntait chaque semaine, jusqu'à la fin du mois d'août, pour pouvoir assister à Cabourg à des spectacles et réceptions sans négliger son travail à la Cour des comptes.

« Mes seules vacances ! » répétait-il.

Jusqu'au dernier moment, Hortense Mornand accabla Estelle de recommandations : elle restait à Paris, comme Anatole, pour assurer le service. Dans la cour, en plein soleil, la jeune femme les écouta poliment mais d'une oreille distraite : elle s'était promis de grappiller quelques moments de liberté en semaine durant les absences de son patron, mais surtout le samedi et le dimanche, après son départ pour Cabourg. Elle en profita moins qu'elle ne l'avait pensé, constamment surveillée par Anatole dont le regard suspicieux et la présence quasi permanente laissaient supposer qu'il avait mission de contrôler son comportement et son travail, d'éviter tout relâchement dans la discipline. Les Mornand à peine partis, il ne la quitta pas. Dès le lendemain qui était un dimanche, Estelle le découvrit attablé dans la cuisine lorsqu'elle descendit : il s'apprêtait à allumer une cigarette alors qu'il était interdit de fumer dans la maison.

« Déjà là ! s'exclama-t-elle.
– Les chevaux n'attendent pas », bougonna-t-il.

Il s'incrusta à l'office pendant qu'elle préparait le repas de midi puis s'affairait dans les pièces avec son plumeau et son chiffon à poussière comme tous les matins. Il partagea son déjeuner alors qu'il mangeait avec sa femme et ses enfants le dimanche sauf s'il avait à accompagner ses patrons dans un restaurant ou chez des amis. Il l'observa débarrasser la table, ranger la cuisine, frotter les carreaux de grès ainsi que l'exigeait Hortense Mornand. Enfin, à l'heure où les domestiques avaient congé, il s'assura qu'elle regagnait bien sa chambre du cinquième étage avant de retourner au faubourg Saint-Antoine jusqu'à la fin de l'après-midi.

« C'est un garde-chiourme ! » raconta-t-elle, excédée, à Amélie lorsqu'elle la retrouva au square Montholon.

Persuadée que le cocher guetterait son arrivée depuis

l'écurie à l'heure où elle devait reprendre son service, la jeune femme ne prolongea pas sa promenade dans le quartier malgré l'insistance de sa cousine. Effectivement, lorsqu'elle entra dans la cour, il était planté près de la porte d'où s'échappait une odeur de crottin : il mâchonnait un brin de paille en s'épongeant le front. Elle monta sans se presser ; il la rejoignit après avoir pansé les chevaux. Ils dînèrent plus tôt qu'à l'habitude mais n'échangèrent pas un mot. Hortense Mornand téléphona peu avant 8 heures alors qu'elle fermait les persiennes du bureau. Le cocher se précipita dans le couloir pour répondre le premier ; elle parvint à saisir des bribes de son rapport dans lequel il affirmait qu'il appliquait les consignes et ne l'avait pas lâchée depuis le matin, qu'elle exécutait correctement ses tâches. En l'entendant, elle bouillait de rage.

« Soyez tranquille, Madame ! insista-t-il. Je l'aurai à l'œil.

– Sale taupe ! » marmonna-t-elle depuis l'entrebâillement de la porte du salon, disposée plus que jamais à tromper sa vigilance.

Elle la déjoua le soir même avec jubilation. Les horloges de la maison sonnaient 9 heures au moment où ils quittèrent l'office. Anatole dévala l'escalier de service d'un pas léger pour rejoindre la cour tandis qu'Estelle montait dans son pigeonnier où régnait une chaleur étouffante. La canicule s'était abattue sur Paris depuis une semaine et elle peinait le soir à trouver le sommeil, allongée en chemise sur la couverture, le corps moite jusqu'à l'aube. Par la fenêtre qu'elle laissait ouverte toute la nuit, la brise charriait jusqu'à ses narines des parfums de fleurs mêlés aux remugles d'écuries qui rappelaient parfois les odeurs familières de Lunet. Ce soir-là, nerveuse au point de demeurer longtemps éveillée après s'être couchée, elle retourna aux environs de minuit dans l'appartement des Mornand. Depuis son arrivée, elle brûlait d'envie d'explorer les collections d'Hector Mornand dont elle époussetait tous les matins les trésors sans pouvoir admirer les reliures ni feuilleter un seul livre. Dans l'immeuble, tout était calme : trois familles avaient devancé les Mornand en prenant à la Saint-Jean leurs quartiers d'été à Dieppe. Estelle enfila une robe et descendit pieds nus. Ouvrant la porte de l'office, elle ressentit l'étrange sensation de se glisser dans la peau d'un voleur et hésita avant d'entrer. Puis la quiétude de la nuit l'encouragea à franchir le seuil et à se diriger droit vers la bibliothèque.

« Que c'est beau ! » murmura-t-elle devant l'éclat des dorures.

Les rayonnages couvraient huit pans de mur et rassemblaient des milliers de volumes. Estelle négligea les ouvrages de droit, géographie, philosophie et histoire pour choisir parmi les romans une belle édition de *Robinson Crusoë*, illustrée par une série de gravures, qu'elle avait repérée entre les mains du professeur de l'Académie de médecine le soir du grand dîner de juin en servant les alcools. Calée dans un fauteuil, elle entreprit aussitôt la lecture des aventures de Robinson et les abandonna trois heures plus tard, à l'instant où le navigateur débutait le récit de son installation dans l'Île du désespoir.

Le lendemain, revenant de Cabourg au moment du déjeuner, Hector Mornand s'inquiéta de sa pâleur.

« Vous avez une mine de papier mâché ! souligna-t-il.

— Ma chambre est une fournaise : je ne peux pas dormir plus de quatre heures ! » déplora-t-elle.

Il était loin d'imaginer que la bonne avait passé une partie de la nuit dans sa bibliothèque et s'était privée de sommeil pour lire *Robinson Crusoë*.

À son retour de la Cour des comptes puis les jours suivants, Hector Mornand ne s'acharna pas après elle et manifesta même à son égard une souplesse qui déplut à Anatole. Accommodant, il la consultait toujours pour établir les menus alors que sa femme imposait son choix. Certes il contrôlait les achats qu'elle effectuait auprès des commerçants et sur le marché mais ne cherchait pas à contester la qualité ni les prix, contrairement à son épouse. Après le dîner, lorsqu'elle apportait dans le salon sa marque de cognac préférée, il aimait bavarder avec elle : il la priait souvent de parler de l'Aveyron, des traditions paysannes, de l'ambassadeur et du ministre qu'elle avait rencontrés chez ses anciens patrons. Tandis qu'elle répondait à ses questions, ses prunelles brillaient comme deux petites pierres noires dans la demi-pénombre de la pièce. Peu à peu, son attitude l'intrigua. Pourquoi tant d'amabilités et de sourires ? Entendait-il profiter de l'absence de sa femme pour la séduire ? Estelle avait constaté que son charme ne le laissait pas impassible, mais n'osait croire qu'il pourrait se comporter de façon irrespectueuse.

Un samedi après minuit, en furetant dans sa bibliothèque, elle découvrit des ouvrages érotiques cachés derrière les romans de Chateaubriand, Balzac et Proust, qui l'amenèrent à le considérer différemment. Hector Mornand les avait dissimulés dans la partie haute de ses rayonnages pour les soustraire aux regards curieux mais

Estelle avait réussi à se hisser jusqu'à eux grâce à un pouf. Dans un recoin obscur, le comte de Caylus partageait la vedette avec Fougeret de Monbron. Les titres de leurs œuvres n'étaient guère accrocheurs mais, à l'inverse, les aventures de leurs héros étaient croustillantes à souhait : la ravaudeuse Margot et le cocher Guillaume racontaient avec beaucoup de verve et de détails leur éducation sentimentale. Estelle dévora ces romans en quelques soirées, peu gênée ni agacée par le français du XVIIIe siècle dont elle ne saisissait pas toutes les nuances. Quelle trouvaille ! Alors qu'elle remontait au cinquième étage, à l'approche de l'aube, elle déclamait dans l'escalier, avec un sourire amusé, les expressions favorites de Margot tour à tour galantes, piquantes, caustiques et pleines d'humour. Par ailleurs, quelle révélation ! La présence de ces ouvrages licencieux dans la bibliothèque d'un conseiller de la Cour des comptes stupéfiait : elle déconcerta Estelle. Comment aurait-elle pu soupçonner une seconde que son patron s'adonne à de telles lectures, à l'insu de sa femme attachée à respecter les principes d'une éducation stricte et à défendre sa moralité ? Des questions l'assaillirent aussitôt. Prêtait-il ces romans à des amis ? Fréquentait-il les maisons de rendez-vous pour satisfaire certains fantasmes ? Elle avait remarqué qu'il dînait souvent en ville sans son épouse. Mais devait-elle s'en soucier tant qu'il n'outrepassait pas ses droits de patron ?

Hortense Mornand rentra de Cabourg au cours des premiers jours de septembre : la saison d'été s'achevait dans les stations de la côte et les Parisiens bouclaient leurs malles pour regagner les beaux quartiers de la capitale. La maison perdit à nouveau son calme et Estelle dut renoncer à ses lectures de nuit mais retrouva Loulou. Chaque début de soirée, après avoir démêlé ses cheveux puis enfilé sa chemise, elle la rejoignait pour narrer par le menu ses deux mois passés en Normandie : la horde d'invités et d'enfants qui avaient défilé, les réceptions, le concert de violon et de piano que les Mornand avaient organisé le 15 août, les promenades en bord de mer du dimanche après-midi, les couchers de soleil, les niaiseries de la bonne, la cour assidue à laquelle s'était livré un jeune cocher qui comptait bien la revoir à Paris à l'automne. À son tour, Estelle manqua d'avouer ses découvertes pour ajouter du piment à leurs confidences mais préféra conserver le silence : Loulou l'aurait désapprouvée alors qu'elle risquait de commettre une bévue en présence de la cuisinière ou du cocher. Un soir où les Mornand assistaient à un spectacle à l'Opéra-Comique, elle ne résista pas à la tentation de renouer avec ses habitudes. Dès que Loulou s'endormit, elle descendit au second pour achever la lecture de *La Cousine Bette* d'Honoré de Balzac, commencée au mois d'août et qu'elle jugeait instructive au sujet des mœurs de la bourgeoisie parisienne. Elle alluma les lampes, s'installa dans un fauteuil et parcourut une quinzaine de pages avant de s'assoupir, cédant à la fatigue. À leur retour, Hortense Mornand remarqua le rai de lumière qui filtrait sous la porte de la bibliothèque.

« Vous avez oublié d'éteindre ! » reprocha-t-elle à son mari.

En pénétrant dans la pièce, elle poussa des exclamations :

« Quel toupet ! »

Estelle dormait paisiblement, les traits détendus, le roman de Balzac entre ses mains ; elle s'éveilla brusquement en entendant les hurlements de rage, bredouilla des excuses.

« C'est invraisemblable ! répétait Hortense Mornand, outrée, pendant que son époux accourait. Quelle audace ! Un culot du tonnerre ! Depuis quand les domestiques s'autorisent-ils à passer leur temps dans la bibliothèque de leurs maîtres ? »

La colère empourprait ses joues, décuplait son agressivité au point qu'Estelle chercha prudemment refuge derrière le fauteuil.

Hector Mornand s'empressa de reprendre le roman de Balzac et de le ranger à sa place sur les rayonnages.

« Comme c'est curieux : Marie adore Balzac ! dit-il d'un ton badin pour détendre l'atmosphère.

— Elle aime aussi Fougeret de Monbron et Caylus, Monsieur ! compléta Estelle avec une ironie mordante.

Le conseiller référendaire devint blême sous l'allusion, affolé à l'idée qu'elle avait éventé ses secrets et qu'elle était capable de les divulguer sur-le-champ devant sa femme pour le placer dans une situation périlleuse s'il ne l'aidait pas.

Déjà Hortense Mornand exigeait son renvoi à la première heure. Il comprit alors qu'il devait intervenir et s'efforça de la convaincre de tolérer sa présence dans la maison le temps qu'elle trouve une place.

« Elle s'assagira ! prétendit-il, conciliant. N'est-ce pas, Marie ? »

Estelle promit d'un hochement de tête.

« Elle n'avait pas l'intention de voler ou de détruire : c'est une femme à l'esprit curieux ! insista-t-il.

— Les domestiques n'ont pas le droit d'être curieux, s'insurgea son épouse. Nous ne les payons pas pour qu'ils s'instruisent. »

Après une interminable discussion, elle céda à contre-cœur.

« Nous la garderons encore à l'office pendant trois semaines ! » lâcha-t-elle, pleine d'arrogance.

Cette concession ne l'empêcha pas d'éprouver la satisfaction d'avoir congédié la jeune effrontée qu'elle ne cessait de jalouser pour sa beauté. « C'est une ensorceleuse ! avait-elle confessé à l'une de ses amies après son arrivée dans la maison. La beauté du Diable ! Elle est provocante, indécente ! » Hortense Mornand s'était sentie rabaissée aux yeux de son mari, redoutant qu'il ne succombât à son charme. Sa faute, quoique bénigne, fournissait un excellent prétexte pour précipiter son renvoi.

Estelle n'en dormit pas, furieuse après les Mornand et fâchée contre elle-même pour son imprudence qu'elle payait cher.

Au petit matin, en apprenant sa mésaventure de la nuit puis la décision des maîtres, Loulou s'effondra en larmes :

« C'est trop injuste !

— Entre Anatole qui me déteste et Madame qui cherchait à me coincer depuis le début, c'était inévitable ! » estima Estelle d'un ton calme comme si elle était soulagée de partir.

Annette la gourmanda pour sa légèreté.

« Malheureuse ! s'écria-t-elle avant de la serrer dans ses bras.

— Je me débrouillerai ! répondit Estelle. Comme toujours. »

Toute la journée, elle exécuta les ordres de sa patronne mais sans empressement ni enthousiasme. Hortense Mornand l'autorisa à sortir pendant une heure, au début de l'après-midi, pour s'inscrire dans des bureaux de placement.

« Sans recommandation, bien sûr ! » claironna-t-elle.

Estelle haussa les épaules et encaissa sans broncher ; elle ne souhaitait pas gaspiller son énergie à palabrer avec cette femme exécrable qui avait décidé de l'écraser. Une seule préoccupation l'habitait : persuader une famille bourgeoise de l'engager, même comme bonne à tout faire, pour s'éviter de supporter à nouveau l'ambiance des grands lavoirs. La tâche s'annonçait rude. Loin de désespérer, elle s'accrochait à son étoile.

Ce jour-là, après le déjeuner, Hortense Mornand rejoignit des amies au bois de Boulogne et son cocher ne la ramena dans le quartier de l'Opéra qu'au coucher du soleil. Une surprise l'attendait : Maxime Chevalier, rentré récemment d'un périple de trois mois dans l'empire des tsars, patientait dans le salon.

« Enfin de retour, mon cher ! s'exclama-t-elle en l'embrassant. Nous étions inquiets depuis que les anarchistes sèment la terreur en Russie, assassinent en pleine rue. »

L'industriel sourit : elle forçait le trait, comme à l'ordinaire.

« Vous exagérez, chère amie ! répondit-il. Malgré l'assassinat du Premier ministre au sortir du spectacle, la Russie n'est pas à feu et à sang ! »

Après avoir demandé à Annette de servir le thé, la maîtresse de maison le pressa de questions à propos de son séjour à Moscou, de ses tournées d'inspection dans ses puits de pétrole et ses mines de manganèse. Maxime Chevalier y répondit de bonne grâce puis déballa les cadeaux qu'il avait ramenés pour les Mornand : des broderies d'Ukraine, des sculptures sur bois, une édition d'*Anna Karénine*. En admirant la reliure du roman de Tolstoï, Hortense Mornand songea soudain à la scène qui l'avait opposée à Estelle, au cours de la nuit précédente, et se délecta à la raconter.

« Vous l'avez renvoyée ? » s'étonna-t-il.

Le souvenir de la réception de juin chez les Mornand remonta à nouveau à sa mémoire. Frappé par la beauté d'Estelle, surtout par ses attentions à l'égard des invités et son respect des règles en vigueur dans le monde, il avait alors pressenti qu'elle était différente des jeunes femmes que les familles bourgeoises employaient d'ordinaire. Désormais, il en avait confirmation : elle n'avait pas été surprise dans la chambre de ses patrons en train d'essayer les toilettes de Madame mais dans la bibliothèque, un roman entre les mains. Sa vivacité d'esprit et sa curiosité étaient exceptionnelles pour une femme de sa condition ! Aussi Estelle l'attirait-elle plus encore qu'après cette soirée de juin à l'issue de laquelle il avait essayé en vain de l'oublier, tandis que son renvoi de chez les Mornand le révoltait.

« Je l'engage, ma chère ! s'entendit-il dire, décidé à lui donner une chance de pouvoir apprendre.

— Vous l'engagez alors que cette petite sans-gêne se conduit d'une manière scandaleuse ? s'étrangla-t-elle.

— Son comportement n'est pas scandaleux ! rétorqua-t-il. Elle cherche à savoir : c'est tout à son honneur ! Cette jeune femme a des qualités : vous devriez en être fière. »

Hortense Mornand le regarda. Interloquée. Puis elle se reprit :

« Pensez à votre réputation, Maxime !

— J'ai besoin d'une bonne pour seconder ma cuisinière, dit-il.

— Vous avez déjà deux marmitons ! coupa-t-elle.

— Je compte recevoir plus souvent cet hiver, souligna-t-il.

— Les bons extra ne manquent pas à Paris, répondit-elle.

— Je l'engage ! » persista-t-il à affirmer.

Hortense Mornand n'insista pas davantage : elle avait deviné qu'il était bouleversé par leur réaction et pourrait se fâcher si elle s'obstinait. À contrecœur, elle l'accompagna à l'office où Estelle, les yeux larmoyants, pelait des oignons.

« Marie !

— Estelle ! » rectifia-t-elle.

C'était la première fois que la jeune femme osait la contredire, déterminée désormais à défendre son prénom et à s'opposer à ses fantaisies jusqu'à son départ. Maxime Chevalier marqua un temps d'étonnement : il était persuadé qu'elle se prénommait Marie comme la précédente bonne mais il n'eut guère le loisir de s'interroger sur les raisons qui poussaient la maîtresse de maison à changer les prénoms de ses domestiques car, déjà, elle jetait à l'attention d'Estelle :

« Monsieur cherche une bonne à tout faire ! »

À ces mots, elle retourna dans son salon d'un pas

pressé et il put exposer ses propositions à Estelle en présence d'Annette et de la femme de chambre qui ne perdirent pas un mot de leur conversation en s'activant autour du fourneau ; l'heure du dîner approchait. Embarrassée, elle hésita à accepter : il offrait un salaire de lingère pour un emploi de bonne. Que cachait sa générosité ? Une préoccupation sociale ? une arrière-pensée perverse ? Elle s'attendait à tout désormais. Maxime Chevalier, qui avait deviné ses réticences, s'appliqua à la rassurer.

« Je n'aurais jamais renvoyé une bonne, une cuisinière ou une lingère si je l'avais surprise avec un livre à la main ! affirma-t-il.

— Vraiment ? » insista-t-elle.

Il confirma fermement puis précisa les conditions de travail et d'accueil de son personnel.

« Quand dois-je prendre mon service ? demanda-t-elle alors, mise en confiance.

— Dans deux jours. »

Maxime promit de dépêcher, dès le lendemain, le palefrenier et le cocher pour l'aider à descendre sa malle puis à la convoyer jusqu'à son hôtel et à s'installer ensuite.

La femme de chambre l'avait à peine reconduit à l'entrée que la cuisinière désapprouvait Estelle.

« Bonne à tout faire avec un salaire de lingère ? C'est louche trancha-t-elle.

— Il paraît qu'il est très riche ! répondit Estelle.

— Certainement ! Mais tu apprendras que les riches ne paient qu'une fois et le moins possible !

— Quel rabat-joie ! grommela Loulou qui était revenue à l'office sur ses entrefaites. C'est une chance pour Estelle. »

Annette qui découpait des pigeonneaux, ricana :

« Une chance ? vous êtes jeunes et naïves. Cet homme est dans la force de l'âge : il doit s'amuser avec les bonnes. »

Loulou partit d'un grand éclat de rire qui résonna dans la pièce.

« Avec les boniches ? s'exclama-t-elle. Alors qu'il peut s'offrir les plus jolies femmes de Paris ? »

La clochette écourta la discussion et Annette rejoignit la salle à manger avec ses pigeonneaux aux petits pois.

Dès la fin du service, Loulou continua à bavarder avec Estelle dans sa chambre. Soudain on frappa. C'était Hector Mornand en robe de chambre. Loulou s'éclipsa ; il ferma la porte derrière elle avant de remettre une enveloppe à Estelle.

« Comptez ! » insista-t-il.

Elle compta les billets et les pièces pour observer :

« C'est trop, Monsieur ! Vous faites erreur. »

L'enveloppe contenait trois cents francs alors que le solde de ses appointements s'élevait seulement à quarante-six francs.

« Mademoiselle, il n'y a pas d'erreur ! répondit-il.

— Après ce qui s'est passé, je ne comprends pas pourquoi...

— Je tiens à m'assurer de votre discrétion, avoua-t-il alors sans le moindre embarras.

— Ma discrétion ? » demanda-t-elle.

Le conseiller référendaire adopta un ton plus direct :

« Le silence le plus total ! Ne prétendez jamais avoir

feuilleté sous mon toit les romans de Fougeret de Monbron, de Sade et de Caylus. On s'attaquerait à mon honneur ; on mettrait en cause ma réputation ; ma femme me haïrait jusqu'à sa mort... »

Hector Mornand avait perdu de sa superbe : il craignait qu'elle révèle ses découvertes afin d'assouvir sa vengeance.

« Pour quelques romans coquins ? » s'étonna-t-elle.

Il confirma, penaud, puis révéla que sa famille avait donné à l'Église une mère-abbesse, des religieuses, des chanoines, des missionnaires, un supérieur de congrégation et un évêque.

« Imaginez le scandale ! expliqua-t-il. Ma carrière en souffrirait. »

À sa vive surprise, elle laissa planer l'incertitude :

« C'est à réfléchir... »

À l'idée qu'elle pouvait refuser son marché par amour-propre, pour savourer sa revanche, Hector céda à la panique et proposa de doubler la somme dans l'espoir d'infléchir son choix.

« Je peux même aller jusqu'à mille francs ! prévint-il. Pour une bonne, c'est beaucoup : deux années de salaire ! »

Comme elle ne se pressait pas pour répondre, il reprit :

« C'est important ! Jurez-moi de...

— On ne m'achète pas et je ne me vends pas ! répliqua-t-elle avant de fouiller dans l'enveloppe pour restituer sur-le-champ les deux cent cinquante-quatre francs qu'il avait ajoutés à ses gages comme prix de son silence. J'aime trop la liberté ! »

Ces mots produisirent l'effet d'une gifle : il resta

sans réaction, comme pétrifié au milieu de la pièce tandis qu'elle fourrait l'argent dans la poche de sa robe de chambre, puis il disparut sans un mot.

Loulou accourut après son départ.

« Quel affront ! » s'exclama-t-elle, épatée par sa hardiesse.

L'oreille collée à la cloison, elle avait tout entendu.

« La dignité n'a pas de prix ! » souligna calmement Estelle.

Frissonnante d'émotion, Loulou glissa :

« T'es un sacré bout de femme ! »

7

Maxime Chevalier habitait un bel hôtel de la rue de Prony, en lisière du parc Monceau, qu'il avait acheté cinq ans plus tôt après son retour en France. Le décès subit de sa femme l'avait incité à confier à ses proches collaborateurs la direction de ses usines de Bakou en Azerbaïdjan et de ses mines de Tchiatouri en Géorgie puis à quitter l'empire russe où il s'était établi en sortant de l'école des Mines. S'installer à Angoulême, sa ville natale, ne l'avait pas tenté : il n'y avait plus d'attaches. Peu avant leur mort, survenue à quelques mois d'intervalle, ses parents avaient cédé les papeteries Chevalier à un cousin qu'ils avaient déjà associé à leurs affaires pour qu'elles puissent échapper à la mainmise des Laroche-Joubert, leurs redoutables concurrents, ou de financiers. Ce même cousin s'était porté acquéreur de la demeure familiale, au lendemain de leur disparition. Maxime qui avait décidé de se fixer dans le Caucase après son mariage avec une jeune femme d'origine géorgienne, en avait éprouvé un grand soulagement ; il n'entendait pas remettre à n'importe qui les clefs de cette maison du XVIIIe siècle chargée des souvenirs de quatre générations de Chevalier. Malgré les invitations réitérées de son cousin, il n'était jamais retourné dans les salons où il avait grandi et avait appris à marcher en s'accrochant à la main rassurante de sa nourrice ou de sa mère ; il ne revenait à Angoulême qu'une fois par an, lors des fêtes de la Toussaint pour fleurir la tombe de ses parents, mais il demandait à son chauffeur d'éviter le quartier comme s'il redoutait de réveiller quelque fantôme. Certains jours, songeant aux petits bonheurs de son enfance, il regrettait de ne pas avoir conservé cette demeure. Comment aurait-il pu deviner alors que le destin s'acharnerait à contrarier ses plans ? Il pensait être heureux avec Nina dans leur maison géorgienne que beaucoup leur enviaient.

« Ne regrette rien : l'hôtel Chevalier est resté dans la famille et tes appartements parisiens ont le luxe d'un palais », soulignait son cousin Élisée.

Élisée Chevalier montait tous les mois à Paris pour rencontrer des clients de la papeterie ; il descendait chez Maxime où il avait sa chambre réservée. À chacun de ses séjours, il ne tarissait pas d'éloges à propos des attentions du personnel et du confort de la maison équipée du chauffage central, de l'eau chaude dans les salles de bains qui possédaient un chauffe-serviettes à vapeur et une baignoire, ainsi que des toilettes anglaises.

« C'est digne d'un palace ! » répétait-il à Léon, le maître d'hôtel.

Cette réputation, Léon la défendait bec et ongles en montrant beaucoup d'exigences. N'avait-il pas travaillé au *Meurice* puis au *Ritz* avant d'entrer chez Maxime ? De la première heure jusqu'au coucher, il portait l'habit noir et des gants blancs comme dans les familles nobles. Son élégance impressionna Estelle : il l'attendait dès son arrivée dans le jardin d'hiver qu'il quitta pour l'accueillir au moment où les chevaux pénétraient dans la cour.

« Bienvenue parmi nous ! » dit-il en s'efforçant de sourire.

C'était un homme avare de paroles mais soucieux de justice, qui prenait ses décisions et distribuait ses ordres avec un flegme britannique, soulevant l'admiration de son patron. Il l'accompagna jusqu'aux chambres des domestiques aménagées au premier étage des remises : elle occuperait la pièce située au-dessus du garage qui abritait une De-Dion-Bouton livrée deux jours plus tôt. Spacieuse et aérée, la chambre était éclairée par un plafonnier et une lampe de chevet. Estelle remarqua également les meubles en noyer, l'odeur d'encaustique qui montait du parquet aux larges lattes, la propreté des murs badigeonnés au lait de chaux et les rideaux à la fenêtre mais, surtout, la présence d'un lavabo et d'un bidet dans le cabinet de toilette commun.

« Alimentés en eau chaude ! » précisa Léon avant de désigner le chauffe-eau à gaz fixé au mur.

Aucune famille bourgeoise ou aristocratique de Paris ne traitait ses employés avec autant d'égard. Estelle ne disposait chez les Mornand que d'une cuvette et d'un seau pour sa toilette ; elle ne pouvait utiliser l'eau chaude de l'office que trois fois par semaine, notamment le jour de réception de Madame et le dimanche.

Devant son étonnement, le maître d'hôtel ajouta :

« D'ici quelques jours, vous constaterez par vous-même que monsieur a de la considération pour son personnel. »

La jeune femme en était déjà convaincue, imaginant la réaction d'Amélie qui poussait ses parents à moderniser la salle de bains familiale, aux murs tendus de papier vernissé et au parquet lavé deux fois par mois à l'eau de Javel ; elle la jugeait trop sommaire avec son tub qu'il fallait remplir à l'aide d'un broc : elle rêvait d'une baignoire pour paresser dans le bain par grande chaleur. Estelle songea aussi à Perrine. Lorsqu'elle prendrait connaissance de sa prochaine lettre, sa sœur s'imaginerait sûrement qu'elle affabulait. Quoique engagée à Paris chez un industriel fortuné, une bonne ne pouvait bénéficier d'un confort de duchesse alors que les Ballard n'avaient toujours pas installé l'eau courante dans leur château qui passait pour un palais au regard des habitants de Sainte-Croix. C'était pourtant la réalité et, après le départ du maître d'hôtel qui rejoignit à nouveau le jardin d'hiver peuplé de plantes exotiques, Estelle mesura sa chance d'avoir changé de maison.

Un moment plus tard, Maxime Chevalier la surprit en train de chantonner dans sa chambre alors qu'elle finissait de ranger son linge dans l'armoire. Comme il partait le lendemain en Sologne où il possédait un château et mille hectares de terrains de chasse, il souhaitait s'assurer qu'elle ne manquait de rien.

« N'hésitez pas à demander des journaux à Léon ! insista-t-il. Puisque vous aimez lire... »

Son majordome, qui était aussi son homme de confiance, était chargé de résoudre tous les tracas quotidiens.

« Il est prévenu », compléta-t-il.

Elle balbutia quelques mots de remerciements puis il disparut avec autant de discrétion qu'il était entré.

Juste avant le dîner, le maître d'hôtel la présenta à l'ensemble du personnel rassemblé à l'office. Elle connaissait déjà le cocher Raoul qui troquait le haut de forme contre une casquette dès qu'il remisait son attelage ainsi que le palefrenier Pierre repérable à la pipe de bruyère qu'il tirait souvent de la poche de sa veste pour la bourrer de tabac et à la profonde balafre qui traversait sa joue gauche. « Un coup de sabot ! » avait-il avoué cet après-midi en chargeant sa malle dans la cour des Mornand. Elle découvrit alors que la maison employait également un chauffeur (Emmanuel), un concierge (Arthur), deux marmitons (Edgar et Marie) placés sous les ordres de la cuisinière (Célestine) ainsi que deux femmes de chambre (Philomène et Yvonne), sans oublier le coiffeur-barbier qui passait une heure chaque matin auprès du maître dans ses appartements et l'horloger qui contrôlait une fois par semaine les mécanismes des pendules de l'hôtel au nombre de trente-cinq. « Malgré leurs prétentions, les Mornand ne sont finalement que de petits-bourgeois ! » conclut-elle, satisfaite.

À peine assis autour de la longue table, ils l'observèrent tous tandis que Marie déposait le premier plat. Puis les conversations s'animèrent comme à l'ordinaire, ponctuées par des plaisanteries à propos du périple que le chauffeur allait accomplir au volant de la De-Dion-Bouton entre Paris et La Motte-Plessis pour conduire Maxime jusqu'à son château où il séjournerait pendant un mois. Le cocher menait la danse, appuyé par le palefrenier : tous deux prédisaient des crevaisons en chaîne et une succession d'ennuis mécaniques qui n'entamaient pas l'optimisme d'Emmanuel. Seul Edgar ne les écoutait pas, comme envoûté par Estelle depuis le début du repas au point que Raoul le taquina :

« C'est la première fois que tu vois une rousse ? »

Alors que la tablée pouffait de rire, le marmiton devint écarlate avant de plonger le nez dans son assiette.

« Il aime jouer le coq devant les belles filles ! » glissa Célestine lorsqu'il descendit à la cave remplir le seau de charbon.

Edgar n'avait pourtant pas un physique avantageux avec une grosse bedaine et des oreilles en chou-fleur.

« C'est un coureur ! » ajouta-t-elle.

Yvonne, l'une des femmes de chambre, confirma les propos de la cuisinière après le service : elle révéla qu'il l'avait poursuivie de ses assiduités pendant trois semaines.

« Jusqu'à la porte de la salle de bains ! » dit-elle.

Elle s'était plainte à Léon qui l'avait menacé de renvoi et il avait cessé de l'importuner.

« Il a essayé avec Philomène ? s'inquiéta Estelle.

— Philo ? Non ! Elle est bègue…

— Marie ? enchaîna-t-elle alors.

— Il la trouve trop boulotte, répondit Yvonne. Elle s'empiffre à chaque repas et elle boîte…

— Trop boulotte ? reprit Estelle en s'esclaffant. Mais il est rond comme un tonneau !

— Edgar te laissera tranquille : il critique les rousses et les roux à longueur de journée ! continua-t-elle. Il raconte que les filles aux cheveux rouges sentent le chien mouillé quand il pleut et qu'elles ont mauvaise haleine ! »

Estelle se rembrunit en entendant ces sottises qui rappelaient les commérages des femmes de Sainte-Croix.

« L'imbécile ! lâcha-t-elle.

— Bouche-toi les oreilles quand il déblatère, conseilla Yvonne. Sinon tu piqueras des colères du matin au soir !

— Il déblatère souvent ? demanda-t-elle.

— Quand la cuisinière tourne le dos ! Le reste du temps, il tient sa langue... De toute façon, personne ne s'attaquera à toi dans la maison : tout le monde a compris que tu étais recommandée...

— Recommandée ? s'exclama Estelle, surprise.

— Le maître d'hôtel est à tes petits soins et Célestine t'a prise sous son aile en te plaçant près d'elle à table, répondit la femme de chambre. C'est bien pour toi... »

Loin d'être rassurée, Estelle craignait de susciter des jalousies. Avec soulagement, elle constata dès le lendemain puis les jours suivants que chacun l'acceptait sans réticence, notamment Edgar qui s'abstint de toute réflexion désagréable même en l'absence de Célestine. Mieux ! Il manifesta à son égard des prévenances qui l'étonnèrent, tout sourire chaque fois qu'il la croisait, pressé de l'aider lorsqu'elle cherchait un couteau dans les tiroirs de l'office ou une cocotte en fonte dans un placard. Peu à peu, elle s'habitua à la rigueur et à la gravité de Léon, à la jovialité d'Arthur qui chantait à tue-tête des airs d'opéra dans les étages, à l'humour de Raoul, aux bavardages incessants de Pierre qui l'agaçaient pendant les repas, au bégaiement de Philomène, au manque de délicatesse d'Yvonne qui révélait avec délectation les manies de son maître, à l'indifférence de Marie qui ne répondait jamais à ses questions, à l'esprit créatif de Célestine qui s'appliquait à mettre au point de nouvelles recettes et qui sollicitait souvent ses appréciations. La jeune femme s'adapta plus rapidement qu'elle ne l'aurait imaginé aux contraintes et aux règles quotidiennes d'une grande maison. L'attitude bienveillante de Léon et de Célestine y contribua avec efficacité mais Estelle admettait aussi qu'elle était sous le charme de cette demeure qui l'avait éblouie puis attirée dès son arrivée. Elle avait obtenu du maître d'hôtel de visiter le rez-de-chaussée, s'extasiant dans chaque salon alors que le majordome répondait à ses questions au sujet du style des meubles, de l'origine des tapisseries de la salle à manger qui provenaient des ateliers des Gobelins puis des tapis et de la foule de bibelots que le maître avait ramenés de ses périples dans le Caucase, en Afrique et en Nouvelle-Calédonie.

« C'est comme à Versailles ! » glissa-t-elle au pied de l'escalier central, gardant en mémoire les gravures du célèbre château que proposait son manuel d'histoire de l'école primaire.

Époustouflé par sa perspicacité, le maître d'hôtel s'empressa de préciser alors que l'architecte s'était effectivement inspiré, à la demande du propriétaire, de l'escalier d'honneur de Versailles.

Quant au jardin d'hiver, protégé par une immense verrière et aménagé dans le prolongement de la salle de billard pour servir à l'occasion de pièce de réception, il l'entraîna loin des rives de la Seine dans les oasis africaines.

« Des palmiers, des orangers, des bananiers ? s'écria Amélie le dimanche suivant lorsque sa cousine décrivit la serre, réveillant soudain ses envies de voyages.

— Comme au Jardin des plantes, confirma-t-elle.

— Pour toi, c'est l'été toute l'année ! » répondit-elle avec envie.

Elle travaillait chez Maxime Chevalier depuis deux semaines seulement et Amélie la trouvait transformée : Estelle affichait une mine superbe en dépit des journées froides et sombres qui préfiguraient les frimas de l'hiver. Elle ne s'était jamais sentie aussi bien depuis son arrivée à Paris un an plus tôt.

Au cours d'une journée pluvieuse de décembre, après deux mois d'absence, Maxime Chevalier regagna enfin Paris. Depuis la mi-novembre, il repoussait sans cesse ses rendez-vous pour le plaisir de pister le chevreuil dans les bois de La Motte-Plessis à la tête de sa meute de chiens au côté de ses amis et de ses gardes-chasses, de lever des perdrix, de débusquer les lapins et les lièvres de leurs terriers, de passer des heures à l'affût près de ses étangs muni d'une paire de jumelles pour observer les canards ainsi que les hérons dont le long bec fouillait les eaux en quête de poissons. Après la mort de ses parents, au printemps 1904, il avait renoncé à vendre le domaine de La Motte-Plessis que son grand-père paternel avait acheté à des marquis désargentés sous la monarchie de Juillet et l'avait loué pendant trois saisons à son cousin Irénée qui ne souhaitait pas l'acquérir ; il n'avait pas regretté cette décision puisqu'il avait pu en reprendre possession à l'automne 1906, peu après son installation à Paris, et renouer avec ses escapades d'adolescent à travers les forêts lorsqu'il accompagnait les gardes-chasses des journées entières.

« Monsieur en a bien profité ! » confia Emmanuel le soir même, pendant le repas.

Sous le regard impassible de Léon que plus rien n'épatait, le chauffeur raconta le quotidien à La Motte-Plessis durant la saison de chasse : le rassemblement des chiens, des rabatteurs et des cavaliers, le départ, la traque, les pièces de gibier qui s'alignaient par dizaines devant l'entrée du château au crépuscule.

« Des faisans, des cailles, des perdreaux gris, des perdreaux rouges, des canards, des lièvres et des lapins ! énuméra-t-il. Les hommes en sortaient toujours des carniers ! »

Chacun l'écouta avec attention. Hormis le chauffeur, personne n'avait jamais séjourné en Sologne où le service était assuré par une cuisinière, des marmitons et des chambrières engagés pour l'automne. Soudain on sonna. Le majordome quitta la table pour revenir un instant plus tard.

« Monsieur vous demande ! » chuchota-t-il à Estelle.

Elle enleva le tablier blanc qu'elle avait tâché avec de la sauce de bourguignon avant le repas, emboîta le pas de Léon, ajusta son chignon dans le couloir. Maxime Chevalier l'attendait dans le petit salon en feuilletant les derniers numéros du *Figaro*, accoudé au marbre de la cheminée. Il abandonna aussitôt ses journaux pour l'accueillir tandis que Léon disparaissait. Il l'invita à s'asseoir. Elle hésitait ; il insista. Comme il la devinait crispée, il s'attacha à la rassurer.

« N'ayez crainte, Estelle ! répéta-t-il pour dissiper ses doutes. Personne ne s'est plaint de vous en mon absence. »

Soudain rassérénée, elle respira mieux et sourit.

Alors il évoqua son séjour solognot avant de l'interroger sur ses goûts littéraires : il cherchait à savoir quels ouvrages elle avait dévorés clandestinement chez les Mornand. Dans sa réponse, elle oublia à dessein les romans érotiques.

« Balzac et Dumas : c'est un bon début ! » estima-t-il.

Ils parlèrent des héros de Balzac jusqu'à l'approche de minuit, poursuivirent leur conversation le lendemain après le dîner et les soirées suivantes autour des personnages d'Alexandre Dumas. Bientôt les femmes de chambre soupçonnèrent Estelle d'être la maîtresse de leur patron.

« Monsieur n'a pas pu résister à ta tignasse de diablesse et à tes yeux verts ! » ironisa Yvonne qui avait les cheveux raides.

Estelle récusa ses accusations mais sans succès.

« Le jour où tu seras en cloque, ajouta-t-elle menaçante, on te renverra sans tambour ni trompette ! »

Elle supporta également les allusions grivoises des hommes lorsqu'ils la croisaient dans la cour ou même pendant les repas si le maître d'hôtel et la cuisinière s'absentaient. Edgar se montra le plus sournois et le plus agressif ; il glissait, sous la porte de sa chambre, des feuilles de papier pliées en quatre et arrachées à un cahier de l'office que Célestine utilisait pour ses commandes de poisson, sur lesquelles il griffonnait des insanités : « roulure », « putain du roi », « salope ».

« Quel crétin ! » pestait-elle avant de les déchirer.

Le 25 décembre, elle pensa que les ragots cesseraient enfin lorsqu'elle découvrit son cadeau dans le grand salon où Maxime Chevalier présenta ses vœux de Noël au personnel, remettant à chacun un paquet enrubanné selon son habitude ; il avait choisi pour elle deux romans de Pierre Loti qu'il appréciait : *Aziyadé* et *Madame Chrysanthème*. Estelle triomphait.

« Avec Monsieur, nous parlons chaque soir d'aventures et de romans ! » martela-t-elle à Yvonne.

Puis exhibant fièrement les ouvrages de Pierre Loti :

« La preuve ! »

Nullement convaincue, la femme de chambre répliqua :

« Foutaises ! Rien ne prouve que tu n'offres pas des gâteries en échange ! »

Estelle ne s'acharna pas à démontrer qu'elle se laissait abuser par son imagination. À quoi bon ? Elle perdrait son temps et son énergie. Sourde aux médisances, elle se plongea le jour même dans la lecture de Pierre Loti. Pendant des semaines, les romans constituèrent sa seule compagnie dans sa chambre dès la fin du service : Philomène, Yvonne et Marie la boudaient. Agacés par leur comportement déplaisant qui provoquait un malaise parmi le personnel, Célestine et Léon les rappelèrent souvent à l'ordre. La cuisinière connaissait suffisamment bien le maître pour ne pas accorder de crédit à ces racontars. Originaire des Charentes, elle était la plus ancienne de la maison puisqu'elle avait commencé à travailler chez Gabrielle et Élie Chevalier à Angoulême alors que leur fils avait quatre ans ; elle avait quitté la famille après le décès des Chevalier pour entrer à nouveau à son service peu après le retour à Paris de Maxime, abandonnant sa place en cuisine dans un restaurant renommé d'Angoulême pour s'installer derrière les fourneaux de son hôtel. Elle rassura Estelle, s'attachant à dissiper toute équivoque à propos de ses intentions à son égard : il était trop raffiné pour outrepasser ses droits, s'abaisser à convoquer la jeune femme chaque soir pour abuser d'elle. Jusqu'à présent, aucune bonne ni chambrière n'avait eu à déplorer de sa part une parole ou un geste déplacés.

« C'est un homme qui souffre, insista-t-elle à maintes reprises auprès d'Estelle. La mort de Madame a brisé son bonheur. Sois tranquille : Monsieur ne te décevra pas… »

Effectivement, il ne la décevait pas. Leurs discussions étaient passionnantes. Industriel, il était avant tout un homme de culture. Lorsqu'il fréquentait le lycée d'Angoulême, il se distinguait aussi bien en latin, grec et français qu'en mathématiques et sciences physiques. Ses affaires l'avaient amené à apprendre le russe, le géorgien, l'allemand et l'anglais qu'il parlait couramment ; son mariage avec Nina Zovianoff, nièce d'un sculpteur géorgien, l'avait éveillé à l'art. Son épouse l'avait entraîné dans les musées de Moscou et de Saint-Pétersbourg puis à Athènes à l'occasion de leur voyage de noces qui avait duré deux mois. Grâce à elle, Maxime Chevalier s'était découvert une passion pour la peinture et la sculpture ; il avait entrepris de rassembler, dans les salons de leur maison de Tiflis, des bronzes d'artistes géorgiens, des céramiques, des icônes, des gravures, des toiles achetées dans des galeries de Moscou qu'il avait ensuite ramenés à Paris. Au cours de leurs conversations à bâtons rompus, il racontait ses rencontres et ses trouvailles, essayait de communiquer à Estelle son enthousiasme pour les paysagistes russes dont il aimait les marines, les impressionnistes qu'il collectionnait désormais et les fauves qui le séduisaient depuis peu par leur démarche.

« Un tableau fauve, c'est l'éblouissement avec des lumières très fortes et des ombres très claires, expliquait-il. J'ai besoin de couleurs violentes et pures. Comprenez-vous ? »

Elle supposait qu'il admirait ces œuvres pendant des heures, dans le silence de ses appartements, lorsque l'absence de Nina devenait difficilement supportable.

« Quel homme sensible mais surprenant ! » pensait-elle. Pourquoi l'entretenait-il de ses goûts, de ses émotions devant une toile, de son emballement pour les romans de Pierre Loti et les récits africains d'Isabelle Eberhardt ? Souhaitait-il partager son savoir pour éviter l'ennui ? Dans ce cas, pourquoi ne pas rechercher la compagnie de quelques amis de bonne culture ? Ou alors s'efforçait-il de satisfaire la curiosité qui la poussait à l'interrompre souvent au cours de leurs conversations pour quémander un détail et exposer parfois son point de vue ? dans quel but ? La jeune femme s'interrogeait, perplexe quant à ses réelles motivations : les patrons n'avaient pas pour habitude d'entreprendre l'éducation de leurs employés et la considération que Maxime Chevalier portait à son personnel ne pouvait, à elle seule, expliquer son attitude. « Je ne suis qu'une bonne et je n'ai même pas mon certificat d'études ! » constatait-elle avec lucidité. Que devait-elle penser alors de son comportement ? Aux yeux d'Amélie, il n'y avait pas le moindre doute : le riche industriel était amoureux d'elle. « Comment pourrait-il rester de marbre devant une belle femme qui a de la classe et de l'esprit ? répétait-elle à sa cousine. C'est un homme de bonnes manières : il prend son temps ! » Estelle n'en croyait rien : Maxime demeurerait fidèle au souvenir de Nina dont il parlait avec émotion. « Tu es en train de bouleverser sa vie et il ne sait pas encore comment te le dire ! » rétorquait Amélie. Ce qui la laissait sceptique : elle le jugeait trop mystérieux pour parvenir à percer ses intentions.

Il attendit jusqu'au printemps avant de se dévoiler. Ce jour-là, un dimanche d'avril, Estelle devait retrouver sa cousine à l'entrée de la foire du Trône qui s'était installée à la Nation depuis le début du mois. Dès la fin du déjeuner, lorsqu'elle servit le café, Maxime bouscula ses plans en proposant de l'emmener dans les salons du troisième étage où il avait réuni une partie de ses collections d'œuvres d'art qu'elle brûlait d'envie de découvrir. Pouvait-elle refuser un honneur qu'il réservait à ses amis les plus proches ? La jeune femme accepta dans l'instant, oubliant son rendez-vous avec Amélie, mais aurait-elle le temps avant la fin de l'après-midi de tout apprécier ?

« Tout apprécier en quelques heures ? C'est déraisonnable ! » s'exclama Maxime Chevalier qui possédait des centaines de gravures, de dessins, de fusains, de lavis, d'huiles, d'esquisses, d'estampes, de statuettes et de bronzes sans oublier les milliers de volumes de ses bibliothèques du second.

La déception marqua aussitôt le visage d'Estelle.

« Pourquoi se presser ? ajouta-t-il. Nous continuerons la visite la semaine prochaine... »

À ces mots, elle retrouva son sourire.

Pendant qu'il dégustait un verre de cognac, elle s'éclipsa pour rejoindre l'étage des communs, se rafraîchir et se changer. À son retour, il ne manqua pas de la féliciter pour son élégance. Par coquetterie, Estelle avait passé une robe claire aux manches trois-quarts qui s'ornait d'une ceinture à la taille et tranchait avec sa tenue de bonne, austère. Elle rougit sous le compliment avant d'emboîter son pas pour le suivre jusqu'au troisième à travers le monumental escalier aux marches de marbre veiné, remarqua au passage des portraits de famille parmi lesquels se détachait une belle femme au visage de madone.

À l'instant où ils entrèrent dans le salon réservé aux fauves et aux impressionnistes, il ne résista pas à l'envie de glisser :

« C'est l'une de mes fiertés ! »

La lumière de ce début de printemps pénétrait par flots dans la pièce, mettant en valeur des tableaux aux couleurs pures : les œuvres de Raoul Dufy, Albert Marquet, André Derain, Georges Braque et Charles Camoin côtoyaient des paysages d'Eugène Boudin, des toiles de Claude Monet, Auguste Renoir, Gustave Caillebotte, Camille Pissarro et Alfred Sisley. L'ensemble offrait un raccourci étonnant de l'évolution du style des peintres de l'École française depuis un demi-siècle.

« Quelle merveille ! » s'exclama Estelle.

Elle s'attarda devant chaque tableau, l'admira sous des angles différents, observa des détails, interrogea Maxime Chevalier à propos de la technique de Pissarro et du souci naturaliste de Renoir, chercha à identifier les plages que Boudin avait dépeintes et qui l'attiraient. Il répondit sans se lasser, agréablement surpris par la pertinence de ses questions, comblé par l'enthousiasme qu'elle manifestait. Le temps s'écoula trop vite au goût d'Estelle qui campait encore devant des œuvres de Dufy lorsque Léon frappa. Il était 7 heures et il s'inquiétait de son absence : elle aurait dû reprendre son service. Sa présence au troisième l'intrigua mais il n'en souffla mot.

« Nous ignorions, Monsieur, qu'elle était avec vous ! » avoua-t-il comme pour s'excuser de s'être alarmé.

Puis avec insistance :

« Célestine s'impatiente...

— Nous ne descendrons qu'à l'heure du dîner », trancha Maxime Chevalier qui ne souhaitait pas gâcher le plaisir d'Estelle.

Léon s'apprêtait à quitter l'étage lorsqu'il le rappela :
« Ajoutez un couvert à ma table ! Pour Estelle... »

Le majordome manqua s'étrangler. Pour la bonne ? dans la salle à manger Louis XV ? Depuis quand les maîtres conviaient-ils les domestiques à leur table ? Déconcerté, il retourna dans le salon des fauves et des impressionnistes pour demander confirmation.

« Ajoutez un couvert ! » répéta fermement Maxime.

En admiration devant un tableau d'André Derain représentant des bateaux au soleil couchant dans le port de Collioure, Estelle ne prêta pas attention à leur conciliabule.

Même s'il désapprouvait les ordres qu'il venait de recevoir, le maître d'hôtel s'inclina. Dans l'escalier, il chercha à comprendre ce qui poussait Maxime Chevalier à agir ainsi au grand jour à l'égard d'Estelle ; il en conclut qu'il avait succombé à son charme comme le prétendait depuis des mois une partie du personnel et qu'elle était désormais sa maîtresse tandis qu'il avait décidé de l'installer dans ses appartements. « Cette femme doit avoir des pouvoirs magiques, pensa-t-il, pour avoir réussi à l'arracher au souvenir de Nina et l'amener à aimer une seconde fois. » Il imaginait déjà les réactions hostiles des domestiques qui ne manqueraient pas de rendre l'ambiance détestable : il devrait déployer des trésors de diplomatie pour apaiser les passions puis restaurer une certaine sérénité. « Comme d'habitude ! » songea-t-il avant de franchir le seuil de l'office.

Après son départ, Maxime Chevalier enleva à regret la jeune femme à sa découverte des tableaux de Georges

Braque pour l'entretenir de ses projets : il souhaitait depuis des mois confier l'inventaire et la conservation de l'ensemble de ses collections à un amateur d'art, également passionné de littérature. Il s'était ainsi adressé à la direction des Beaux-Arts pour trouver un peintre ou sculpteur en fin d'études qui éprouverait l'envie, au lieu de végéter dans un atelier de Montmartre, de mener à bien cette mission. Ses expériences avaient tourné court : les artistes avaient refusé de s'astreindre à une discipline ; ils eussent préféré qu'il jouât un rôle d'un mécène auprès d'eux. Ses démarches à la Sorbonne s'étaient avérées aussi infructueuses. Mais, dernièrement, il était parvenu à convaincre une jeune femme qui organisait de temps à autre des expositions pour la galerie Marchant, dans le Marais, d'accepter cette tâche. Originaire de Lausanne, Laura Tissot était une femme cultivée qui s'était inscrite aux Beaux-Arts dès son installation à Paris. Maxime Chevalier l'avait rencontrée pour la première fois à l'occasion de la présentation de tableaux de Paul Signac chez Marchant, au cours de l'hiver 1908-1909. Elle l'avait amené à découvrir de jeunes artistes que les salons rejetaient ; il la consultait souvent pour ses achats.

« Elle commencera son travail dans le courant de la semaine prochaine, précisa-t-il. J'ai pensé qu'elle pourrait vous initier à l'art tout en dressant ses inventaires pour que, d'ici quelques années, vous preniez en charge la conservation de mes bibliothèques et de mes tableaux.

– Vous avez pensé à moi ? » s'exclama Estelle.

La nouvelle l'abasourdit. Se moquait-il ? Elle n'était qu'une fille de paysan sans instruction, une bonne à tout faire.

« Il n'y a pas de honte à être une fille de paysan ! affirma-t-il. L'instruction peut s'acquérir... »

Au terme de leurs conversations de l'hiver pendant lesquelles il avait apprécié la pertinence de ses propos et son désir de savoir, il avait été convaincu qu'elle pourrait sortir de sa condition de domestique pour s'épanouir dans un métier plus proche de ses goûts : il avait eu la confirmation qu'elle avait des capacités intellectuelles qui ne demandaient qu'à s'exprimer.

« C'est impossible ! rétorqua-t-elle, persistant à croire qu'il ne parlait pas sérieusement. J'ai quitté les bancs de l'école primaire avant le certificat d'études pour garder les troupeaux... Combien d'années me faudra-t-il maintenant pour apprendre un peu de tout ce que j'ignore ? »

Le chemin à parcourir paraissait, à ses yeux, tellement difficile qu'elle préférait y renoncer.

« Qu'importent les années ! répondit-il, promettant de l'aider à parfaire son éducation. Ne laissez pas passer cette chance ! »

Le maître d'hôtel les dérangea en pleine discussion.

« Célestine propose de servir, Monsieur ! » précisa-t-il.

Ils rejoignirent alors la salle à manger et Maxime Chevalier s'appliqua au cours du repas à vaincre ses réticences.

« Ne vous sous-estimez pas ! insista-t-il. Je suis certain que vous en êtes capable ! »

Estelle n'osa le contredire, intimidée tant par le décor que par les attentions du maître d'hôtel, mais son imagination s'enflamma lorsque Maxime décrivit par le menu sa mission future, précisant ainsi qu'elle l'accompagnerait dès cette année dans les salons et les galeries.

« À Montmartre ? demanda-t-elle aussitôt.

— À Montmartre et à Montparnasse ! répondit-il. À Collioure. À Honfleur. Peut-être même en Italie... »

Elle réalisa en l'espace de quelques secondes à quel point sa décision pouvait dès le lendemain transformer sa vie au-delà de toute espérance puisqu'elle logerait désormais au premier étage de l'hôtel et percevrait un salaire mensuel six fois supérieur à ses gages annuels de bonne. Surtout, sa décision pouvait tracer des perspectives d'avenir auxquelles elle n'aurait jamais songé et qui balayaient ses objections. Dans son esprit s'imposa alors l'idée qu'elle était pour la première fois en mesure d'infléchir son destin. C'était une chance à saisir, quitte à subir l'échec. Ses pensées la ramenèrent aux infortunes de sa famille, à ce qu'elle avait enduré dans les lavoirs parisiens puis chez les Mornand ; elle en conclut qu'elle ne pouvait rejeter cette offre.

Pour annoncer son choix, Estelle attendit que le maître d'hôtel débarrasse et les laisse enfin seuls.

« Vous acceptez ? » répéta Maxime Chevalier.

La gorge nouée par l'émotion, elle hocha la tête.

« Demain, nous remonterons au troisième ! suggéra-t-il. Nous pourrions peut-être poursuivre par le cabinet russe : Aïvazovski, Sourikov, Vasnetsov, Savrassov, Chichkine, Somov, Répine... Les bords de la mer Noire, la steppe enneigée, les bateliers de la Volga, les cosaques... Qu'en dites-vous ? »

Enchantée par ce programme, elle sourit.

Maxime évoqua encore un projet de voyage à Banyuls où il devait rencontrer au début du mois de juin le sculpteur Aristide Maillol ; il l'emmènerait bien sûr dans le Midi. Ils ne se séparèrent qu'à minuit. Estelle traversa la cour d'un pas léger pour regagner une dernière fois les communs. Postée à une fenêtre du couloir, Yvonne guettait son retour ; elle l'apostropha dès qu'elle entra :

« On s'est offert du bon temps aujourd'hui ! »

Ses prunelles scintillaient de mille éclairs de colère.

« La sainte nitouche est devenue la putain du roi ! ajouta-t-elle avec morgue. Tu ne peux plus nier ! »

Estelle, exaspérée, la gifla de toutes ses forces ; elle plissa le front avant de porter une main à sa joue brûlante puis lança avec hargne :

« Même si tu portes des bagues en or et des robes de bal, tu ne seras toujours qu'une boniche ! »

8

Le lendemain matin, 26 avril 1912, Estelle emménagea dans l'une des chambres d'amis qui était contiguë au bureau de Maxime Chevalier.

« La chambre Damas ! » souligna le maître d'hôtel en ouvrant la porte à double battant.

Léon l'appelait ainsi en raison des trois fauteuils recouverts de damas de soie rouge qui la meublaient.

« Une manie de majordome ! » avoua-t-il.

Lorsqu'il avait aménagé l'hôtel, Maxime Chevalier avait soigné le confort des chambres qui disposaient toutes d'un secrétaire, d'une table à ouvrage et d'une table de jeu, d'une armoire et d'une commode, d'une psyché, d'un paravent chinois, d'une coiffeuse ornée d'une glace ovale et d'un cabinet de toilette luxueux.

« Monsieur aime le beau », reconnut Léon.

L'étonnement écarquilla les prunelles de la jeune femme.

« C'est comme dans un rêve ! » confessa-t-elle.

Après son départ, elle contempla longuement le mobilier, les moulures du plafond, les détails des colonnes du baldaquin, les motifs du parquet. C'était si somptueux qu'elle n'osa rien toucher par crainte d'abîmer les étoffes, les tapisseries et la marqueterie. Habituée à se contenter de peu, elle hésitait à s'installer en dépit des ordres de Maxime Chevalier.

« Vous êtes chez vous ! » avait-il insisté avant que le concierge et le cocher montent sa malle.

Assaillie de scrupules, la jeune femme éprouvait le sentiment d'usurper une place qu'elle ne méritait pas encore : elle avait tout à prouver. Un moment plus tard, les exclamations de Philomène et d'Yvonne dans le couloir la tirèrent soudain de ses réflexions : elle se pressa alors de suspendre ses robes et ses jupes dans l'armoire, d'empiler son linge sur les étagères puis de fermer les portes par peur que les femmes de chambre ne la surprennent en plein rangement. Elle s'offrit un bain, feuilleta les journaux que le maître d'hôtel avait déposés à son attention sur la commode, descendit à l'approche du déjeuner. À midi, Maxime Chevalier informa le personnel de sa décision à propos d'Estelle.

« Elle a toute ma confiance et mon estime ! insista-t-il au milieu d'un silence pesant pendant que son regard allait de l'un à l'autre. Elle mérite également votre considération : je ne tolérerai aucune familiarité à son égard ! »

Chacun l'écouta sans broncher. Mais à peine avait-il rejoint les salons en compagnie du maître d'hôtel et de la cuisinière, que la colère d'Yvonne éclata.

« Avec son sourire et ses belles paroles, cette garce a réussi à l'embobiner ! fulminait-elle sous le coup de la jalousie.

— C'était facile pour elle : il suffisait qu'elle frétille du popotin et l'affaire était jouée ! jugea Marie.

— Pourquoi n'as-tu pas essayé puisque c'est enfantin ? ironisa Edgar. Maintenant tu te vautrerais dans la soie ! »

Rouge de confusion, Marie haussa les épaules mais Yvonne, surprise par la réflexion du marmiton, prit sa défense.

« Marie est une femme honnête ! insista-t-elle.
— Pour entortiller le patron, il faut surtout avoir du chien comme Estelle ! jeta-t-il dans l'espoir de les ridiculiser toutes deux.
— Depuis le temps que tu la reluques, tu aurais préféré qu'elle tombe dans tes bras ! le moucha alors Marie.
— Qu'elle tombe dans mes bras ? répéta-t-il. Pfft ! Je déteste les rousses ! »

Sa réponse lui attira les sarcasmes d'Yvonne.

« Tu regardais par le trou de la serrure quand elle était dans la salle de bains ! triompha-t-elle. Espèce de vicelard ! Avoue que tu crevais d'envie de la coincer dans le couloir ou dans l'escalier, de la peloter, de... »

La femme de chambre s'arrêta net en entendant son prénom.

« Yvonne ! Yvonne ! » s'égosillait la cuisinière depuis l'office.

Le majordome l'attendait près des fourneaux.

« Vous reprendrez le service de la salle à manger, indiqua-t-il. Comme avant. »

Peu disposée à supporter la présence d'Estelle à la table du maître deux fois par jour, elle tergiversa :

« Marie pourrait me remplacer...
— Elle est trop gauche ! trancha Léon.
— Ou Edgar ! proposa-t-elle.
— Monsieur ne le souhaite pas ! répondit-il.
— Vous devriez demander au concierge ! suggéra-t-elle alors. Arthur a travaillé chez Prunier. »

Ferme dans ses positions pour ne pas faillir à l'habitude, mais s'appliquant à demeurer courtois, il ne céda pas.

« C'est un ordre ! précisa-t-il sans se départir de son flegme. »

Yvonne s'inclina à contrecœur mais, dès son premier service, redoubla de maladresse pour l'amener à revenir sur sa décision. Elle renversa du bordeaux sur la nappe au début du repas puis tacha la robe d'Estelle avec la sauce du rôti ; elle tenta de réparer les dégâts à l'aide d'une serviette en balbutiant des excuses qui manquaient de sincérité.

« Quelle empotée ! s'emporta Maxime.
– Ma plus belle robe ! » déplora Estelle.

Après avoir résisté dans l'instant à l'envie de répliquer et de la gifler, nullement abusée par ses gestes qui trahissaient son désir de vengeance, elle s'attacha à garder son sang-froid pour afficher un calme déconcertant comme si l'incident l'avait à peine touchée. Tandis qu'Yvonne disparaissait en direction de l'office, elle monta dans sa chambre pour se changer ; elle avait tout juste refermé la porte que Philomène frappa. Il régnait une telle effervescence dans la cuisine qu'elle peinait à s'exprimer.

« C'est Léon qui m'envoie, articula-t-elle enfin d'un air penaud. Pour la blanchisserie… »

Estelle enleva sa robe tachée sans songer une seconde à se déshabiller derrière le paravent chinois puis ouvrit grand l'armoire pour constater que ses toilettes manquaient de raffinement.

« Une garde-robe de femme fauchée ! » admit-elle sans honte, disposée à la renouveler rapidement grâce à son premier salaire qu'elle percevrait à la fin du mois de mai.

Elle hésita un moment avant de choisir une jupe et un corsage qui paraissent convenables si, d'aventure, elle avait à saluer des collaborateurs des sociétés Chevalier, des relations ou des amis du maître de maison dans le courant de l'après-midi.

« Tu pourras t'offrir maintenant des manteaux de fourrure, des colliers de perles, des chapeaux à plumes et des chaussures en peau de serpent ! énuméra Philomène, le regard pétillant, tandis qu'elle boutonnait son corsage.

— Les plus beaux chapeaux, les fourrures les plus chères, les bijoux les plus précieux ne rendent pas forcément heureuse...

— Mais tu seras heureuse ! » coupa-t-elle.

Qui pouvait l'affirmer ? Estelle ignorait encore ce qui l'attendait dans les prochains mois : elle ne s'entendrait peut-être pas avec Maxime, devrait chercher à nouveau une place. Contrairement à l'apparence, elle ne disposait d'aucune garantie pour l'avenir.

« C'est évident que tu t'entendras avec Monsieur ! répondit la femme de chambre en souriant. Tu l'épouseras même un jour...

— L'épouser ? » s'exclama Estelle qui n'y avait jamais songé.

Elle brossait ses cheveux, installée devant la coiffeuse, avant de les rassembler à nouveau en chignon.

« Cesse de croire les ragots ! gronda-t-elle. Tu sais bien que Monsieur n'est pas mon amant. »

Mais Philomène ne l'écoutait plus : elle dévalait déjà l'escalier, prête à enlever son tablier pour courir jusqu'à une blanchisserie. Estelle descendit à son tour, retrouvant Maxime Chevalier dans la salle à manger. Détendu, il feuilletait *Le Temps* ; il sonna dès qu'elle entra. L'instant d'après, Yvonne déposait un plateau où trônaient des saint-honoré : elle servit avec plus d'assurance et d'amabilité qu'au début du déjeuner. Après le café, ils gagnèrent le troisième étage pour entreprendre la visite du cabinet russe comme convenu la veille. Ils l'interrompirent une heure plus tard à l'arrivée de Laura qui avait hâte de connaître son élève. Maxime Chevalier l'avait longuement appelée le matin même à la galerie Marchant pour l'entretenir d'Estelle : elle avait accepté aussitôt de devenir sa préceptrice deux à trois soirs par semaine selon ses disponibilités, de l'associer à l'inventaire des collections de l'hôtel qui exigerait certainement plus d'un an de travail, de l'emmener dans les bibliothèques, les expositions et les musées. L'accueil chaleureux qu'elle avait réservé à sa proposition l'avait conforté dans son choix : elle paraissait à l'évidence la mieux placée pour préparer Estelle à sa future mission. Maxime Chevalier en acquit la certitude dès leur premier contact dans le cabinet russe. Laura, qui était une jeune femme pétillante, aux cheveux très blonds et d'une élégance naturelle, s'efforça d'entrée d'établir des relations cordiales avec son élève et ne chercha pas à manifester quelque prétention à son égard comme pouvait le redouter Estelle. Pour leur permettre de parler librement, Maxime Chevalier se retira dans son bureau et les laissa seules jusqu'à la fin de l'après-midi. Lorsqu'il remonta, il les surprit en pleine discussion à propos du prochain Salon d'automne.

Le lendemain, une jeune couturière attendait Estelle

dans l'un des salons après le déjeuner. Observant les recommandations de Constance, épouse de son cousin Irénée, qui connaissait sa réputation grâce à une amie parisienne, Maxime Chevalier l'avait chargée de dessiner ses toilettes. Installée dans la rue Cambon, Julie Broussy débutait mais avait des idées et du talent comme le constata Estelle en découvrant ses croquis.

« C'est certainement très cher ! glissa-t-elle à regret.

— Moins que chez Paquin et chez Poiret mais c'est aussi chic ! » estima la couturière.

Elle la rassura ensuite quant aux dépenses que l'industriel avait prévu de régler en intégralité.

« Vous pouvez, Mademoiselle, choisir ce qui vous plaît dans les plus belles étoffes ! insista-t-elle.

— Non ! protesta Estelle, gênée. C'est trop... »

Sans s'efforcer de comprendre ses réticences, Julie Broussy s'évertua à la raisonner : elle ne pouvait assister à un vernissage d'exposition dans une galerie ni à une réception dans un musée avec une robe de pacotille. Estelle en convint. Elles passèrent le plus clair de l'après-midi à échanger des points de vue à propos de leurs goûts personnels, des tendances de la mode grâce aux derniers numéros de la revue *Femina*. Après le dîner, Estelle les parcourut encore jusqu'à une heure tardive, relevant les modèles qui l'attiraient puis crayonnant ses envies avant de consulter les catalogues d'échantillons de tissus qui s'entassaient sur la table à ouvrage. Leurs discussions reprirent dès le lendemain, au début de l'après-midi, animées au point d'amuser Maxime Chevalier qui travaillait dans son bureau. Julie Broussy ne quitta l'hôtel qu'à 9 heures mais emporta l'esquisse d'une garde-robe qui transformerait Estelle.

Les essayages débutèrent quelques jours plus tard devant la psyché de sa chambre. Imitant Paul Poiret, génial excentrique, qui déclenchait des débats passionnés dans les salons parisiens entre classiques et modernes, la couturière s'était surtout souciée de ne pas l'engoncer dans des vêtements trop serrés; elle avait adopté pour la jeune femme une ligne souple et ample, utilisant des couleurs vives : rouge, parme, bleu de roi et même vert. Le résultat combla Estelle qui se sentait déjà métamorphosée grâce à des robes qu'elle porterait sans corset comme les modèles de Paul Poiret et sans la superposition de jupons ornés de dentelles qui emprisonnait les femmes. Elle remercia Maxime Chevalier le soir même.

« Vous êtes trop généreux ! » souffla-t-elle.

Il sourit puis évoqua le Salon d'automne qui consacrerait, pour la première fois, une place aux peintres cubistes.

Elle n'était pas au bout de son étonnement avec cet homme de cœur. En effet, une semaine plus tard, il la confiait à sa cousine Constance Chevalier qui monta spécialement d'Angoulême afin de l'emmener dans des boutiques du Palais-Royal et du quartier de l'Opéra. Emmanuel les y accompagna, transportant jusqu'à la De-Dion-Bouton les cartons de chapeaux et de chaussures, une foule de paquets mystérieux qui contenaient des sacs à main, des boîtes de gants, de la lingerie, des bijoux. Après le dîner, elle essayait à nouveau ses achats par coquetterie.

« Quelle beauté ! » murmurait alors Constance.

Estelle pensait déjà au jour où elle pourrait participer enfin à sa première réception dans un musée ou une galerie de la capitale. « *Comme l'été approche à grand pas*, écrivit-elle à Perrine, *il me faudra peut-être attendre le Salon d'automne prévu pour le mois de septembre. Qu'importe ! J'attendrai. Mais j'espère que je n'y rencontrerai aucune des bourgeoises croisées chez les Mornand l'année dernière, encore moins cette prétentieuse d'Hortense qui s'étoufferait sûrement en me découvrant dans une belle robe au milieu de la bonne société parisienne. Septembre me paraît loin alors que nous devons traverser prochainement une partie de la France pour passer quelques heures en compagnie du sculpteur Aristide Maillol qui doit nous recevoir à Banyuls dans son atelier avec certains de ses amis peintres. Mon nouveau métier promet d'être passionnant. J'apprends beaucoup grâce à un homme de grande culture mais aussi grâce à Laura qui ne ménage pas ses efforts ; je l'admire pour ses connaissances, son érudition. En sa compagnie, les heures s'écoulent toujours trop vite lorsque nous nous retrouvons, après le dîner, dans une bibliothèque de l'hôtel pour les cours du soir qui s'achèvent rarement avant minuit. Mon ancienne maîtresse d'école de Sainte-Croix ne manquerait pas d'être agréablement surprise : elle avait raison de prétendre que je pouvais obtenir le certificat d'études et me présenter ensuite au concours d'entrée de l'école normale de Rodez... Je compte les jours qui nous séparent de notre départ sur la côte, prévu à la mi-juin : il me tarde de voir la mer après avoir admiré, dans les salons de l'hôtel Chevalier, des dizaines de toiles représentant les paysages marins. À Collioure, je ramasserai des coquillages que je t'enverrai à notre retour à Paris... Dès demain, je t'expédie une malle de chemises, de robes, de jupons, de corsages et de linge que je ne mettrai plus ; ils compléteront ton trousseau. Je pourrai enfin t'envoyer aussi un peu d'argent... »*

Dès le début du mois de juin, Estelle prépara activement son départ pour Collioure malgré ses longues journées studieuses. Elle emporta dans sa chambre des guides publiés par Hachette et des articles de presse que Maxime Chevalier avait relevés à propos d'Aristide Maillol pour mieux connaître tant Collioure que l'œuvre et les influences de l'artiste. Elle travaillait d'arrache-pied au point que l'industriel s'en inquiétait, l'incitant à sortir.

« Profitez de Paris ! » insistait-il.

À dessein, il avait mis à sa disposition le coupé anglais mené par le cocher Raoul. Les jours où il n'avait pas de repas d'affaires ni de rendez-vous dans les bureaux des sociétés Chevalier, rue de La Boétie, elle pouvait même emprunter la De-Dion-Bouton. Philomène ne comprenait pas pourquoi elle demeurait enfermée alors que tout aurait dû l'attirer au-dehors : le Louvre, la tour Eiffel, les boutiques des modistes et les magasins de nouveautés, les bijouteries et les parfumeries, les librairies et les galeries.

« Plus tard ! » répondait-elle.

Sa cousine l'encourageait aussi à quitter l'hôtel plus souvent

« C'est la belle saison et personne ne t'empêche de t'offrir du bon temps !

— Dès mon retour de Collioure ! » promettait-elle.

Elle souhaitait en effet parfaire sa culture pour ne pas décevoir Maxime devant le sculpteur. Amélie l'admirait pour sa ténacité et l'enviait d'être libre tandis que ses parents rognaient toujours ses velléités d'indépendance.

« C'est ta revanche ! » glissait-elle.

Estelle s'estimait privilégiée et les faveurs dont elle bénéficiait persistaient à nourrir les rancœurs. Philomène ne cachait pas que ses toilettes et ses achats alimentaient les conversations parmi le personnel. Le chauffeur avait raconté par le menu ses emplettes dans les beaux quartiers de Paris en compagnie de Constance Chevalier, ravivant la jalousie d'Yvonne. Aussi, cherchant à éviter les provocations et les sources de conflit, Estelle fréquentait peu le jardin d'hiver alors qu'elle aurait aimé passer les fins de journée sous les palmiers à terminer la lecture d'un roman. En l'absence de Maxime Chevalier ainsi que les jours où Laura était retenue à la galerie, elle ne descendait pas au moment des repas : elle préférait déjeuner ou dîner dans sa chambre pour échapper à l'humeur irascible d'Yvonne qu'elle aurait subie seule autour de la table ovale dans la salle à manger. Philomène assurait alors le service à sa demande : elle était discrète et dévouée, toujours joviale malgré les moqueries dont l'accablaient Yvonne, Edgar et les hommes de l'écurie chaque fois qu'elle bégayait. La trentaine passée, elle avait considéré Estelle comme sa cadette le jour de son arrivée dans l'hôtel ; toutes deux avaient sympathisé mais, à l'inverse d'Yvonne, la femme de chambre n'avait pas changé de comportement. Ses réactions amusaient souvent Estelle : elle la gourmandait gentiment lorsqu'elle mangeait peu ou travaillait trop sans s'accorder la moindre pause comme ce soir-là de juin, deux jours avant son départ pour la côte. Comme Maxime Chevalier dînait dans un restaurant des boulevards avec le directeur de la raffinerie de Rouen, Philomène avait monté un plateau à la jeune femme à l'approche de 8 heures.

« Les petits plats de Célestine ! » avait-elle annoncé.

Pour satisfaire ses penchants gourmands qui s'affirmaient au fil des semaines, la cuisinière avait préparé des pâtés de volaille et du brochet à la sauce hollandaise. Elle y toucha à peine.

« Quel gâchis ! » s'écria Philomène, presque fâchée après elle, lorsqu'elle emporta le plateau, une heure plus tard.

Estelle n'avait pas faim ce soir-là. Incommodée par la chaleur, peut-être aussi par le parfum entêtant d'un bouquet de jasmin que la femme de chambre avait déposé sur la table de jeu, fébrile à l'idée qu'ils allaient effectuer un périple de neuf cents kilomètres à travers les routes de France pour rejoindre Collioure, elle s'était contentée de goûter à son dîner du bout des lèvres.

« Tu pourrais te forcer tout de même ! grommela Philomène.

– Pour que je sois malade ? rétorqua Estelle.

– Pauvre Célestine ! soupira-t-elle. Elle se démène pour toi…

– C'est certain mais elle n'en saura rien ! Marie engloutira tout lorsque tu auras le dos tourné…

– Elle s'en régalera ! » surenchérit Philomène.

S'imaginant le jeune marmiton en train d'avaler gloutonnement les charcuteries et le poisson, toutes deux éclatèrent de rire.

Après son départ, Estelle demeura un moment accoudée à la fenêtre pour perdre son regard dans le ciel de Paris où elle tenta de repérer la Grande Ourse et la Petite

Ourse au fur et à mesure que les étoiles s'allumaient. Elle n'y parvint pas et s'installa près d'une lampe pour découvrir le nouveau roman d'Anatole France, *Les dieux ont soif*, paru au début de la semaine et que Maxime avait acheté dans la matinée chez un libraire du quartier. En dépit de ses efforts, elle ne put se concentrer sur le récit et abandonna la lecture pour s'allonger. La tête lourde, les jambes lasses et les paupières assaillies de mille piqûres, elle se laissa vaincre peu à peu par le sommeil. Combien de temps somnola-t-elle ainsi les deux fenêtres grandes ouvertes sur la fraîcheur de la nuit ? Un long moment. La pendulette de bronze égrenait les douze coups de minuit à l'instant où Estelle s'éveilla brusquement en nage, saisie de frissons et de nausées. Dès qu'elle posa un pied à bas du lit, elle manqua tomber sur le parquet et se rattrapa de justesse à la colonne du baldaquin. C'était la première fois qu'elle était malade depuis son arrivée à Paris : elle avait résisté à la grippe pendant l'hiver où elle avait travaillé dans les lavoirs, n'avait jamais souffert de maux d'estomac. « Estelle digérerait un clou ! » ne cessait de rabâcher Célestine qui l'avait observée goûter les sauces qu'elle expérimentait.

L'affolement s'empara de la jeune femme lorsqu'elle ressentit des douleurs à l'estomac : elle avait à peine dîné.

« Qu'est-ce qui m'arrive ? » répétait-elle avec anxiété.

Elle réussit à gagner la salle de bains pour étancher sa soif puis décida de descendre à la cuisine pour préparer une infusion ; elle avait repéré dans quel placard Célestine rangeait ses feuilles de citronnelle, tilleul et menthe, ses fleurs de camomille. S'appuyant au mur d'une main tremblante, elle sortit de sa chambre d'un pas mal assuré pour s'engager dans le couloir. Comme ses douleurs redoublaient, elle redouta de glisser dans l'escalier et s'enhardit à solliciter l'aide de Maxime Chevalier qui dormait au même étage mais à l'opposé. Elle frappa à trois reprises et l'appela. Au bout d'un moment, il ouvrit enfin.

« Que se passe-t-il ? » demanda-t-il en nouant la ceinture de sa robe de chambre avant de remarquer son extrême pâleur.

Il l'empêcha de s'affaisser et l'accompagna jusqu'au fauteuil de sa chambre le plus proche dans lequel elle s'effondra, exténuée par l'effort. À peine assise, respirant par saccades, Estelle ferma les paupières et appliqua les deux mains sur son ventre.

« Appelez un médecin ! » supplia-t-elle.

Elle avait l'impression qu'un couteau fouillait ses entrailles.

Il courut prévenir le maître d'hôtel et la cuisinière : Célestine la soulagerait avec ses tisanes avant que le docteur Louvet ne soit à son chevet. Près de l'office, il rencontra Yvonne qui partait à sa recherche. Elle avait perdu de son arrogance.

« Monsieur ! Monsieur ! balbutia-t-elle. Marie est très malade. Elle risque de passer avant le matin… »

Malgré la panique, elle essaya de décrire son état : une fièvre de cheval qui les avait obligées à changer deux fois sa chemise, des douleurs insupportables qui la poussaient à se tortiller entre les draps puis à hurler, des vomissements répétés depuis une heure, des râles bulleux qui ressemblaient à ceux d'un mourant, une bave blanche qui coulait de sa bouche, des lèvres gonflées et de couleur violacée.

« Estelle est malade ! révéla-t-il alors à la femme de chambre. Elle a également besoin d'un médecin... »

Après une attente de trois quarts d'heure qui parut à tous une éternité, le concierge retournait à l'hôtel en compagnie du docteur Louvet qui habitait dans le quartier, rue de Lisbonne, et qui s'était habillé en hâte une fois parcourue la lettre de Maxime Chevalier. C'était un homme d'expérience qui pratiquait depuis trente ans ; il examina longuement les jeunes femmes avant de questionner Célestine au sujet de ses menus de la journée.

« C'est grave », confirma-t-il à Maxime lorsqu'ils se retrouvèrent seuls dans le petit salon.

Les symptômes qu'il avait relevés le laissaient dubitatif quant à l'origine du malaise dont souffraient Marie et Estelle ; il préférait qu'elles soient soignées à l'hôpital Lariboisière.

« Toutes les deux ? s'inquiéta l'industriel.

— Immédiatement ! » indiqua le docteur Louvet avant de rédiger une lettre pour un chef de service qu'il connaissait.

Au volant de la De-Dion-Bouton, Emmanuel les emmena à Lariboisière par les boulevards. Maxime Chevalier parlementa avec le portier pour qu'ils puissent entrer dans la cour. En chemin, Marie avait commencé à délirer puis à sombrer peu à peu dans un état semi-comateux qui les impressionnait, surtout Estelle angoissée à l'idée de subir le même sort. Il était 3 heures lorsqu'un médecin les prit en charge. Maxime Chevalier attendit qu'il établît son diagnostic avant de rentrer. Assis sur un banc dans le couloir, il trompa l'attente en mâchonnant de la réglisse. Emmanuel marchait d'un pas nerveux pour l'interpeller de temps à autre :

« Vous ne trouvez pas, Monsieur, que c'est étrange ? »

L'industriel hochait la tête sans pouvoir apporter de réponse à ses interrogations. Pourquoi cette mystérieuse maladie avait-elle frappé seulement Marie et Estelle ? Les propos du médecin ne parvinrent pas à résoudre l'énigme.

« Mademoiselle Savignac s'en sortira sans séquelle ! souligna-t-il quand il les rejoignit. La petite boulotte me préoccupe davantage… »

En dépit de l'insistance de Maxime Chevalier, il refusa d'en révéler plus.

Le chauffeur et son maître regagnèrent l'hôtel aux environs de 5 heures. Le personnel, rassemblé à l'office, guettait leur retour. Les femmes parlaient à voix basse alors que les hommes chiquaient ou prisaient. Après le départ du docteur Louvet, Célestine avait imposé à chacun d'avaler un bol de camomille.

« C'est plus prudent », avait-elle précisé.

Tous avaient obéi, y compris le cocher et le palefrenier qui ne buvaient jamais d'infusion. Depuis, fort heureusement, personne ne s'était plaint du moindre trouble digestif ou gastrique mais les nouvelles ramenées de Lariboisière ne les rassuraient pas pour autant. D'aucuns s'imaginaient le pire : une épidémie de choléra, l'empoisonnement de l'eau, du poisson ou du pain. Maxime Chevalier s'appliqua à les tranquilliser, promettant de consulter un professeur de l'académie de Médecine et d'appeler à nouveau le docteur Louvet au moindre signe alarmant. Une question tourmentait Célestine qu'elle posa à son maître sans détour lorsque chacun rejoignit sa chambre :

« C'est criminel, n'est-ce pas ? »

Il la regarda fixement. Stupéfait.

« Criminel ? répéta-t-il. Non ! Je ne pense pas. Enfin… Il n'y a que les médecins pour l'affirmer avec certitude… Pourquoi ?

— Pourquoi pas ! » répondit-elle.

La réaction de Célestine l'intrigua. Il téléphona dans la matinée à un professeur de l'académie de Médecine, au docteur Louvet, au docteur Pascal qui avait accueilli les jeunes patientes à l'hôpital Lariboisière mais aucun d'entre eux n'accrédita cette thèse. Mais, pour dissiper toute ambiguïté, ils lui recommandèrent de confier à l'analyse les reliefs des repas de la veille. Célestine les rassembla dans des récipients en terre cuite et en métal que le concierge déposa dans un laboratoire de l'avenue de Messine. Maxime Chevalier n'en souffla mot à Estelle lorsqu'il se rendit à Lariboisière : son état n'inspirait plus d'inquiétude à l'inverse de la santé de Marie qui s'aggravait, et le chef du service l'autorisait à quitter l'hôpital après le passage des internes. Elle rentra affaiblie mais heureuse de retrouver l'hôtel. Célestine déserta aussitôt les fourneaux pour la serrer dans ses bras

« Nous te soignerons de notre mieux ! »

Philomène proposa de passer la nuit auprès d'elle comme le conseillaient les médecins de Lariboisière.

« Nous avons eu tellement peur ! » avoua-t-elle.

Son geste la toucha.

Dès son réveil, le lendemain, Estelle demanda des nouvelles de Marie qui, dans ses cauchemars, luttait contre la mort.

« Elle est au plus mal ! avoua Philomène, la gorge nouée par l'émotion. L'hôpital a téléphoné à Monsieur de bonne heure… »

Il était 11 heures et le maître n'était toujours pas revenu.

Assise dans son lit, Estelle pleura à chaudes larmes.

« C'est horrible ! » sanglota-t-elle.

Une idée cheminait dans son esprit depuis la veille : une main meurtrière avait tenté de l'atteindre en l'empoisonnant mais avait manqué sa cible. Elle était convaincue que Marie s'affairait encore à la cuisine quand Philomène avait ramené son plateau et qu'elle n'avait pas résisté à l'envie de satisfaire son appétit.

« Mon repas était bourré de poison ! affirma-t-elle.
– C'est impossible ! estima Philomène.
– Pourquoi ?
– Tout le monde t'aime bien dans la maison...
– Certains me détestent », coupa Estelle.

Leur attitude déplaisante la portait à suspecter tout d'abord Yvonne et Edgar : la femme de chambre, par ailleurs jalouse de sa beauté, n'acceptait pas la décision de Maxime Chevalier tandis que le marmiton enrageait lorsqu'il la croisait dans l'hôtel et prenait plaisir à la traiter de « putain du roi » pendant les repas à l'office. Mais Estelle pouvait soupçonner également le palefrenier, Pierre, dont le comportement avait changé depuis quelque temps. Cet homme aux allures sournoises ne semblait avoir désormais que de l'antipathie pour elle après l'avoir bien accueillie à son arrivée dans l'hôtel : il ne la saluait plus, affichant un regard glacial lorsqu'il l'aidait à monter dans le coupé.

« Même si certains te détestent, personne ne souhaite ta mort ! rétorqua la femme de chambre.
– Un moment de folie suffit ! expliqua Estelle.
– N'accuse pas à tort ! » protesta-t-elle, choquée.

Philomène demeurait persuadée qu'elle se laissait abuser par ses lectures et son imagination, qu'elle avait besoin de dormir.

« Repose-toi ! » ordonna-t-elle en préparant ses médicaments.

Estelle haussa les épaules et persista dans ses attaques : nul ne l'empêcherait de penser qu'on avait essayé de l'assassiner.

Les événements confirmèrent ses intuitions : Marie mourut en milieu d'après-midi et les médecins de Lariboisière refusèrent de délivrer le permis d'inhumer, exigeant une autopsie en dépit des conclusions négatives que le directeur du laboratoire de l'avenue de Messine avait transmis à Maxime Chevalier une heure plus tôt quant aux analyses effectuées sur les reliefs des repas.

« Les symptômes sont caractérisés, soulignèrent-ils. Nous ne pouvons pas laisser subsister le doute... »

Le lendemain, à 19 heures, le légiste l'informa ainsi que le chef du service de Lariboisière que Marie avait succombé à un empoisonnement à l'arsenic.

« L'affaire ne m'appartient plus : elle est maintenant du ressort de la police et de la justice ! » ajouta-t-il en jouant avec ses lunettes avant de préciser qu'il remettrait en début de soirée son rapport au procureur de la République.

Cette nouvelle atterra Maxime Chevalier et le docteur Louvet qui l'avait accompagné à l'hôpital. L'industriel frissonna d'effroi en songeant que son hôtel abritait un assassin. Il était certain désormais que le meurtrier avait l'intention d'éliminer Estelle ; il pouvait récidiver à nouveau dans les prochaines heures pour laver cet échec. Aussi hésita-t-il un instant quant à la conduite à tenir :

devait-il annoncer au personnel les résultats de l'autopsie dans l'espoir de forcer le coupable à avouer dès ce soir ou les taire jusqu'au lendemain en attendant l'arrivée des enquêteurs ? Approuvé par son médecin, il préféra conserver le secret mais s'appliqua à protéger Estelle au mieux. Soucieux de prévenir toute nouvelle tentative de meurtre à l'arsenic, il décida d'emmener la jeune femme dîner dans un restaurant du Marais ; ils parlèrent peu pendant le repas, marqués par la tragédie qui frappait la maisonnée. Par crainte de porter des accusations injustifiées et de susciter ainsi un climat de psychose, Estelle ne se risqua à aucune confidence quant à ses soupçons. Ils rentrèrent peu avant minuit ; Maxime se retira dans son bureau qui était mitoyen de la chambre d'Estelle, lutta contre le sommeil pour épier les moindres bruits suspects, compulsant négligemment ses dossiers, feuilletant journaux et romans. Au petit matin, il s'assoupit dans un fauteuil. Léon le réveilla à 8 heures : il avait peine à garder son calme.

« La police », balbutia-t-il.

Un commissaire et un inspecteur de la brigade criminelle, tous deux en complet anthracite, attendaient Maxime Chevalier dans l'entrée en admirant l'escalier monumental.

« Superbe demeure ! jugea le commissaire Lombart.
— C'est tellement différent des bouis-bouis et des claques où nous avons l'habitude d'enquêter ! » enchaîna l'inspecteur Auclaire qui fumait du bergerac.

Il les précéda dans le petit salon où Léon leur apporta des madeleines et du café. Tout au long de la matinée, les deux hommes le soumirent à une foule de questions à propos de ses domestiques, de leurs états de service, de l'ambiance de travail. À l'issue de ce premier entretien, qui s'acheva à midi, il présenta les enquêteurs au personnel.

« J'espère que la vérité pourra éclater au grand jour grâce à la coopération de tous, martela-t-il. Un crime odieux a été commis : la justice doit maintenant s'exercer sans pitié ! »

Parmi les employés regroupés autour du maître d'hôtel dans le vestibule, certains hochèrent la tête et d'autres essuyèrent une larme. Ils paraissaient tous abattus par les révélations du rapport d'autopsie. Aucun d'entre eux, contrairement à ce qu'il s'imaginait, ne manifesta le moindre signe d'affolement à l'annonce des interrogatoires auxquels procéderaient les deux inspecteurs dans le jardin d'hiver de suite après le déjeuner. « Quel aplomb et quel sang-froid ! remarqua-t-il alors, impressionné par une telle maîtrise. Pour ne pas éprouver de remords, le meurtrier doit être un tortionnaire ou un fou. » C'était aussi la conviction d'Estelle qui confia son inquiétude au commissaire que Maxime Chevalier avait retenu à leur table. Marc Lombart la rassura aussitôt :

« Soyez sans crainte, Mademoiselle ! Nous ne quitterons pas l'hôtel tant que nous n'aurons pas arrêté l'assassin. »

Elle constata qu'ils prenaient tous deux cette affaire au sérieux et s'entouraient de précautions pour éviter que le coupable ne leur échappe. Ils consignèrent le personnel à l'office jusqu'à la fin de la journée, accompagnant le concierge et Edgar qui devaient retirer les commandes de la cuisinière auprès d'une boucherie et d'une poissonnerie de l'avenue Hoche. Un deuxième inspecteur leur prêta main-forte en début d'après-midi :

il rendit visite à tous les droguistes du quartier pour tenter d'établir un signalement du suspect ; le commissaire Lombart pensait que le meurtrier s'était procuré de l'arsenic dans une droguerie proche de l'hôtel. Il rentra bredouille à l'heure où Yvonne mettait le couvert à l'office pour le dîner. Comme les interrogatoires n'étaient pas terminés, les trois hommes de la Criminelle s'incrustèrent. Leur présence accrut les tensions : certains se plaignirent d'être constamment surveillés.

« Jusqu'à nous accompagner devant la porte des toilettes ou de la salle de bains ! » ronchonna Yvonne.

Le lendemain matin, l'arrivée d'un troisième inspecteur permit d'entreprendre une fouille minutieuse de l'hôtel et des communs en compagnie de Léon qui connaissait les moindres recoins des greniers, des sous-sols et des remises. À la recherche d'indices, notamment du sachet d'arsenic susceptible d'avoir été dissimulé en un lieu inattendu, les enquêteurs ne négligèrent aucune piste : ils demandèrent ainsi au palefrenier d'étaler sur une toile de jute toutes les réserves d'avoine, de paille et de foin destinées aux chevaux. Ils furetèrent jusque sous les toits des deux bâtiments, entre les interstices qui séparaient les voliges. Après deux jours d'investigations, une découverte couronna enfin leurs efforts lors d'une nouvelle exploration de l'étage du personnel. La chambre d'Edgar avait été examinée avec attention, le premier matin, par le commissaire Lombart en personne qui n'y avait rien trouvé de compromettant. L'inspecteur Auclaire, plus chanceux, repéra une latte de parquet disjointe après avoir déplacé le lit, sous laquelle le marmiton cachait son argent. Un paquet plié dans un mouchoir attira aussitôt son regard : il contenait deux cuillerées à soupe de poudre blanche qui était certainement du poison, aussitôt confiée au laboratoire d'analyses de la Criminelle.

Le commissaire Lombart jubilait : il tenait enfin son coupable. Mais, à cette heure de l'après-midi, Edgar était absent de l'hôtel : Célestine l'avait envoyé effectuer des achats chez un épicier du boulevard Malesherbes ; un inspecteur l'avait escorté, comme à l'habitude depuis le début de l'enquête. Auclaire et son collègue s'empressèrent alors de le rejoindre. Edgar, qui bavardait avec le commis dans les réserves, tenta de leur fausser compagnie par l'arrière-cour qui permettait d'accéder à des potagers mais, après une brève course entre des rangées de légumes, il s'effondra au milieu d'une allée, incapable de poursuivre. Les trois inspecteurs l'emmenèrent dans les bureaux de la Criminelle où il passa aux aveux dans le courant de la soirée.

« C'était Estelle qui devait mourir mais pas Marie ! reconnut-il. Cette garce de rousse n'est qu'une allumeuse ! À cause d'elle, je souffre depuis des mois… Je l'aime à en perdre le sommeil mais elle me nargue… »

Le lendemain, le commissaire rapporta ses propos à la jeune femme qui s'en défendit.

« La beauté des femmes égare les hommes, glissa-t-il alors. Les réactions d'un amoureux éconduit sont imprévisibles. »

Avant de la prévenir :

« Prenez garde, Mademoiselle ! Vous êtes si belle que vous provoquerez d'autres passions, d'autres déceptions… Rien n'est plus dangereux que la passion ! »

Songeuse, Estelle l'écouta avec attention.

Elle ignorait tout de la passion.

9

Malgré le dénouement de l'affaire, un sentiment de malaise et de suspicion à l'égard d'Estelle s'instaura dans la maison parmi le personnel. À mots couverts pour ne pas s'attirer des ennuis ou même risquer un renvoi, d'aucuns reprochaient à la jeune femme son comportement ambigu qui avait poussé Edgar au crime.

« Elle devrait quitter Paris une partie de l'été ! conseilla Léon à son maître. Les nerfs sont à fleur de peau... »

En son absence, il souhaitait engager deux jeunes marmitons pour seconder Célestine aux fourneaux puis s'attacher, surtout, à restaurer une bonne ambiance de travail.

L'industriel hésita à céder à ses pressions.

« Estelle dérange encore ? s'exclama-t-il.

— Le concierge et Yvonne menacent de partir, avoua Léon.

— Le concierge ? s'étonna Maxime Chevalier qui appréciait sa discrétion autant que sa méticulosité. C'est surprenant !

— Pas le moins du monde ! répondit alors le maître d'hôtel. La femme de chambre est sa maîtresse...

— Quel méli-mélo ! » soupira-t-il.

Il comprit qu'il devait prendre rapidement une décision pour éloigner Estelle et empêcher la débandade au sein de ses domestiques. Après réflexion et comme il avait ajourné à regret leur voyage chez le sculpteur Maillol, il choisit en premier de l'emmener pendant deux mois dans sa villa de Deauville puis de l'installer à leur retour dans un cinq-pièces qu'il possédait au troisième étage d'un immeuble bourgeois de la rue de Courcelles.

« C'est plus raisonnable ! » convint Léon.

Estelle, confrontée à l'agressivité persistante du palefrenier et d'Yvonne, accueillit cette nouvelle avec soulagement : elle se demandait, certains jours, si elle résisterait longtemps aux piques de la femme de chambre qui l'attaquait pour des broutilles dès qu'elle la croisait dans les couloirs.

« C'est mieux pour toi ! reconnut Philomène.
– Pour toi aussi ! » ajouta Estelle.

Elle avait obtenu de Maxime Chevalier que la jeune femme reste à son service pendant l'été en Normandie puis au mois de septembre dans l'appartement où elle devait emménager. Philomène était devenue un souffre-douleur depuis les heures tragiques qui avaient marqué la maisonnée. Yvonne ne supportait pas qu'elle comble Estelle de prévenances ni qu'elle prenne sa défense au cours des conversations à l'office : elle la houspillait sans cesse, dénigrant son travail et la surchargeant de besognes salissantes. Philomène, à bout, s'effondrait en larmes chaque soir lorsque s'achevait son calvaire ; elle avait osé se confier à Estelle après l'annonce de son départ pour Deauville.

« Ne me laisse pas seule à Paris entre les griffes

d'Yvonne ! l'avait-elle suppliée. Sinon je chercherai une place ailleurs... »

Son désarroi avait touché Estelle que l'attitude d'Yvonne avait révoltée : elle s'était efforcée de convaincre le maître d'hôtel puis Maxime Chevalier de modifier leurs plans pour qu'elle les accompagne en Normandie dès le premier jour.

« Je savais bien que Monsieur accepterait ! glissa Philomène, satisfaite. Il ne te refuse rien ! »

Amélie partageait également son opinion.

« Il m'estime beaucoup, reconnut Estelle.

— C'est certain qu'il est amoureux ! affirma-t-elle.

— Tu le connais mal ! C'est un homme de cœur qui cherche à m'aider...

— Mais il pourrait aussi être amoureux de toi ! » souligna Amélie qui s'accrochait à son idée et n'en démordait pas comme si elle s'appliquait à la préparer à cette éventualité.

Estelle rougit mais ne répondit pas.

« Il pourrait être amoureux de toi et tu pourrais l'aimer que rien ne choquerait ! poursuivit-elle.

— Malgré nos différences ? » s'étonna-t-elle alors.

Tout les séparait : le milieu social, l'éducation, la fortune, l'âge. Par ailleurs, il n'avait aucun charme : son visage rond avec un teint légèrement couperosé, ses cheveux gris et ses premières rides le vieillissaient tandis que la coupe et la couleur de son costume accentuaient l'impression de mélancolie qui se dégageait de tout son être. Estelle doutait de pouvoir l'aimer malgré ses manières raffinées, ses qualités et la part de mystère qui l'attirait.

« Pourquoi ? insista Amélie, amoureuse depuis peu. Il suffirait peut-être d'un geste ou d'un mot... »

Un geste ? un mot ? Ce soir-là et les jours suivants, courtois comme à son habitude, il ne manifesta aucune émotion en sa présence. Ce qui amena Estelle à s'interroger. Qu'éprouvait-il réellement pour elle ? Rien d'autre que de l'estime ? Ou des sentiments qui ressemblaient à de l'amour mais qui tardaient à s'affirmer ? Avait-il choisi alors de ne pas les laisser paraître pour s'accorder un délai de réflexion ? Ou, peut-être, n'osait-il pas les avouer par peur d'échouer, de devoir souffrir. Comment savoir ? Ces questions la troublèrent pendant quelques jours puis son départ pour Deauville la détourna de ces préoccupations. Dès l'instant où elle prépara ses bagages, elle ne pensa plus qu'aux plaisirs de l'été.

Ils partirent le 28 juin au matin, après le petit-déjeuner. Depuis l'aube, les chromes rutilants comme le jour de sa sortie de l'usine, la De-Dion-Bouton les attendait devant le garage. Le maître d'hôtel avait expédié les malles en gare de Deauville-Trouville l'avant-veille : le jardinier devait les réceptionner avant midi.

« Tout est prêt, Monsieur ! » répéta-t-il à Maxime.

Ils roulèrent sans se presser, s'arrêtèrent souvent pour laisser reposer le moteur, flânèrent dans les rues d'Évreux et près de la cathédrale après le déjeuner, observèrent encore un long arrêt à Lisieux et arrivèrent à Deauville au moment où les lueurs fauves du couchant embrasaient l'horizon. Emmanuel les mena tout droit boulevard de la Mer où s'élevait la villa Chevalier. C'était une grande demeure normande, à colombages peints en blanc, qui s'ornait de balcons en bois au premier, d'un porche d'entrée et de deux tourelles d'angle. Entourée d'arbustes, de rosiers, d'une pergola dont les poutrelles soutenaient une glycine en fleurs, de massifs d'hortensias roses et bleus, elle était très avenante. Les pneus crissaient à peine dans l'allée que le jardinier abandonnait sa binette pour les rejoindre, imité par le cuisinier et deux jeunes marmitons aux pommettes cramoisies. Après les présentations, Estelle s'échappa.

« Je reviens ! » souffla-t-elle à Philomène.

Elle était pressée de découvrir la mer. À cette heure, la plage était déserte : on avait replié les parasols puis rangé les chaises. La jeune femme se retira dans une cabine de bains pour enlever à la hâte ses bas de soie et ses chaussures : elle avait envie de marcher pieds nus dans le sable avec comme seule compagnie celle des oiseaux qui piaillaient en tournoyant au-dessus de l'eau blanche d'écume, de respirer les odeurs d'algues et l'air du large au goût de sel. Devant elle s'ouvrait l'immensité de la mer que le crépuscule éclaboussait de feu. À intervalles réguliers et dans un grondement assourdissant, les vagues partaient à l'assaut de la grève pour mourir à quelques pas d'elle. Le spectacle la fascina : elle ne s'en lassa pas pendant un long moment, le regard perdu dans les lointains avec l'espoir de distinguer un bateau. En vain. À cette heure, les pêcheurs étaient certainement rentrés au port. Alors, ses escarpins dans une main tout en relevant de l'autre le fond de sa robe pour ne pas mouiller l'étoffe, Estelle décida de remonter la plage qui longeait le boulevard. Elle s'extasia devant les couleurs juxtaposées de l'écume, de la mer et du sable puis ramassa quelques coquillages. Ses longs cheveux qu'elle avait dénoués tout à l'heure dans la cabine ondulaient dans le vent qui s'était renforcé et fouettait ses joues. Quelle ivresse ! Jamais elle n'avait éprouvé une telle sensation de liberté au point de chanter tout en marchant.

Pendant son séjour à Deauville, ses journées s'écoulèrent au rythme des promenades en bateau, le long de la grève ou dans les environs immédiats à bord de la De-Dion-Bouton, des dîners au *Normandy* et au *Royal*, des réceptions à la villa, des concerts d'harmonie et de musique de chambre, des spectacles dans les grands salons du casino, des bains de mer aux heures chaudes. Maxime Chevalier l'emmena à Honfleur, à Cabourg, à Étretat, au Havre, à Rouen et à Dieppe où elle visita des expositions, rencontra des critiques d'art. On ne tarda pas à remarquer qu'elle accompagnait désormais le propriétaire des sociétés Chevalier. Ce qui ne manqua pas d'intriguer. Dès la première semaine, des conversations mondaines mentionnèrent la présence à Deauville d'une jeune et belle femme, aux cheveux flamboyants, dont les toilettes semblaient indiquer qu'elle arrivait de Paris mais que les habitués de la station n'avaient jamais croisée au bord de la mer, à l'hippodrome ni dans les cocktails élégants au cours des saisons précédentes. « C'est une Parisienne », confirma-t-on bientôt à la satisfaction d'une poignée de commères qui s'imaginaient qu'elle débarquait d'Irlande avec ses cheveux roux et ses yeux verts. On apprit ensuite qu'elle résidait chez Maxime Chevalier jusqu'à la fin de l'été. Alors certains s'enhardirent à prétendre qu'elle était la maîtresse de l'industriel. La rumeur circula avec tant d'insistance que beaucoup en acquirent la certitude. « C'est un homme qui a du goût ! » pouvait-on entendre aux tables voisines de la sienne lorsqu'il dînait avec Estelle dans un restaurant de Cabourg ou de Trouville. La semaine du 15 août, lorsqu'il passa quelques jours à Deauville en compagnie de sa femme, Irénée Chevalier n'hésita pas à mettre en garde son cousin :

« Partout, on ne parle que de Chevalier et de sa rousse : tout le monde jase ! On m'a même demandé si tu avais l'intention de l'épouser et de l'associer à tes affaires. Montre-toi plus discret !

— Je me moque des ragots ! répondit-il.

— Tu te couvres de ridicule, persista à penser Irénée.

— Personne ne peut m'empêcher d'inviter Estelle au *Royal* ou de l'accompagner aux régates ! répliqua-t-il.

— Cette femme t'ensorcelle et tu te berces d'illusions : elle est incapable de s'occuper de tes collections ! ajouta-t-il.

— Que peux-tu en savoir ? ironisa Maxime.

— Elle te manipule ; elle s'incruste ; elle t'oblige à l'entretenir…

— Estelle ne m'a jamais rien demandé ! » coupa-t-il.

Déterminé à ne pas changer de comportement à l'égard de la jeune femme, il demeura sourd à ses remontrances.

« Tu y perdras ton argent et ton âme ! » prédit alors Irénée.

Après le départ de son cousin qui le quitta quelque peu fâché à l'inverse de Constance qui appréciait Estelle, il s'absorba dans les préparatifs de la course Alençon-Deauville que la compagnie des pétroles Chevalier parrainait depuis trois ans. Organisée par l'Automobile club de France avec le concours du journal *L'Auto*, cette épreuve rassemblait des véhicules légers dont la cylindrée n'excédait pas trois litres. Emmanuel l'attendait chaque été avec impatience pour découvrir les modèles produits par les grandes firmes françaises et étrangères : Peugeot, Renault, Fiat, Panhard et Lavassor, Delage, Bugatti et Opel. Avec une réception au *Normandy* qui clôturait la remise des prix, elle disputait la vedette au grand prix de Deauville qui réunissait le 15 août à La Touques la bonne société parisienne et une foule de turfistes.

« Notre réception est la plus brillante de la saison ! » affirma Maxime Chevalier à Estelle.

Il tenait à ce qu'elle y assiste mais qu'elle suive aussi la course au cours des cent derniers kilomètres à bord de la Bugatti de l'un de ses amis monégasques. Cette journée l'enchanta de bout en bout. Équipée de lunettes de route comme les pilotes et coiffée d'un chapeau dont la voilette nouée sous le menton la protégeait de la poussière, la jeune femme applaudit ainsi les exploits des meilleurs bolides qui les doublaient à près de 60 km/h dans les lignes droites entre Lisieux et Pont-l'Évêque. Après l'arrivée aux abords de l'hippodrome devant des milliers de spectateurs enthousiastes et le tour d'honneur du vainqueur dans les rues de Deauville salué par un concert de clairons, elle s'offrit un bain puis choisit dans l'armoire la plus belle des tenues de soirée que Julie Broussy avait dessinée au printemps.

« Pour les grandes occasions ! » avait-elle précisé.

La réception de ce dimanche 25 août 1912 à laquelle plus de trois cents personnes avaient été conviées dont les Rotchschild, les Wendel et le prince Louis II de

Monaco ne marquait-elle pas ses premiers pas dans le monde ?

Lorsqu'elle passa sa robe en organdi de soie vert au corsage portefeuille à manches courtes, Philomène s'émerveilla.

« On te remarquera ! » glissa-t-elle.

Son apparition dans les salons du *Normandy*, un instant avant l'annonce du palmarès par le président de l'Automobile club de France, provoqua des murmures d'étonnement parmi les invités qui commentaient encore le duel entre les Peugeot et les Bugatti, incertain jusqu'au bout. Peu d'entre eux la connaissaient, même si beaucoup avaient entendu parler d'elle dans des dîners ou chez des amis. À peine arrivée, Estelle rejoignit les places d'honneur où l'attendaient Maxime Chevalier et Bastien Parly, directeur du bureau parisien des sociétés Chevalier. Lorsqu'elle traversa la salle, d'aucuns interrompirent leur conversation pour la dévisager sans scrupule, critiquer la coupe de sa robe. Loin de se troubler, la jeune femme marchait d'un pas assuré : elle souriait.

Après les discours, pendant que les serveurs proposaient du champagne, Maxime Chevalier la présenta à quelques relations d'affaires mais s'empressa de la libérer dès les premières notes de musique :

« Vous devriez profiter de la fête ! C'est de votre âge ! »

Elle les abandonna sans regret pour fendre la foule et gagner la salle de bal où les huit musiciens interprétaient un classique de Strauss. Dès qu'elle entra, un jeune homme blond l'invita aussitôt à valser avant de l'entraîner au milieu de la piste. Elle dansa une partie de la soirée sans se lasser, s'accordant peu de répit sauf pour boire une orangeade de temps à autre au bar. Beaucoup observèrent qu'elle ne refusa sa main à personne. Il était 3 heures du matin lorsqu'elle décida de rentrer à la villa. Dans le hall, un homme la bouscula. Elle reconnut aussitôt Pierre Beauregard.

« Nous nous connaissons ! s'enhardit-elle à lancer tandis qu'il bredouillait quelques excuses.

— Je crois que c'est une erreur, Mademoiselle ! répondit-il.

— Nous nous sommes rencontrés à l'automne 1910 dans les bureaux de *La Parisienne* », souligna-t-elle.

Pierre Beauregard ne chercha pas à nier lorsqu'elle révéla son nom. Accusant le coup, il perdit soudain de sa superbe : il n'avait jamais imaginé qu'il croiserait un jour la jeune blanchisseuse dans un palace de Deauville.

« Vous aviez promis d'ordonner une enquête pour établir les droits de ma famille à propos de l'héritage de votre ami qui était également notre cousin, poursuivit-elle.

— Comme je vous l'ai précisé par lettre, le cabinet Miralet...

— C'est surprenant qu'il n'ait pas réussi à prouver nos liens de parenté ! coupa-t-elle. Mon grand-père était formel...

— Il s'était laissé abuser par la bonté de Félix, rétorqua-t-il.

— Vous le pensez vraiment ? ironisa-t-elle.

— Absolument, Mademoiselle ! »

À son sourire crispé, au léger tremblement de ses mains, elle comprit qu'il manquait de sincérité.

« Permettez-moi d'en douter encore ! » ajouta-t-elle alors.

Décontenancé par son assurance, il demeura sans voix.

Déjà elle coiffait son chapeau pour disparaître la tête haute et d'un pas décidé.

Dès la première semaine de septembre, à son retour à Paris, Estelle emménagea à quelques centaines de mètres seulement de l'hôtel Chevalier dans un cinq-pièces de la rue de Courcelles. L'appartement occupait le troisième étage d'un immeuble 1900. Elle le découvrit à la fin d'une matinée radieuse alors que le soleil inondait le boudoir et la salle à manger d'une lumière douce et chaude. Avant leur départ en Normandie, Maxime Chevalier avait ordonné des travaux de peinture, la pose des voilages de mousseline et des rideaux de cretonne. En leur absence aussi, sous le contrôle du maître d'hôtel, les femmes de ménage avaient frotté puis ciré les parquets, enlevé les housses qui recouvraient les fauteuils : les lieux n'avaient jamais été habités. L'industriel avait acheté cet appartement peu après son mariage pour disposer d'un pied-à-terre à Paris : il envisageait alors d'y passer deux mois par an en compagnie de Nina ; ils avaient choisi ensemble la décoration et les meubles mais n'en avaient pas profité.

La sobriété la séduisit autant que le confort. Certains jours, elle ne supportait plus la solennité de l'hôtel Chevalier : les salons manquaient d'intimité. Estelle s'attarda dans chaque pièce, contemplant les secrétaires, les commodes, les armoires, les tapisseries au point de croix, les fleurs au pochoir, les boiseries, les plafonds peints. Maxime Chevalier la surprit devant un miroir italien du XIXe siècle, promenant un doigt le long de la bordure en faïence polychrome de Bassano. Elle était rayonnante.

« Je m'y plais déjà ! confia-t-elle.

— L'appartement est à vous ! » répondit-il en tendant les clés.

Estelle y retourna en début d'après-midi pour le plaisir de s'y retrouver seule avant l'arrivée de Philomène puis du concierge et du cocher qui devaient y transporter ses affaires. L'une des chambres possédait une armoire normande qui l'avait attirée dès le premier regard : elle décida de s'y installer. Les malles livrées, elle déballa aussitôt ses robes et ses jupes pour les suspendre, pressant Philomène de s'activer.

« Tout doit être rangé avant le soir, insista-t-elle. Monsieur doit passer me prendre à 8 heures. »

L'après-midi s'achevait quand le maître d'hôtel rejoignit Estelle qui classait ses romans dans l'une des bibliothèques du salon ; il était accompagné d'une cuisinière et d'une jeune chambrière qu'il avait engagées en Sologne pour le service. Joséphine, femme plantureuse d'une quarantaine d'années qui avait son franc-parler, avait démontré ses talents de cordon-bleu chez un notaire de La Ferté-Saint-Aubin puis dans un restaurant de Lamotte-Beuvron que Maxime fréquentait souvent lors de ses séjours à La Motte-Plessis ; elle seconderait Célestine les soirs de réception puis la remplacerait dès qu'elle manifesterait le désir de se retirer. Quant à Angélina, elle avait travaillé pendant douze ans comme femme de chambre chez un châtelain de Marcilly-en-Gault qui chassait le chevreuil avec Maxime Chevalier et des notables du pays dans les bois de La Motte-Plessis. Malgré une apparence réservée, cette jolie brunette n'éprouvait qu'une envie : découvrir Paris.

« Bonne éducation ! souligna Léon lorsqu'elle monta à l'étage des chambres de bonne pour y déposer sa malle. Là-bas, on la regrette déjà... »

Le majordome s'était entouré de toutes les précautions avant d'embaucher Angélina et Joséphine ; il s'était rendu en Sologne pendant l'été, rencontrant leurs patrons puis sollicitant les conseils des relations de chasse de l'industriel.

« Nous pouvons avoir confiance ! » ajouta-t-il.

Ses propos rassurèrent Estelle qui aspirait à la sérénité après les événements tragiques de juin. En écoutant Léon, elle mesura combien Maxime Chevalier soignait son confort et son bien-être, s'efforçait d'exaucer des souhaits qu'elle n'exprimait pas mais qu'il devinait quand même. À l'évidence, il s'attachait à elle : il le prouvait sans cesse. Un moment plus tard, pendant qu'elle paressait dans son bain, Estelle réalisa également qu'elle avait quelque peu changé depuis son séjour en Normandie qui leur avait permis d'avoir de longues conversations en tête-à-tête. Certes ils avaient parlé de peinture, de littérature et de voyage mais également de l'amour, du bonheur, de la pauvreté et de la richesse, de la solitude, de la maladie et de la mort, des piments de la vie. Tous deux avaient développé leurs points de vue avec beaucoup de franchise. Loin de s'opposer, ils s'étaient révélés plus proches qu'elle ne l'aurait imaginé comme si une complicité les liait peu à peu. Estelle était revenue de Normandie conquise par cet homme qu'elle admirait désormais autant pour son raffinement que pour sa culture.

Lorsqu'il sonna, Maxime Chevalier la trouva épanouie.

« Êtes-vous satisfaite ? demanda-t-il à propos du personnel.

— Comblée ! avoua-t-elle. Pour tout. »

Dans l'euphorie, elle l'embrassa.

« Merci, Maxime ! » murmura-t-elle.

C'était la première fois que la jeune femme l'appelait par son prénom, osant s'affranchir enfin comme il le souhaitait depuis leur séjour à Deauville de « Monsieur » ou de « Monsieur Maxime » dont elle usait jusqu'à présent. Cette marque d'affection le toucha au point d'oublier sa canne dans le salon.

Ils dînèrent sans hâte puis s'offrirent une promenade en taxi à travers Paris depuis la place de Clichy jusqu'à Montparnasse en passant par l'île Saint-Louis. Maxime avait renvoyé Emmanuel à leur arrivée au *Marguéry*.

« Nous rentrerons tard ! » avait-il précisé.

La température était douce. Le chauffeur roulait avec les vitres légèrement baissées tandis que Maxime indiquait au passage à l'adresse d'Estelle des monuments, des magasins réputés, des musées, des palaces. Au cours de l'un des moments de silence qui entrecoupaient ses commentaires, ses doigts fins effleurèrent sa main posée sur la banquette de cuir puis osèrent la caresser à travers le gant. Le contact de la peau lisse et souple de Maxime avec le soyeux du chevreau était si sensuel qu'elle rougit mais il ne le remarqua pas dans la pénombre. La jeune femme, nullement choquée par son geste inattendu, ne retira pas sa main mais elle frissonna : elle ne sut si c'était sous l'effet de l'émotion ou de la fraîcheur du soir. Quoiqu'elle s'efforçât de concentrer son attention sur l'animation qui régnait encore dans les quartiers à proximité des restaurants, des cafés et des salles de spectacle, Estelle ne tarda pas à constater que Maxime ne la quittait pas des yeux : il y avait dans son regard de la fascination et de la tendresse. Alors qu'ils arrivaient à l'Étoile, elle l'entendit murmurer son prénom mais le chauffeur rompit le charme.

« Préférez-vous passer par l'avenue de Wagram ou l'avenue MacMahon et l'avenue Niel ? demanda-t-il.

— Par l'avenue de Wagram », répondit Maxime avant d'enlever brusquement sa main.

Il l'accompagna jusque dans l'entrée de l'immeuble, promit de déjeuner chez elle le lendemain.

Après son départ, troublée par cette soirée, Estelle demeura longtemps postée derrière les voilages de mousseline du salon dans l'espoir que le taxi le ramènerait. À dessein, elle alluma une lampe pour qu'il n'éprouve aucun scrupule à monter. Il sonnerait discrètement ; elle se précipiterait pour ouvrir. La porte tout juste refermée, il la prendrait dans ses bras et chuchoterait à son oreille qu'il l'aimait...

Accrochée à son rêve, la jeune femme lutta un moment contre le sommeil. Des sentiments contradictoires l'animaient : elle était partagée entre le désir d'être aimée et une certaine retenue qui l'incitait à garder encore ses distances. Puis, lasse d'attendre et vaincue par la fatigue, elle éteignit la lumière.

10

Le lendemain, Estelle s'éveilla tard.
« Il est déjà 11 heures ! » s'exclama-t-elle en consultant sa montre.
L'instant suivant, elle enfilait une robe de chambre et rejoignait la cuisine où Joséphine préparait le repas de midi avec Angélina au milieu d'une odeur de court-bouillon.
« Le maître d'hôtel de Monsieur a donné les ordres ! expliqua la cuisinière. Il était là à 7 heures... »
Ils avaient choisi les menus puis adressé les commandes aux fournisseurs habituels de la maison. Léon avait ensuite réparti les tâches de la journée entre le personnel avant de regagner l'hôtel Chevalier aux environs de 8 heures.
« Tu aurais dû me prévenir ! reprocha Estelle à Philomène.
— Il nous avait interdit de te déranger ! répondit-elle.
— Sous aucun prétexte ! » surenchérit Joséphine.
Estelle, contrariée par l'initiative du maître d'hôtel, décréta alors qu'elle transmettrait elle-même ses instructions dès le lendemain, disposée à occuper sa place de maîtresse de maison même si elle avait beaucoup à apprendre.

« J'y tiens ! » précisa-t-elle à Maxime au cours du déjeuner.

Elle solliciterait dans les premiers temps les conseils de Léon mais entendait décider seule.

« C'est le rôle d'une femme », insista-t-elle.

Maxime n'y trouva rien à redire, agréablement surpris par ses résolutions, mais suggéra que le majordome puisse la remplacer de temps à autre pour alléger ses journées ; elle le remercia d'y avoir pensé. Laura les rejoignit au moment où Angélina servait le dessert puis il les abandonna toutes deux à leurs discussions au sujet de l'inventaire des estampes que la jeune femme souhaitait entreprendre cette semaine. Il devait boucler ses malles avant la fin de la journée pour partir le lendemain en Sologne où la saison de chasse avait débuté.

« Les forêts, les chevreuils, les lièvres et les amis m'attendent comme chaque année ! » glissa-t-il avec humour.

Il disparut de Paris durant trois mois au cours desquels Estelle travailla sans relâche, fréquentant grâce à Laura des musées, des galeries et des ateliers d'artistes : elle ne cacha pas sa joie, alors que les tragiques événements de juin avaient reporté la rencontre avec Maillol à l'été prochain, de découvrir des peintres devant leur chevalet et des sculpteurs en train de manier le ciseau. Laura qui aimait partager sa passion et son savoir, ne comptait pas le temps qu'elle passait ainsi auprès d'elle. En retour, Estelle la conviait souvent à déjeuner ou à dîner pour prolonger leurs conversations. Jour après jour, une entente profonde s'esquissa pendant que Laura obtenait sa confiance en dépit de leurs différences : elle militait dans un cercle féministe et affichait des mœurs très libres.

« Elle est émancipée ! révéla Estelle à sa cousine.
— C'est une artiste ! » trancha Amélie.

Sa cousine sonnait fidèlement chez elle le dimanche à l'heure de midi, accompagnée désormais d'un jeune courtier en vins aux manières galantes et au regard espiègle qu'elle avait croisé pour la première fois dans l'épicerie de ses parents au cours de l'hiver dernier. Marcelline et Gustave n'étaient pas hostiles à ce qu'ils se retrouvent toutes les semaines : ils pensaient que Julien pourrait leur être précieux dans les affaires. Après le déjeuner, tandis qu'il savourait un cognac dans le salon, elles se retiraient toutes deux dans la chambre d'Estelle pour essayer les toilettes d'hiver que la couturière avait livrées et parler de Maxime qui ne manifestait pas d'empressement à regagner Paris. Il appelait Estelle deux à trois fois par semaine, s'informant de l'avancement de l'inventaire et racontant ses journées en forêt, toujours aussi attentionné.

« Vous devriez me rejoindre ! insistait-il. La Sologne est belle en cette saison. »

Détestait-elle voyager seule ? Rodolphe Bricard, l'un de ses collaborateurs des sociétés Chevalier, pouvait l'accompagner : il effectuait tous les lundis le déplacement en train jusqu'à Lamotte-Beuvron avec le courrier et les dossiers importants. Chaque fois, la jeune femme s'arrangeait pour décliner son invitation sous des prétextes divers : un entretien que Laura avait organisé avec un bibliothécaire ou un conservateur de musée, des retouches pour un manteau chez la couturière ou un chapeau chez la modiste, un rendez-vous chez la coiffeuse. Elle ne pouvait avouer, au risque de le décevoir ou de le froisser, que les étangs et la brume de la campagne solognote ne l'attiraient pas ni qu'elle redoutait l'ennui dans son château pendant qu'il traquerait le chevreuil.

« Tu as tort : tu as besoin de grand air avec ton teint pâlichon ! estimait Amélie. Tu pourrais sortir les après-midi de beau temps et apprendre à monter à cheval !

— Monter à cheval ? s'esclaffait Estelle, guère sportive.

— Bien sûr ! Les bons cavaliers ne doivent pas manquer dans les régions de chasse à courre.

— Pour être ridicule ? rétorquait-elle. Ah ! non !

— Tu le regretteras ! »

Amélie ne s'était pas trompée : Estelle le regretta au mois de décembre. On approchait des fêtes : Laura était déjà partie dans sa famille à Lausanne ; elles ne pouvaient plus déjeuner ou dîner ensemble comme à l'habitude, pousser la porte des ateliers de peintres et de sculpteurs dans lesquels la jeune Suissesse avait ses entrées, débattre pendant des heures autour d'une tasse de chocolat, échanger parfois des confidences. Comme le froid et la grisaille n'incitaient guère à la promenade tandis que la foule avait envahi les magasins, Estelle passait le plus clair de ses journées à travailler dans la douce chaleur et la quiétude des bibliothèques de Maxime dont l'absence pesait tellement dans l'hôtel qu'elle la ressentait en traversant le jardin d'hiver. À la nuit, de retour dans son appartement, elle éprouvait souvent l'envie de téléphoner à La Motte-Plessis pour lui annoncer enfin : « J'arrive demain ! » Elle s'acharnait à y résister jusqu'à une heure tardive pour ne pas l'importuner alors qu'il recevait peut-être, soucieuse avant tout de cacher sa solitude. Une soirée de neige, un besoin soudain de le retrouver l'emporta. Après le dîner, elle demanda à l'opératrice le 11 à Marcilly. Il était à peine 9 heures. L'attente dura un quart d'heure pendant lequel elle regarda tourbillonner les flocons derrière une fenêtre du boudoir. Neigeait-il en Sologne ? La sonnerie l'arracha à ses réflexions.

« Le château de La Motte-Plessis, Mademoiselle ! » annonça la téléphoniste d'un ton grincheux.

Après un court moment de silence ponctué de grésillements, une femme s'égosilla enfin :

« Allô !... Allô !... Allô !... »

C'était la cuisinière de Maxime.

« Monsieur n'est pas là ! dit-elle sèchement.

— Rentrera-t-il tard ?

— Il est en forêt pour la nuit.

— C'est de la folie avec cette neige ! s'écria Estelle.

— Il ne neige pas et il est à l'abri dans sa hutte ! bougonna la cuisinière.

— Quand rentrera-t-il ?

— En général, Monsieur retourne au château après le passage du facteur.

— Je le rappellerai à l'heure du déjeuner, précisa alors Estelle.

— C'est urgent ? » coupa-t-elle avec insistance.

La jeune femme refusa de répondre puis raccrocha.

La neige ne tombait plus au dehors. Avec un peu de chance, Estelle pourrait préparer ses affaires avant midi puis partir pour la Sologne au début de l'après-midi. À la première heure, elle se renseignerait auprès de la compagnie d'Orléans sur les horaires des trains qui desservaient Lamotte-Beuvron. Une fois glissée entre les draps tièdes, elle s'endormit animée de l'espoir qu'elle dînerait avec Maxime le lendemain.

On sonna à la porte de l'appartement dès 8 heures. Estelle prenait son petit-déjeuner tout en feuilletant les journaux ; elle ordonna à Angélina d'ouvrir. C'était un coursier des Postes.

« Une distribution par exprès pour Mademoiselle Savignac ! » s'exclama l'adolescent avant de tendre le courrier à la femme de chambre.

Il attendit patiemment qu'elle revienne avec un pourboire puis empocha la pièce et disparut.

Un sourire illumina Estelle lorsqu'elle reconnut sur l'enveloppe l'écriture de Maxime. D'un geste nerveux, elle décacheta la lettre avec un coupe-papier qui traînait sur la cheminée pour découvrir deux feuillets de papier chine.

« Ma chère Estelle,

« Depuis mon départ de Paris, voici bientôt trois mois, je n'ai cessé de penser à vous. Vous ne soupçonnez pas à quel point vous avez changé ma vie. Je n'oublierai jamais ce dîner chez les Mornand : vous surpassiez en beauté et en grâce toutes les femmes conviées à la soirée alors que votre patronne vous avait chargée d'en assurer le service. Quelle ironie du sort ! Lorsqu'on est un homme, comment demeurer insensible à votre jeunesse, à votre prestance qui m'a longtemps abusé à propos de vos origines ? Depuis, j'ai appris à mieux vous connaître et à apprécier votre vivacité d'esprit, votre bon goût, votre désir d'apprendre, votre sensibilité. Vous êtes

différente de la plupart des femmes du monde : vous êtes assurément la femme que je n'imaginais plus rencontrer désormais... Grâce a vous, ma chère Estelle, j'ai l'impression de rajeunir et de retrouver l'énergie que j'avais perdue depuis quelques années : votre présence est un bonheur quotidien dont je ne me lasse pas. Grâce à vous, les journées me paraissent moins longues et infiniment plus gaies ! Je vous ai aimée en silence pendant des mois sans oser avouer mes sentiments ; j'ai craint de vous perdre pour toujours lorsque votre vie a été menacée. J'ai hâte de vous revoir : vous m'avez manquée sans cesse depuis le début de l'automne, certainement plus que vous ne le pressentez en lisant cette lettre. J'aurais tant souhaité que vous acceptiez de monter dans le train de Lamotte-Beuvron pour me rejoindre... J'admets que la Sologne ne soit pas attirante sous la pluie et le brouillard ; il n'y a guère que les chasseurs invétérés pour se gausser des caprices du temps ! J'ai mieux que les forêts et les étangs de Sologne à vous proposer pour cette fin d'année. Puisque vous aimez les bords de mer, que diriez-vous de deux semaines à Biarritz ou à Saint-Jean-de-Luz dans un hôtel à proximité de l'océan ? Nous partirions sans chauffeur ni femme de chambre : nous avons tant à nous confier pour mieux nous connaître que nous avons besoin d'être seuls, loin de Paris. Même si Noël arrive au galop, prenez le temps de réfléchir avant de me répondre... »

Debout près de la cheminée, Estelle s'attarda sur chaque mot pour les graver dans sa mémoire. C'était la première fois qu'elle recevait une lettre d'amour. À l'idée que Maxime l'avait aimée en silence pendant des mois et avait craint de la perdre au moment où Edgar avait tenté de l'empoisonner, une bouffée de bonheur l'envahit : elle éprouvait la fierté d'être enfin devenue une femme qui séduisait autant par son esprit que par son charme. Combien d'hommes de la bonne société, rencontrés en Normandie durant l'été dernier, demeuraient persuadés qu'elle était condamnée à jouer les cocottes pour éviter le trottoir comme le personnage de Nana dans le roman de Zola. C'était un démenti cinglant ! Quant aux aveux de Maxime, ils ne la surprenaient qu'à moitié : elle les attendait depuis la soirée où il l'avait invitée au *Marguéry*, dès le début du mois de septembre, au point de produire l'impression qu'il restait indécis tant il tardait à révéler ses sentiments. Sans l'obstination d'Amélie dont les convictions n'avaient pas faibli tout au long de l'automne malgré l'incertitude qui grandissait semaine après semaine, elle aurait renoncé à y croire. Maintenant tout était clair : il l'aimait. Mais l'aimerait-elle en retour ? Elle l'ignorait encore bien qu'elle le souhaitât : Maxime prenait tellement de peine à la défendre, à modeler son destin qu'il méritait son amour. « Avec du temps et de la patience, j'y parviendrai sûrement ! » pensait-elle, désireuse de ne pas brûler les étapes pour ne rien gâcher, heureuse de constater qu'il partageait son souci. La jeune femme ne doutait pas que leur séjour sur la côte basque permettrait de nouer entre eux des relations plus spontanées et intimes. L'invitation soulevait par ailleurs son enthousiasme : elle savourait par avance le plaisir de passer deux semaines au bord de l'océan après avoir souvent rêvé, depuis les vacances d'été, de promenades le long d'une plage déserte sous un soleil d'hiver. Elle s'empressa d'appeler Maxime mais il n'était pas rentré et elle s'en étonna : il devait être impatient de l'entendre. Pourquoi tardait-il à revenir au château ? Soudain, cédant à la panique, elle envisagea le pire : une chute dans un étang, un accident au bord du chemin sans personne pour le secourir.

« Mademoiselle ne prend pas son bain ? demanda Angélina lorsqu'elle emporta le plateau de son petit-déjeuner.

— Plus tard ! » répondit-elle.

Installée près du téléphone, Estelle ne voulait pas quitter son boudoir tant qu'elle n'aurait pas de ses nouvelles.

Maxime la délivra de ses angoisses à l'approche de midi.

« J'ai eu si peur ce matin, confessa-t-elle.

— Pourquoi ? rétorqua-t-il. Je connais les clairières, les étangs, les chemins et les landes ! Partout dans le pays, j'ai mes repères comme les braconniers : c'était mon terrain de jeu d'adolescent. »

Ils évoquèrent les rigueurs du temps.

« Paris est triste et froid sous la neige, reconnut-elle.

— Les Noëls sont toujours beaux à l'océan, glissa-t-il.

— Quand partons-nous ? » enchaîna-t-elle.

Un court moment de silence s'écoula pendant lequel Maxime éprouva un grand bonheur, rêvant déjà à tout ce que pourrait leur apporter ce voyage : il ne s'attendait pas à une réaction aussi rapide et formulée avec autant d'ardeur. Il était comblé au-delà de ses espérances.

« Quand partons-nous pour l'océan ? » insista Estelle,

à cent lieues d'imaginer qu'il souriait, les paupières closes.

Il devrait mettre de l'ordre dans son château, remonter à Paris, boucler sa malle, réserver leurs billets de train et leurs chambres d'hôtel. Aussi tempéra-t-il son impatience.

« Dans quatre ou cinq jours, répondit-il.
— Pas avant ? » lâcha-t-elle, dépitée. »

Maxime promit qu'ils fêteraient Noël en Pays basque et il honora sa parole. Un express de la Compagnie des wagons-lits les déposa à Biarritz au cours de l'après-midi du 24 décembre. Il soufflait comme un air printanier lorsqu'ils sortirent de la gare alors que la brume noyait la capitale à l'heure matinale où ils l'avaient quittée. Pendant que des porteurs rassemblaient leurs bagages, Maxime acheta un bouquet de fleurs qu'il offrit à Estelle.

« Des roses de Noël ! » murmura-t-il.

Il avait retenu deux suites dans l'un des palaces de la ville qui s'élevait face à la grande plage de Biarritz, non loin du phare : l'hôtel Eugénie. Soucieuse de bien recevoir ses clients parisiens, la direction de l'établissement avait dépêché quatre limousines à l'arrivée du train ; l'une d'entre elles emmena Estelle et Maxime à travers les principales artères de la station qui avaient été ornées de drapeaux et de guirlandes multicolores, avant de les conduire à l'hôtel. À peine entrée dans sa chambre, la jeune femme courut ouvrir l'une des fenêtres pour regarder le soleil basculer derrière l'horizon et respirer les odeurs de l'océan. Elle laissa vagabonder son esprit tandis que le jour déclinait. Les rouleaux grondaient au bas de la falaise, déferlant sans cesse et attaquant la roche ; des lumières s'allumaient au loin...

Elle s'affairait toujours dans sa salle de bains lorsque Maxime, en smoking anthracite, rejoignit son salon par la porte capitonnée qui permettait aux deux suites de communiquer. Il s'installa dans un fauteuil et commanda un whisky à la réception. Elle l'y retrouva un moment plus tard pour s'étonner :

« Vous êtes déjà prêt ! »

Elle était encore en peignoir et démêlait ses longs cheveux à l'aide d'une brosse tout en fredonnant une chanson : le dîner aux chandelles n'était prévu qu'aux environs de minuit dans la salle à manger de cette grande demeure aux allures aristocratiques dont le décor associait boiseries néogothiques, cheminées armoriées, meubles et dorures Louis XVI. Il la jugea plus séduisante encore qu'à l'ordinaire mais la pendulette l'arracha bientôt au ravissement et il la pressa de s'habiller :

« Dépêchez-vous ! Nous sortons. »

Interloquée, Estelle le regarda :

« Où allons-nous ?

— C'est une surprise ! » répondit-il en souriant.

Elle s'enferma dans sa chambre et ils purent prendre place, à 10 heures, dans une limousine qui les mena à l'église Saint-Alexandre-Nevsky. Bien que les orthodoxes ne fêtent Noël qu'au début du mois de janvier, un pope y célébrait un office en cette nuit du 24 décembre. Le décorum l'intrigua dès les premiers chants mais Estelle se laissa très vite séduire par l'atmosphère empreinte de ferveur et de mysticisme que rehaussait la présence d'icônes et de bannières. Bientôt le recueillement des fidèles l'entraîna dans l'église de son enfance au clocher fortifié où sa sœur et son père assisteraient tout à l'heure à la messe de minuit. Pour la première fois, Norbert ne les accompagnerait pas jusqu'à Sainte-Croix et ne partagerait pas ensuite le modeste souper de la maisonnée : Eugène, lassé de devoir supporter son mauvais caractère, l'avait placé comme berger dans un domaine du causse de Villeneuve à la Saint-Michel. *« J'espère qu'il s'assouplira derrière un patron à poigne : c'est une tête de pioche ! »* avait-il affirmé récemment à Estelle dans une lettre. Il était fier, en revanche, de la promotion de sa fille. *« C'est autrement mieux que d'être maîtresse d'école dans un hameau des montagnes de l'Aubrac ! »* avait-il souligné. La jeune femme en convenait ; elle avait essayé, dès son retour de Deauville, de convaincre sa sœur de la rejoindre pour entrer à son service mais Perrine n'avait pas voulu abandonner sa place chez les Ballard : la grande ville l'effrayait à seize ans. « Même si je gagne moins qu'à Paris, je préfère ma campagne ! » avait-elle répondu. Estelle continuerait à l'aider de son mieux...

Quand l'office s'acheva, peu après minuit, Maxime glissa qu'il conservait d'inoubliables souvenirs des cérémonies auxquelles il avait participé dans des monastères proches de Moscou et de Saint-Pétersbourg. Pendant le souper aux chandelles tandis que des musiciens interprétaient des classiques tsiganes, il ne résista pas à l'envie de les confier à la jeune femme avant d'évoquer la Russie telle qu'il l'avait découverte lors de son premier voyage. Leur conversation se prolongea après le dessert et ils montèrent les derniers. Ils bavardèrent encore un moment dans le salon où il l'avait attendue avant qu'ils partent à l'office, puis Estelle devina de l'impatience et de la fougue dans son regard. Maxime ne semblait pas décidé à gagner sa chambre malgré l'heure tardive. Soudain il s'arrêta de parler pour la fixer tendrement et elle sourit. Alors il l'enlaça pour l'embrasser.

À travers les voilages de mousseline qui ornaient les fenêtres de l'hôtel, une lune ronde et blanche éclaira leur première nuit d'amour.

Ils retournèrent le lendemain, en début d'après-midi, à l'église Saint-Alexandre-Nevsky pour y admirer les œuvres offertes par deux artistes russes, Maïakovsky et Aïvasovski, qu'Estelle avait remarqués au cours de l'office. Puis ils flânèrent sous le soleil, à la découverte des folies que les nouveaux riches avaient édifiées dans le style des villas mauresques, navarraises et néo-basques pour marquer leur époque, mêlant leurs propres fantasmes aux fantaisies des architectes. Ils poursuivirent en direction des quais où quelques hommes réparaient des filets avant de traverser la grande plage au pied du palais Eugénie. Au cours de cet après-midi de Noël, de la soirée puis des jours suivants pendant leurs escapades à Saint-Jean-de-Luz, Espelette, Bayonne et Anglet, leurs conversations les entraînèrent loin.

« Vous m'avez redonné l'envie de vivre ! avoua Maxime à Estelle. J'étais convaincu que je ne pourrais jamais plus aimer... »

Sa confession la bouleversa et elle se souvint de la détresse qui transparaissait dans son regard la première fois où elle l'avait croisé chez les Mornand.

Le Pyrénées-Express les ramena à Paris le 7 janvier. Laura la trouva en pleine forme avec son teint frais qui tranchait avec ses joues creusées d'avant les fêtes.

« On sent bien que tu es heureuse », glissa-t-elle.

Son entrain tomba brusquement quelques jours plus tard dès qu'elle apprit le départ de Maxime, à la fin du mois de janvier, en Nouvelle-Calédonie.

« Nous sommes à peine rentrés à Paris et vous disparaissez pour cinq mois à des milliers de kilomètres ? s'étonna-t-elle sous le coup de l'abattement. C'est impossible !

– Je dois partir : on m'attend à Nouméa ! » répondit-il.

Maxime était devenu depuis cinq ans un important actionnaire de la société Nouméa-Nickel qui traitait dans sa fonderie du nickel et du cuivre : ses associés projetaient de construire une nouvelle usine pour répondre aux fortes demandes en nickel de l'industrie navale européenne et américaine qui l'utilisait désormais dans les blindages des bateaux de guerre.

« Mon voyage est prévu depuis l'automne ! souligna-t-il.

– Reportez-le ! » le supplia-t-elle.

Elle avait passé des moments si merveilleux avec Maxime qu'elle ne pouvait se résoudre à une séparation aussi soudaine.

« Les plans sont prêts et la promesse de vente a été signée pour le terrain : ma présence à Nouméa est indispensable avant le début du mois de mars ! expliqua-t-il. Si nous tardons à lancer les travaux, nos concurrents s'adjugeront les marchés... »

Ses arguments étaient imparables : elle s'inclina à contrecœur.

« Nous nous rattraperons à mon retour », jura-t-il.

Dès le lendemain, Estelle acheta un atlas dans une

librairie de l'avenue Niel et entreprit de tracer au crayon rouge l'itinéraire que le paquebot des Messageries emprunterait pour rallier Nouméa en vingt-sept ou trente jours selon l'état de la mer. Une partie du monde défila ainsi sous ses yeux : Marseille, Naples, Port-Saïd, Colombo, Java, Brisbane et Sydney. Elle établit pareillement le parcours que le bateau effectuerait au mois de juin pour ramener Maxime au port du Havre par Wellington en Nouvelle-Zélande, Papeete, Panama et les Antilles.

« C'est presque le tour du monde ! » constata-t-elle.

Maxime promit d'envoyer un télégramme à chaque escale et d'écrire dès son arrivée.

« Soyez patiente avec les lenteurs des Postes ! » insista-t-il.

Même s'il appréhendait déjà son absence, conscient que les lettres ne pourraient la combler, il pensait aussi que son séjour à Nouméa permettrait à la jeune femme de découvrir jour après jour la place qu'il occupait dans sa vie ainsi que ses sentiments à son égard. Leur bonheur était à venir.

Avant son départ, Maxime n'accepta aucun dîner d'affaires : il consacra ses soirées à Estelle, l'emmenant au théâtre, au *Casino de Paris*, au cinéma, à l'opéra Garnier où il louait une loge dont il souhaitait qu'elle profite pendant son voyage.

« Vous me raconterez vos soirées ! » insista-t-il.

La dernière semaine, il prépara ses malles. Un après-midi où elle travaillait dans les bibliothèques, elle glissa entre les piles de chemises un foulard de soie imprégné du parfum qu'il avait choisi pour elle chez Guerlain comme cadeau de Noël et qui avait pour nom Champs-Élysées.

Le paquebot des Messageries maritimes quittait Marseille en direction de Sydney et de Nouméa chaque dimanche, au milieu de l'après-midi. Estelle décida d'accompagner Maxime jusqu'au quai d'embarquement ; ils empruntèrent de nuit le Méditerranée-Express pour descendre à Marseille où ils arrivèrent au matin du 26 janvier 1913. Après s'être rafraîchis et reposés dans un hôtel conseillé par la Compagnie des wagons-lits, ils déjeunèrent puis rejoignirent le port. Les passagers et la foule des curieux avaient déjà envahi les quais, grouillant au pied du *Polynésien* que *La Gazette de la compagnie* n'hésitait pas à présenter comme « le meilleur marcheur de tous les paquebots de l'Extrême-Orient » ! Estelle reconnut qu'il avait fière allure avec ses deux cheminées, ses cuivres et ses aciers étincelants. Maxime installa ses affaires dans sa cabine puis ils s'embrassèrent une dernière fois au pied de la passerelle, bousculés par des voyageurs pressés.

Dès que *Le Polynésien* s'éloigna du quai salué par les vivats, les mugissements des sirènes et les couplets de *La Marseillaise* interprétés par une fanfare, Estelle regagna l'hôtel jusqu'à l'heure du départ du train prévue un peu avant le dîner. Dès son retour à Paris, elle guetta l'arrivée du premier télégramme que Maxime devait expédier depuis l'escale de Naples le mardi soir mais des vents contraires freinèrent la progression du *Polynésien* et le commissionnaire des Postes ne se présenta que le mercredi au début de la soirée. Elle décacheta le bleu sur le palier. « *La mer est à nouveau calme. Je pense à vous jour et nuit. Je vous aime. Maxime.* » Enfin soulagée, elle retourna dans la salle à manger où Laura partageait son dîner.

« Tu l'aimes, n'est-ce pas ? » glissa la jeune Suissesse.

Elle devint écarlate mais ne chercha pas à éluder la question.

« Comment t'expliquer ? » dit-elle alors.

Estelle était embarrassée pour répondre. Depuis son retour, notamment la nuit précédente lorsqu'elle avait plaqué sa main à l'endroit où la cambrure de ses reins avait commencé à creuser le matelas de laine, elle avait réalisé à quel point il comptait. Certes elle n'éprouvait pas pour Maxime une folle passion mais elle ne doutait plus désormais de pouvoir l'aimer. Lors de leur séjour à Biarritz, sans manifester pour autant un empressement excessif, il avait clairement annoncé son intention : l'épouser au grand jour. « Dans quelques mois, à Noël prochain ou au printemps suivant, avait-il ajouté. C'est vous qui déciderez. » La proposition méritait réflexion pour qui détestait s'engager à la légère : les sentiments avaient autant d'importance, à ses yeux, que des garanties pour l'avenir. Aussi avoua-t-elle à Laura :

« Oui, je l'aime. Mais j'ai besoin de temps... »

Le lendemain, elle termina la lettre qu'elle avait commencée à son retour de Marseille et courut la déposer avant midi au guichet de poste le plus proche, dans l'avenue de la Grande-Armée, soucieuse d'avoir la certitude que le prochain service régulier des Messageries maritimes l'emporterait avec le courrier destiné à la Nouvelle-Calédonie. Elle arriva essoufflée.

– C'est trop tard pour Nouméa ? demanda-t-elle, anxieuse.

Un jeune homme qui oblitérait les enveloppes la rassura : la correspondance pour l'étranger était acceptée jusqu'à 17 h 45.

« Exceptionnellement jusqu'à 18 h 15 mais avec une surtaxe », précisa-t-il.

Dès lors, chaque semaine, Estelle s'organisa pour envoyer à Maxime une lettre de quatre pages qu'elle rédigeait à la manière d'un journal. Elle y racontait son quotidien par le menu : les cours de Laura, ses lectures, ses découvertes dans les galeries et les musées, ses soirées avec Amélie. Au soir du 17 février 1913, la jeune femme écrivit : « *Je rentre à l'instant de l'Opéra où nous avons assisté, avec ma cousine, à une belle représentation de* Roméo et Juliette. *Amélie était enchantée. Pendant l'entracte, des dizaines de jumelles se sont braquées sur nous : beaucoup étaient intrigués par la présence dans votre loge de deux jeunes femmes sans chaperon ! Certains m'ont reconnue. En sortant, j'ai croisé les Mornand qui ne paraissaient pas surpris de me trouver à l'Opéra. Hortense m'a toisée avec mépris sans me saluer mais Hector s'est montré correct.* » Quelque temps après, le 28 mars, elle tomba en admiration devant des tableaux de Vlaminck dans une galerie du boulevard du Montparnasse et confia aussitôt ses impressions à Maxime : « *Maurice de Vlaminck est l'un des rares fauves dont vous ne possédiez aucune toile dans vos salons du troisième. C'est regrettable ! Je n'ignore pas que ses premières œuvres vous ont heurté par leur virulence... Depuis, l'artiste s'est laissé influencer par Cézanne : il s'est quelque peu assagi. Ses couleurs se sont adoucies et son dessin, auquel vous reprochiez d'être trop schématique, est désormais plus précis. Vlaminck est revenu à une figuration plus traditionnelle, à des tons de couleurs qui correspondent enfin à vos goûts. Comme l'artiste décrochera ses œuvres le jeudi 3 juillet prochain, Laura m'a conseillé de réserver une toile qui représente l'île de Chatou où il a longtemps travaillé avec André Derain…* » Dès la réception de sa lettre, cinq semaines plus tard, il télégraphia aussitôt : « *Urgent ! Achetez deux Vlaminck.* » Son emballement intrigua la jeune femme qui appela Laura après le départ du coursier.

« Acheter tout de suite ? » s'étonna-t-elle.

Elle connaissait ses habitudes : il passait beaucoup de temps devant un tableau qu'il avait remarqué et réfléchissait longuement avant de l'acquérir. Comment pouvait-il, dans ce cas, justifier tant de précipitation à compléter sa collection de fauves par les toiles d'un peintre qu'il avait souvent critiqué, sinon par une marque de confiance ? Il désirait partager l'enthousiasme d'Estelle qui l'avait convaincu dans l'instant.

« C'est aussi une preuve d'amour ! souligna Laura.
— Il me manque », glissa alors Estelle.

Ses projets perdaient tout intérêt en son absence : elle rêvait avec l'arrivée du printemps de découvrir le château de Versailles puis de pique-niquer dans le parc, de flâner au bord de la Marne avant de déjeuner dans une guinguette, de s'échapper pendant quelques jours à Deauville, de descendre dans le Midi rencontrer enfin Maillol, de s'aventurer à Moret-sur-Loing dans l'espoir d'y reconnaître les paysages peints par Sisley.

« Je t'accompagne ! suggéra Laura pour l'obliger à sortir alors que la lumière devenait plus éclatante.

– Je préfère attendre qu'il revienne », répondit-elle.

Pour la première fois, elle manifesta quelque impatience dans les derniers feuillets qu'elle adressa à Maxime un mois avant qu'il embarque à bord du *Melbourne*. « *Dieu que le temps me paraît long sans vous !* avoua-t-elle le 2 mai. *Comme la Saint-Jean est encore loin, je compte les semaines et les jours qui me séparent de mon départ pour Le Havre où je vous retrouverai enfin. Vous absorbez toutes mes pensées, mon cher Maxime, au point que je peine souvent à m'endormir : cette attente est de plus en plus insupportable. Pour votre prochain voyage, acceptez de ne pas partir aussi longtemps. Ou emmenez-moi ! Soyez certain que je vous suivrai jusqu'au bout du monde.* »

Elle rongea son frein pendant deux mois, déchirant d'un geste nerveux les pages de son calendrier, pressant de questions les employés des Messageries maritimes dès que le bateau quitta la Nouvelle-Calédonie, guettant ensuite avec inquiétude chaque télégramme de Maxime.

« J'ai peur de le perdre », répétait-elle à Laura.

Le paquebot devait accoster le lundi 30 juin dans l'après-midi. Estelle gagna Le Havre par train dès le dimanche, s'installa dans l'un des meilleurs hôtels de la ville où elle réserva une chambre jusqu'au mardi : Maxime pourrait s'y reposer si *Le Melbourne* ne parvenait au port qu'en début de soirée ou dans la nuit suivante. Le lendemain, après le déjeuner, elle coiffa une grande capeline de paille pour rejoindre à pied le débarcadère des Messageries mais la chaleur l'obligea à rebrousser chemin et à appeler un taxi. À l'écart d'une impressionnante foule massée en plein soleil, elle trouva refuge dans le hall de la Compagnie puis dans les salons où des grooms en uniforme rouge et noir accueillaient les familles et les proches des passagers de première classe. Jusqu'à la fin de l'après-midi, la jeune femme ne manqua de rien : les serveurs proposaient sans cesse sandwichs et boissons. Peu avant 20 heures, les sirènes annoncèrent l'entrée du *Melbourne* dans le port. Les salons se vidèrent aussitôt. Estelle éprouva les pires difficultés à fendre la foule pour atteindre les abords de la passerelle mais un jeune porteur réussit à dégager son chemin. Elle repéra Maxime grâce à son panama et à sa canne ; elle essaya d'attirer alors son attention. Lorsqu'il la remarqua enfin, il agita joyeusement sa main avant de descendre les dernières marches puis de fouler le tapis rouge. Un moment plus tard, il pouvait la serrer dans ses bras et l'étouffer de baisers. Estelle parla la première.

« Maxime ! Ne me laissez plus seule... Vous m'avez... »

Il l'empêcha de poursuivre pour chuchoter à son oreille :

« Estelle, voulez-vous m'épouser ? »

Stupéfaite qu'il formulât sa demande au milieu du brouhaha et de l'agitation des quais, elle le regarda avec étonnement au point qu'il répéta sa question. Alors elle sourit puis glissa tendrement :

« Oui ! »

11

Cette nuit-là, ils s'aimèrent dans une chambre surchauffée qui baignait dans des parfums d'épices. À l'escale de Pointe-à-Pitre, Maxime en avait acheté une provision qu'il avait rangée au fond de sa malle de cabine. Ils dormirent peu. Avaient-ils sommeil ? Estelle brûlait d'envie de l'entendre raconter son périple autour du monde et son séjour à Nouméa. Pelotonnée contre son corps, elle l'écouta sans l'interrompre puis s'assoupit à l'aube. Lorsque le garçon dressa la table du petit-déjeuner, elle somnolait encore. Autour d'une tasse de chocolat, ils parlèrent d'avenir : Maxime souhaitait l'épouser à l'automne.

« À l'automne ? s'exclama Estelle. C'est trop précipité !

— Nous avons trois mois devant nous ! » rétorqua-t-il.

Elle expliqua alors d'un ton posé qu'elle désirait respecter les usages : ils pourraient célébrer leurs fiançailles avant la fin de l'été puis leur mariage dès le printemps prochain. Malgré l'impatience qu'elle devinait chez Maxime, elle insista :

« Prenons notre temps ! »

Elle devait tout d'abord annoncer sa décision à son père ; elle préférait aller en Aveyron pour l'entretenir de vive voix de ses projets plutôt que de les confier par lettre.

« Pour éviter tout malentendu », précisa-t-elle.

Pourquoi le nier également ? Il y aurait bientôt trois ans qu'elle avait quitté la ferme de Lunet et elle ressentait de plus en plus le besoin de retrouver les siens.

« J'ai trop envie de les revoir ! » souligna-t-elle avec émotion.

Maxime en convint : il avait souffert de l'éloignement au cours des premières années qu'il avait passées dans l'empire russe ; il regrettait aujourd'hui d'avoir souvent accordé trop d'importance à ses affaires et négligé ses parents avant leur disparition.

« Quand comptez-vous partir ? demanda-t-il.

— Dès que possible ! » répondit-elle dans la hâte de révéler au plus tôt son bonheur à son père.

Depuis des mois, Maxime essayait d'imaginer ses réactions. Comment interpréterait-il les motivations d'Estelle ? Ne risquait-il pas de la persuader de renoncer à ce mariage ?

« Pourquoi n'accepterait-il pas mon choix ? protesta-t-elle.

— Il pourrait penser que...

— C'est ma vie ! coupa-t-elle.

— Tellement de choses nous séparent...

— Sûrement ! Mais il ne me contestera pas le droit d'épouser l'homme que j'aime : il n'a pas cherché à me marier lorsque j'étais lingère au château. Pourtant, j'avais vingt et un ans pendant mon dernier été à Lunet : c'est l'âge où beaucoup de jeunes femmes de chez nous sont mariées, parfois mères de famille ou prêtes à accoucher... Je suis certaine que mon père me comprendra... »

Ils poursuivirent cette conversation dans le train qui les ramena à Paris au début de l'après-midi ; ils étaient les seuls à occuper le compartiment. Le convoi traversait encore les jardins ouvriers de la banlieue du Havre qu'ils arrêtaient leurs fiançailles au dimanche 17 août. Où réunir les invités ? Maxime proposa tour à tour son hôtel parisien, un restaurant de la capitale, un palace de la côte et son château de Sologne mais ne réussit pas à la convaincre.

« Allons au Mont-Saint-Michel ! » suggéra-t-elle.

Le lieu l'attirait : elle souhaitait s'y rendre prochainement pour admirer le bel ensemble de granit que Viollet-le-Duc avait sauvé de la ruine. Après réflexion, Maxime s'inclina : ils pourraient loger et déjeuner chez Annette Poulard qui passait pour l'une des plus fameuses cuisinières de France.

Avant d'arriver à Paris, ils établirent la liste des invités : Estelle prévoyait d'y convier Amélie et Julien, Laura et Carl.

« Carl ? s'étonna Maxime.

— Un sculpteur suédois. Son ami. »

Laura l'avait rencontré à Lausanne pendant les fêtes de Noël, à l'occasion d'une exposition de ses œuvres dans la galerie que dirigeait son oncle. Ils avaient fêté la Saint-Sylvestre ensemble, n'avaient cessé de s'écrire avant de se retrouver à Stockholm au mois de mai. Carl envisageait désormais d'emménager à Paris.

« Elle est amoureuse ! » ajouta-t-elle.

Maxime s'en réjouit :

« Elle mérite d'être heureuse...

— Pour nos fiançailles, à qui avez-vous pensé ? » reprit Estelle.

Ce dimanche-là, au Mont-Saint-Michel, il espérait être entouré de François Berthier, son ami d'enfance qui dirigeait aujourd'hui au Creusot la succursale d'une banque d'affaires, et de son épouse Florence, mais également de Rodolphe Bricard, l'un de ses plus proches collaborateurs au siège parisien des sociétés Chevalier, et de sa femme Marina qui était d'origine géorgienne.

« Vos cousins d'Angoulême ! » s'écria-t-elle soudain.

Il ne voulait pas les associer à leur fête : Irénée s'obstinait à le bouder depuis l'été précédent et n'avait pas répondu à sa carte de vœux au moment du Nouvel An.

« C'était autant un ami qu'un cousin et j'en ai bien peu ! admit-il d'un ton amer. C'est dommage qu'il refuse de me comprendre...

— Vous vous brouillerez à jamais s'il apprend la nouvelle dans les journaux ! » reprit-elle.

Pour dissiper toute ambiguïté à propos de ses relations avec Estelle et mettre enfin un terme aux ragots, Maxime avait décidé d'annoncer officiellement leurs fiançailles au cours de la deuxième quinzaine du mois d'août dans *La Gazette de Deauville* puis, à la rentrée de septembre, dans le carnet mondain des deux grands quotidiens parisiens : *Le Figaro* et *Le Temps*.

« Ne commettez pas l'erreur de l'ignorer ! insista-t-elle. Il doit regretter ses paroles, d'avoir écouté les rumeurs... »

De guerre lasse, Maxime accepta ses arguments mais obtint qu'elle écrive tout d'abord à Constance.

« Elle pourrait peut-être nous réconcilier », estima-t-il.

La jeune femme pensait déjà à sa robe de fiançailles lorsque la locomotive entra dans la gare Saint-Lazare. Laura les attendait, élégante comme à son habitude.

« Tu fumes ? » s'étonna Estelle après l'avoir embrassée tandis que le chauffeur les débarrassait des bagages.

Un instant plus tôt, lorsque leurs regards s'étaient croisés alors que le mécanicien stoppait la machine, elle l'avait surprise en train d'écraser une cigarette à demi consumée.

« Carl me manque trop ! avoua Laura.
— Quand arrive-t-il ?
— Dans un mois seulement. »

Après des semaines de recherches infructueuses, Laura avait déniché un atelier pour son ami.

« À Montparnasse, révéla-t-elle en traversant la salle des pas perdus. C'est moins cher qu'à Montmartre et il devrait s'y plaire. »

Les artistes commençaient à s'installer à Montparnasse, entre autres des Russes et des Italiens que l'on pouvait rencontrer aux terrasses des cafés du boulevard où ils débattaient pendant des heures avec des romanciers et des poètes.

Maxime écourta leur conversation : il avait l'intention, avant de rentrer à l'hôtel Chevalier, de passer à la galerie Lubat pour emporter les tableaux de Vlaminck qu'Estelle avait achetés. Bien que l'exposition s'achevât seulement dans deux jours, le directeur de la galerie décrocha les toiles et s'engagea à les livrer par porteur spécial avant le soir.

« 21, rue de Courcelles pour *L'Île de Chatou*, indiqua Maxime avant de désigner le tableau qui avait attiré Estelle en premier.

— Vous pensez au salon ? demanda-t-elle.

— Peut-être. C'est à vous de choisir la meilleure place : il vous appartient désormais !

— Vous me l'offrez ? » s'exclama-t-elle, incrédule.

Il confirma d'un hochement de tête.

« Pour votre anniversaire », souffla-t-il.

Quelques jours plus tard, Estelle quittait Paris pour Lunet par une matinée orageuse : les voyageurs étouffaient sous le hall de la gare d'Orsay dans l'attente du départ des convois, supportant à grand-peine les nuages de vapeur et les volutes de fumée qui s'échappaient des locomotives. Des éclairs zébraient le ciel et le tonnerre grondait lorsqu'elle monta à bord de son compartiment. À Masséna, les premières gouttes de pluie crépitaient sur le toit. L'orage éclatait-il aussi au-dessus de Lunet ? Estelle s'imagina le personnel de la ferme et son père pestant après le temps alors que la fenaison ne s'achèverait certainement qu'à la mi-juillet. Elle avait envoyé deux télégrammes pour prévenir de son arrivée à la nuit tombante. Mais Eugène pourrait-il se libérer pour conduire l'attelage du domaine jusqu'à la gare de Villeneuve et la ramener à Lunet ? Malgré les journées harassantes qu'imposait la saison, elle était convaincue qu'il l'attendrait et arpenterait le quai d'un pas fiévreux lorsque le train s'arrêterait. Elle le devinait impatient mais surtout préoccupé par son retour soudain. Au cours des derniers mois, elle n'avait jamais évoqué la possibilité d'un voyage éclair dans l'Aveyron. Sa précipitation l'avait sûrement intrigué au point de soulever des interrogations : était-elle malade ? Avait-elle une décision importante à leur annoncer qui justifiât de passer quatre jours à Lunet en pleine fenaison ? Estelle regretta de ne pas avoir téléphoné aux Ballard pour qu'ils puissent le rassurer.

L'orage s'éloigna lorsque le train franchit la Loire à Orléans et la jeune femme baissa les vitres : la fraîcheur pénétra enfin dans le compartiment. Jusqu'à Limoges, Estelle ne ressentit pas l'ennui : elle s'absorba dans la lecture de quelques magazines de mode et des journaux parisiens. À partir de Brive, la locomotive roula à l'allure d'un tortillard : elle musarda à travers la campagne écrasée de soleil où les paysans s'affairaient dans les prés à faucher ou à faner, desservit de minuscules stations qui paraissaient désertes, s'arrêtait souvent pour laisser reposer les bielles et renouveler la provision d'eau. Pour la troisième fois depuis Paris, elle changea de train à Capdenac. Le ciel était parsemé d'étoiles, le terminus proche. Éreintée, elle s'assoupit après Naussac pour se réveiller en sursaut un moment plus tard.

« Villeneuve ! Deux minutes d'arrêt ! » aboyait le contrôleur.

Elle rassembla ses bagages puis chercha son père du regard à travers les carreaux mais n'entrevit que des silhouettes dans la demi-pénombre. Elle remontait le quai, marchant à petits pas dans les pierres du ballast, lorsqu'une jeune femme l'interpella depuis l'entrée de la gare.

« Estelle ! Estelle ! »

C'était Perrine.

« Père n'est pas là ? s'inquiéta-t-elle aussitôt.

— Il déchargeait du foin dans la grange des brebis quand nous sommes partis avec le coupé du château.

— Ma petite sœur a grandi : c'est une belle jeune

fille ! » constata Estelle pendant qu'elle poussait le portillon livrant l'accès à la cour de la gare où patientait l'attelage.

Les joues de Perrine rosirent sous le compliment.

« Ma grande sœur est devenue une dame ! » renchérit-elle.

Avant de rejoindre les chevaux, elle l'obligea à marquer l'arrêt en la retenant par la manche, et l'interrogea sans détour :

« Que se passe-t-il, Estelle ? »

Comme sa sœur ne répondait, pas, elle insista :

« C'est grave ?

— Non.

— Nous sommes tous inquiets. Père surtout... Il n'en dort plus. Ne nous cache rien...

— Jure-moi de garder le secret, demanda Estelle qui souhaitait réserver la primeur de l'annonce à son père.

— C'est promis.

— Je me fiance le 17 août, révéla-t-elle alors.

— Ouf ! Il était temps ! la taquina gentiment Perrine. Tu fêteras tes vingt-quatre ans le 9 juillet... Parle-moi de ton fiancé !

— Plus tard. »

À l'instar des demi-sang qui piaffaient sous les arbres, Estelle avait hâte de rentrer. Elle reconnut Mathias lorsqu'elle s'approcha de la voiture : il n'avait pas changé. Le cocher tendit gauchement une main rêche pour la saluer puis lâcha entre ses dents :

« Dieu que tu es belle ! »

Ils n'échangèrent pas un mot entre la gare et le domaine mais Estelle devina que le jeune homme était profondément troublé : ses gestes étaient fébriles et l'intonation de sa voix inhabituelle quand il s'adressait aux chevaux.

Eugène les attendait devant l'entrée de la maison, en haut de l'escalier, accoudé au mur. Sans chapeau à cette heure douce de la soirée, il portait une chemise de toile dont il avait retroussé les manches et un pantalon de coutil alors qu'une ceinture de flanelle s'enroulait autour de ses reins pour le protéger des chauds et froids tant redoutés par les paysans. Estelle courut l'embrasser sur ses joues mal rasées. Comme il n'était guère habitué aux effusions, il essaya de la repousser maladroitement.

« Tu es si bien mise et je suis si sale ! » protesta-t-il.

Mais elle ne desserra pas son étreinte et la chemise rêche de son père absorba quelques larmes. Puis la cuisinière les appela pour le repas et elle retrouva la maison telle qu'elle l'avait quittée trois ans plus tôt avec ses plafonds noircis, ses lampes à pétrole dont les verres étaient maculés de fumée, sa cheminée où le feu brûlait même en été, sa table massive.

Estelle et son père mangèrent en silence. Avant de s'asseoir et de déplier son couteau, Eugène avait lancé à la cantonade :

« Laissez-nous souper tranquillement ! »

Perrine obéit à contrecœur, freinant la curiosité qui la poussait à poursuivre leur conversation ; elle regarda sa sœur savourer le menu que la cuisinière avait préparé ce soir-là pour la maisonnée, qu'elle imaginait différent des dîners parisiens mais qui avait le goût des choses simples.

Il était minuit lorsque Eugène accompagna sa fille chez Reine et Jules Ballard qui avaient proposé de l'héberger au cours de son séjour : la bonne qui avait remplacé Perrine au domaine occupait désormais sa chambre. Il avait à nouveau coiffé son feutre.

« Quelle mouche t'a piquée pour que tu descendes aussi vite de Paris ? demanda-t-il à Estelle. Tu regrettes d'être partie ?

— Oh ! non !

— Alors ? C'est important ?

— Pour moi, oui. J'avais besoin de te parler.

— Les foins ne me laissent pas grand temps ! soupira-t-il.

— Nous prendrons un moment dimanche, proposa-t-elle.

— Après ma sieste », ajouta-t-il.

Il rebroussa chemin à quelques mètres du château.

« Je me lève tôt », s'excusa-t-il.

Encombrée de bagages, Estelle entra par la porte de service que les Ballard n'avaient pas fermée à dessein. Les grincements des gonds et du loquet réveillèrent Justine qui n'était pas encore couchée, sommeillant sur une chaise à l'office. La cuisinière raviva la flamme de la lampe pour la presser contre sa poitrine :

« Mon Estelle ! ma Parisienne ! »

Émue, elle essuya ses larmes et la conduisit jusqu'à l'une des chambres du second. Après s'être coulée entre des draps qui embaumaient l'iris, Estelle, fourbue, sombra immédiatement dans un sommeil de plomb. Elle dormit jusqu'à midi, bâcla sa toilette et rejoignit les châtelains dans leur salle à manger où Perrine servait déjà les hors-d'œuvre. Après l'avoir embrassée puis conviée à leur table, tous deux la félicitèrent : Eugène les avait informés de la mission à laquelle la destinait Maxime.

«Bientôt conservateur ? C'est époustouflant ! répétait Jules Ballard, impressionné. La maîtresse de Sainte-Croix avait bien compris que tu avais du talent ! À partir à Paris chercher une part d'héritage que tu n'as pu obtenir, tu as quand même gagné une bonne situation.»

Ils insistèrent pour mieux connaître Maxime Chevalier que les journaux parisiens citaient parfois dans leurs articles à propos de l'alliance franco-russe. Estelle brossa un portait de l'industriel, du collectionneur, du mécène au goût raffiné mais ne souffla mot des sentiments qui les unissaient désormais : elle ne les préviendrait qu'à son départ. Après le déjeuner, Jules Ballard l'entraîna dans le salon pour qu'elle examine ses ouvrages les plus précieux. Au moment du dîner, Perrine les surprit en grande conversation à propos d'*Ivanhoé* et des romans de Walter Scott.

«Quelle culture ! avoua-t-il à son épouse avant de passer à la salle à manger.

— Estelle est une fille très intelligente mais ses maîtres doivent être excellents !» estima Reine

Après avoir partagé leur repas, la jeune femme s'installa sous un sapin du parc où sa sœur la retrouva dès la fin de son service. Le lendemain était un dimanche.

«La grand-messe est toujours à 11 heures», rappela Perrine.

Comme chaque semaine, le break de la ferme emmènerait la maisonnée au bourg pour y assister.

«Ne comptez pas sur moi ! répondit Estelle.

— Mademoiselle ne fréquente plus les églises depuis qu'elle est Parisienne ? ironisa Perrine.»

Elle n'avait pas envie de paraître à Sainte-Croix pour susciter des commentaires désagréables.

« C'est plus raisonnable que je reste au château, conclut-elle.

— Comme tu voudras... »

Le lendemain, durant le petit-déjeuner, la châtelaine s'acharna à la convaincre que sa présence à la messe était indispensable pour préserver la réputation de sa famille.

« Songe à ton père, expliqua-t-elle. Certains le saliront.

— Que pourra-t-on me reprocher ? s'indigna Estelle.

— On t'accusera d'être une fille de joie ! Une femme qui gagne de l'argent malhonnêtement en débauchant les riches bourgeois. La chanson est bien connue : Paris est un lieu de perdition où les occasions de livrer son âme au Diable ne manquent pas...

— Un ramassis de bêtises ! coupa-t-elle.

— Seules les pierreuses et les fripouilles évitent d'entrer dans les églises ! affirma Reine Ballard. Souhaites-tu passer pour une demi-mondaine avec tes robes de luxe que les dames les plus fortunées de Villefranche ont à peine les moyens de s'offrir ? La honte s'abattrait sur toi et sur ta famille... »

Après ce réquisitoire, Estelle céda pour protéger les siens de tout esclandre ; elle choisit sa toilette la plus simple, emporta une ombrelle et grimpa à bord du coupé pour prendre place au côté de Reine Ballard. Devant l'église où les paroissiens bavardaient avant que les cloches les appellent dans la nef, tout le monde la remarqua lorsque le châtelain l'aida à descendre de voiture. Les femmes n'avaient d'yeux que pour ses gants et son canotier de paille, son boléro et sa robe en coton bleu. Au moment où elle remonta l'allée centrale d'un pas élégant pour s'asseoir au banc du château, un murmure de stupéfaction parcourut l'assemblée à tel point que l'abbé Dellus éprouva quelques difficultés à obtenir le silence pour célébrer sa messe.

« C'est certain qu'on en causera longtemps ! » soupira Eugène.

Dès la sortie de l'église, ses meilleures camarades de classe l'entourèrent pour la féliciter et évoquer des souvenirs d'enfance ; elles enviaient sa réussite. Les autres préférèrent l'observer à distance tout en bavardant, jalouses ou peut-être intimidées par sa prestance.

En milieu d'après-midi, comme promis, son père la rejoignit à l'ombre des marronniers du parc et l'écouta deux heures durant. Elle entreprit, tout d'abord, de raconter ses débuts à Paris et son passage chez les Mornand puis son engagement à l'hôtel Chevalier mais elle passa sous silence les moments douloureux notamment l'attitude odieuse de Simon Taillefer et les intentions meurtrières d'Edgar. Elle parla enfin de Maxime, de sa famille, de ses demeures, de ses usines, de ses collections.

« Nous nous marierons l'année prochaine ! précisa-t-elle.

– Tu l'aimes ? » insista-t-il, sceptique.

Plus que leur différence d'âge, leurs dissemblances culturelles et sociales le préoccupaient : parviendraient-ils à s'entendre et à être heureux ?

« L'argent n'est pas tout ! souligna-t-il.

– Nous nous aimons ! » protesta-t-elle.

Un moment de silence s'écoula durant lequel son père plia son mouchoir et s'épongea le front avant de poursuivre :

« Tu pourrais nous le présenter... »
Elle promit de descendre avant le mariage :
« Certainement à Pâques.

— Pourquoi pas cet automne dès que nous aurons terminé les travaux des champs ? suggéra Eugène, impatient.

— C'est la saison de la chasse et Maxime a ses habitudes en Sologne. Nous attendrons les premiers beaux jours... »

Estelle aborda ensuite l'avenir. Son mariage la mettrait à l'abri du besoin. Pour autant, elle n'entendait pas se montrer égoïste à l'égard des siens : elle aiderait Perrine à s'établir.

« Et ton frère ? demanda alors Eugène.

— Il est encore jeune...

— Son tour arrivera aussi, répondit-il. Il est déjà loué ! »

Elle pensait également à son père : que deviendrait-il lorsqu'il ne pourrait plus travailler ? Tout était clair dans l'esprit d'Eugène : il coulerait une retraite paisible dans la ferme des Ballard puisque Norbert prendrait sa place de maître-valet ; il prêterait main-forte dans les champs au moment des foins et des moissons ou pour garder les bêtes comme la plupart des anciens dans les familles paysannes. C'était moins simple aux yeux d'Estelle qui craignait une profonde mésentente entre Norbert et son père. Elle restait persuadée que le caractère de son frère, changeant et autoritaire, constituerait une source permanente de conflits : le jeune homme n'accepterait aucun conseil de sa part tandis qu'il ne tolérerait pas la moindre critique. Eugène en souffrirait d'autant plus qu'il ignorait encore quelle femme Norbert épouserait : il risquait peut-être de s'accrocher aussi avec sa belle-fille.

« Je m'installerai chez Perrine, décréta-t-il.
— Pourra-t-elle t'accueillir ? rétorqua Estelle.
— Les enfants qui ont du cœur n'abandonnent pas leur père.
— Justement ! observa-t-elle. Nous t'achèterons une maison à Sainte-Croix...
— À Sainte-Croix ? Jamais ! s'emporta-t-il.
— Ou dans le pays, rectifia-t-elle. Pour que tu sois chez toi.
— C'est à réfléchir, jugea-t-il. Plus tard... Je suis encore solide ! » À l'heure de son départ pour Paris, le mercredi matin, Eugène regretta qu'elle parte déjà :

« C'était trop précipité. À cause des foins, ton frère n'a même pas pu obtenir une demi-journée de congé et tu reprends le train sans l'avoir embrassé.
— La prochaine fois. »

Après un dernier adieu, elle monta dans le coupé du château. Le fouet claquait qu'il renouvelait ses recommandations :

« Même dans le beau monde, n'oublie jamais d'où tu viens... »

12

Dès son retour à Paris, la jeune femme appela la couturière et toutes deux crayonnèrent pendant quelques jours les ébauches de la robe de fête qu'elle porterait le dimanche de ses fiançailles dans les salons Poulard, au Mont-Saint-Michel. Le modèle choisi après de longues discussions, Julie Broussy put y travailler sans relâche une partie du mois de juillet. Pour les essayages, Estelle la rejoignait dans son atelier à l'heure du thé mais elle ne la libérait qu'à la nuit tombée. Laura l'accompagnait souvent : elle avait commandé sa robe dans la même maison. Elle conseilla Estelle pour acheter son ombrelle, ses escarpins, son chapeau, son sac à main, ses gants de peau. Elles passèrent des heures dans les boutiques les plus courues de Paris à essayer, à hésiter et à comparer ; elles y prenaient du plaisir : les magasins étaient peu fréquentés après le départ des grandes familles pour la côte et le personnel plus disponible.

Laura s'éclipsa au début du mois d'août : Carl arrivait à Paris. Il souhaitait s'installer rapidement à Montparnasse pour exécuter le portrait de l'épouse d'un banquier de Lausanne qu'il devait livrer avant la fin de l'été.

« C'est un cadeau d'anniversaire de mariage ! » souligna-t-elle.

Estelle ne cacha pas sa déception : elle les avait conviés tous deux à Deauville pendant la semaine du grand prix et ils avaient convenu qu'ils partiraient ensemble au Mont-Saint-Michel à bord d'une limousine anglaise que Maxime avait l'intention de louer au Havre. Pouvait-elle encore espérer sa présence le 17 août?

« C'est un grand jour pour moi, confia-t-elle. J'aimerais que...

— Je descendrai même si Carl reste à Paris ! » décida Laura.

Le 16 août à midi, le train de Rennes la déposait à Pontorson. Estelle qui l'attendait à la gare constata avec surprise qu'elle avait persuadé son ami de s'accorder trois jours de vacances.

« Les bonnes résolutions n'ont pas résisté longtemps : il était pressé de te rencontrer ! » glissa Laura.

Au moment des présentations, il enleva son canotier de paille pour l'embrasser. Estelle remarqua la blondeur de ses cheveux puis son extrême pâleur qui trahissait sa fatigue et ses tourments d'artiste. Avant qu'ils rejoignent l'hôtel, il évoqua le cadeau qu'il lui réservait pour son mariage : son buste en marbre de Carrare.

« En marbre de Carrare ? s'exclama-t-elle. N'est-ce pas trop luxueux ? »

Le jeune Suédois sourit avant de glisser :

« Les marbres conviennent mieux que les terres cuites ou les plâtres pour une femme... »

Soudain embarrassé, il souleva son canotier.

« Pour une femme *so beautiful* ! compléta-t-il enfin. Comment dites-vous en français ?

— D'une beauté naturelle ! répondit Laura devant son amie qui devenait rouge de confusion.

— Beaucoup d'artistes parisiens aimeraient vous avoir comme modèle », ajouta-t-il.

Il avait déjà programmé des séances de pose pour le courant de l'automne dans son atelier de Montparnasse.

« Au plus tard à la Toussaint ! » imposa-t-il.

Elle promit d'être patiente et assidue.

La nouvelle enthousiasma tout autant Maxime qui commanda à Carl trois bustes d'Estelle qui trouveraient leur place dans ses salons de Paris, Deauville et La Motte-Plessis.

« Vos conditions seront les miennes », précisa-t-il.

Le mécène ne doutait pas du talent de Carl, attiré par les œuvres qu'il avait découvertes dans un luxueux catalogue d'exposition que Laura avait déposé à l'hôtel à sa demande peu après son retour de Nouvelle-Calédonie : il avait constaté qu'il savait traduire l'harmonie, la grâce et le charme d'un corps féminin.

« Quatre bustes pour le printemps ? protesta l'artiste. Mais je n'aurai jamais le temps ! »

Maxime le rassura : il pourrait échelonner les livraisons jusqu'à l'automne 1914.

Ils scellèrent leur accord autour d'une coupe de champagne et déjeunèrent ensuite dans la grande salle à manger de l'hôtel non loin de la cheminée où Annette Poulard préparait en toute saison ses omelettes avec l'aide de gâte-sauces en tablier blanc, selon un cérémonial qui amusait beaucoup les clients. Après le repas, devant un verre de cognac, les hommes entamèrent une longue conversation à propos de l'académisme, de la qualité du marbre et des différentes techniques de sculpture alors que les femmes s'échappaient de la pièce enfumée pour monter à l'abbaye d'où elles espéraient apercevoir les îles Chausey. Elles flânèrent une partie de l'après-midi, ravies de se retrouver et de se griser d'air marin. Lorsqu'elles rentrèrent, Irénée bavardait avec son cousin : les deux hommes avaient oublié leurs différends et plaisantaient. Constance n'avait pas ménagé ses efforts pour les réconcilier : elle avait persuadé son mari de respecter le choix de son cousin et d'accepter désormais Estelle parmi eux. « Je suis fière d'y être parvenue ! avait-elle annoncé à la jeune femme en confirmant leur venue trois semaines plus tôt. Ces préjugés sont d'une stupidité effrayante ! Maxime a suffisamment souffert pour être heureux, aujourd'hui, avec la femme qu'il aime. »

Abandonnant les hommes à leur discussion, Estelle l'entraîna hors du salon pour la remercier.

« J'aimerais que nous devenions amies ! suggéra Constance. Je suis prête à vous aider ! Une femme a tellement à apprendre... »

Elle accepta dans l'instant.

Emmanuel les interrompit alors pour rappeler à Estelle qu'elle devait accueillir Amélie et Julien à la gare de Pontorson.

« Nous partons ! » répondit-elle en coiffant son chapeau.

Avant de recevoir, le matin même au cours du petit-déjeuner, un télégramme de sa cousine qui indiquait l'heure de leur arrivée, elle doutait encore que le jeune couple puisse prendre le train de Rennes. En effet, Marcelline refusait d'octroyer à sa fille les deux demi-journées de congé dont elle avait besoin pour les rejoindre au Mont-Saint-Michel : elle inventait jour après jour de nouveaux prétextes pour la retenir à Paris et l'empêcher d'assister à la fête. «Elle est furieuse que tu l'ignores depuis des mois! avait confié Amélie à Estelle. Elle comptait bien que tu l'inviterais aussi : elle était disposée à commander une robe chic et à fermer l'épicerie durant quelques jours, pour la première fois ; mes parents n'ont jamais baissé le rideau plus d'une demi-journée. Dès son retour, elle avait l'intention d'épater les meilleures clientes. C'est réussi! Folle de rage, elle s'en prend à tout le monde dans la maison au point que mon père intervient souvent pour ramener le calme : il redoute le départ des commis. Tu devines qu'elle ne m'épargne guère : elle me harcèle à longueur de journée. Malgré tout, je me débrouillerai pour trouver un moyen de la convaincre.»

À sa descente du train, elle avoua avoir obtenu son congé en brandissant des menaces.

«Je l'ai prévenue que si elle m'interdisait de quitter Paris, je m'installerais dans le deux-pièces de Julien et me marierais de la main gauche! expliqua-t-elle à sa cousine.

— Bravo!

— Ma mère avait oublié que je suis majeure depuis bientôt un mois et que les femmes ont des droits...

— Quelle audace!

— Je t'ai toujours admirée, reconnut Amélie. J'aurais aimé avoir une sœur comme toi.»

À leur retour, le cercle s'était élargi aux invités de Maxime qui étaient attendus pour le dîner. Une coupe de champagne suffit à briser la glace. François Berthier les amusa avec ses facéties au cours du repas alors que Marina, l'épouse de Rodolphe Bricard, chanta quelques mélodies géorgiennes. Ils se couchèrent tard et Estelle peina à s'endormir, anxieuse à l'idée qu'une fausse note pourrait troubler le bon déroulement de la fête. À son réveil, elle constata que Maxime était déjà sorti : il avait choisi, après avoir consulté le tableau des marées, de partir en promenade autour du Mont en compagnie de François. Il était bientôt 8 heures. Elle enfila son peignoir et se précipita chez Amélie pour la prévenir qu'elle s'habillerait dans sa chambre.

« On ouvre tes cartons ! » insista sa cousine qui était impatiente de découvrir sa toilette de fiancée.

Un service de messagerie les avait livrés à l'hôtel au milieu de la semaine.

« Après le petit-déjeuner ! » répondit Estelle.

Assises en tailleur sur les draps froissés, elles s'accordèrent le temps de savourer les crêpes de la maison tandis que la femme de chambre déménageait trois paquets volumineux. La porte à peine refermée, elles déballèrent tout.

« C'est magnifique ! » jugea Amélie.

Deux heures plus tard, enfin prête, Estelle rejoignit les invités dans un salon proche de la réception. Les femmes l'entourèrent aussitôt. Constance la félicita pour son tailleur fuchsia dont la jupe, étroite à la cheville, l'amincissait encore ; Laura admira ses bijoux, notamment sa broche en or ; Marina remarqua surtout le chapeau de paille à larges bords qui s'ornait d'un nœud de soie. Quant à Florence Berthier, qui avait grandi à Romans dans une famille de maroquiniers, elle contempla sa pochette en daim assortie à ses chaussures ainsi qu'au velours du col de sa veste.

Lorsqu'il put l'approcher, Maxime la complimenta à son tour.

« Vous n'avez jamais été aussi belle », chuchota-t-il.

Ils assistèrent à la grand-messe à l'abbaye, posèrent pour un célèbre photographe de Rennes en haut de l'escalier qui conduit à la barbacane et dans les ruelles avant de retourner à l'hôtel Poulard où ils déjeunèrent dans un salon qui ressemblait à un musée avec sa collection d'objets de marine et de maquettes de bateaux. Maxime s'éclipsa peu avant le dessert pour revenir un instant plus tard avec un coffret qu'il ouvrit et dont les pierreries qu'il contenait brillèrent de mille feux. Les conversations cessèrent alors et les invités poussèrent des oh! de surprise. Au moment où il l'ouvrit, tous quittèrent précipitamment leur place pour s'extasier devant les pendentifs, la bague et le collier d'émeraude qu'il avait choisis pour Estelle dans une grande joaillerie parisienne à leur retour du Pays basque, persuadé qu'elle accepterait bientôt de l'épouser. Sa main tremblait au moment de glisser la bague à son doigt.

« Pour toujours », murmura-t-il.

Un nœud à la gorge, les jambes flageolantes, la jeune femme hocha la tête. Il l'embrassa sous des applaudissements pendant que le champagne pétillait dans les coupes.

Amélie et Julien les quittèrent à regret à l'approche de 5 heures : ils devaient regagner Paris. Maxime et Estelle les accompagnèrent à la gare avant de retrouver leurs invités à Saint-Malo. Le soir, en dépit de la fatigue que tous deux ressentaient, Maxime exultait :

« Quelle merveilleuse journée ! »

Une fois dans leur chambre, il entraîna Estelle dans une valse. Son pas étonnamment léger glissait sur le parquet.

« Nous sommes enfin fiancés et vous deviendrez bientôt ma femme ! insista-t-il avec satisfaction. Madame Chevalier !

— Madame Chevalier ! répéta-t-elle, rêveuse.

— Vous vous y habituerez.

— Estelle Chevalier... »

Elle songea à Pierre Beauregard, aux Mornand et à quelques bourgeoises des beaux quartiers parisiens qui enrageraient, aux familles prestigieuses qu'elle fréquenterait désormais au côté de Maxime et aux privilèges qu'elle obtiendrait grâce à son mariage en entrant dans le monde. Elle s'imagina en train de danser dans les salons des palais de Monaco, de Vienne, de Bruxelles et de Saint-Pétersbourg...

Quelques jours plus tard, s'installant en Normandie pour deux semaines, ils annoncèrent leurs fiançailles dans le carnet mondain de *La Gazette de Deauville*. Dès que la nouvelle se répandit, le téléphone ne cessa de sonner tandis qu'un coursier leur remettait à midi le premier télégramme.

« Quel empressement ! constata Estelle.

— Maxime est un homme très en vue à Paris, expliqua Irénée que son cousin avait convié, comme l'été précédent, à assister à la course automobile.

— Il est également très connu sur la côte ! souligna Constance. Attendez-vous à recevoir des dizaines de cartes... »

L'avalanche de courrier qu'ils prévoyaient effraya Estelle ; elle devrait passer, avec Maxime, des heures à répondre aux lettres au lieu de flâner au bord de la mer et de poursuivre la lecture des romans de Flaubert qu'elle avait entreprise avant l'été.

En quelques jours seulement, ainsi que l'avaient prédit Irénée et Constance, les compliments affluèrent par dizaines tandis que Maxime en dressait une liste qu'il complétait chaque matin après le passage du facteur. Beaucoup renouvelèrent leurs félicitations lors de la proclamation du palmarès de la course dans les salons du *Normandy*. Ce soir-là, dans l'entrée de l'hôtel, Estelle accueillit les invités des sociétés Chevalier aux côtés de son futur mari qui la présenta aux personnalités du Calvados, aux hôtes de marque, aux habitués de la station, à ses relations d'affaires. Son aisance impressionna Constance.

« Quelle classe ! souffla-t-elle. Je comprends mieux pourquoi Maxime n'a pas résisté ! »

Dès leur retour à Paris, à la mi-septembre, Estelle termina les essayages de ses tenues d'équitation et de chasse qu'elle avait commencés au début de l'été chez Redfern, maison réputée qui poussait la perfection à satisfaire une clientèle exigeante jusqu'à entretenir un cheval pour que les femmes puissent s'assurer que leur jupe tomberait bien. Comme ils devaient séjourner pendant une partie de l'automne en Sologne, Maxime tenait à ce qu'elle l'accompagne dans ses promenades, à l'affût et lorsqu'il traquait le perdreau ou le canard. Elle avait accepté d'apprendre à monter sous la conduite d'un ancien officier de cavalerie qui possédait un château à Marcilly-en-Gault et chassait le chevreuil dans le même équipage.

« C'est un crack ! avait expliqué Maxime. Il était sorti major de sa promotion chez les Hussards. »

Avant de suivre ses premiers cours, Estelle s'accorda

le loisir d'explorer le château depuis les celliers où flottaient des parfums de fruits jusqu'aux mansardes qui regorgeaient de trésors. Cette noble demeure du XVIIe siècle, plus avenante que le manoir des Ballard, la séduisit au premier regard avec ses grandes fenêtres, ses pierres blanches, ses toitures d'ardoises, ses chiens-assis et son fronton sculpté aux armes de la famille de La Motte-Plessis. Le parc avait également fière allure avec ses arbres centenaires, ses massifs de fleurs, ses buis taillés dont les motifs rappelaient les décorations des jardins de Le Nôtre, son bassin dans lequel s'ébattaient des canards et des cygnes. À son étonnement, l'intérieur du château ne révélait aucun souci de cohérence dans le décor : le mobilier rescapé de la splendeur passée des marquis de La Motte-Plessis côtoyait les acquisitions des grands-parents et des parents de Maxime. Pendant cent cinquante ans, chaque génération avait laissé son empreinte dans les quelque vingt pièces au point que les Chevalier avaient hésité à rompre avec cette tradition que Maxime perpétuait à son tour. L'héritage des marquis offrait un bel assortiment des goûts de la monarchie avec ses sièges massifs de l'époque Louis XIII, ses chaises Louis XIV à la tapisserie brodée de fils d'or, ses fauteuils Louis XVI aux dossiers en chapeau cintré et aux pieds cannelés. Les Chevalier l'avaient complété par des guéridons Louis XV et des tables Régence qu'ils avaient dénichés chez les antiquaires de la région puis des commandes de meubles Restauration et Empire auprès des meilleurs ébénistes d'Angoulême. Un siècle à peine après leur installation en Sologne, tous les salons étaient envahis par une multitude de bibelots, de bronzes animaliers, de gravures équestres et de tableaux champêtres tandis que des photos de famille trônaient sur les commodes et les cheminées dans leur cadre en bois laqué ou en maroquin. L'une d'entre elles représentait Maxime à l'âge de cinq ans. Son père l'avait placé au milieu de la meute et des chevaux prêts à s'élancer dans les bois. L'enfant caressait un chien dont le collier s'ornait de grelots.

« Il s'appelait Youri ! expliqua Maxime. Il était aussi rusé que mon meilleur setter pour débusquer les bécasses. »

Décidé à satisfaire la curiosité qu'il devinait dans ses prunelles, Maxime égrena des souvenirs dans chaque pièce.

« Mon grand-père rêvait d'une chasse en Sologne ! confia-t-il dans la salle à manger. Il a acheté ce domaine à bon prix mais il n'imaginait pas que ses enfants puis ses petits-enfants devraient dépenser une fortune, chaque année, pour pouvoir le conserver. La Motte-Plessis me coûte cher ; les étangs rapportent juste de quoi payer le personnel et les impôts... Mais je suis si attaché à mon château et à mes bois que je ne m'en séparerai jamais ! À moins d'une faillite retentissante de mes sociétés...

— Le pétrole, le manganèse et le nickel ont de l'avenir ! » protesta-t-elle.

Il abonda dans son sens mais ne souffla mot des inquiétudes qu'il nourrissait au sujet de l'empire des tsars où l'autocratisme de Nicolas II provoquerait tôt ou tard des soulèvements massifs qui risquaient de désorganiser l'économie. Pour l'heure, il refusait de l'alarmer inutilement.

Depuis la salle à manger, ils rejoignirent l'office où Madeleine et deux marmitons s'affairaient autour d'une longue table chargée de casseroles et de victuailles pour le dîner ; l'après-midi s'étirait. La cuisine, équipée pour rassasier l'appétit de vingt-cinq à trente personnes à chaque repas, impressionna Estelle.

« Mon grand-père employait quinze domestiques à la saison de la chasse ! raconta Maxime. La table était mise dès le matin, avant le départ de l'équipage. Je me souviens du petit-déjeuner qui était pantagruélique : il devait caler les estomacs jusqu'au soir. Mon grand-père était gourmand : il régalait ses invités avec des pâtés en terrine, des foies gras piqués de truffes et une foule de choses succulentes. Quand les hommes étaient partis, je traînais à la salle à manger pour picorer dans les plats… Pour les enfants, c'était une fête. Les temps ont changé…

— C'est toujours la fête, Monsieur, à l'automne à l'occasion de la vidange des étangs ! » protesta Madeleine.

Maxime le reconnut.

« Certains payeraient cher pour être conviés cette semaine-là aux dîners de La Motte-Plessis ! » précisa-t-il non sans fierté.

Il signala ensuite à la cuisinière qu'elle prendrait désormais ses instructions auprès d'Estelle. Son hostilité fusa aussitôt :

« Mademoiselle est bien trop jeune pour régenter un château de Sologne pendant les mois de chasse !

— Pourquoi n'en serait-elle pas capable ? répliqua-t-il.

— Même si Mademoiselle est née dans une famille de barons ou de comtes, elle ne peut pas avoir d'expérience à vingt ans…

— Vingt-quatre ! rectifia Estelle.

— Elle ne peut pas avoir d'expérience ! répéta-t-elle.

— Détrompez-vous, Madeleine ! » répondit-il.

Il révéla alors que la jeune femme transmettait elle-même ses ordres à son personnel parisien chaque matin.

« Nous jugerons, Monsieur ! » trancha-t-elle avant de battre des œufs avec énergie, les nerfs tendus.

Estelle redoutait par avance cette femme à l'allure de matrone et à l'apparence revêche qui semblait avoir profité de l'absence d'une maîtresse de maison pour outrepasser ses fonctions.

« Elle s'adoucira ! l'assura Maxime au moment où ils quittèrent le perron pour le chenil. Ménagez-la : elle a une grande habitude des réceptions. Mais, pour autant, ne vous laissez pas intimider ! Soyez ferme et juste. Imposez-vous ! »

Elle rougit puis hocha la tête.

Il l'encouragea :

« Vous y parviendrez avec de la patience, de l'habileté et du temps ! Comme à Paris... Vous deviendrez l'âme du château ! »

Elle s'y préparait, s'inspirant des conseils de Constance et de différents manuels consacrés aux usages du monde qu'elle avait dénichés chez son libraire parisien ; elle entendait prouver qu'elle savait diriger et recevoir.

Au milieu d'un concert d'aboiements, les chiens guettaient leur arrivée derrière les grilles : ils avaient flairé, depuis un moment, la présence de leur maître. Dès que le piqueur libéra Tuck, le favori de Maxime, le setter courut au-devant d'eux, agrippa ses pattes griffues aux épaules de son compagnon de chasse et lécha ses joues. Estelle ne doutait pas qu'il l'adopterait à son tour, après quelques escapades communes en forêt.

Ils entrèrent ensuite dans les écuries où le palefrenier

qui était également jardinier changeait la litière puis descendirent l'allée de charmes qui menait à la route de Marcilly.

« C'est mon royaume ! confia-t-il en désignant les bois qui les entouraient pendant que les merles chantaient dans les branches hautes des arbres. J'y ai été heureux... Vous l'aimerez comme si vous y aviez grandi ! J'en suis certain. Personne ne résiste à son charme : un banquier parisien m'en a proposé deux fois son prix mais je n'ai pas cédé. Promettez-moi d'en prendre soin... »

Décontenancée par ses propos, Estelle marqua un temps de surprise : devait-elle interpréter ses souhaits comme une preuve de confiance ou une disposition qu'il comptait mentionner sur son testament ? Était-il soudain hanté par la mort à l'approche de ses cinquante ans ou les épreuves qu'il avait subies l'incitaient-elles à prévoir l'avenir ?

« Promettez-moi de le préserver ! répéta-t-il.

— Maxime ! le supplia-t-elle avant de l'enlacer comme pour le protéger. Pourquoi envisager le pire alors que nous ne sommes pas encore mariés ? Le bonheur nous attend ! »

Il hocha la tête puis insista :

« Promettez-moi quand même ! En mémoire de mon père et de mon grand-père... Pour... »

Frissonnant d'émotion, il n'acheva pas sa phrase et la regarda tendrement avant d'ajouter :

« Songez aux enfants que nous aurons peut-être... »

Pour toute réponse, Estelle l'embrassa.

13

Le comte Antoine de La Garinière ne portait plus l'uniforme depuis huit ans mais persistait à organiser ses journées selon la discipline des hussards qu'il avait appliquée à la fin de sa carrière dans les régiments de Tarbes et de Bordeaux avec le grade de colonel. Levé à 4 heures du matin en été et à 6 heures en hiver comme à la caserne pour soigner puis seller son cheval, il détestait attendre. Pour avoir manqué de ponctualité à son cours, Estelle s'attira ses foudres dès le premier jour. À 10 heures sonnantes, l'une des filles de la cuisine pénétrait en trombe dans sa chambre.

« Monsieur le comte s'impatiente ! » expliqua-t-elle.

La jeune femme n'était pas encore habillée : elle peignait ses cheveux devant la coiffeuse. Maxime avait quitté le château aux environs de 8 heures pour le domaine des Vaux près de Salbris où il devait rencontrer le directeur de la pépinière qu'il avait chargé de replanter une parcelle de forêt endommagée par l'hiver. Après son départ, elle avait arrêté les menus de la journée avant de se retirer dans sa salle de bains sans se préoccuper de l'heure.

« Dépêchez-vous ! répéta l'adolescente aux joues

pleines et cramoisies. Le colonel n'aime pas perdre son temps. »

Estelle termina son chignon sans céder à l'affolement pendant que Philomène cherchait la bombe dans un tiroir du semainier, et ne descendit qu'un quart d'heure plus tard. Le colonel arpentait le perron nerveusement, s'acharnant à frapper ses bottes de cuir à l'aide de sa cravache. C'était un homme grand et maigre, à l'allure altière, au regard d'aigle et à la barbe poivre et sel, qui rappela à la jeune femme le portrait de l'écrivain russe Tourgueniev remarqué en frontispice d'un roman.

« Quelle exactitude, Mademoiselle ! » jeta-t-il ironiquement.

Il la toisa avec mépris et l'entraîna à l'écurie sans l'avoir saluée. Pendant deux heures, il la traita aussi durement que les hommes dont il avait autrefois la charge : il l'obligea à préparer son cheval et la sermonna lorsqu'elle ne serrait pas assez les sangles, ne passait pas correctement le mors dans la bouche de l'animal ou montrait trop d'hésitations à placer la selle. Après une initiation sommaire au maniement des rênes, il décida de la lâcher dans la cour pour corriger ses gestes. Sans la docilité d'Ivanhoé, cheval hongre de sept ans que le palefrenier montait chaque jour, elle aurait chuté cent fois.

« L'équitation ne s'apprend qu'à force de fatigue, de larmes et d'usure des fesses ! » martela le colonel tout au long de la matinée alors qu'elle peinait à exécuter ses instructions.

Lorsque les notes de l'angélus s'égrenèrent dans les lointains, Estelle poussa un soupir de soulagement : le calvaire s'achevait.

« C'est tout pour aujourd'hui ! » ordonna-t-il.

Plastronnant devant l'écurie comme un officier à la parade, il ne bougea pas lorsqu'elle entreprit de mettre pied à terre. Jacques, le palefrenier, abandonna sa fourche et accourut alors pour l'aider mais le comte de La Garinière hurla :

« Laissez-la tranquille ! Elle n'est pas de porcelaine ! »

Sourd à ses remontrances, Jacques tendit ses bras à la jeune femme sous les quolibets du colonel et prévint ensuite la jeune femme :

« Soyez à l'heure, demain, Mademoiselle ! »

Dès que la Panhard disparut entre les charmes dans un nuage de poussière, elle laissa éclater sa fureur :

« Quel rustre !

— C'est un homme des bois qui habite un immense château ! souligna le palefrenier en rangeant les harnais dans la sellerie. On le rencontre rarement dans les dîners : il préfère la compagnie de ses deux perroquets, de ses chevaux et de ses chiens.

— Le parfait mufle ! » persista à prétendre Estelle.

Un moment plus tard, Maxime les surprit en pleine discussion à propos de ses mœurs. S'évertuant à trouver une explication à son comportement, elle affirmait que l'ancien colonel de hussards n'aimait pas les femmes.

« Ni les enfants ! ajouta-t-il.

— Encore moins les tire-au-flanc, renchérit Jacques qui brossait la robe d'Ivanhoé. Avec La Garinière, c'est marche ou crève ! »

Elle ne comprenait pas pourquoi Maxime l'avait confiée aux mains d'un homme ombrageux, bouffi d'orgueil et dépourvu de bonnes manières.

« C'était le meilleur instructeur de son régiment ! répéta-t-il.

— Et alors ? rétorqua-t-elle.

— Vous apprendrez rapidement grâce à ses méthodes... »

Sceptique, elle promit de renvoyer le comte dans son manoir s'il s'enhardissait à vouloir l'humilier. Maxime sourit devant tant de détermination puis l'assura qu'il ne se hasarderait pas à franchir les limites du tolérable.

« La vieille noblesse tient à son honneur », précisa-t-il.

Estelle souhaitait également défendre sa réputation. Aussi, le lendemain, guetta-t-elle l'arrivée de son moniteur devant le boxe d'Ivanhoé bien avant 10 heures. Elle en profita pour mettre son cheval en confiance, le caresser longuement, chuchoter quelques mots à son oreille en imitant son père qui parlait aux deux juments de la ferme tous les soirs avant de se coucher. Lorsqu'il la rejoignit aux écuries, Antoine de La Garinière la félicita pour son exactitude. Il était plus détendu et elle ne tarda pas à constater qu'il manifestait davantage de souplesse à son égard.

Jour après jour, leurs relations devinrent moins guindées et la jeune femme l'apprivoisa peu à peu, l'amenant ainsi à plaisanter de ses maladresses, le pressant de questions sur les hussards. À l'étonnement de tous, elle parvint à briser sa carapace tandis qu'elle se forgea peu à peu l'idée, à force de l'observer et de le côtoyer, qu'il n'avait jamais accepté ses échecs sentimentaux qui l'avaient condamné à la solitude.

« Le colonel est bourré de complexes mais c'est un

très bon instructeur ! » admettait-elle, appréciant ses qualités de cavalier.

Elle progressa suffisamment en deux semaines pour pouvoir accompagner Maxime dans ses promenades de l'après-midi en bordure des étangs et à travers les clairières où des équipes de bûcherons débitaient les arbres récemment coupés. Ils partaient après le déjeuner et ne retournaient au château qu'à la nuit. Ils s'arrêtaient souvent en chemin pour écouter les oiseaux, admirer à la jumelle la course d'un chevreuil : les sous-bois embaumaient des parfums mêlés de bruyère, de fougère, de champignons et de feuilles mortes, de terreau mouillé près des marécages et de résine dans les pinèdes. Il régnait partout un calme reposant que troublaient à peine l'envol d'un perdreau, le rappel d'une perdrix, le battement d'ailes d'un rapace. Ils rencontraient parfois les trois gardes-chasses qui traquaient les braconniers.

« Encore des collets, monsieur Maxime ! » se lamentaient-ils.

Ils exhumaient alors des gibecières rebondies les lacets qu'ils avaient découverts depuis le début de leur tournée d'inspection et qui avaient piégé des lapins aux poils blancs et roux maculés de terre qu'ils rapporteraient à l'office ainsi qu'à leur femme pour améliorer l'ordinaire de la maisonnée.

« Il faudrait deux gardes de plus pour arriver à pincer tous les *bracos* ! » insistaient-ils chaque fois.

Maxime écoutait leurs doléances et les poussait à renforcer la surveillance, refusant d'engager deux nouveaux gardes-chasses pour ne pas alourdir les dépenses.

« Les braconniers nous débarrassent des "puants*" : on ne peut pas les empêcher de remplir leurs carniers de lapins, de perdreaux et de faisans ! confiait-il à Estelle après leur départ. Le Solognot a toujours braconné ! Les enfants naissent *bracos* dans les familles pauvres... »

Au moment de la pleine lune, il lui suggéra de passer la nuit dans une hutte qu'il avait aménagée pour l'affût.

« Vous ne regretterez pas le spectacle ! » jura-t-il.

Après une longue marche, ils atteignirent la cabane de rondins tandis que la lumière du jour déclinait.

« Pour un homme des bois, vous n'avez pas perdu le sens du confort ! » glissa Estelle en souriant.

Maxime l'avait équipée d'un poêle, d'une table rustique et de bancs, d'un placard qui permettait de ranger une lampe-tempête et une batterie de cuisine, d'une banquette recouverte de peaux de renard dont l'épaisseur impressionna la jeune femme.

« Indispensable dès les premiers froids ! » dit-il.

Ils préparèrent un feu pour rôtir le garenne dodu qu'un garde-chasse avait écorché puis enveloppé dans un torchon rêche. La chair tendre grésilla bientôt au-dessus des braises et cette odeur rappela à Estelle les soirées d'automne à Lunet quand son père embrochait dans l'âtre le lièvre qu'il avait traqué l'après-midi.

« Pour les enfants, c'était la fête ! » raconta-t-elle pendant qu'elle alimentait le foyer avec des petites branches que les journaliers avaient entreposées près de la cabane.

Un moment plus tard, ils dressèrent le couvert et

---

* Les puants : les blaireaux, renards, belettes et fouines.

savourèrent en silence le lapereau de *rabouillère** au goût sauvage avant de rassasier leur appétit avec quelques provisions qu'ils avaient emportées du château. Lorsque la lune éclaira les sous-bois d'un blanc laiteux, les animaux de la forêt renouèrent peu à peu avec leurs habitudes nocturnes : ils quittèrent les terriers, les nids et les gîtes pour s'ébattre au-dehors, boire à la source qui coulait face à la hutte et partir en chasse. Dans l'obscurité, l'œil collé aux fentes de la haute palissade de rondins qui formait le mur de la cabane, Maxime et Estelle observèrent leurs mouvements pendant des heures. Des lièvres, des lapins, des perdreaux gris, des perdrix rouges, des faisans, des coqs aux plumages éclatants défilèrent devant eux : certains s'arrêtèrent un instant pour étancher leur soif tandis que les renards préféraient poursuivre leur chemin, pistant déjà leur proie. Deux chevreuils broutèrent l'herbe tranquillement à une dizaine de mètres de leur refuge. S'aidant de ses jumelles, Maxime expliqua alors comment distinguer mâles et chevrettes. Elle apprit beaucoup, cette nuit-là, au point d'insister pour revenir et il proposa de l'emmener prochainement dans une hutte bâtie près d'un étang peuplé de canards.

Peu avant l'aube tandis que les bêtes regagnaient les terriers et les fourrés, ils s'aimèrent avec passion dans une odeur sauvagine et musquée sous un ciel de roseaux tressés puis ils échangèrent à nouveau des promesses pour demain.

La vidange des huit étangs la passionna tout autant. Chaque automne, à l'approche de Toussaint, les journa-

---

* Rabouillère : garenne.

liers enlevaient les bondes pour récolter les alevins puis les rassembler dans des bidons de fer-blanc qu'ils déversaient aussitôt dans des bassins où les poissons grandiraient sans avoir à craindre les prédateurs, notamment les brochets. À raison d'un étang par jour, l'opération exigeait la présence d'une main-d'œuvre abondante au domaine pendant une semaine : il fallait intervenir rapidement pour sauver les carpes, les tanches et les gardons de l'asphyxie. Elle débuta cette année-là la semaine qui précéda la Toussaint par un temps brumeux et frais. Debout à 6 heures pour régler en cuisine les ultimes détails de la réception du soir, Estelle bâcla sa toilette et avala un bol de café en hâte pour emboîter le pas de Maxime jusqu'aux Sablières. La pluie avait détrempé les chemins qui portaient des traces de sabots alors que les bandages métalliques des roues avaient creusé des sillons déjà gorgés d'eau. Le régisseur avait mobilisé les attelages des rouliers de Marcilly et de Neung pour transporter à la gare de Nouans les caisses de poissons que le train acheminerait jusqu'à Paris où des grossistes en prendraient livraison. Les fardiers à quatre roues et les percherons s'étaient engagés dans les sous-bois dès la pointe du jour.

« À cette heure, les hommes sont au travail dans les joncs et la vase ! » révéla Maxime tout en essayant de modérer son allure et d'éviter les flaques boueuses.

Ce matin-là, prévoyante, Estelle avait chaussé ses bottes et préféré passer son pantalon d'écuyère plutôt qu'une tenue de chasse qu'elle jugeait moins pratique pour arpenter les chemins malgré sa jupe ample ; elle avait affronté les réticences de Philomène puis de Madeleine qui redoutaient la réaction des châtelains et des notables du pays qui assistaient chaque année à la récolte des alevins.

« Une femme ne se montre pas en pantalon devant du beau monde ni devant des charretiers ! avait grommelé la cuisinière.

– C'est bon pour les gourgandines ! » s'était écriée Philomène.

Aucune des deux n'avait réussi à infléchir son choix. Maxime avait refusé de s'en mêler mais il admettait qu'Estelle éprouvât le besoin de se sentir libre de ses mouvements en pleine nature. Comme il le pressentait, ils la remarquèrent tous à l'instant où ils s'approchèrent des berges fangeuses. Les journaliers, équipés de cuissardes et d'épuisettes, cessèrent brusquement de fouiller les remous pour la siffler comme une jeune Parisienne en séjour dans un château de la région que la curiosité aurait entraînée aux Sablières. Furieux, le régisseur s'acharna sur eux :

« Ordures ! Saligauds !

– Quelle mouche t'a piqué, Urbain ? demanda un gaillard aux épaules carrées et au teint rouge. Tu t'étrangles maintenant parce qu'on a sifflé une jolie fille ?

– Cette demoiselle n'est pas une fille de Marcilly ! répliqua le régisseur en désignant Estelle. C'est Madame Chevalier ! »

Un murmure d'étonnement ponctua ses révélations.

« On pouvait pas savoir ! rétorqua le rougeaud.

– Fallait nous prévenir ! » protesta un homme petit et râblé.

Ils retournèrent alors à leur poste dans la fange ou aux abords de la retenue près des fardiers. Un moment plus tard, personne ne prêta plus attention à sa présence :

d'aucuns capturaient des carpes de sept à huit kilos qui gigotaient et les crépissaient d'eau boueuse avant de capituler puis de s'aligner au fond des caisses qui seraient expédiées à Paris ; d'autres pêchaient des tanches, des gardons et des goujons destinés à être consommés pour la plupart dans les bourgades de la région. Un soin particulier était apporté à la récolte des alevins qui représentaient l'espoir d'une bonne pêche l'année suivante.

« C'est de l'or ! répétait Maxime à Estelle lorsqu'ils sautillaient dans les épuisettes aux filets de soie. Surtout les carpillons : les carpes sont très recherchées par les poissonniers parisiens. »

Elle regretta de ne pas avoir emporté un calepin et un crayon pour retranscrire tout ce qu'elle découvrait aux Sablières en cette matinée d'automne mais se promit de prendre la plume dès son retour au château. Elle ne s'attarda pas près de l'étang : le crachin tombait dru maintenant et la température s'était rafraîchie au point qu'elle frissonnait malgré une grosse veste. Avant de rebrousser chemin, elle admira un brochet que des journaliers avaient surpris au milieu des carpes et des tanches dès leur arrivée : il pesait au moins douze kilos selon les estimations d'Urbain. Estelle pensa qu'il pourrait régaler leurs invités du lendemain.

« Avec une sauce maître-d'hôtel ! » souffla-t-elle.

Avant d'ajouter :

« Madeleine m'approuvera : j'en suis persuadée ! »

Sa réaction amusa Maxime : elle était parvenue à gagner la confiance de la cuisinière qui admettait désormais son erreur de jugement et reconnaissait ses capacités à organiser le quotidien du château. Aussi avaient-elles préparé ensemble les réceptions de la semaine au cours de laquelle Maxime et Estelle accueilleraient deux cents personnes : elles avaient choisi les menus pour lesquels Madeleine avait accepté certaines suggestions puis dressé les commandes pour leurs fournisseurs de Salbris et de Lamotte-Beuvron. Au moment d'établir les plans de table, l'expérience de la cuisinière avait empêché Estelle de commettre de fâcheuses maladresses. En effet, Madeleine connaissait tous les propriétaires de chasses et de manoirs, les personnalités de l'arrondissement ainsi que les grands bourgeois parisiens que Maxime conviait chaque année ; elle n'ignorait rien des relations amicales et d'affaires, des alliances entre familles, des différends, des inimitiés, des exigences d'une poignée d'aristocrates qui refusaient de côtoyer représentants de la République et nouveaux riches. Des trésors de diplomatie étaient nécessaires pour ménager les susceptibilités et préserver l'ambiance des soirées. Dans un cahier, Estelle avait précieusement consigné ses commentaires et les observations de Maxime à propos des maîtres d'équipages.

« Quel imbroglio ! » avait-elle soupiré.

À son grand soulagement, les invités la jugèrent parfaite dans son rôle. Au cours des jours qui suivirent, tous parlèrent d'elle en des termes élogieux et la désignèrent dorénavant sous le nom de Madame Chevalier alors que leur mariage n'était prévu qu'au mois de juin prochain. Maxime s'en félicita.

« Les Solognots vous ont déjà adoptée ! » prétendit-il.

La jeune femme était heureuse de constater que leur attitude tranchait avec celle de certains habitués de Deauville qui avaient poussé l'hypocrisie jusqu'à la couvrir de félicitations au lendemain de l'annonce de ses fiançailles après l'avoir affublée du sobriquet déplaisant de « la Chevalière ». Mais les piques de quelques aigris avaient-elles réellement de l'importance ? Elle ne le pensait pas, disposée à l'avenir à séjourner moins souvent à Deauville qu'en Sologne où elle retrouvait avec bonheur ses origines terriennes. Depuis leur nuit passée dans la hutte, Estelle n'avait pas caché à Maxime qu'elle appréciait le charme du domaine et envisageait d'y retourner au printemps. Elle le confia également à Laura et à Carl qui descendirent de Paris la dernière semaine de novembre à l'occasion de la chasse de la Sainte-Catherine qui constituait le point d'orgue de la saison d'automne.

« La Sologne est un pays de brumes, de forêts, de sables, d'eaux, d'argiles et de mystères, mais je l'aime ! » insista-t-elle.

Le sculpteur et son amie n'y résistèrent pas davantage après qu'elle les eut emmenés dans les sous-bois et près des étangs. Un matin lumineux, le départ de l'équipage de La Motte-Plessis pour la chasse au chevreuil les enthousiasma. Dès 8 heures, après un solide casse-croûte, les piqueurs rassemblèrent les chiens dans le parc : les saintongeois du marquis de Boishaut, les anglais du colonel de La Garinière, les bâtards bloodhounds du banquier parisien Halder et du comte de Neung rejoignirent ainsi la meute de Maxime forte d'une trentaine de saintongeois et d'anglais. Au moment où les chasseurs quittèrent les salons, une centaine de chiens manifestaient leur impatience tandis que les trompes retentissaient. Les chevaux piaffaient également dans la cour, les naseaux fumants. Quant aux cavaliers, ils avaient fière allure dans leur tenue olive aux parements écarlates et galons de vénerie blancs que le grand-père Chevalier arborait déjà en son temps. Leur bouton d'équipage s'ornait d'une tête de chevreuil qui avait été dessinée et réalisée dans une maison renommée de Paris, avec finesse comme l'avait remarqué Estelle en découvrant le costume de Maxime. Maintenant, les premiers rayons du soleil illuminaient les pierres blanches du château et réchauffaient l'air : il était temps de partir. Le signal du maître libéra alors les piqueurs qui retenaient la meute à grand-peine. Un moment plus tard, les chasseurs et les chiens disparaissaient derrière les arbres qui avaient en partie perdu leurs feuilles.

« Fas-ci-nant ! » lâcha Carl qui avait rempli un carnet de croquis à la salle à manger puis au chenil et à l'écurie.

Il crayonna à nouveau à l'approche du soir lorsque l'équipage rapporta un brocard de deux ans puis tout au long du dîner que les chasseurs animèrent de souvenirs et de chants. Ses portraits intéressèrent beaucoup Maxime.

« Quel talent ! » répéta-t-il à Estelle.

Après des heures de discussions, il le persuada de l'autoriser à prendre connaissance dès leur retour à Paris des esquisses et des études d'Estelle qu'il avait déjà réalisées depuis le début du mois d'octobre lors de ses trop rares passages dans son atelier. L'artiste s'était juré de ne rien dévoiler à quiconque, pas même à Laura, avant de remettre son cadeau à la jeune femme le jour de son mariage mais il avait renoncé devant tant d'insistance : était-il raisonnable de refuser une faveur à son mécène ?

À peine Maxime avait-il rangé sa tenue de chasse et quitté la Sologne qu'il l'invitait dans une brasserie de la place Clichy où il avait ses habitudes. C'était une journée blafarde de décembre. Estelle avait convié Laura à déjeuner : elles devaient assister, en milieu d'après-midi, à une conférence à la Sorbonne. Pendant un long moment, les deux hommes bavardèrent à bâtons rompus devant un plateau d'huîtres dans un coin tranquille de la salle puis le sculpteur ouvrit ses carnets.

« C'est exactement la femme que j'aime ! » s'exclama Maxime en découvrant ses dessins dans lesquels il retrouvait tout ce qui l'avait attiré en elle au premier regard.

Comblé, il commanda du champagne tandis que Carl allumait un cigare, enfin rassuré. Ils pourraient commencer les séances de pose dans la seule pièce de l'atelier susceptible d'être chauffée, qu'il surnommait le bric-à-brac.

« Nous avons beaucoup de retard ! constata Maxime. Estelle m'avait promis de monter à Paris deux fois par mois mais elle était peu disponible. »

Le sculpteur l'arrêta d'un geste : il n'avait pas à se justifier.

« Qu'importe ! répondit-il en écrasant dans un cendrier le bout de son cigare. Ce qui compte maintenant, c'est que je puisse traduire la force de sa présence. »

Deux jours plus tard, après déjeuner, il accueillait Estelle dans son atelier qu'elle avait peiné à dénicher au fond d'une cour, dans une impasse proche du boulevard du Montparnasse. Le poêle à charbon diffusait une douce chaleur dans la pièce qui ressemblait à un bric-à-brac avec ses figurines abandonnées sous une table, ses épreuves de terre cuite et de plâtre couvertes d'une couche de poussière, ses maillets, ses ciseaux et ses blocs de marbre. Une lumière laiteuse pénétrait par l'unique fenêtre mais n'éclairait que faiblement la pièce : c'était insuffisant pour travailler pendant les journées d'hiver. Dès qu'elle entra, il s'empressa d'allumer les lampes à essence à la lueur jaunâtre qui contribuèrent à renforcer l'atmosphère étrange des lieux. Il avait souhaité qu'Estelle pose, tout d'abord, en tenue de soirée : elle avait choisi la robe longue et décolletée qu'elle portait l'hiver précédent à l'Opéra lorsqu'elle avait applaudi *Roméo et Juliette* en compagnie d'Amélie. Alors qu'il rechargeait le poêle, elle avala une tasse de thé brûlant puis s'installa dans un fauteuil.

« Maintenant, on ne bouge plus ! » ordonna-t-il.

Elle demeura ainsi immobile quatre heures d'affilée, jugeant le temps interminable, laissant courir son imagination dans les bois de Sologne. Pendant les courtes récréations que s'accorda Carl, elle réchauffa ses mains et ses pieds glacés près du feu, essaya de nouer une conversation avec le sculpteur qu'elle devinait très tendu mais qui préféra s'absorber dans ses pensées. Lorsqu'il l'autorisa à coiffer à nouveau son chapeau, il était déjà 7 heures et le chauffeur guettait impatiemment sa sortie.

Le lendemain à la même heure puis les jours suivants jusqu'à Noël, Estelle posa dans le bric-à-brac de Carl avec une sérénité qui réjouit l'artiste : elle ne manifestait aucun signe d'énervement alors qu'il imposait souvent de changer d'attitude, ni d'agacement lorsque la séance débutait le matin et bousculait ses habitudes.

« Modèle exemplaire ! » confia-t-il, satisfait, à Laura.

Ils interrompirent leur travail pendant les fêtes que

Maxime et Estelle passèrent dans la région de Collioure où ils rencontrèrent enfin Aristide Maillol. À leur retour à Paris, la jeune femme raconta au sculpteur leur entrevue puis décrivit à Laura des tableaux de Gauguin qu'elle avait pu apprécier chez l'un de ses amis. Elle avait tout juste défait ses bagages que les séances de pose s'enchaînèrent sans répit à Montparnasse pendant un mois. Le soir, avant de dîner, elle paressait dans son bain et n'éprouvait aucune envie de s'habiller alors que Maxime insistait pour l'emmener au spectacle. Une seule fois, au cours du début de cette année 1914, elle accepta de sortir pour applaudir un opéra de Puccini. Le temps s'était radouci après une période de froid. Pendant l'entracte alors que Maxime s'était absenté de leur loge, Pierre Beauregard la rejoignit : il l'avait repérée avant le lever de rideau grâce à ses jumelles. À sa surprise, il avait troqué sa froideur habituelle contre un sourire et en profita pour la féliciter à l'occasion de son prochain mariage.

« Grâce à sa réussite dans le Caucase et au renforcement de l'alliance franco-russe, Maxime Chevalier est aujourd'hui l'un des hommes d'affaires les plus en vue de Paris », prétendit-il.

Ses flagorneries la laissèrent perplexe. Pourquoi manifestait-il soudain autant d'amabilités à son égard ? Souhaitait-il demander une faveur au propriétaire des sociétés Chevalier ?

Déjà il enchaînait :

« J'aurais plaisir à vous convier à l'hôtel Savignac pour parler de peinture. C'est l'une de mes passions...

— Pourquoi pas ! » répondit-elle, promettant de déjeuner en sa compagnie le jeudi suivant.

Alors qu'elle doutait encore de l'honnêteté de cet homme, elle avait accepté son invitation pour pouvoir entrer dans l'intimité de Félix-Édouard : elle était curieuse de découvrir dans quel cadre avait vécu leur cousin.

Une semaine plus tard, Emmanuel la déposait devant la grille d'une belle demeure de l'avenue de Messine. Elle patienta plus d'une demi-heure dans un salon puis Pierre Beauregard arriva en se confondant en excuses.

« Les affaires », soupira-t-il.

Avant qu'ils prennent place dans la salle à manger, il la guida à travers les pièces de réception et les bibliothèques. Comme à l'hôtel Chevalier, tout était somptueux et décoré avec beaucoup de goût. Au passage, elle remarqua des tableaux de Géricault, Delacroix, Fromentin et Millet.

« Félix m'avait réservé ces œuvres de maître qui avaient ma préférence parmi ses dernières acquisitions ! » s'empressa-t-il de préciser pour dissiper toute ambiguïté au sujet de l'exécution de ses dernières volontés qui prévoyaient de léguer l'ensemble de ses collections à l'État.

La jeune femme hocha la tête ; elle conservait en mémoire les clauses du testament.

Ils ne parlèrent que de musées, de galeries et de peinture au cours du déjeuner. Pierre Beauregard traita Estelle avec égards, devenant presque obséquieux à certains moments ; il ne révéla les raisons de son invitation qu'une fois le café servi et le maître d'hôtel disparu : il rêvait depuis quelque temps d'une promotion dans l'ordre de la Légion d'honneur.

« Commandeur peut-être ? » glissa-t-elle.

Les joues empourprées, il confirma. La jeune femme songea alors à un article qui avait paru dans *L'Union catholique* à propos du cordon de grand-croix de la Légion d'honneur de son lointain cousin : « *Le grand cordon mesure 2,15 m et les trois millions de francs que le défunt lègue à un ancien président du Conseil à titre de reconnaissance posthume placent le centimètre à la bagatelle de 13 860,46 francs ! C'est très cher mais la qualité était bonne et le ruban sortait sûrement de* La Parisienne *!* » Combien avait-il promis au ministre de l'Instruction publique et des Beaux-Arts en contrepartie d'une promotion enviée pour un homme à la carrière terne ? Elle brûlait de poser la question mais y renonça.

« Puis-je compter sur le soutien de votre futur mari auprès de la chancellerie ? demanda-t-il alors.

— Son soutien ? s'étonna Estelle, abasourdie par sa requête.

— Maxime Chevalier est un homme influent qui a des relations au gouvernement...

— Prenez rendez-vous auprès de sa secrétaire, au siège des sociétés Chevalier ! suggéra-t-elle.

— C'est-à-dire que...

— C'est un homme très abordable ! coupa-t-elle.

— Je préférerais que vous me recommandiez avant que nous nous rencontrions, insista-t-il. Il doit recevoir sûrement beaucoup de sollicitations. »

Peu pressée de répondre, elle joua avec ses bagues avant de le regarder fixement.

« Pourquoi le ferais-je ? rétorqua-t-elle.

— On ne se refuse rien entre gens du monde ! affirma-t-il avec la conviction qu'il parviendrait à infléchir ses hésitations. En retour, je pourrais vous offrir de beaux dessins d'Ingres que j'ai achetés dernièrement à Drouot...

– Des dessins d'Ingres ? » répéta-t-elle avec un air faussement intéressé.

Il l'emmena alors dans le salon le plus proche et sortit du tiroir d'une commode ses récentes acquisitions qu'elle put contempler à loisir près de la fenêtre.

« C'est à réfléchir ! » reconnut-elle.

Pourtant, à cet instant, elle n'avait pas l'intention de céder ni de l'aider. Certes sa proposition était alléchante mais elle ne pouvait oublier ses débuts difficiles à Paris, l'ambiguïté qui planait encore à propos de son intégrité dans le règlement de la succession de leur lointain cousin.

Pierre Beauregard s'obstina à la rappeler le soir même et les jours suivants dans l'espoir d'obtenir son appui ; il décida même d'ajouter aux trois dessins d'Ingres une série de lithographies de Toulouse-Lautrec mais Estelle repoussa sans cesse sa réponse sous des prétextes divers. Bientôt, agacée par tant d'insistance, elle le pria de ne plus l'importuner ; il promit de ne plus l'appeler et elle devina beaucoup de déception dans sa voix.

Un matin, Estelle découvrit dans la presse l'annonce de son décès : *Le Figaro* et *Le Temps* révélaient dans leurs nécrologies élogieuses qu'il avait succombé à un malaise cardiaque. Après le petit-déjeuner, elle raconta tout à son père dans une longue lettre. «*Il n'aura pas profité longtemps de l'héritage ! conclut-elle. Nous aurions pu connaître la vérité à propos des recherches qu'il avait ordonnées en demandant une enquête à notre tour. Mais je n'en éprouvais aucune envie : je ne souhaitais pas revenir sur le passé ni devoir poursuivre Pierre Beauregard devant un tribunal s'il s'était avéré qu'il nous avait trompés. Quand bien même nous serions parvenus à prouver qu'il avait cherché à nous dépouiller de notre part, il aurait peut-être échappé à la justice qui intervient toujours trop tard... Je suis certaine que tu me comprendras... »*

14

Comme promis à son père au moment de la nouvelle année, Estelle descendit dans l'Aveyron avec Maxime à l'occasion de la semaine de Pâques. Ils arrivèrent à Villefranche-de-Rouergue un matin de marché par le train de Toulouse. La cour de la gare était encombrée d'attelages, d'une foule d'hommes en blouses et de femmes en coiffes blanches qui s'apprêtaient à rejoindre la place Notre-Dame pour y vendre des légumes, des lapins, des œufs et des poulets. Une Renault les attendait au milieu des breaks et des jardinières, entourée d'une ribambelle d'enfants. Dès que le porteur de la Compagnie leur remit les bagages, le chauffeur les conduisit à *L'Hôtel de France*. Après le petit-déjeuner et la lecture des journaux, Maxime demanda à Estelle de le guider à travers la bastide.

« C'est impossible ! » balbutia-t-elle, embarrassée.

Étonné, il chercha à comprendre les raisons de son refus : la bousculade des matins de marché l'effrayait-elle ou redoutait-elle quelque rencontre désagréable ?

« Pourquoi ? » insista-t-il.

Rouge de confusion, la jeune femme avoua :

« Nous n'allions jamais à Villefranche... »

Avant de monter à Paris, elle avait toujours vécu à la

ferme de Lunet qu'elle quittait le dimanche matin seulement pour assister à la grand-messe en l'église de Sainte-Croix, effectuer des achats dans les boutiques du bourg. Elle ne conservait que de lointains souvenirs des anciennes fortifications de Villeneuve, la « ville » la plus proche, où ses parents l'avaient parfois emmenée les jours de foire ; elle devait avoir entre sept et onze ans : c'était avant la maladie de sa mère. Pendant son adolescence, le domaine des Ballard avec ses prairies, ses champs et ses bois avait constitué son unique univers au point qu'elle avait essayé d'en repousser les frontières en nourrissant son imagination des nouvelles du monde qu'elle puisait dans le journal.

« Aujourd'hui, je connais mieux certains quartiers de Paris que le pays de mon enfance ! ajouta-t-elle.

— Nous nous rattraperons ! » jura Maxime.

Ils musardèrent dans les rues, observèrent les paysans et les bourgeoises marchander une paire de poulets, entrèrent dans la chapelle des Pénitents noirs pour admirer un retable d'inspiration espagnole, grimpèrent au sommet du clocher de la collégiale et louèrent une voiture dans un garage du tour de ville. Après avoir déjeuné, ils s'offrirent une promenade à travers le causse qui les mena jusqu'aux berges du Lot à Cajarc. Au retour, ils s'arrêtèrent à Sainte-Croix où Estelle fleurit la tombe de sa mère tandis que des souvenirs submergeaient sa mémoire. Ils évitèrent de flâner dans le bourg pour prendre la direction de Lunet sous le regard intrigué des commères qui ramassaient du bois mort près de la route. Leur arrivée au domaine déclencha les aboiements des chiens qui retroussèrent les babines et montrèrent les crocs, les dissuadant de s'aventurer hors de la voiture.

L'instant suivant, la porte de la maison s'ouvrait et Eugène descendait les accueillir pendant que les bâtards aux poils gris décampaient.

« Nous voilà ! » s'exclama joyeusement Estelle.

Elle l'embrassa avant de présenter Maxime dont la stature et le raffinement intimidèrent le maître-valet qui l'appela Monsieur.

« Maxime ! » rectifia-t-il gentiment avant de glisser ses gants de peau dans la poche de sa veste.

Dans la cuisine, les domestiques terminaient leur casse-croûte avant de rentrer les troupeaux et de soigner le bétail. Lorsque le couple pénétra dans la pièce plongée dans une semi-obscurité, ils levèrent à peine la tête. Déjà la cuisinière accourait.

« Estelle ! Ma petite ! »

Elles s'étreignirent avec émotion.

Les lames des couteaux claquèrent sèchement : les hommes quittèrent leur banc. La bonne débarrassa. Un instant plus tard, la cuisinière les conviait à passer à table.

« La *pascade** est à point ! » insista-t-elle.

L'industriel du pétrole s'installa près d'Eugène avec naturel : il avait l'habitude de partager les quatre-heures de son régisseur. Il goûta sans chichi à la piquette de la ferme, apprécia la charcuterie et la *pascade* de Louise qu'il complimenta. Sa simplicité incita le maître-valet à l'interroger à propos de ses activités dans l'empire russe, en Afrique et en Nouvelle-Calédonie. Maxime répondit à toutes ses questions au point que la nuit enve-

---

* Pascade : plat traditionnel qui se prépare avec des œufs, de la farine, du lait, du persil ou des feuilles de bettes.

loppait le domaine depuis longtemps lorsque la Darracq les ramena à l'hôtel. Dès le lendemain, ils retournèrent à Lunet et les deux hommes reprirent leur conversation près de la cheminée. Après le repas, profitant de la douceur printanière, Estelle entraîna Maxime dans les bois de Lunet où elle cueillait enfant le premier bouquet de fleurs pour sa mère et où elle aimait écouter le chant du coucou. À dessein, elle avait emporté dans ses bagages des bottines de chasse et un pantalon d'écuyère. Aussi changea-t-elle de tenue dans la chambre de Perrine pendant qu'il chaussait ses brodequins. Les chemins étaient encore détrempés et la nature s'éveillait peu à peu après le long engourdissement de l'hiver. Ils ne surprirent pas de jeune brocard ni de chevrette comme dans les clairières de la Sologne, simplement un renard et un lièvre mais Maxime releva les traces d'un sanglier près d'un fourré. Ils ne rentrèrent au domaine qu'au crépuscule, fourbus d'avoir marché sans relâche durant une partie de l'après-midi mais les joues rosies et le teint éclatant. Les jours suivants, ils délaissèrent le pays d'enfance d'Estelle pour partir à la découverte des gorges de l'Aveyron, de Najac, Albi, Cordes, Conques et Rodez. Toutefois, au matin de Pâques, ils assistèrent à la grand-messe en l'église de Sainte-Croix avec Eugène et sa cadette. Jules Ballard leur avait proposé de s'installer au banc du château mais Maxime avait préféré prendre place dans la nef au milieu de la foule des paroissiens près de la famille d'Estelle. Sa présence constitua une attraction pour les fidèles qui ne prêtèrent qu'une oreille distraite au sermon. À la sortie de l'église pendant que les cloches carillonnaient, il s'excusa auprès de l'abbé Dellus d'avoir troublé sa messe.

« Quels qu'ils soient, les étrangers causent toujours sensation dans notre pays ! » expliqua le prêtre, indulgent.

L'ecclésiastique aux cheveux d'argent et aux mains calleuses regretta qu'il n'ait pas souhaité épouser Estelle à Sainte-Croix :

« Nous avions espéré... C'est dommage pour nos œuvres...

— Soyez certain, monsieur le curé, que nous n'oublierons pas la paroisse ! » rétorqua Maxime.

Un instant plus tard, ils croisèrent le maire qui les informa de la modestie du budget communal au cours d'une longue tirade que la jeune femme interrompit bientôt.

« Nous penserons à la caisse des écoles ! promit-elle.

— L'entretien des chemins nous coûte cher depuis l'apparition des automobiles ! insista-t-il.

— Nous y songerons aussi ! » coupa Maxime.

Ils s'empressèrent de quitter les abords de l'église avant que de nouvelles demandes affluent.

« On doit me prendre pour le roi du manganèse et le magnat du pétrole ! » confia-t-il à Estelle avant de démarrer le moteur de la Darracq que les hommes du bourg observaient à distance avec une curiosité mêlée de convoitise.

Norbert Savignac en avait acquis la certitude depuis le jour où Eugène l'avait informé du mariage de sa sœur.

« C'est encore un richard qui exploite des pauvres bougres ! » répétait-il à l'envi.

Le jeune bouvier du domaine de Nouviale avait rechigné à le rencontrer alors que son père souhaitait rassembler ses enfants pour marquer l'entrée de Maxime dans la famille.

« Je déteste les patrons ! » avait-il craché.

Sourd à ses récriminations, Eugène n'avait pas fléchi : Norbert s'était incliné à contrecœur. À leur retour de l'église, il les attendait dans la cuisine de Lunet près de la cheminée en train de sculpter un bâton de foire avec son laguiole.

« Norbert ? » s'exclama Estelle, presque étonnée de découvrir un jeune homme à la place de l'enfant qui l'avait accompagnée à la gare un matin d'octobre 1910 et qu'elle avait aidé à grimper à bord de l'attelage de la ferme.

Norbert avait changé : il avait grandi et s'était épaissi mais le travail des champs l'avait musclé. Il l'embrassa gauchement puis réserva un accueil glacial à Maxime.

« Bonjour Monsieur ! » claironna-t-il avec ironie avant de tendre une main constellée de durillons qui broya ses doigts fins.

L'industriel encaissa sans riposter mais n'hésita pas à soutenir son regard d'acier : il avait maté des fortes têtes à ses débuts en Azerbaïdjan lorsqu'il exploitait à Bakou sa première concession de pétrole. Eugène l'avait prévenu le matin même :

« C'est un cabochard ! Je l'avais loué dans un grand domaine chez un patron à poigne mais il résiste encore. »

Après les présentations, ils passèrent dans la salle à manger, dimension modeste par comparaison à la cuisine qui pouvait recevoir une trentaine de personnes pour les repas des travaux saisonniers, qui était meublée d'une table en noyer et d'un buffet dont les quatre portes s'ornaient de scènes de chasse sculptées qui avaient souvent fasciné Estelle, enfant. Alors que la cuisinière s'était surpassée, Norbert s'acharna à gâcher l'ambiance de leurs retrouvailles. Après avoir abusé d'un vieux cahors que son père réservait aux grandes occasions, il dénigra tour à tour les patrons, les bourgeois, les banquiers, les gendarmes et les percepteurs. Entre chaque attaque, Eugène s'appliqua à restaurer le calme en aiguillant les conversations sur des sujets plus anodins mais il n'y parvint qu'à grand-peine : Norbert rabâchait sans cesse le même discours. Heureusement, Maxime s'abstint de répondre ; il avait compris qu'aucun argument ne réussirait à le ramener à la raison : c'était un adolescent révolté. En dépit des allusions perfides qu'il multiplia au sujet de sa fortune et ses relations, il ne prêta bientôt plus d'attention à ses paroles à l'inverse d'Estelle qui était tout à la fois indignée et honteuse de l'attitude de son frère.

Longtemps contenue, la colère de son père explosa lorsqu'il entreprit d'accabler l'Église. Eugène quitta alors sa place en bout de table pour se planter devant son fils.

« Arrête cette comédie ! » hurla-t-il en serrant les poings.

Comme il déblatérait encore, son père le renvoya.

« Laisse-nous manger en paix un jour de Pâques », martela-t-il avant d'agripper l'encolure de sa chemise pour le forcer à obéir.

Norbert obtempéra mais claqua la porte.

« Quelle tête de pioche ! grommela Eugène alors que Perrine enfouissait son visage dans ses mains pour cacher ses larmes.

— C'est un gamin ! prétendit Maxime pour dédramatiser.

— Il a surtout besoin de se faire dresser ! » répondit-il durement, habitué à soumettre au joug des bœufs fougueux.

Malgré les efforts de Maxime pour détendre l'atmosphère en racontant les aventures cocasses de ses périples en Russie, un malaise perdura jusqu'à la fin du repas. Avant qu'elle apporte les tasses à café, Eugène demanda à Louise d'appeler Norbert qu'il avait entendu un instant plus tôt dans la cuisine.

« Le petit ne doit pas boire souvent du café ! » estima-t-il.

Louise le chercha partout dans la maison puis fouilla remises et étables. Elle revint bredouille :

« Il a disparu !

— Il est déjà reparti à Nouviale ! conclut son père. Une marche de neuf kilomètres...

— Neuf kilomètres ! coupa Maxime. Je le rattraperai facilement en voiture et je le raccompagnerai...

— C'est inutile ! jugea Eugène. Il refusera de monter dans une pétrolette : il n'aime que les breaks et les chevaux. Par orgueil, il préférera continuer à pied.

— Vous en êtes certain ?

— Absolument ! »

Maxime le plaignit de devoir supporter un garçon au caractère aussi ombrageux, son seul fils au demeurant, appelé à prendre sa succession au domaine comme le souhaitaient les Ballard et à cohabiter sous le même toit.

« Quelle patience ! quel courage ! » glissa-t-il à Estelle alors qu'il furetait dans le buffet en quête d'une bouteille d'eau-de-vie.

La sérénité enfin revenue, il essaya de convaincre Eugène de monter à Paris au moment de leur mariage.

« Pendant une semaine au mois de juin ? s'exclama-t-il. C'est impossible ! Nous préparons les foins : on a besoin de moi ! »

À la vérité, depuis qu'il travaillait pour le compte des Ballard, il n'avait pas quitté la ferme de Lunet une seule journée et il n'avait pas l'intention de prendre le train de Paris pour assister à la noce malgré l'amour qu'il portait à Estelle. Le monde qu'elle fréquentait désormais n'était pas le sien : il s'attirerait des railleries avec son allure de paysan gauche qui ignorait tout des usages de la haute bourgeoisie et n'entendait pas ridiculiser la mariée. Par ailleurs, Paris l'effrayait en dépit de son désir de retrouver, avant sa mort, les quartiers où ses parents avaient besogné jusqu'à user leurs forces et le deux-pièces où il était né au mois d'août 1857.

« Pour toi, c'était l'occasion de découvrir Paris ! » insista Estelle, persuadée qu'il éprouvait le besoin de nouer à nouveau les fils de l'histoire familiale.

Elle était prête à le guider et à l'aider mais il préféra repousser son pèlerinage parisien à des jours meilleurs lorsqu'il n'aurait plus la charge du domaine.

« Avant que je devienne impotent ! » plaisanta-t-il.

En revanche, Perrine accepta l'invitation sous réserve que les Ballard l'autorisent à s'absenter. Estelle promit d'intervenir dès le lendemain auprès de ses patrons chez qui ils devaient déjeuner avant leur retour à Paris. Comme elle le pressentait, la châtelaine ne s'y opposa pas : leurs premiers hôtes de l'été, des neveux de Jules qui habitaient à Limoges, n'avaient annoncé leur arrivée que pour le début du mois de juillet.

« Qu'elle en profite ! » répondit-elle.

Pendant son séjour parisien, Estelle pensait confier sa sœur à Marina, la femme de Rodolphe Bricard, qui pourrait l'emmener à Notre-Dame, à Montmartre et à la tour Eiffel puis dans les grands magasins tandis qu'elle achèverait d'organiser son mariage.

« Perrine est une fille sérieuse et discrète ! répéta Reine. Elle a bien mérité de profiter de Paris... »

Ce jour-là, elle avait ménagé une surprise à Estelle. Après le déjeuner, dès que les hommes se retirèrent dans le bureau, elle entraîna son ancienne employée dans le petit salon. Un paquet l'attendait. La jeune femme déchira le papier bleu qui dévoila une photo déjà ancienne sous un cadre doré.

« Le baptême de Perrine ! » s'exclama-t-elle.

Eugène la cherchait sans succès depuis des années : c'était la seule qu'il possédait de Mélanie ! Lorsqu'il l'avait épousée dans une église du Carladès, au mois de juillet 1887, personne n'avait immortalisé leur bonheur : ils étaient trop pauvres pour s'offrir les services d'un photographe. Le dimanche où l'abbé Dellus avait baptisé leur cadette, des amis montalbanais des Ballard avaient assisté à la cérémonie en l'église de Sainte-Croix aux côtés des châtelains. Le docteur Pariset était passionné par l'automobile et la photographie : il ne partait jamais sans emporter son appareil, un trépied et une provision de plaques. Ce jour-là, il avait réalisé des clichés de la famille Savignac devant le porche de l'église et l'entrée du château ; il était mort depuis mais ses enfants avaient dernièrement remis aux Ballard plusieurs plaques sur lesquelles ils avaient identifié le château de Lunet.

Estelle observa de plus près le tirage qui la représentait dans une robe claire en compagnie de ses parents, de sa petite sœur dans sa parure blanche et de sa tante Marcelline.

« J'avais sept ans », murmura-t-elle.

Puis elle s'approcha de la fenêtre afin de mieux distinguer les traits de sa mère dont sa mémoire d'enfant ne conservait que les souvenirs d'une femme au teint cireux. Mélanie portait le deuil de son père mais sa robe et son chapeau noirs ne parvenaient pas à éclipser son sourire ni sa beauté...

Une semaine après son retour à Paris, la jeune femme montra le précieux cadeau à Marcelline et à Gustave qu'elle avait invités dans ses salons pour leur présenter Maxime ; elle s'était résolue sans grand enthousiasme à renouer avec son oncle et sa tante à la demande de son père qui entendait éviter les zizanies au sein de la famille à l'occasion de son mariage.

« C'était une belle fête ! » rappela Marcelline qui ne résista pas à l'envie de raconter le baptême de Perrine.

Elle constata que le cadre attirait l'attention dès le seuil franchi : il occupait la place d'honneur. Alors qu'elle aurait pu l'accrocher au mur de sa chambre, Estelle n'avait pas souhaité le soustraire aux regards : elle n'éprouvait aucune honte à mettre en évidence ses origines paysannes. C'était une manière, pour elle, de demeurer fidèle à sa famille. Marcelline la complimenta, en oubliant soudain ses griefs. Durant le dîner, elle s'appliqua à effacer sa réputation de femme revêche et tenta de prouver qu'elle pouvait être de bonne compagnie !

Dès les jours suivants, Estelle se consacra à la préparation de son mariage en songeant au voyage dont Maxime peaufinait les derniers détails.

« J'ai l'impression d'être devenue un personnage du *Tour du monde en quatre-vingts jours* ! » répétait-elle à sa cousine sous le coup de l'émerveillement.

Le 18 juin, les mariés quitteraient Paris pour cinq mois. Un train de luxe de la Compagnie des wagons-lits, le Nord-Express, les emmènerait tout d'abord à Saint-Pétersbourg. Ils séjourneraient pendant trois semaines dans la capitale de l'empire russe puis rejoindraient Moscou ; ils descendraient ensuite la Volga depuis Nijni-Novgorod pour rallier les rivages de la mer Caspienne et le port d'Astrakhan. À l'étape suivante, Bakou, Maxime guiderait sa femme à travers ses champs de pétrole puis les dédales de la raffinerie Chevalier, récemment modernisée, et de son usine qui fabriquait des chaudières de marine.

« Avec des brevets d'avant-garde ! » avait-il précisé.

Ils inspecteraient également les gisements de manganèse de Géorgie avant de pousser jusqu'au siège de sa société minière, installée dans le port de Batoum.

« Batoum ? C'est le plus beau port de la mer Noire avec ses palmeraies et ses hôtels ! s'était-il exclamé en habitué. Comme la Riviera ! »

Ils prévoyaient de retourner ensuite à Moscou où les attendait le Transsibérien qui les conduirait jusqu'à Vladivostok. Maxime ne l'avait emprunté qu'une seule fois et avait regretté de ne pouvoir s'arrêter à Irkoutsk qui était le carrefour réputé des grandes routes caravanières de l'Asie. Ils avaient prévu d'y passer une semaine et de s'aventurer sur les berges du lac Baïkal avant de reprendre le chemin de Vladivostok d'où ils embarqueraient pour le Japon. Pendant un mois, ils s'accorderaient le loisir d'apprécier l'empire du Soleil levant puis un paquebot des Messageries maritimes les ramènerait à Marseille après des escales à Shanghai, Hong-Kong, Saïgon, Singapour, Djibouti, Port-Saïd. Attiré depuis des années par l'Asie et l'immense empire russe, des civilisations et des cultures différentes, Maxime souhaitait montrer les richesses du monde à son épouse ; il s'était déjà engagé à organiser, dans deux ans, un nouveau voyage.

« La Nouvelle-Calédonie et l'Australie, l'Amérique du Sud et les Antilles, les États-Unis et le Canada, l'océan Indien et l'Asie ! avait-il suggéré. Ou alors Tahiti et le Pacifique ! Vous n'aurez que l'embarras du choix. »

Amélie enviait sa cousine.

« Quelle chance ! répétait-elle. Je payerais cher pour partir avec toi ! »

Comblée mais impatiente, Estelle entreprit de rassembler ses effets personnels un mois avant le départ avec le concours de Maxime qui avait l'expérience des séjours à l'hôtel dans l'empire de Russie, de la traversée de la Sibérie, des longues croisières. Elle ne cessait de l'appeler pour quémander des conseils et le presser de questions. Quel temps pouvaient-ils espérer lors de leur arrivée à Saint-Pétersbourg, dans le pays d'Irkoutsk au cœur du mois d'août puis au Japon au cours du mois de septembre ? Combien de robes de soirée, de chapeaux, de paires de gants devait-elle emporter ? Les inviterait-on à des dîners dansants en Géorgie ? Recevraient-ils à Bakou et à Batoum quelques clients importants des sociétés Chevalier ? Envisageaient-ils au Japon d'explorer les forêts de bambous et de camphriers à

Kyashu ? Maxime s'appliqua à répondre au mieux mais sans dévoiler les surprises dont il avait ponctué leurs étapes. Entre deux séances d'essayage de sa toilette de mariée chez Julie Broussy, la jeune femme fréquenta les grands magasins qui possédaient un rayon colonial pour choisir un casque comme la plupart des Européens qui séjournaient dans des contrées lointaines, puis des chemises et des pantalons de toile qu'elle porterait au Japon.

« Quelle expédition ! » soupirait Philomène chaque fois que les commis-livreurs sonnaient, chargés de paquets.

Lorsque Perrine la rejoignit à Paris, huit jours avant le mariage, Estelle avait déjà rempli quatre grandes malles qui encombraient l'une des chambres d'amis.

« C'est un déménagement ! » constata-t-elle en débarquant de l'Aveyron avec une modeste valise.

Les coffres, grands ouverts, offraient à son regard mille trésors qu'elle admira avant de découvrir son appartement puis l'hôtel Chevalier. Loin d'être jalouse, elle éprouvait de la fierté devant la réussite de sa sœur.

« C'est notre revanche ! » glissa-t-elle à Estelle.

À leur regret, elles eurent peu de temps pour échanger des confidences et retrouver leur complicité d'autrefois. Perrine passait ses matinées chez la couturière puis Marina l'emmenait à travers Paris jusqu'au soir. Quant à Estelle, elle s'appliquait dès la première heure à soigner les détails de la noce. Animée du souci de la perfection, elle redoutait des imprévus fâcheux.

« La fausse note qui gâche la fête ! rabâchait-elle à Laura.

— Tout se passera bien ! » répondait son amie.

Manquant de sommeil, en proie à l'énervement et à la fatigue, elle manqua d'oublier la signature du contrat de mariage deux jours avant la cérémonie. Ils devaient rencontrer le notaire de Maxime, maître Lombart, dans son étude de l'avenue Niel, le jeudi à 17 heures. Une heure auparavant, elle essayait encore des chapeaux dans une boutique des Champs-Élysées en compagnie de Laura qui la rappela soudain à la réalité. Grâce à son amie et à un chauffeur de taxi compréhensif, elle arriva chez le notaire en même temps que Maxime après s'être rafraîchie et avoir changé de tenue ! En cette journée orageuse de juin, Estelle n'était pas au bout de ses émotions : elle devint tout d'abord propriétaire de l'appartement qu'elle occupait depuis bientôt deux ans.

« L'immeuble est de bon rapport ! » précisa maître Lombart.

La jeune femme ne l'écouta pas : elle remerciait déjà Maxime puis l'embrassait sans se soucier de sa présence.

« Une seconde, Mademoiselle ! s'égosilla le notaire, les joues écarlates. Laissez-moi terminer… »

Elle accepta de reprendre sa place dans le fauteuil de cuir et il chaussa à nouveau ses lunettes. Debout derrière son bureau qui croulait sous des piles de dossiers, il ajouta alors qu'elle devenait actionnaire des Pétroles et Naphtes Chevalier, de sociétés et de banques coloniales : les Charbonnages du Tonkin, la Banque de l'Indochine, les Phosphates de Gafsa, la Compagnie des mines d'Ouasta, les Distilleries de l'Indochine, la Compagnie française de l'Afrique occidentale.

« C'est une magnifique corbeille de mariage ! » jugea-t-il.

Pendant qu'ils paraphaient les douze pages du contrat,

maître Lombart commenta les performances de la Banque d'Indochine qui avait versé à ses actionnaires un dividende de cinquante-cinq francs au cours de l'année précédente.

« Cinquante-cinq francs pour une action dont le montant libéré est de cent vingt-cinq francs ! souligna-t-il en bourrant sa pipe de tabac hollandais. C'est une excellente affaire : les colonies offrent aujourd'hui le meilleur investissement... »

Ses explications laissèrent Estelle de marbre. Elle n'avait pas l'esprit des banquiers, des notaires et des hommes d'affaires qui recherchaient sans cesse à accroître leurs profits ; elle confierait à Maxime la gestion de son portefeuille. C'était plus raisonnable. Il accepta sans réticence à bord du taxi qui les ramena tous deux à l'hôtel Chevalier mais insista longuement pour qu'elle apprenne à connaître le fonctionnement de l'industrie et de la bourse.

« C'est indispensable pour toute personne qui possède des actions ! affirma-t-il. Je vous aiderai ! C'est passionnant... »

Amusée par sa proposition, elle sourit.

« Même pour une femme ? demanda-t-elle, sceptique.
– Pourquoi les femmes ne réussiraient-elles pas en affaires ? Elles peuvent autant que les hommes... »

Le samedi 13 juin 1914, au milieu de l'après-midi, une Rolls-Royce s'arrêtait devant l'immeuble pour l'emmener à la mairie du 8e arrondissement. Estelle était retirée dans un salon depuis près de trois heures en compagnie de Laura, de la couturière et de la coiffeuse. Lorsqu'elle descendit enfin, Philomène murmura :

« Quelle classe ! une princesse ! »

Ses longs bras gainés de gants dix-huit boutons* en peau de chevreau et l'éclat de ses cheveux rehaussé par un diadème de perles, la mariée ressemblait à une princesse avec sa robe à la cheville en dentelle et satin de soie blanc.

« Elle est resplendissante ! trancha Maxime, ébloui, à l'instant où elle pénétra dans la salle de la mairie. »

Souriante, elle le demeura tout au long de l'après-midi et de la soirée depuis la cérémonie religieuse qui suivit le mariage civil en la Chapelle dorée de l'église Saint-Gervais jusqu'au dîner chez *Maxim's* sans oublier la séance de pose au jardin des Tuileries pour un célèbre photographe parisien. Alors que le champagne pétillait dans les coupes et qu'une pendulette égrenait les douze coups de minuit, le maître d'hôtel introduisit dans leur salon deux hommes qui déposèrent un cadeau précieux et lourd. C'était le buste d'Estelle, en marbre de Carrare. Dès qu'elle enleva la toile qui le protégeait, les invités applaudirent l'artiste.

Aux premières lueurs de l'aube, les mariés rejoignirent la suite qu'ils avaient retenue au *Meurice* ; il était désormais de tradition, dans le beau monde, de passer la nuit de noces dans un palace parisien. Auparavant, la Rolls-Royce les promena longuement sur les boulevards. La tête lourde de champagne, de chants et de musiques, Estelle s'endormit contre l'épaule de Maxime.

---

* Dix-huit boutons : le bouton est une unité de longueur qui est employée en ganterie et équivalente au pouce (2,7 cm).

15

Saint-Pétersbourg enchanta Estelle. À peine arrivée, pendant que le chauffeur de l'hôtel *Europe* les conduisait à la perspective Nevski, elle ne savait plus où poser son regard tant les dômes, les colonnes de marbre, les bronzes dorés, les sculptures et les flèches abondaient dans un foisonnement baroque. C'était beau et grandiose, tellement différent de la seule capitale européenne qu'elle connaissait : Paris.

« C'est fascinant et démesuré ! » avoua-t-elle à son mari.

Elle imagina le tsar paradant à cheval sur les avenues, entouré de régiments et de fanfares.

« Un luxueux décor de théâtre ! » ajouta-t-elle, le cœur battant à l'idée que Nicolas II allait peut-être surgir sur une place.

Après le déjeuner, la découverte de Notre-Dame-de-Kazan et de Sainte-Catherine puis du palais Stroganov confirma cette première impression.

Le lendemain, Maxime l'emmena au musée de l'Ermitage où elle put admirer des tableaux de Rembrandt, Rubens, Raphaël, Claude Lorrain ; ils flânèrent dans les allées du jardin botanique des Apothicaires, dînèrent dans un restaurant proche du théâtre Alexandrinski, terminèrent la soirée parmi la foule qui envahissait les places chaque nuit à cette saison pour assister au coucher du soleil dans le golfe finnois à l'ouest et à sa renaissance au levant. En dépit de l'heure tardive, Estelle entendait profiter de tout : de l'étonnante symphonie de couleurs qu'offraient les nuits blanches de Saint-Pétersbourg, des concerts et des danses qui animaient les quais. Ce spectacle permanent dépassa ses espérances au point qu'elle persuada son mari de ne pas regagner l'hôtel avant le petit matin pour mieux l'apprécier. Elle ne ressentait nullement la fatigue : le décor, les couleurs, les odeurs, la musique l'avaient plongée dans un grand état d'exaltation.

Les jours suivants, Maxime entraîna la jeune femme dans les théâtres et les églises, le long de la Néva et dans les petites îles du nord, dans les magasins de luxe qui proposaient les fourrures de Sibérie, les tapis de Turkem et l'argenterie du Caucase. Son émerveillement se poursuivit tandis qu'elle baignait dans le bonheur. « *Mon mari me surprend jour après jour : c'est un homme sensible et délicat que j'apprends à mieux connaître !* avoua-t-elle à Laura dans une longue lettre. *Il est très amoureux, attentif à mes envies ! Il les devance parfois et j'en suis confuse. Chez le fournisseur des Romanov, il a choisi pour moi une étole en renard rouge et un manteau en zibeline ! Qu'offrir à mon tour alors qu'il peut acheter ce qu'il y a de plus beau et de plus rare ? Un enfant le comblerait : c'est son désir le plus cher. À l'automne dernier, en Sologne, il me l'a confié pour la première fois mais n'a pas insisté : nous n'étions pas encore mariés ; il souhaitait que je prenne le temps de réfléchir. Les mois ont passé ; mille choses m'ont accaparée. Aujourd'hui, je pourrais y penser mais... Avant de devenir mère, je dois trouver ma place à ses côtés. Nous devons recevoir souvent à l'hôtel Chevalier, au cours de la prochaine saison d'hiver : je n'aimerais pas qu'il s'expose à des remarques désobligeantes par ma faute...* »

Pendant qu'elle terminait cette lettre, s'étonnant d'abord ces préoccupations alors qu'ils étaient mariés depuis quinze jours et qu'elle pouvait céder à l'insouciance, Maxime pénétra en trombe dans leur chambre pour s'écrier :

« On a assassiné François-Ferdinand d'Autriche ! »

Ce matin-là, il avait pris son petit-déjeuner avec Estelle avant de rejoindre comme à l'habitude le salon de lecture. Alors que sa femme paressait dans son bain ou rédigeait sa correspondance, il y feuilletait des gazettes russes et des quotidiens parisiens qui parvenaient par train à Saint-Pétersbourg avec deux à trois jours de retard ; il n'en remontait qu'au milieu de la matinée et revenait chargé de fleurs. Ce matin-là, il retourna dans leur chambre à 9 heures mais oublia d'acheter un bouquet à la fleuriste de l'entrée dans sa précipitation à annoncer à Estelle la disparition tragique du prince héritier d'Autriche survenue la veille à Sarajevo, en Bosnie. Elle le remarqua aussitôt : il ne ramenait pas de roses comme les matins précédents, mais des journaux russes.

« C'est grave ? demanda-t-elle en posant sa plume.
– Hélas ! je le crains ! » soupira-t-il.

Il expliqua alors comment le comportement des Habsbourg exacerbait depuis des années les revendications nationalistes au sein des minorités de l'empire austro-hongrois.

« L'attentat de Sarajevo déchaîne les passions ! poursuivit-il. Les Croates ont essayé de lyncher les deux jeunes Serbes qui ont assassiné l'archiduc d'Autriche et la duchesse de Hohenberg. Ils ont pillé les magasins, les hôtels et les restaurants serbes de Sarajevo ; ils ont traqué les Serbes toute la soirée de dimanche ; ils accusent déjà de complicité les gouvernements de la Serbie, du Monténégro et même de la Russie.

— Pourquoi y mêler la Russie ? l'interrompit-elle.

— C'est la grande puissance slave ! répondit-il. Les Romanov soutiennent Pierre Ier de Serbie qui encourage en sous-main des organisations criminelles dans les Balkans...

— Très inquiétant ! » murmura-t-elle.

En préparant leur périple, elle ne s'était nullement souciée de la situation de la myriade de peuples qui composaient les empires dominants, encore moins de la complexité des alliances en Europe centrale et orientale : elle n'avait porté de l'intérêt qu'à son confort et ses loisirs. Des questions l'assaillaient désormais. Fallait-il s'attendre à des représailles de l'Autriche à l'encontre des Serbes de Bosnie et du royaume de Serbie ? Les tensions qui allaient certainement croître au cours des prochains jours dans les pays voisins de la Russie pouvaient-ils provoquer une guerre ? Maxime s'appliqua à la rassurer : la presse russe n'envisageait pas, pour l'heure, de réaction armée de l'empereur d'Autriche. Malgré tout, Estelle éprouva le pressentiment que la guerre était imminente : le mot revenait trop souvent, depuis quelques mois, dans les journaux et les conversations ; elle imagina alors autour d'eux des combats et des champs de bataille, des morts et des blessés mais aussi des bouleversements en cascade à travers l'Europe. « Si la guerre éclate, ce sera terrible et rien ne sera plus comme avant ! » pensa-t-elle.

Ce lundi 29 juin 1914, ils déjeunèrent dans un restaurant de la Grande Morskaïa et Estelle constata avec soulagement que les habitués, nobles et bourgeois, mangeaient et buvaient comme à l'ordinaire pendant que des musiciens jouaient de la balalaïka. Alors elle retrouva confiance.

Le lendemain, malgré les nouvelles apaisantes qu'il découvrit dans les pages de *Peterbourskaïa Gazeta*, Maxime sollicita une entrevue à l'ambassade de France avec Bernard de La Harchois qu'il avait fréquenté pendant deux ans en Géorgie à l'époque où il était consul et qui occupait aujourd'hui les fonctions de conseiller auprès de l'ambassadeur. Plus inquiet qu'il ne le laissait paraître, il était pressé de connaître la position de la France ainsi que les intentions de la Russie. L'après-midi même, Bernard de La Harchois le recevait dans son bureau. Les deux hommes évoquèrent quelques souvenirs communs avant d'aborder l'attitude de Nicolas II qui engageait la Serbie à éviter toute provocation à l'égard de l'Autriche, l'activisme des sociétés secrètes serbes qui constituait un danger permanent pour la paix dans les Balkans, le comportement belliqueux de l'Allemagne, la détermination de la France à renforcer ses liens avec la Russie.

« Le président Poincaré devrait rencontrer le tsar très bientôt révéla le conseiller d'ambassade. Le Quai d'Orsay prépare son déplacement à Saint-Pétersbourg pour la mi-juillet. Le président du Conseil l'accompagnerait… Mais c'est encore à l'étude… »

Maxime et sa femme devaient prendre le train pour

Moscou au matin du 12 juillet ; ils avaient peiné à obtenir un appartement à l'hôtel *Slaviansky-Bazar* qui affichait souvent complet.

« Prévoyez de repousser votre départ de quelques jours ou même d'une semaine ! conseilla Bernard de La Harchois.

— Pour assister à une parade militaire ? s'étonna-t-il.

— Le Quai d'Orsay ne peut pas vous traiter comme un simple touriste ! répondit le diplomate. On vous conviera sûrement aux différentes réceptions, peut-être même à certains entretiens : les sociétés Chevalier constituent un bon exemple des relations qui ont réussi à s'instaurer dans le domaine industriel entre nos deux pays grâce à l'alliance franco-russe. N'oubliez pas que l'empire des Romanov vous a accordé facilement des concessions dans le Caucase ! Il a moins favorisé les Allemands et les Anglais qui nous reprochent une concurrence déloyale... »

Maxime ne pouvait contester qu'il avait bénéficié d'avantages précieux pour exploiter le pétrole dans de meilleures conditions que ses concurrents étrangers.

« Depuis vos débuts à Bakou, voici plus de vingt-cinq ans, le gouvernement des tsars vous a toujours témoigné sa confiance : il a renouvelé deux fois vos concessions sans modifier les termes des contrats ! compléta-t-il. Vous admettrez que c'est une excellente affaire pour les sociétés Chevalier ! Personne ne comprendrait que... »

Maxime promit de ne pas quitter la capitale avant le passage du président de la République même s'il persistait à penser que sa présence ne s'imposait pas : le gouvernement accorderait la priorité à la coopération militaire plutôt qu'aux accords industriels.

« Vous ne le regretterez pas ! » l'assura-t-il.

Estelle comprit sa décision et l'idée de prolonger son séjour à l'hôtel *Europe* l'enthousiasma.

« Cette ville me bouleverse ! » dit-elle à son mari, charmée par Saint-Pétersbourg mais nullement dupe de l'apparence.

Elle avoua aussi qu'elle brûlait d'envie d'assister à la réception que présiderait Raymond Poincaré dans les salons d'honneur de l'ambassade de France. Pourrait-elle s'y rendre ?

« Certainement ! » estima Maxime qui avait informé Bernard de La Harchois de son récent mariage.

La prierait-on de participer au dîner que le tsar offrirait sans nul doute à la délégation française dans l'une de ses salles à manger du palais Catherine à Tsarskoïe Selo où il s'installait pour la belle saison ? Maxime l'ignorait : le chef du protocole, le ministre de la Cour impériale, ne l'avait jamais invité aux déjeuners, aux bals et aux cérémonies qui ponctuaient les grands moments de l'année dans les différentes demeures de Nicolas II.

« Il ne pouvait pas penser à moi, expliqua-t-il sans la moindre animosité. J'étais au diable ! La Géorgie est à plus de trois mille kilomètres du delta de la Néva... »

Pour la première fois, l'industriel français était convaincu d'avoir quelque chance d'être présenté au tsar et admis dans ses palais alors qu'il ne recherchait plus désormais les honneurs. *« C'est un privilège que j'aurais apprécié après mon mariage avec Nina, au moment où la terre de ma femme devenait ma deuxième patrie*, expliqua-t-il à son cousin Irénée dans une lettre qu'il envoya dès le lendemain à Angoulême. *Aujourd'hui, tout me paraît différent : mes motivations ont changé depuis mon retour en France et les mondanités m'attirent peu, à l'inverse d'Estelle qui essaie déjà ses tenues de soirée... Il règne partout en Europe une ambiance pesante de veillée d'armes. Je doute que la venue de Poincaré refroidisse les ardeurs des Autrichiens qui ont l'intention d'écraser la Serbie et de consolider leur influence dans les Balkans depuis qu'ils contrôlent la Bosnie-Herzégovine... »*

Il s'écoula trois jours seulement entre l'entrevue de Maxime à l'ambassade et l'annonce, dans les quotidiens parisiens, d'un probable déplacement du président Poincaré chez Nicolas II du 20 au 22 juillet. Les journaux de Saint-Pétersbourg, soumis à la censure, n'en soufflèrent mot et ne reprirent l'information qu'après la publication d'un communiqué du gouvernement russe dans les pages du *Moniteur*. Conviés à la réception du lundi 20 juillet à l'ambassade de France, les Chevalier éprouvèrent également la satisfaction de compter parmi les invités du grand dîner du tsar qui clôturerait la journée au palais Catherine puis du défilé militaire prévu le lendemain. Comme ils ne figuraient pas au nombre des habitués des manifestations impériales, trois commissaires de la police politique les convoquèrent dans les bureaux de l'Okhrana pour les interroger. Leurs questions hérissèrent Estelle qui oublia ces moments désagréables à l'arrivée de la délégation française qui parcourut les principales avenues avant de gagner le palais Catherine. À la jumelle, depuis une fenêtre de leur chambre, elle observa le passage des landaus devant l'hôtel au moment où ils remontèrent la perspective Nevski sous les vivats de la foule qui agitait des drapeaux tricolores. Le cortège avait fière allure avec ses attelages menés par des chevaux orloff, ses musiciens, ses régiments aux uniformes chamarrés. Parmi les personnalités qui avaient pris place dans la voiture de tête, elle tenta de distinguer le président Poincaré à son crâne chauve, à ses moustaches et à sa barbichette blonde ainsi que le croquaient les dessinateurs de *L'Illustration*, mais elle n'y parvint pas.

« Impossible de le reconnaître ! pesta-t-elle. Ils portent tous une barbichette ou une moustache ! »

Quelques heures plus tard, lorsqu'elle rejoignit avec son mari les salons de l'ambassade où il accueillait les Français de Russie et les dignitaires de l'empire en compagnie de son président du Conseil, elle n'hésita pas une seconde en revanche : c'était bien Raymond Poincaré en habit et en grand cordon. L'ambassadeur présenta Maxime comme l'un des pionniers de l'exploitation du pétrole en Azerbaïdjan. Les deux hommes engagèrent aussitôt une longue conversation à propos des techniques d'extraction et de raffinage dont le président ignorait tout.

« Vous l'avez impressionné, Maxime ! s'empressa de confier Bernard de La Harchois un moment plus tard. Soyez assuré qu'il s'en souviendra : il a une mémoire prodigieuse ! »

Après la réception, douze landaus conduisirent les invités de l'empereur jusqu'à la gare où un train spécial devait les emmener à Tsarskoïe Selo. Tout au long du trajet, massés dans les rues ou à leurs fenêtres, les habitants de Saint-Pétersbourg applaudirent à nouveau le président français.

« Quelle ardeur ! » constata Maxime.

Ils croisèrent encore une poignée de défenseurs de l'alliance franco-russe près du palais que surveillaient des détachements de Cosaques à la tunique amarante. La résidence de Nicolas II ? Une merveille baroque ! Estelle promena un regard ébloui sur le haut des dômes de la chapelle qui rehaussaient une façade longue de trois cents mètres, regrettant toutefois que les apports classiques imposés par un architecte écossais sous Catherine la Grande rompent quelque peu l'harmonie.

Des hussards au dolman blanc à fourrure noire les guidèrent à travers l'escalier de parade jusqu'au premier étage, les confièrent au grand chambellan de la cour qui les introduisit ensuite dans le salon d'ambre où l'empereur recevait avant le dîner. C'était une pièce décorée de mosaïques en jaspe et en agate ainsi que de panneaux d'ambre qu'Estelle détailla à loisir en attendant d'être présentée. Lorsque la jeune femme s'inclina devant le maître de la Russie, majestueux dans son uniforme blanc malgré l'extrême pâleur de son teint, elle s'attira des compliments au point qu'elle en rougit de confusion.

« Je regrette, Madame, qu'il n'y ait pas de bal ce soir après le dîner, ajouta-t-il avant de la féliciter pour l'élégance de sa robe en soie mauve dont les manches étaient décorées de perles. Vous n'auriez pas pu me refuser une danse ! »

Elle le découvrit le lendemain sous un jour différent depuis les tribunes d'honneur du Champ-de-Mars lorsqu'il apparut à cheval au bout de l'esplanade pour rejoindre le président Poincaré dans le pavillon impérial tandis que retentissaient les premières notes de *Dieu protège le tsar*. En tunique blanche et coiffé d'un casque surmonté d'un aigle à deux têtes, Nicolas II montait avec aisance un alezan au pas léger qui dansait en marchant.

« L'étalon est magnifique ! » commenta Maxime qui étudiait à la jumelle chaque mouvement de l'animal.

Dès que l'empereur s'installa au côté du président français, les troupes descendirent le Champ-de-Mars après le passage des cosaques de son escorte personnelle : l'infanterie ouvrit le défilé, bientôt suivie par l'artillerie lourde avec ses pièces de canons et la cavalerie saluée par des clameurs lorsque la foule reconnut les régiments de ulhans, les grenadiers et les hussards. Après cette démonstration de puissance, pouvait-on imaginer une défaite de l'alliance dans un conflit qui l'opposerait aux Autrichiens et même aux Allemands ? Estelle n'y songeait pas un instant.

Pressés de prendre un bain après avoir souffert de la chaleur et de la poussière, ils rentrèrent à l'hôtel. Comme à l'habitude, la réception grouillait de monde. On approchait de midi. Des clients commentaient la parade de l'armée impériale avec des accents batailleurs qui déplurent à Maxime.

« Quelle folie ! » murmura-t-il.

Ils apprirent la déclaration de guerre de l'Autriche à la Serbie à *L'Ermitage*, un grand restaurant de Moscou, grâce à un négociant anglais qu'ils avaient croisé dans les couloirs du *Slaviansky Bazar* le matin de leur arrivée. Ils avaient commencé à dîner lorsqu'il les rejoignit dans une salle bondée où des jeunes femmes tsiganes, accompagnées par trois musiciens, terminaient leur tour de chant. L'homme d'affaires tenait l'information du consul d'Angleterre qu'il avait rencontré dans l'après-midi.

« L'Autriche écrasera la Serbie et l'annexera ! prédit-il.

— À moins que la Russie ne s'en mêle ! » rectifia Maxime.

L'empereur décréta la mobilisation deux jours plus tard, le 30 juillet, mais ils avaient déjà quitté Moscou pour Nijni-Novgorod à bord d'un express. Ils ne modifièrent pas leur programme en dépit des nouvelles alarmistes que colportaient les employés de la réception de l'hôtel : ils prendraient le bateau le lendemain, à 18 heures, pour la mer Caspienne. Un courtier en peaux de luxe, qui fournissait de grandes ganteries françaises et passait chaque année deux semaines dans la ville à l'occasion de la plus importante foire d'Europe, leur conseilla vivement de retourner à Moscou puis de regagner Paris tant que les trains circulaient mais Maxime persista à vouloir inspecter ses sociétés.

Estelle ne contesta pas son choix : elle avait confiance en son mari qui connaissait bien les provinces où ils devaient séjourner et avait aussi l'habitude de courir le monde. La déclaration de guerre de l'Allemagne à la Russie que la lecture de la presse leur révéla à Samara, pendant l'escale du bateau, n'accentua pas ses inquiétudes. Dans le café du port où ils commandèrent un bol de *koumys**, mariniers et marchands en parlaient sans la moindre nervosité : les troupes du kaiser campaient suffisamment loin de la Volga pour qu'ils ne cèdent pas à l'affolement. Mais, lorsque le couple débarqua à Astrakhan le jeudi 6 août, tout avait changé : l'Allemagne occupait le Luxembourg et la Belgique, désormais à une portée de canon des Ardennes.

---

* *Koumys* : boisson à base de lait de jument fermenté.

« La France rassemble son armée, rappelle les réservistes et enrôle les jeunes », résuma Maxime à son retour du consulat.

Dans l'instant, Estelle songea à son frère.

« Norbert ! cria-t-elle avec angoisse alors qu'elle ouvrait l'une de ses malles dans leur chambre.

– C'est un gamin ! répondit-il avant de la serrer dans ses bras pour apaiser ses craintes. Le président ne peut pas demander à des garçons de seize ans de monter en première ligne ! »

Soulagée quant au sort de son frère, elle pensa alors aux adieux déchirants d'Amélie et de Julien lorsque le jeune courtier avait dû rejoindre son régiment, à leurs employés de Sologne et de l'hôtel Chevalier qui étaient touchés par la mobilisation, puis à son père. C'était la saison des moissons au domaine de Lunet : toutes les fermes avaient besoin de bras. Comment les Ballard compensaient-ils l'absence des journaliers et d'une partie des bouviers ? Pour rentrer leurs récoltes à temps, ils ne pouvaient engager désormais que des femmes, des enfants et quelques vieillards parmi les moins usés ; c'était la seule main-d'œuvre disponible. Aussi Eugène devait-il s'échiner de l'aube à la nuit tombée jusqu'à la limite de ses forces pour sauver l'année ; il devait également trembler pour elle, traquer dans les journaux la moindre nouvelle de Russie, attendre ses lettres, maudire son gendre qui l'avait entraînée dans une folle aventure. Comment le rassurer ? Estelle expédierait un télégramme dès qu'ils auraient traversé la mer Caspienne pour accoster à Bakou et elle écrirait à nouveau. À la réception, une jeune femme les avait dissuadés tout à l'heure d'envoyer du courrier depuis Astrakhan.

« C'est plus rapide de Bakou grâce au chemin de fer », avait-elle expliqué à Maxime.

Deux jours plus tard, à leur arrivée dans l'Azerbaïdjan, Estelle s'empressa d'honorer sa promesse mais l'employé de la poste demeura incapable de préciser le délai de distribution : il décrivit savamment les méandres que son bleu devrait emprunter avant d'être réceptionné à Paris.

« Quelle lenteur ! soupira-t-elle à sa sortie. Nous ne sommes pourtant pas dans la steppe !

– C'est la Russie ! » rétorqua Maxime qui s'était frotté, dès ses débuts, à la pesanteur de l'administration impériale.

Après une nuit de repos, il l'emmena à proximité du terminus du chemin de fer Bakou-Batoum et des jetées d'embarquement du port où il avait construit son usine. Le directeur général de ses sociétés d'Azerbaïdjan, Anatoli Manikolof, les y attendait dans un bureau envahi de maquettes de chaudières et d'échantillons de pétrole raffiné. Les mâchoires saillantes et taciturnes, les cheveux noirs et drus, il les accueillit fraîchement : il n'avait jamais admis de femme dans ses ateliers qu'il régentait d'une main de fer.

« C'est trop salissant ! » avait-il maintes fois répété à Nina.

Opposant mille prétextes à ses requêtes, il l'en avait écartée et l'intervention de son mari n'avait pas infléchi sa détermination.

Ce matin-là, s'exprimant maladroitement en français, il assena les mêmes arguments à la nouvelle épouse de son patron pour l'encourager à regagner l'hôtel mais elle s'insurgea aussitôt contre son intransigeance. La conversation s'envenima : ils échangèrent des paroles peu amènes dans les deux langues, à tel point que Maxime imposa à son directeur la présence d'Estelle.

« Madame Chevalier est actionnaire ! observa-t-il sèchement. Elle nous accompagnera. »

En prévision de leurs visites, elle avait passé une chemise et un pantalon de toile, emporté son casque colonial. En dépit de la chaleur étouffante, elle avait chaussé des bottes épaisses qu'ils avaient achetées dans un magasin près de la poste pour qu'elle puisse approcher des derricks à une distance raisonnable. Dans cette tenue, elle ressemblait aux chasseresses qui participaient à des safaris en Afrique. Lorsqu'ils traversèrent la fonderie puis les bâtiments qui abritaient la construction des chaudières, elle s'attira les railleries des ouvriers. Le directeur jubilait tandis que Maxime rappelait les employés à l'ordre. Jusqu'au soir, elle ne quitta pas les deux hommes mais sa curiosité déplut à Anatoli qui rechigna à répondre à certaines questions : il était méfiant, hanté par l'idée qu'on l'espionnait sans cesse.

« Pourquoi le supportez-vous ? demanda Estelle à son mari. C'est un paranoïaque !

— Nous avons besoin d'un directeur compétent qui soit aussi un homme à poigne ! expliqua-t-il. Anatoli n'a pas la tâche facile : les ouvriers s'organisent en soviets dans certaines usines depuis la révolution de 1905 ; ils revendiquent de plus en plus. Partout les tensions sont à fleur de peau... C'est un équilibriste !

— Peut-être. Mais c'est une terreur ! »

Elle espérait ne jamais avoir à traiter un jour avec un homme si peu respectueux des femmes.

Dans l'après-midi, ils rejoignirent les champs de pétrole qui la fascinèrent. Des centaines de pylônes de bois, semblables aux chevalements de mine qu'elle avait découverts à Decazeville au cours de leur séjour en Aveyron, hérissaient d'immenses cirques où le naphte jaillissait soudain en geysers avant de tout recouvrir d'une matière sombre qui collait aux semelles : les bâtiments en planches, les abords des derricks et des bassins de décantation, les canalisations de refoulement les reliant à la raffinerie, jusqu'aux hommes dont les tenues de travail ruisselaient. C'était un tableau à la fois effrayant et captivant ! Les entrailles de la terre crachaient du pétrole qui coulait en abondance telle de la lave d'un volcan en éruption. Depuis une baraque de chantier, Estelle contempla la scène pendant un long moment en écoutant les explications de Maxime. Tout l'intéressa : la profondeur des puits ; les conditions d'extraction ; la fabrication des goudrons, des huiles et graisses ; les cours mondiaux du naphte ; les expéditions en caisses pour l'Extrême-Orient et en citernes à bord des bateaux en partance pour la France ; la production d'essence ; les recherches actuelles de sociétés américaines pour diversifier l'emploi du pétrole dans l'industrie au cours d'un proche avenir.

Ils ne rentrèrent qu'au crépuscule. Bien que moulue de fatigue, la peau brûlée par un soleil de plomb, la jeune femme éprouvait beaucoup de satisfaction.

« C'est un monde fascinant et mystérieux mais c'est tellement passionnant de le découvrir ! » avoua-t-elle à Maxime.

Pour ajouter avec humour :

« Mais répugnant ! Nous empestons autant que les ouvriers !

— Tout le pays empeste à des kilomètres à la ronde et le long de la mer ! confirma-t-il. Mais personne ne s'en plaint : le pétrole assure la fortune de la ville. »

À l'usine de chaudières, avant de prendre congé du directeur, Estelle avait remplacé par des chaussures plus confortables ses bottes gluantes d'un mélange de naphte et de terre qu'elle avait offertes à un employé de la fonderie. Elle les enleva dans le hall de l'hôtel pour monter l'escalier quatre à quatre puis courir jusqu'à leur chambre. Lorsqu'il la rejoignit, un instant plus tard, Maxime la découvrit en train de se déshabiller en hâte au milieu de la pièce. Enfin nue, elle roula ses vêtements en boule puis les fourra dans un sac qu'elle remettrait le lendemain à la réception.

« Même lavés à grande eau et frottés à la main, je ne pourrais plus les porter ! » jugea-t-elle avant de brosser ses cheveux.

Lorsqu'elle entra dans la salle de bain, il l'arrêta soudain :

« Laissez-moi préparer le bain ! »

Étonnée par son attention, elle se retourna et sourit. « Enfin ! » pensa-t-elle. Depuis leur séjour au Mont-Saint-Michel, elle le poussait à refouler la pudeur qui l'empêchait de répondre à son attente et bloquait parfois ses propres désirs. Malgré ses efforts, il manquait encore d'audace à son goût.

Il se débarrassait déjà de sa chemise et de son pantalon pour ne garder qu'un caleçon court.

Depuis l'embrasure de la porte, elle l'observa mélanger l'eau chaude et l'eau froide, agenouillé devant la baignoire.

«C'est prêt», estima-t-il après y avoir trempé les doigts.

Elle glissa avec délice dans son bain et il s'appliqua à chasser de son corps l'odeur tenace du pétrole qui s'était incrustée dans les pores sous l'effet de la chaleur en savonnant puis en frottant le moindre centimètre carré de sa peau. Les paupières closes, elle s'abandonna à ses gestes habiles et frémit de plaisir sous ses caresses. Au bout d'un moment, impatiente, elle s'agrippa à ses épaules pour l'entraîner dans l'eau qui embaumait la lavande et il ne résista que le temps de rincer ses longs cheveux. Plus tard, tandis qu'elle les démêlait devant le miroir de la salle de bain et qu'il sortait de la baignoire, il s'exclama :

«Nous sommes enfin présentables!»

Arrachant sa brosse des mains, il la souleva dans ses bras...

Ils oublièrent l'atmosphère étouffante de l'hôtel, les relents de naphte, les moustiques et jusqu'à la guerre pour s'aimer pendant la nuit. Ils ne descendirent pas dîner et commandèrent auprès de la réception un repas froid qu'un jeune serveur leur monta un peu avant minuit. Convaincus que les premières batailles de ce mois d'août 1914 s'apprêtaient à précipiter l'Europe dans le chaos, ils voulaient profiter intensément des derniers moments d'intimité et d'insouciance que leur accordait encore la folie du monde avant d'être plongés à leur tour au cœur de la tempête. En cette douce soirée d'été, ils n'avaient plus une seconde à perdre.

16

Estelle quitta Bakou sans regrets pour la capitale du Caucase qu'ils gagnèrent en train grâce à la ligne de chemin de fer reliant la Caspienne à la mer Noire. Elle redoutait par avance cette étape qui ne manquerait pas de réveiller de mauvais souvenirs dans la mémoire de Maxime : il avait coulé des jours heureux à Tiflis, au côté de Nina, avant de sombrer brusquement dans le désespoir au lendemain de sa mort. La famille Zovianoff y vivait toujours et occupait aujourd'hui la maison où le couple s'était installé après leur mariage. Le retour de l'industriel en France n'avait pas rompu les liens qui l'unissaient à la mère, à la sœur et aux frères de Nina : ils continuaient à échanger des nouvelles au moment de Noël et de Pâques alors que les Zovianoff le recevaient à l'occasion de ses séjours dans le Caucase.

« Ils nous attendent ! » avait annoncé Maxime à sa femme bien avant leur départ de Paris.

Elle avait tout d'abord refusé de l'accompagner au dîner qu'ils avaient organisé pour le jour de leur arrivée mais il avait insisté et elle avait cédé à ses supplications pour ne pas le froisser. Tandis que la locomotive s'approchait de la ville, elle appréhendait cette rencontre. L'accueilleraient-ils comme une amie ou plutôt comme une intruse qui avait pris la place de Nina ? Approuvaient-ils le remariage de Maxime ? Accepteraient-ils son choix ? Estelle était angoissée à l'idée de ne susciter auprès des Zovianoff que de la suspicion et de la curiosité, que les barrières de la langue et leurs différences de culture ne la marginalisent dès le début de la soirée. Deux heures plus tard, dans leur chambre tandis que son mari la pressait de choisir une robe, elle hésitait encore à honorer l'invitation : elle prétexta la fatigue de leur journée de train pour qu'il la laisse seule à l'hôtel mais ne parvint pas à le convaincre.

« Ne les décevez pas ! répéta-t-il, nullement dupe. Valentina, la sœur cadette de Nina, est impatiente de vous connaître. C'est une femme distinguée mais simple, qui s'intéresse à la sculpture et à la peinture. Elle défend l'œuvre de son oncle Alexandre et a transformé, depuis sa mort, son ancien atelier de la vieille ville en musée pour y présenter ses carnets de dessins, ses épreuves, ses plâtres, ses marbres, ses bronzes et même quelques toiles qu'il n'avait jamais exposées parce qu'il les jugeait inachevées. Valentina est passionnée ! Comme vous. Je suis persuadé que vous vous entendrez... »

Ses réticences tombèrent alors et elle accepta de le suivre chez les Zovianoff. Elle ne le regretta pas : toute la famille la traita avec égards, notamment Valentina avec qui elle sympathisa dès l'instant où ils s'installèrent dans le salon pour déguster un plateau de zakouski et savourer l'arôme subtil de la *zubrovka*, une vodka parfumée à l'herbe de bison. La sœur cadette de Nina maîtrisait suffisamment le français pour pouvoir engager sans difficulté une conversation avec Estelle. La glace rapidement brisée, les deux jeunes femmes parlèrent de l'architecture des cathédrales russes et des techniques de l'icône, des collections de l'Ermitage et des peintres « ambulants » comme Répine dont Maxime possédait quelques tableaux dans son hôtel parisien. Elles poursuivirent la discussion pendant le repas et Valentina promit de l'emmener le lendemain à la découverte de la ville pendant que le propriétaire des sociétés Chevalier rencontrerait ses banquiers. Elle la guida à la forteresse de Narigala et à Notre-Dame de Metekh puis aux sources d'eau chaude qui permettaient de chauffer les maisons ; elle l'entraîna enfin dans le musée consacré à son oncle le jour où Maxime déjeuna en compagnie du gouverneur de la province et du président de la *zemstvo**. Elles y passèrent des heures et ses commentaires captivèrent Estelle.

« Quelle femme brillante ! » confia-t-elle à son mari lorsqu'elle le rejoignit à l'hôtel à l'heure du dîner.

C'était le portrait fidèle de sa sœur aînée comme elle avait pu le constater dès le premier soir, dans le salon des Zovianoff, en remarquant la gouache qui représentait Nina jeune fille dans une robe noire aux poignets et au décolleté de dentelle blanche, très gracieuse avec ses anglaises. Quelle douceur dans le regard ! Estelle avait songé à un tableau d'un peintre romantique italien qu'elle avait apprécié l'hiver dernier au Louvre. « Quel homme, pensait-elle, n'aurait pas succombé à son charme ? »

Les nouvelles alarmantes d'Europe que leur transmit

---

* Zemstvo : assemblée élue qui était chargée de défendre les intérêts économiques de la région.

le consul de France gâchèrent leurs deux dernières journées à Tiflis : les Allemands ne cessaient de progresser, à travers la Belgique, en direction des Ardennes où les armées françaises s'apprêtaient à contenir leur assaut.

« L'état-major redoute une offensive dans les prochains jours, révéla Charles de La Chaume. Les troupes du kaiser pourraient enfoncer nos lignes : elles sont plus mobiles et mieux équipées. Leur aviation les appuiera : elle est mieux entraînée que la nôtre. Nous avons attaqué en Lorraine mais les échecs s'accumulent et les pertes sont lourdes... Pour nous soulager et obliger le kaiser à diviser ses forces, les Russes ont l'intention d'envahir la Prusse orientale : deux armées du tsar sont prêtes à intervenir depuis la Pologne... À ce rythme, l'Europe deviendra bientôt un immense champ de bataille... »

Le consul les encouragea à écourter leur périple et à regagner la France dans les meilleurs délais depuis la mer Noire.

« Ne prenez pas de risques inutiles : partez ! » répéta-t-il.

Soucieux de faciliter leur retour, il remit à Maxime une lettre de recommandation auprès du directeur du bureau de la compagnie Paquet à Batoum puis il fouilla dans les tiroirs de son bureau à la recherche d'un indicateur des liaisons maritimes entre la mer Noire et Marseille. Il dénicha enfin une brochure à la couverture écornée qu'il feuilleta longuement avant d'annoncer que *Le Pirée* quitterait Batoum le dimanche 23 août.

« Dans huit jours ! précisa-t-il. C'est le prochain départ pour la France ! Dépêchez-vous d'embarquer avant que les Allemands lancent leurs croiseurs aux trousses de nos paquebots ! »

Ils se résolurent à rentrer à Paris : la sagesse leur imposait de renoncer à la traversée des plaines de Sibérie et à l'exploration des forêts japonaises. Mais ils se promirent de retourner dans le Caucase dès que l'Europe aurait retrouvé la raison, pour honorer l'invitation de Valentina qui tenait à les accueillir plus longtemps à Tiflis ; ils reprendraient ensuite le cours normal de leur voyage en direction de l'Asie.

Pressé d'arriver à Batoum pour réserver leurs places dans le prochain paquebot pour Marseille, Maxime négligea de s'arrêter à Tchiatouri où il avait prévu d'inspecter ses mines : la capitale du manganèse était pourtant desservie par le chemin de fer mais ils auraient perdu deux jours afin de grimper jusqu'aux collines qui abritaient les gisements exploités. Lorsqu'ils parviendraient dans le port de la mer Noire où il avait établi le siège de la compagnie des Mines pour mieux contrôler les expéditions, il décortiquerait les rapports des ingénieurs. Comme à l'habitude, il travaillerait au côté d'un homme qu'il appréciait : Serguéï Mantacheff. Originaire de Batoum, c'était un contremaître qui avait gagné ses galons à la force du poignet et à qui Maxime avait confié la direction de la Compagnie : il connaissait mieux que quiconque les qualités de minerais et les difficultés d'extraction.

Avec ses palmeraies, ses maisons bourgeoises, ses rivages propres, sa promenade, ses grands hôtels, Batoum ressemblait à une station des côtes normandes et méditerranéennes mais ils en profitèrent peu. Les affaires retenaient Maxime au bureau de la compagnie minière une partie de la journée alors qu'Estelle ne pouvait se résoudre à passer les après-midi sous les palmiers à somnoler dans une chaise longue ou sur la plage à ramasser des coquillages. Les nouvelles qu'elle découvrait dans les quotidiens parisiens, déjà anciens, que le patron de l'hôtel originaire de Toul conservait précieusement après l'arrivée du courrier de France, la préoccupaient : l'assassinat de Jaurès et l'échec des pacifistes, la montée des extrémismes, l'esprit de revanche qui poussait les troupes françaises en partance pour les frontières à scander dans les gares des slogans bellicistes à l'encontre des Allemands. La jeune femme ne cessait de penser à sa famille, à ses camarades de classe qu'elle avait retrouvées l'été précédent sur la place de Sainte-Croix, un dimanche de juillet après la messe. Certaines d'entre elles étaient mariées et mères de famille ; elles devaient dorénavant, en plus des tâches quotidiennes du foyer, remplacer leur époux aux champs et seconder à la ferme leurs parents ou leurs beaux-parents. Elle songeait encore à Mathias, aux garçons du bourg qu'elle côtoyait chaque matin sur les bancs de l'église où les enfants des écoles apprenaient des pages de l'histoire sainte sous la férule du redouté abbé Dellus : ils avaient certainement quitté Sainte-Croix dès les premiers jours du mois d'août et endossé l'uniforme. Elle conservait de bons souvenirs de Lucien qui la défendait lorsque ses copains se moquaient de ses taches de rousseur et ses cheveux roux en courant à travers les rues pavées qui reliaient l'église à l'école. Dans quel régiment était-il désormais ? Avait-il déjà combattu ?

Dès que Maxime la rejoignait, il l'emmenait en promenade au bord de la mer. Il racontait sa journée et l'informait des affaires de la Compagnie puis elle se confiait ; ils parlaient longuement avant de rentrer à l'hôtel à la nuit tombée.

Ils embarquèrent pour la Méditerranée le 23 août et Estelle demeura longtemps appuyée au bastingage du pont supérieur, le regard perdu dans les palmeraies et le long des plages, avant de gagner leur cabine puis la salle à manger du paquebot. Elle ignorait alors que leur retour serait mouvementé. À leur première escale, à Trébizonde en Turquie, la police secrète consigna à bord l'équipage et les passagers qu'elle interrogea sans relâche ni ménagement dans le salon d'honneur : elle était à la recherche d'un Arménien qu'elle accusait de comploter contre le régime d'Enver Pacha. Alors que des inspecteurs fouillaient les ponts, un bruit sourd résonna dans la partie inférieure du bateau : le jeune homme, réfugié dans la salle des machines, s'était donné la mort pour échapper à leurs griffes. L'affaire provoqua une vive émotion : on ne cessa d'en parler jusqu'à Constantinople, où une avarie survenue au gouvernail et à la coque condamna *Le Pirée* à mouiller dans le grand port de commerce durant une semaine. La compagnie Paquet logea les passagers de première classe dans un palace du quartier des ambassades, *L'Hôtel de Péra*, qui accueillait les voyageurs de l'Orient-Express. Il grouillait à leur arrivée d'une faune étrange que Maxime identifia aussitôt en pénétrant dans l'entrée : aventurières, comtesses déchues, faux aristocrates, princes ruinés, escrocs de haute volée, espions à la solde de la Russie peuplaient le hall.

« Soyez prudente ! » recommanda-t-il à Estelle.

Ils s'approchaient de la réception lorsqu'une femme élégante, aux prunelles larmoyantes, les aborda dans un mauvais français pour demander de l'aide : elle prétendait appartenir à une illustre famille chassée de Serbie et chercher une place de gouvernante en France. Ils l'écoutèrent distraitement tout en attendant leur tour. Soudain trois hommes les bousculèrent : le plus jeune arracha à Estelle son sac en tranchant la bandoulière à l'aide d'une lame de rasoir. Le temps de réagir et les pickpockets avaient disparu en compagnie de leur complice en jupons. Deux grooms tentèrent de les retrouver mais revinrent bredouilles. Navré de l'incident, le représentant de la Compagnie proposa de tout rembourser sur-le-champ. Heureusement Estelle avait confié les bijoux précieux à son mari, ne conservant dans son sac à main que les colliers et les pendentifs de moindre valeur.

« Nous vous accompagnerons, Madame, dans les meilleures joailleries du grand bazar ! » promit-il.

Les démarches fastidieuses qu'ils effectuèrent à l'ambassade pour établir le nouveau passeport d'Estelle ne les empêchèrent pas d'apprécier les palais de marbre le long du Bosphore, les boutiques de tapis, les marchés colorés.

Huit jours plus tard, lorsque leur paquebot accosta à Marseille, ils découvrirent les réalités de la guerre : une foule de femmes et d'enfants mais très peu d'hommes, à l'exception de militaires en patrouille le long des quais, pour les accueillir au débarcadère de la Compagnie. Contrairement à l'ordinaire, aucune acclamation ne ponctua les coups de sirène du *Pirée* mais un silence pesant qui trahissait l'angoisse.

C'était le 11 septembre au soir. À l'hôtel, ils apprirent que les Allemands étaient parvenus aux portes de

Paris quelques jours plus tôt mais que les troupes de Joffre les repoussaient pour les bouter au-delà de la Marne. Maxime appela Léon avant que les garçons, deux adolescents maigrichons, montent leurs bagages. En dépit des grésillements qui rendaient inintelligibles certaines phrases, il comprit que la capitale avait échappé au pire, que leur maître d'hôtel palliait de son mieux les absences.

Ils dînèrent à peine, feuilletèrent à la réception les dizaines de journaux que le patron avait conservés dans une armoire depuis la mobilisation, dormirent peu : ils avaient hâte de retrouver Paris. Le lendemain, lorsque le train entra sous la verrière de la gare de Lyon, ils repérèrent Léon près d'un kiosque à journaux avant que la machine s'arrête trente mètres plus loin dans des grincements d'essieux. Dès qu'ils le retrouvèrent sur le quai, ils le remercièrent chaleureusement mais il demeura imperturbable.

« Paris est sauvé ! » commenta-t-il sobrement.

Il les convia alors à le suivre jusque dans la cour de la gare où patientaient les chevaux attelés au coupé. Il offrit un pourboire au gamin en blouse sombre qui les avait surveillés puis glissa :

« Le gouvernement rationne l'essence, réquisitionne les taxis, mobilise les jeunes... Il ne reste que les durs à cuire pour assurer le service dans les grandes maisons... »

C'était formulé avec un tel humour et un tel détachement qu'ils éclatèrent de rire.

Deux heures plus tard, l'attelage remisé, il consentit à raconter enfin les journées éprouvantes qui avaient précédé leur retour à Paris : les détachements en armes qui quadrillaient les quartiers, les restrictions dans les magasins, le bruit sourd du canon dans le lointain, les folles rumeurs qui prévoyaient l'arrivée imminente de l'armée allemande au cœur de la capitale, le déménagement des ministères et de la présidence du Conseil qui s'étaient réfugiés à Bordeaux. Il expliqua comment il avait soustrait les chevaux et la De-Dion-Bouton à la convoitise des officiers de l'intendance puis comment il avait orchestré la résistance en initiant les femmes de la maison au maniement des armes de tir.

« C'était la première fois que je tenais un fusil entre les mains », avoua Célestine qui les avait rejoints.

Des râteliers dissimulés près du cellier dans des cavités aux ouvertures secrètes, le majordome avait décroché les armes les plus modernes puis les avait nettoyées et graissées avant de diriger l'exercice dans la cour. À sa grande surprise, la cuisinière d'Estelle avait montré d'excellentes dispositions pour manipuler la winchester que Maxime employait à la chasse aux chevreuils.

« Joséphine est une pure Solognote, souligna le châtelain de La Motte-Plessis. Elle braconne sûrement... »

Avec de la poudre noire et des cartouches à grand culot qu'il avait achetées par boîtes de cent chez un armurier du quartier, le maître d'hôtel avait fabriqué des munitions.

« Nous étions prêts pour recevoir les Prussiens avec du gros calibre ! conclut-il.

— Heureusement, nos soldats se sont bien défendus ! admit Célestine. Nous étions désemparés... »

Elle était encore inquiète malgré les succès accumulés par les armées françaises dans leur contre-offensive auxquels la presse accordait une large place, saluant le génie du général Gallieni qui avait requis les taxis parisiens pour convoyer la troupe au front.

« Nous pourrions nous replier en Sologne », avança-t-elle.

Elle connaissait suffisamment bien son maître pour s'autoriser cette suggestion.

« Les filles de la cuisine ont peur la nuit », répéta-t-elle.

Le maître d'hôtel s'autorisa alors à souligner que les grandes familles parisiennes attendaient des jours meilleurs à Deauville et dans leurs manoirs de province.

« C'est à réfléchir ! » répondit Maxime.

Le lendemain, tandis que sa femme réceptionnait les malles acheminées par les messageries du PLM, il s'enferma dans son bureau pour dépouiller les journaux et téléphoner à ses relations dans les ministères. Dans l'après-midi, sa décision était prise : ils partiraient à La Motte-Plessis. Au début de la soirée, il avait déjà organisé leur « retraite » : il confierait la garde de l'appartement et de l'hôtel au majordome ; Joséphine s'installerait rue de Prony et remplacerait aux fourneaux Célestine qui les accompagnerait en Sologne avec Philomène et Angélina.

« Berthe ? Jeannette ? Yvonne ? demanda Léon.

– La maison est grande et vous avez la charge des chevaux : vous avez besoin d'aide ! » insista-t-il.

Estelle s'activa aussitôt pour déballer ses affaires et les ranger dans les armoires puis préparer ses bagages pour la Sologne. Ils quittèrent Paris par le train. En dépit des réserves d'essence qui devaient leur permettre d'éviter toute panne sèche, Maxime préférait prendre l'express de Vierzon. Antoine de La Garinière avait proposé de ramener les voyageurs de Nouans-le-Fuselier à La Motte-Plessis, distant d'une quinzaine de kilomètres.

« Je me débrouillerai ! » promit-il.

À l'instant où le mécanicien stoppa sa machine, il les attendait à la gare en costume de chasse anglais. Jeannot, le seul garde-chasse du château à avoir échappé à la mobilisation, abandonna aussitôt les attelages pour aider des employés du Paris-Orléans à descendre les caisses, les malles et les ballots.

« C'est un déménagement ! » constata le colonel.

Les hommes chargèrent le break que Jeannot avait attelé aux deux juments percheronnes du domaine que l'armée n'avait pas réquisitionnées.

« Les riz-pain-sel* cherchaient des bêtes jeunes, expliqua Antoine de La Garinière.

— Mes demi-sang ! s'écria alors Maxime.

— Sous les arbres avec la victoria...

— Ivanhoé ? Perceval ?

— Ils sont au pré ! répondit-il. En parfaite condition pour suivre une chasse à courre... Je les monte chaque jour...

— Comment leur avez-vous évité la boucherie ? »

L'ancien officier de cavalerie esquissa un sourire et refusa d'en révéler davantage. Maxime n'insista pas.

« Bravo et merci, Antoine ! » s'exclama-t-il avant de tapoter son épaule d'un geste amical.

Le fouet claqua et les demi-sang s'élancèrent en direction de Saint-Viâtre. Maxime s'arrêta à l'entrée du bourg dans un chemin ombragé près d'une source. Au

---

* Riz-pain-sel : officier ou sous-officier de l'intendance.

moment de mettre pied à terre, Estelle entendit les notes lugubres du glas.

« Encore un soldat mort pour la France ! » soupira le colonel tout en se signant.

La gorge nouée, indifférente aux papotages de Philomène et de Célestine, la jeune femme pensa à Mathias. La mitraille l'avait fauché au mois d'août dans les Vosges. Reine Ballard retenait à grand-peine ses larmes lorsque Estelle l'avait appelée à Lunet le jour de leur retour à Paris. Alors que les cloches continuaient à sonner, des scènes remontèrent à la mémoire d'Estelle : leur baiser sous les marronniers du château et ses aveux, leurs adieux le jour où elle avait quitté l'Aveyron. Pendant toutes ces années où il aurait pu rencontrer une femme du pays qu'il aurait épousée, Mathias n'avait cessé de l'aimer. « C'est plus fort que moi : c'est toi que j'avais choisie et personne ne peut prendre ta place, avait-il confié à Estelle à Pâques. Dans quelque temps. Peut-être... » Elle était triste à l'idée qu'il était mort sans connaître l'amour.

Elle s'était éloignée des chevaux et longeait l'étang. Soudain, Philomène l'arracha à ses réflexions

« Estelle ! Estelle ! »

Elle rebroussa chemin, constata que le break les avait rejoints et que Célestine commençait à distribuer le pique-nique préparé par la cuisinière du château.

Après avoir supporté les ornières de la route, Estelle retrouva La Motte-Plessis avec un plaisir qu'elle ne chercha pas à dissimuler.

« Je m'occupe tout de suite de ton bain, la prévint sa femme de chambre avant de disparaître dans le château.

— Plus tard ! » répondit-elle.

Ses pieds avaient gonflé avec la chaleur et elle ressentait des douleurs lancinantes dans les reins, comme mille piqûres. Malgré tout, elle releva le bas de sa robe pour courir jusqu'au pré où les chevaux hennissaient de joie. Ivanhoé piaffait devant la barrière. Elle le caressa, murmura à son oreille. Maxime l'observa de loin, dans la lumière rasante. Dans cette communion entre sa femme et un lieu qui lui était cher, il se sentait comblé.

Quel bonheur de chevaucher à nouveau dans les sous-bois, d'admirer aux jumelles la course d'un chevreuil, de déguster un lapereau à la broche puis de passer la nuit avec Maxime dans la cabane de rondins ! Pour profiter pleinement de ses journées, la jeune femme sellait Ivanhoé au début de la matinée après avoir transmis ses ordres à Madeleine et ne rentrait qu'à l'approche du crépuscule. Resplendissante.

« La Sologne te réussit ! » constatait Philomène.

Lorsqu'elle descendit, deux semaines après leur arrivée à La Motte-Plessis, Laura le remarqua.

« Tu as une mine superbe ! glissa-t-elle. Je t'envie... »

Elle l'enviait surtout de mener une existence sans soucis alors que l'avenir l'inquiétait de jour en jour.

« Cette guerre est une catastrophe ! » martela-t-elle.

Alors qu'elle avait achevé depuis un mois ses inventaires des bibliothèques et collections de l'hôtel Chevalier, elle avait appris cette semaine que la galerie Marchant ne renouvellerait pas son contrat après Noël : elle n'avait plus la possibilité d'organiser d'expositions de jeunes talents à partir de janvier 1915.

« Les bons clients dépensent moins et préfèrent acheter des lingots, expliqua-t-elle à Estelle. C'est plus sûr. Ils redoutent une dévaluation... »

Cette situation était peu confortable pour les sculpteurs et les peintres : beaucoup devaient brader leurs œuvres pour vivre et abandonner parfois leur atelier dont ils ne pouvaient plus honorer le loyer. À Montparnasse, ils affrontaient également les attaques de certaines femmes du quartier dont les maris étaient mobilisés et qui pourchassaient ceux qu'elles traitaient d'embusqués jusque dans les magasins ou devant leur porte. Deux d'entre elles s'acharnaient sur Carl.

« Elles sont déchaînées ! insista Laura. Parce qu'il est artiste et parce qu'il est étranger... »

Il redoublait de précautions le matin au moment où il traversait la cour pour gagner son atelier et n'osait plus sortir de la journée alors qu'il avait l'habitude de retrouver ses amis russes et italiens dans les cafés du boulevard ; il tremblait chaque soir à l'heure de quitter Montparnasse pour rejoindre Laura à Saint-Michel.

« Carl en perd le sommeil ! avoua-t-elle avec angoisse. Ces femmes sont des furies capables de défoncer la porte et de tout saccager après son départ... »

Il envisageait désormais de monter la garde chaque nuit dans son deux-pièces pour défendre ses œuvres mais n'excluait pas non plus de retourner en Suède. Laura hésitait à le suivre.

« Pourtant, je l'aime ! confia-t-elle au bord des larmes. Mais je suis tellement attachée à Paris... »

Bouleversée par ses confessions, Estelle promit de l'aider et décida d'en parler à Maxime le soir même. Après le dîner, Laura était montée se coucher et ils s'étaient réfugiés tous deux devant la cheminée du salon

Louis XIII. Le châtelain regardait danser les flammes et pétiller les billots de bois, égaré dans ses pensées il attendait impatiemment des nouvelles de ses usines et de ses mines du Caucase. Il l'écouta sans l'interrompre, attisant le feu ou hochant la tête de temps à autre.

« J'y réfléchirai ! » répéta-t-il, songeur.

Pouvait-elle douter de son soutien ? Maxime était un homme généreux et désintéressé. Aussi, ce soir-là, s'endormit-elle avec la conviction qu'il permettrait au sculpteur de continuer son œuvre en France dans de meilleures conditions.

Le lendemain matin, il proposa à Laura de dresser l'inventaire des trésors que recélait le château : le mobilier, les tableaux, les romans de chevalerie, les traités de chasse, l'argenterie armoriée que son grand-père avait achetée chez un orfèvre d'Orléans, les faïences, les panoplies d'armes anciennes. La complexité de la tâche effraya la jeune femme : il fallait être tout à la fois antiquaire, historien et conservateur de musée.

« Je ne saurai jamais ! » répondit-elle.

Elle rechignait, par ailleurs, à s'éloigner de Paris pour quelques semaines ou quelques mois.

« Sans Carl, je m'ennuierais avant huit jours, concéda-t-elle.

— Il pourrait installer son atelier dans l'orangerie », suggéra-t-il.

Les marquis de La Motte-Plessis avaient aménagé leur serre dans une partie du château qui avait conservé son usage jusqu'à l'hiver 1871 pendant lequel le froid avait détruit les orangers. À la mauvaise saison, elle abritait désormais le mobilier de jardin, des plantes fragiles et quatre citronniers que le père de Maxime avait ramenés d'Espagne puis s'était ingénié à cultiver, mais elle offrait encore suffisamment d'espace pour y accueillir Carl. À l'automne dernier, Maxime avait remarqué que le sculpteur avait passé de longues heures dans l'orangerie : il observait le paysage derrière les carreaux, respirait les parfums de citron, contemplait la douce lumière qui pénétrait à flots par les portes-fenêtres dès le début de l'après-midi ; il était convaincu qu'il accepterait de déménager.

« Pour la Sologne ? Non ! trancha Laura, catégorique. Jamais il ne s'habituera à la campagne.

— Pourquoi ne s'y habituerait-il pas ? rétorqua Maxime.

— Comme beaucoup d'artistes, il ne peut pas travailler ailleurs qu'à Paris : il a besoin de rencontrer ses amis, de fréquenter des galeries et des musées.

— La Sologne n'est pas au diable ! objecta-t-il. Par ces temps de guerre, avec les restrictions qui frappent la capitale, je connais des Parisiens qui me supplieraient de pouvoir les héberger à La Motte-Plessis ! Nous avons du bois, du poisson et du gibier en abondance, des légumes, des fruits, des champignons…

— Je suis persuadée qu'il refusera ! s'entêta-t-elle à affirmer.

— Pensez-vous aussi qu'il refusera de nouvelles commandes pour les prochains mois ? » ajouta-t-il.

Les prunelles scintillantes, elle le pressa alors de questions :

« Des portraits de femmes ? des figurines ? des colonnes ? des baigneuses ? des centaures ? »

Malgré son insistance, Maxime n'en révéla pas davantage : il préférait s'entretenir personnellement avec Carl.

Elle télégraphia aussitôt à son atelier de Montparnasse et le sculpteur appela au château dans l'après-midi pour annoncer son arrivée à la gare de Nouans dès le lendemain par le train de midi.

Le temps changea en cours de nuit : un épais brouillard noyait les bois et le parc aux premières lueurs de l'aube à tel point que Laura ne distingua pas la maison du garde-chasse en ouvrant les persiennes de sa chambre ce matin-là.

« Quelle purée de pois ! » grommela-t-elle avant de refermer la fenêtre d'un geste rageur et de décrocher son peignoir.

Un moment plus tard, dans le couloir, elle lâcha à Estelle :

« C'est un climat déprimant ! Carl ne pourra jamais s'adapter à un pays dans lequel il ne trouvera pas une pierre à sculpter ! »

Estelle ne s'aventura pas à la contredire de si bonne heure et haussa les épaules : elle avait compris que son amie n'avait pas l'intention de renoncer à ses habitudes de Parisienne. Pour la première fois, son attitude la décevait et elle la découvrait sans masque, telle qu'elle était dans la réalité. « C'est une enfant gâtée qui n'a jamais souffert ! » en conclut-elle. Par ailleurs, il était désormais évident à ses yeux qu'elle se préoccupait davantage de son confort que du bonheur de Carl, et s'appliquerait à tout mettre en œuvre pour qu'il ne quitte pas Paris.

Elle ne se trompait pas. Ils avaient à peine franchi le portail qui permettait, depuis le quai principal, d'accéder à la cour de la gare que Laura emmena le sculpteur à l'opposé de la victoria pour un long conciliabule.

Bientôt, lassé d'attendre, Maxime conduisit son attelage jusqu'à la remise du *Relais du Fuselier* où il avait retenu une table pour le déjeuner. Quant à Estelle qui grelottait sous les arbres, elle entra dans la salle du restaurant et s'installa près de la cheminée où le cuisinier avait embroché des lapins qui rôtissaient dans une odeur de graisse fondue.

Une serveuse leur apportait les charcuteries lorsque le couple les rejoignit enfin. Ils n'échangèrent que des banalités au cours du repas à propos de la saison de chasse, de la prochaine vidange des étangs, des coupes de bois et du braconnage. Le sculpteur était détendu et souriant alors que Laura persistait à bouder : elle remâchait ses arguments pour reprendre leur conversation tout à l'heure au domaine, contrariée de constater que la proposition de Maxime le séduisait. Mais, dès leur retour à La Motte-Plessis, le châtelain bouscula habilement ses plans : il réquisitionna Carl aux écuries pour l'aider à dételer, à brosser et à soigner les chevaux puis il l'entraîna à travers les sous-bois. Lorsqu'ils rentrèrent, peu avant la nuit, ils avaient trouvé un accord : Carl emménagerait au cours de la semaine de Noël dans l'ancienne orangerie avec ses blocs de marbre, ses carnets de croquis, ses caisses de maillets et de ciseaux pour réaliser les œuvres dont le mécène souhaitait disposer dans le courant de l'année 1915 pour orner ses salons. Pendant leur promenade, ils étaient même parvenus à régler les détails du déménagement. L'artiste entreposerait dans les caves de l'hôtel Chevalier les terres cuites, les épreuves, les moulages et quelques portraits qui encombraient pour l'heure son atelier de Montparnasse ; il commanderait le marbre à Paris auprès de son fournisseur habituel qui le livrerait à La Motte-Plessis au plus tard à la mi-décembre. Les projets de Maxime l'enthousiasmaient : il pourrait s'essayer à la sculpture animalière qui le tentait depuis son premier séjour en Sologne à l'occasion de la chasse à courre de Sainte-Catherine. Maxime souhaitait qu'il bénéficiât des meilleures conditions pour travailler : la famille du garde-chasse assurerait l'intendance et il mettrait les salons à sa disposition ; il prévoyait aussi de le recevoir à l'hôtel Chevalier lors de ses passages à Paris.

« En compagnie de Laura, bien évidemment ! » avait-il précisé, persuadé que la jeune femme surmonterait ses réticences après une franche explication avec Carl.

Ses attentions dépassaient de loin les attentes du sculpteur qui en éprouvait de la gêne. Les méritait-il alors que les galeries ne manifestaient aucun empressement à présenter ses œuvres en France ?

« Vous avez du talent ! » affirma Maxime.

Il le répétait encore tandis qu'ils remontaient l'allée de charmes menant au château mais Carl ne l'écoutait déjà plus : il se souciait avant tout d'annoncer sa décision à Laura. Ils surprirent les deux jeunes femmes devant un grand feu. Le sculpteur remarqua que Laura avait pleuré ; il l'embrassa puis tous deux montèrent dans leur chambre.

Deux heures plus tard, la raison l'emportait et elle acceptait la proposition de Maxime.

« Je pense que c'est beaucoup mieux pour Carl ! admit-elle dès le début du dîner.

— Pour toi aussi ! souligna Estelle.

— Oui. Sûrement...

— Nous t'aiderons ! » promit-elle.

En cours de soirée, malgré sa mine chiffonnée, Laura retrouva peu à peu son sourire et son entrain ; la confiance et l'amitié qu'elle éprouvait à l'égard d'Estelle et de Maxime chassaient sûrement l'appréhension qu'elle avait de vivre hors de Paris.

Pour marquer la prochaine installation du couple en Sologne, Maxime déboucha du champagne. Ils trinquèrent.

« À l'amitié ! s'exclama aussitôt Laura.
— À la paix ! » ajouta Estelle.

17

La paix, la guerre, les obus, la mitraille, les tranchées, l'hôpital, le mortuaire, l'honneur, la patrie… Ces mots lancinants revenaient sans cesse dans les conversations tant chez les grandes familles que chez les journaliers et les paysans : le malheur frappait sans distinction. Au mois d'octobre, les Chevalier hésitèrent à convier les notables du pays comme à l'habitude. Pouvaient-ils recevoir et dépenser sans compter alors que les hommes souffraient au front ? Maxime redoutait des réactions à Marcilly où les habitants risquaient de les traiter de bambocheurs et de planqués.

« Fort justement ! » estimait-il.

Estelle défendait un point de vue différent : elle estimait qu'ils devaient maintenir leurs invitations en organisant chaque soir une collecte auprès de leurs hôtes.

« Pour secourir les familles et envoyer des vêtements chauds aux soldats avant l'hiver ! » précisa-t-elle.

Maxime l'approuva sans réserve, admiratif devant ses idées généreuses et les attentions qu'elle portait aux autres.

« Vous pensez toujours à tout ! » souligna-t-il.

Dès la première réception qui rassembla entre autres le sous-préfet de Romorantin, le trésorier-payeur général d'Orléans et le député de Lamotte-Beuvron, son initiative recueillit l'assentiment général. Après le dessert, les billets de vingt francs et les pièces d'or tombèrent dans une corbeille. Lors du dernier dîner, la jeune femme remit une coquette somme au marquis de Chambry qui occupait les fonctions de maire de Marcilly et qui en informa ses administrés. Beaucoup apprécièrent le geste, témoignant de la gratitude aux châtelains de La Motte-Plessis après la messe du dimanche et transmettant aussi leurs remerciements par l'intermédiaire du facteur ou de la cuisinière.

Cet accueil les encouragea à procéder à une nouvelle collecte un mois plus tard au cours de la soirée qui clôtura la chasse de la Sainte-Catherine.

« Pour les envois de Noël ! » annonça Estelle avant d'obtenir le même succès.

Les après-midi de la semaine suivante, dans l'une des salles de la mairie, elle prêta main-forte pour confectionner les paquets. Les femmes du bourg la connaissaient à peine même si elles la saluaient le dimanche devant l'entrée de l'église mais, constatant qu'elle n'affichait aucune prétention et partageait également leurs préoccupations, elles se sentirent à l'aise en sa compagnie.

« Elle n'est pas fière », confia l'une d'entre elles à Madeleine qui rapporta le compliment à sa patronne.

C'était aussi l'opinion des familles du régisseur, du palefrenier, du piqueur et des deux gardes-chasses mobilisés qu'elle visitait deux fois par semaine. Elle arrivait toujours chargée de friandises pour les enfants et d'un panier d'épicerie, s'accordait le temps de s'asseoir dans la cuisine ou devant la cheminée pour parler avec les épouses ou les mères, s'assurer qu'elles ne manquaient de rien. Aucune d'entre elles ne se plaignait mais Estelle glissait une pièce dans leur poche si elle devinait un besoin que la pudeur les empêchait d'exprimer.

« Elles sont formidables, racontait-elle à Maxime à son retour. Elles se dépensent sans compter pour s'occuper au mieux de la maison, de leurs enfants et des champs : elles veulent que leurs maris soient fiers d'elles lorsqu'ils reviendront du front. Elles ont beaucoup de courage... Je les admire... »

Elle ne les oublia pas à Noël et les invita à partager un goûter au château, avec leurs enfants. Cette année-là, pour la première fois, les Chevalier passèrent les fêtes dans leur domaine où ils souhaitaient accueillir Carl qui avait prévu d'aménager l'ancienne orangerie. L'artiste déserta Montparnasse dès la mi-décembre, pressé de prendre possession de son atelier qui baignait dans une belle lumière d'hiver depuis le début du mois. Laura ne le rejoignit que huit jours plus tard après avoir honoré ses derniers engagements à l'égard de la galerie Marchant. Elle était transformée, débordant d'ardeur pour mener à bien sa nouvelle mission, disposée aussi à passer désormais le plus clair de son temps en Sologne.

Le lendemain de Noël, le cercle des intimes s'agrandit encore avec l'arrivée d'Amélie qui brûlait d'envie de découvrir La Motte-Plessis.

« Enfin ! » s'exclama-t-elle en apercevant le château lorsque les demi-sang s'engagèrent entre les charmes.

Ses parents l'avaient encouragée à rejoindre la Sologne dans l'espoir que sa cousine pourrait l'amener à réagir face à l'absence de son fiancé. En effet, depuis les premiers jours du mois d'août, Amélie avait perdu son énergie à force de pleurer et de guetter les lettres de Julien.

« Il patauge dans la boue au milieu des barrières de barbelés alors que nous pourrions être heureux ! » soupira-t-elle après avoir embrassé Estelle.

Ils devaient se fiancer le jour du 15 août mais les ambitions du kaiser en avaient décidé différemment. Ils avaient reporté la fête à la première permission de Julien mais l'état-major n'avait pas encore l'intention d'accorder de congé aux régiments de l'Aisne et de la Picardie qui combattaient sans répit.

« C'est désespérant ! » lâcha-t-elle, abattue.

Tout au long de son séjour, Estelle s'attacha à l'enlever à ses cauchemars, l'emmenant en forêt les après-midi de beau temps, l'engageant à confier ses angoisses puis la stimulant. Auprès de sa cousine dont elle enviait la vitalité mais qu'elle admirait aussi pour sa détermination et sa générosité, Amélie puisa à nouveau la force d'affronter les infortunes de la vie et retrouva peu à peu confiance.

Rétablissant une coutume que les Chevalier avaient instaurée après leur installation en Sologne et qu'il perpétuait à son tour à Paris, Maxime présenta ses vœux au personnel du domaine le matin du Nouvel An. Malgré la clémence du temps, le vin blanc, les pâtisseries et les attentions des maîtres, le cœur n'était pas à la fête : l'absence des hommes pesait dans les familles au point que le garde-chasse éprouva quelques scrupules à entretenir le châtelain de la prochaine battue aux nuisibles au milieu des femmes qui l'entouraient. Heureusement, à l'heure d'ouvrir les paquets qu'ils dénichèrent sous une branche de pin décorée par Laura et Carl selon la tradition nordique, les enfants rompirent cette ambiance lugubre par leurs joyeuses exclamations ; ils remercièrent Estelle par des chants puis l'embrassèrent.

Après leur départ, Amélie glissa à sa cousine :

« Cette maison est tellement différente avec des enfants… »

Elle en convenait.

« Je suppose que tu y as songé, ajouta-t-elle.
— Bien sûr ! répondit-elle en souriant.
— C'est pour bientôt ? demanda sa cousine, curieuse.
— Après la guerre… »

Ils retrouvèrent Paris à la mi-janvier. Après l'alerte du début du mois de septembre et les menaces qui avaient plané sur une partie de l'automne, la confiance y régnait à nouveau grâce au retour du gouvernement. Dès ses premières sorties, Estelle constata que la capitale avait changé : les femmes conduisaient fiacres et taxis alors que les spectacles patriotiques remplaçaient les comédies. Elle ne tarda pas à remarquer aussi que les dames de la bonne société soutenaient les actions de la Croix-Rouge, fréquentaient les ouvroirs et patronnaient les galas de charité mais continuaient à recevoir et à s'habiller élégamment.

« Nous maintiendrons notre réception ! » dit-elle à Maxime.

Avant leur départ en Russie, ils avaient souhaité marquer leur mariage par une soirée à l'hôtel Chevalier au début de la saison d'hiver, retenant notamment la suggestion d'Estelle de proposer un concert dans le grand salon.

« Nous organiserons aussi une vente pour ne pas oublier les poilus ! expliqua-t-elle.

— Une vente ? répéta Maxime, intrigué.

— Laissez-moi carte blanche ! »

Il accepta sans difficultés, convaincu que son idée ne manquerait pas d'originalité, mais parvint à percer ses intentions à l'occasion d'un passage de Laura quelques jours avant le dîner prévu pour le 15 février. Il attendait un taxi pour rejoindre son bureau quand elle surgit chargée de paquets dont l'un paraissait dissimuler une statue alors que le second pouvait cacher un tableau.

« C'est pour Estelle ! précisa-t-elle après l'avoir saluée.

— De nouveaux achats ? demanda-t-il à dessein.

— Certainement ! » répondit-elle avant d'emprunter l'escalier.

Il imagina alors qu'elle apportait des œuvres de Carl, que son épouse les avait acquises pour les soumettre aux enchères et à l'appréciation de leurs invités qui ignoraient encore les talents de l'artiste suédois. Son intuition ne le trompa pas. Une heure avant le commencement de la soirée, il la surprit dans la salle de billard alors qu'il cherchait le maître d'hôtel pour modifier le plan de table après la défection d'un couple d'amis. Elle essayait sans succès de mettre en valeur une toile représentant une scène de chasse au chevreuil ainsi qu'une baigneuse taillée dans du marbre blanc. Dès qu'il entra dans la pièce, il reconnut le style de Carl et félicita Estelle pour son bon goût.

« Je n'aurais pas mieux choisi », avoua-t-il.

Il proposa aussitôt de l'aider. Un moment plus tard, le tableau prenait place sur un chevalet devant la bibliothèque tandis que la sculpture trônait sur un guéridon près d'une lampe.

Les invités ne les découvrirent qu'après le concert. Séduits à leur tour, ils ne manquèrent pas d'interroger longuement Maxime et son épouse à propos de Carl avant que l'heure tardive ne les oblige à commencer la vente sous l'autorité de l'un d'entre eux, par ailleurs notaire. Un groupe d'amateurs d'art poussèrent activement les enchères qui atteignirent au total neuf mille francs.

« C'est deux fois plus que je n'en espérais ! » jubilait-elle.

Une semaine plus tard, dans ses pages culturelles, *Le Figaro* consacra un article élogieux à Estelle Chevalier, «*jeune femme à l'âme de mécène qui a choisi d'aider tout à la fois les poilus et les artistes*». Le jour de sa parution, le téléphone sonna dès 9 heures. Le lendemain, après le passage du facteur, les Ballard l'appelèrent depuis l'Aveyron pour la féliciter.

« C'est un honneur pour ta famille ! » insista Jules.

Avant d'ajouter avec émotion :

« Pour nous aussi… »

Il promit d'en informer immédiatement son père même si midi avait déjà sonné. Eugène pleura de joie, debout dans la cuisine, devant les domestiques attablés qui applaudirent après la lecture du journal. «*C'était tellement poignant que la cuisinière en était encore chamboulée le soir lorsque je suis rentrée à la ferme*, raconta Perrine à sa sœur quelque temps après. *Là-haut, maman doit être heureuse !* » Dans la même lettre, la jeune lingère confia également qu'elle était amoureuse du nouveau cocher de Lunet, Casimir. «*Ses yeux bleus m'ont attirée le jour de son arrivée au château!* » avoua-t-elle sans honte. Malgré son âge, vingt ans, il échappait pour l'heure aux horreurs de la guerre : les services de recrutement avaient reporté son incorporation de quelques mois comme soutien de famille. « *Il est sensible et généreux ; nous nous sommes compris dès les premiers jours. J'ai l'impression qu'il est l'homme dont je rêvais depuis toujours.* »

Semaine après semaine, Perrine s'enhardit bientôt à pousser plus loin les confidences. Dans ses réponses, Estelle l'engageait à ne pas céder à l'emballement alors qu'elle envisageait déjà le mariage. « *Prenez le temps de vous connaître !* » répétait-elle. Passant outre ses recommandations et celles de son père qui désapprouvait son empressement, la jeune lingère confirma ses intentions dès le mois de mai : elle épouserait Casimir à Noël et ils réuniraient les deux familles à Lunet après les moissons pour célébrer leurs fiançailles. « *La guerre nous talonne !* écrivait-elle à Estelle. *La liste des morts s'allonge ; l'armée mobilise sans répit pour assurer la relève. J'ai tellement peur de perdre Casimir que j'aimerais le rendre heureux avant qu'il parte au front...* » Estelle pouvait-elle demeurer insensible à ses arguments ? Elle appela leur père au château pour le convaincre d'accepter leur mariage même s'il les jugeait trop jeunes pour fonder une famille.

« Avant que la guerre ne les sépare, permets-leur de profiter de leurs vingt ans ! le supplia-t-elle. Perrine a beaucoup réfléchi...

– Ils peuvent attendre ! protesta-t-il.

– Attendre ? Non ! répondit-elle. Les jeunes ont la mort aux trousses depuis l'été dernier.

— J'ai fréquenté ta mère pendant près de trois ans avant de la demander en mariage ! répliqua-t-il. Au moins, nous étions sûrs.

— Les temps ont changé, rétorqua-t-elle.

— Je ne voudrais pas qu'elle soit malheureuse…

— Tu la rendras malheureuse si tu repousses ses noces.

— Elle n'est pas préparée à…

— Préfères-tu te fâcher avec Perrine alors que c'est la seule de tes enfants à pouvoir t'embrasser chaque matin ? » coupa-t-elle.

Cette répartie laissa Eugène sans voix au point qu'elle pensa qu'il avait quitté le bureau du châtelain.

« Allô ?… Père ? Allô ?… Allô ?… »

Elle s'apprêtait à raccrocher lorsqu'il sortit enfin de son silence.

« Je ne veux pas me fâcher avec Perrine ! concéda-t-il après un raclement de gorge.

— Alors, c'est oui ? s'exclama-t-elle.

— À condition que tu l'aides de ton mieux, glissa-t-il. Ta sœur a beaucoup à apprendre de la vie : elle n'a que dix-neuf ans… »

Estelle promit et sa réponse ne l'étonna pas : il ne doutait pas que Perrine pouvait compter sur elle quoi qu'il arrive.

Un instant plus tard, en apprenant la nouvelle, la jeune lingère explosa de joie à l'autre bout du combiné. Malgré l'heure, elles parlèrent des invitations à envoyer pour le dimanche 22 août, de l'organisation de la journée. Elles s'écrivirent souvent pendant les semaines qui suivirent pour régler un détail de la fête et leur père apprécia qu'Estelle s'occupe de tout.

« Les travaux des champs m'accaparent ! répétait-il. Et puis... Nous n'avons pas l'habitude de recevoir. »

Elle descendit en Aveyron au lendemain du 15 août après un long séjour en Sologne où elle avait retrouvé avec bonheur Carl et Laura. En quelques mois, le jeune couple s'était bien adapté à La Motte-Plessis au point que Laura pouvait espacer désormais ses escapades parisiennes. Spontanément, tous deux s'étaient proposés de participer aux tâches quotidiennes du domaine que le garde-chasse peinait à assumer ; ils passaient ainsi beaucoup de temps auprès des chevaux qu'ils pansaient matin et soir puis menaient dans les prairies. Ils nettoyaient également les écuries, ne rechignant pas à piétiner le crottin dans les boxes, à manier la fourche et à abîmer leurs mains fines. Grâce aux cours d'Antoine, ils montaient Ivanhoé et Perceval avec une belle assurance. Leur métamorphose avait surpris Estelle.

« Des *gentlemen-farmers* ! » avait-elle confié à Maxime au soir de son arrivée au château.

Retenu à Paris par ses affaires, l'industriel s'en était réjoui : il avait regretté de ne pouvoir profiter de la Sologne.

« Je me rattraperai à l'automne ! » avait-il juré à son épouse.

Il ne la rejoignit à Sainte-Croix que trois jours seulement avant les fiançailles de Perrine et prévint qu'il remonterait à Paris dès le lendemain de la fête.

« Pour des rendez-vous dans les ministères », précisa-t-il.

Il paraissait tellement soucieux au moment de l'embrasser sur le quai de la gare de Villeneuve que sa femme s'imagina le pire : une révolution en Russie.

« Une révolution ? Non ! répondit-il. Mais c'est sérieux. »

Des grèves ponctuées par des affrontements sanglants avec la troupe affectaient l'empire des tsars notamment dans la région de Moscou qui concentrait des usines textiles et de constructions mécaniques. Au début août, Nicolas II avait convoqué la *Douma** qui réclamait un changement de ministère. À l'effervescence politique et sociale s'ajoutaient les effets de la guerre : le pétrole du Caucase qui était destiné à l'Europe de l'ouest restait bloqué aux Dardanelles en dépit des offensives conjointes de la France et de l'Angleterre pour s'assurer le contrôle des ports ; les Allemands attaquaient en Méditerranée les bateaux marchands qui naviguaient sous le pavillon des nations alliées. La baisse des débouchés obligeait les industriels à réduire leur production.

« Bientôt peut-être à licencier ! » indiqua Maxime tandis que le coupé des Ballard les emmenait à Lunet.

Informé de la situation au jour le jour par ses collaborateurs du siège parisien qui tentaient de grappiller des nouvelles auprès de quelques courtiers en relation avec les compagnies de Bakou et qui exigeaient une fois par semaine un rapport complet d'Anatoli Manikolof, il avait obtenu pour la semaine suivante une entrevue aux ministères des Affaires étrangères et de la Guerre ainsi qu'à l'ambassade de Russie à Paris.

---

* Douma : en russe, la pensée ; assemblée législative élue au suffrage universel et créée après la Révolution de 1905.

« S'il le faut, je remettrai moi-même de l'ordre dans les ateliers et dans les mines ! affirma-t-il.

— Vous partiriez seul ? demanda Estelle.

— Rodolphe m'accompagnera. »

La perspective d'un voyage à travers l'Europe en guerre et d'un périple en Russie inquiéta la jeune femme. Soudain l'enthousiasme qu'elle éprouvait depuis plusieurs semaines à préparer les fiançailles de sa sœur, tomba. Perrine constata le jour même qu'elle ne manifestait plus le même entrain qu'avant l'arrivée de Maxime : elle était comme absente, crispée lorsqu'elle répondait à ses questions à propos de sa coiffure, de ses chaussures, de son bouquet, de la décoration des attelages et de l'auberge du bourg qui les accueillerait pour le déjeuner à l'issue de la messe de 11 heures. Après le dîner tandis que Maxime bavardait avec Jules Ballard, elle l'entraîna sous les tilleuls.

« Qu'est-ce qui te ronge depuis midi ? Des ennuis de santé ? d'argent ? des problèmes de personnel ?

— La Russie, le pétrole, les bolcheviks, les grèves, la troupe, la guerre ! » débita-t-elle pêle-mêle, soulagée d'exprimer les pensées qui l'obsédaient. Même les gens riches ont des soucis !

Perrine marqua un temps d'étonnement. Pour ne pas paraître rabat-joie, Estelle s'efforça de retrouver son sourire :

« Ne pensons plus à la Russie mais à ton bonheur ! »

Jusqu'au départ du cortège pour l'église de Sainte-Croix, elle s'attacha à oublier ses préoccupations et à tout mettre en œuvre pour que la fête soit réussie. Les nuages gris-blanc, le pâle soleil et la fraîcheur de l'air, consécutifs à l'orage de la nuit, ne réussirent pas à altérer l'ambiance de la journée qui permit de réunir autour des jeunes fiancés une trentaine d'invités. Les Castelnau avaient fermé l'épicerie pendant deux jours pour pouvoir prendre le train de Villefranche et participer aux agapes.

« C'est un événement dans la famille ! » souffla Amélie.

Elle rayonnait à nouveau. Depuis le mois de juillet, l'état-major des armées avait enfin institué un « tour de permission » à raison d'une période de dix jours tous les quatre mois : les repos d'une semaine à l'arrière ne parvenaient plus, après un an de guerre, à contenir l'impatience des hommes à retrouver leurs épouses ou leurs fiancées. Dans son dernier courrier, Julien avait annoncé son retour à Paris pour la mi-octobre.

« Nous nous marierons le 16 octobre ! » avoua-t-elle.

Dès la réception de sa lettre, elle avait couru jusqu'à la mairie de son quartier pour entreprendre les premières démarches. Le directeur du bureau d'état civil l'avait assurée qu'à cette occasion, Julien bénéficierait d'un congé supplémentaire.

« Nous partirons en voyage de noces ! triompha-t-elle.

— Pourquoi pas les plages normandes ? proposa Estelle qui avait décidé de leur offrir un séjour à Deauville. Je suis certaine que vous aimerez la Normandie ! »

Elle combla autant sa sœur cadette, engageant des musiciens pour accompagner le cortège à Sainte-Croix puis permettre aux invités de danser après le repas, choisissant aussi un menu qui contrastait avec la frugalité de ces temps de guerre. Alors qu'elle redoutait sa hargne, Norbert ne manifesta pas d'hostilité à l'égard de Maxime mais il était saoul à l'heure de la première valse, ronflant dans un coin de la salle, la chemise et le costume tachés de sauce. Son père ne décolérait pas :

« C'est un poivrot et un voyou ! »

Ils rentrèrent à Lunet à la nuit tombée alors que la lune éclairait le paysage comme en plein jour.

« Quelle belle fête ! » chuchota Perrine en cours de route.

Appuyée contre l'épaule de Casimir, en ce soir de leurs fiançailles, elle songea alors que quatre mois les séparaient encore du mariage, de l'instant où ils pourraient tout partager. « Une éternité ! » D'ici Noël, l'armée pouvait révoquer à tout moment le sursis de son fiancé puis l'appeler au front. À cette idée, la tristesse l'envahit peu à peu ; des larmes coulèrent sur ses joues. Estelle s'attacha à apaiser ses tourments.

« La paix viendra ! » répéta-t-elle.

Les rares informations que put glaner Maxime à propos de la situation en Russie grâce à ses entrevues à Paris, n'étaient guère rassurantes comme il le pressentait. L'ambassadeur de Nicolas II en France avait accepté de le rencontrer mais s'était contenté de reprendre les prédictions que le ministre de l'Intérieur, Dournovo, rabâchait depuis un an :

« Nous freinerons les bolcheviks si nous remportons la guerre mais nous n'éviterons pas la révolution en cas de déroute ! »

C'était bien la crainte de Maxime : les défaites et les victoires se succédaient sans que les régiments du tsar soient en mesure de s'imposer. Quant au peuple, il supportait de moins en moins l'effort de guerre, les privations, l'autocratisme de Nicolas II.

« Si les troupes russes n'enfoncent pas les lignes allemandes dans les prochains mois, on peut redouter un ouragan ! affirma-t-il à sa femme.

– Nous perdrons nos usines ? s'inquiéta Estelle.

– Tout dépendra de l'attitude des ouvriers à l'égard d'Anatoli : certains le détestent. »

Maxime s'en plaignait aussi depuis le printemps : il éprouvait des difficultés à obtenir des comptes précis, l'état du personnel, les chiffres exacts de la production journalière de l'ensemble des gisements et de la raffinerie, l'inventaire des stocks. Le marasme qui frappait le monde des affaires exigeait des décisions rapides pour limiter les pertes de la branche pétrolière : Maxime projetait de congédier certains employés et d'en reclasser d'autres dans les ateliers de fabrication de chaudières de marine qui travaillaient à équiper la flotte impériale. Anatoli Manikolof ne partageait pas ses idées au point que le fondateur des sociétés Chevalier avait menacé de le remplacer par son adjoint, aussi compétent et plus coopératif. Malgré tout, ignorant superbement ses instructions, il s'entêtait à diriger à sa guise.

« Il m'exaspère ! » tempêtait Maxime.

À la mi-septembre, poussé à bout, il accepta que Rodolphe rejoigne Bakou : il proposait de s'y rendre, depuis la fin du mois d'août, pour établir un bilan. Ingénieur des mines, il avait débuté sa carrière dans la prospection du pétrole autour de Bakou pour le compte de la compagnie Nobel avant d'apporter son savoir-faire aux sociétés Chevalier, de suivre son patron en Géorgie puis à Paris après le décès de Nina. Sa connaissance du métier, des langues et des hommes du Caucase le désignait d'office.

« Laissez-moi partir ! insistait-il. Je ne cours aucun risque et le temps presse. »

L'industriel avait cédé. C'était le seul moyen de mettre au pas Anatoli Manikolof.

Dès que Maxime l'en informa, Estelle songea à son épouse. Depuis leur séjour au Mont-Saint-Michel, deux ans plus tôt, elles avaient sympathisé : Marina l'entraînait parfois dans des concerts de musique de chambre et dans les boutiques de modistes ; le chapeau était sa passion.

« Elle ne peut pas rester seule ! » décréta Estelle.

La jeune femme souffrait de ne pas avoir d'enfant et elle avait souvent avoué à son amie qu'elle regrettait la Géorgie malgré le privilège d'habiter un beau quartier de Paris.

« Vous devriez l'emmener en Sologne ! » suggéra Maxime.

L'invitation l'enthousiasma : elle avait découvert le domaine au cours de l'année précédente, à l'occasion de la chasse à courre de la Sainte-Catherine. Elles s'y installèrent toutes deux après le départ de Rodolphe. Chaque jour, à midi, Maxime ne manquait pas de les appeler pour leur communiquer des nouvelles de Russie qu'il recueillait tantôt dans la presse tantôt auprès d'un attaché de l'ambassade ou d'un conseiller du ministère, pour transmettre parfois à Marina un message de son mari ; il ne souhaitait pas quitter Paris avant le retour de son collaborateur.

L'épouse de Rodolphe s'habitua rapidement à la campagne solognote. La douceur de l'arrière-saison, les premières couleurs et les parfums de l'automne l'incitaient à s'aventurer dans les bois en compagnie d'Estelle qui sellait chaque après-midi Ivanhoé ou Perceval et la prenait en croupe. Elles ne retournaient au château qu'au crépuscule, chargées de champignons, de fruits sauvages, d'un bouquet de bruyère. Après le dîner, elles occupaient leurs soirées à confectionner des chandails, des écharpes, des gants, des chaussettes, des bonnets, des couvertures pour les poilus. Cette initiative revenait à Estelle qui n'entendait plus se contenter désormais de dons auprès de la Croix-Rouge et de différentes œuvres caritatives : elle désirait participer activement aux efforts déployés en faveur des soldats par des dizaines de milliers d'anonymes à travers la France. Elle avait acheté des cartons de laine dans des magasins de Romorantin et de Lamotte-Beuvron, demandé à Philomène de transformer en écheveaux les lainages qui encombraient inutilement les armoires des chambres. À l'heure de la veillée, les femmes du château se rassemblaient devant un bon feu : Estelle, Madeleine et Laura tricotaient pendant que Philomène défaisait des gilets et des pulls. Marina, quant à elle, apprenait à manier les aiguilles en chantonnant. Estelle ne l'abandonna que quatre jours au moment du mariage d'Amélie. Ainsi supporta-t-elle l'absence de son mari sans trop d'anxiété. Lorsque Rodolphe rentra, la semaine de la Toussaint, elle arborait un teint éclatant qu'il remarqua avant de descendre du train. Il l'embrassa devant les Chevalier puis glissa fièrement à Maxime :

« Mission accomplie ! Tout est en ordre. »

Soulagé d'apprendre que la situation de ses affaires

pétrolières était assainie, même provisoirement, l'industriel le remercia.

« Maintenant, je peux rejoindre mes forêts ! » estima-t-il.

Le lendemain, il bouclait ses malles pour la Sologne dont il ne bougea pas pendant près d'un mois et demi. Tous les matins, il attendait que Rodolphe téléphone avant de disparaître à cheval, absorbé par la récolte des alevins de ses étangs et mille tâches à travers le domaine sans oublier les parties de chasse au renard ou au chevreuil. Le temps ne comptait plus au point que le matin du 18 décembre, alors qu'ils s'apprêtaient à regagner la capitale, il s'exclama incrédule devant Estelle :

« Déjà Noël ?

— Dans une semaine, confirma-t-elle.

— Le mariage de Perrine ? bredouilla-t-il, confus de ne plus se souvenir de la date.

— C'est le 27.

— Le 27 ? J'aurais hésité entre le 29 et le 30... Je n'ai plus de mémoire... Je vieillis !

— Mais, non ! protesta-t-elle. Vous avez trop de soucis... »

Pour la première fois, ils fêtèrent Noël dans l'Aveyron. Après la messe de minuit qu'un prêtre à la voix puissante de laboureur avait célébrée dans une église de Sainte-Croix pleine à craquer, ils soupèrent chez les Ballard qui avaient aussi convié Eugène, Perrine et Casimir. À la demande des châtelains, Justine s'était surpassée pour les régaler.

« Nous n'avions pas réveillonné depuis quinze ans, expliqua Jules Ballard. C'était l'occasion... Nos neveux habitent Limoges, Bordeaux et Lyon : ils ne descendent jamais pendant l'hiver... »

Lorsqu'ils se retirèrent dans leur chambre, après l'échange de cadeaux, Estelle avoua à son mari :

« Enfant, je rêvais de dormir au château durant la nuit de Noël dans l'espoir de trouver le lendemain une foule de paquets dans mes souliers... »

À l'aube, les flocons tourbillonnaient dans un ciel gris-bleu. En milieu d'après-midi, la neige recouvrait les chemins que le gel ne tarderait pas à transformer en patinoire. Maxime, inquiet, redouta de devoir différer son retour à Paris. Estelle le rassura :

« Les chevaux du pays sont ferrés "à glace" et Casimir est un excellent cocher ! »

Le lendemain matin, il démontra effectivement ses qualités de meneur d'attelage lorsqu'il les conduisit de Lunet à Sainte-Croix, en compagnie de Perrine, pour les cérémonies à la mairie puis à l'église ; il leur permit d'arriver au bourg à l'heure sans prendre de risques. Quant à Eugène, il dirigea avec dextérité les boulonnais attelés au break. Quel étrange cortège ! Les quelques invités de la noce, la famille la plus proche, disparaissaient sous les toques, les pelisses, les pardessus et les couvertures. Ils grelottaient au point que Casimir peina à passer l'alliance au doigt de sa femme tant il tremblait, la main bleuie par le froid. La neige empêcha l'un des photographes de Villefranche de monter à Sainte-Croix, les privant ainsi de précieux souvenirs.

« Nous aurions pu attendre le printemps, reconnut la mariée à la sortie de l'église. Mais il me tardait trop de devenir sa femme.

— Le plus important, aujourd'hui, c'est que tu sois

heureuse ! » insista Estelle alors qu'elles traversaient la place.

Puis elle ajouta avant d'entrer à l'auberge :

« Aime ton mari de toutes tes forces : il aura besoin de toi le jour où il devra partir… »

18

Dès les premiers mois de 1916, les difficultés de la Russie et l'exaspération du monde ouvrier alarmèrent à nouveau Maxime. Les revers militaires se multipliaient depuis que l'empereur avait destitué le grand-duc Nicolaï pour pouvoir assumer en personne le commandement de l'armée ; ils sapaient d'autant plus le moral des troupes que l'effroyable boucherie laissait la plupart de leurs chefs indifférents. Le peuple souffrait de la guerre, des récoltes désastreuses, de l'augmentation des prix et de la lourdeur de la bureaucratie ; il contestait de plus en plus la politique du tsar alors que les militants socialistes et anarchistes redoublaient d'activité dans les centres industriels.

« La révolution est proche », en conclut Maxime.

Après les fêtes de Pâques, il envisagea d'effectuer un séjour de deux à trois mois en Azerbaïdjan et en Géorgie.

« Pour sauver nos usines », expliqua-t-il à Estelle.

Il n'oubliait pas en effet que sa présence avait permis d'éviter toute agitation au cours de la révolution de 1905. Il n'accordait aucune confiance à Anatoli pour calmer les esprits, désamorcer le mécontentement, mener à bien des discussions.

« Je parlerai aux ouvriers ! » expliqua-t-il d'un ton déterminé.

Estelle ne tenta pas de le retenir, consciente que ses sociétés constituaient tout à la fois ses revenus et sa fierté.

« Mais soyez prudent ! insista-t-elle. Ne prenez pas de risques. S'il vous arrivait malheur...

— Rodolphe m'accompagne ! » répondit-il.

Avant son départ pour Petrograd* qu'il devait rallier en train par la côte d'Azur, Venise, Vienne et Varsovie, ils passèrent une semaine à Cabourg.

« En amoureux ! » promit-il.

Il souhaitait marquer ainsi leurs deux années de mariage qu'ils ne pourraient fêter ensemble au mois de juin. Estelle apprécia le cadeau : elle n'était pas retournée en Normandie depuis l'été de leurs fiançailles, plus attirée désormais par la Sologne tandis que la guerre avait reporté à des jours meilleurs la course automobile qui la passionnait. Les journées s'écoulèrent trop vite à son goût et Maxime quitta la France un matin de mai alors qu'un parfum de glycine embaumait Paris. Elle l'embrassa une dernière fois sur le marchepied du train au milieu d'une foule de permissionnaires qui avait envahi le quai voisin. Dès le premier coup de sifflet du chef de gare, elle sentit sa gorge se nouer et une vague d'angoisse l'envahit, comme si elle avait un mauvais pressentiment. L'instant suivant, le convoi s'ébranlait en direction du sud. Sourdes aux plaisanteries des soldats qui les entouraient, Estelle et Marina attendirent

---

* Saint-Pétersbourg devint Petrograd pendant l'été 1914, à la suite de la déclaration de guerre de l'Allemagne à la Russie.

que les feux arrière de la dernière voiture deviennent de minuscules points rouges avant de gagner la station de taxis proche de la gare puis de monter dans un fiacre.

À son retour à l'hôtel Chevalier, Estelle retrouva Laura qui était arrivée de La Motte-Plessis le matin même ; elle l'avait chargée d'organiser une exposition de sculptures et de gouaches de Carl pour leurs amis parisiens qui la réclamaient depuis plus d'un an. À deux reprises déjà, l'artiste avait repoussé son offre.

« C'est trop tôt ! » avait-il répondu.

Il était enfin prêt. Depuis une semaine à peine, il avait accepté la proposition d'Estelle : présenter une sélection de ses œuvres dans les salons avant l'été, un après-midi de la mi-juin. Ces jours derniers, il était parvenu à arrêter son choix après d'interminables discussions avec Laura dans son atelier.

« Il n'arrive jamais à se décider ! » soupira-t-elle.

Après le déjeuner, cherchant à tromper son anxiété, Estelle entreprit de préparer le vernissage en compagnie de Laura. De concert avec Marina, elles y travaillèrent toutes trois au cours des jours suivants mais elle paraissait absente : ses pensées étaient auprès de Maxime dont elle attendait impatiemment le premier télégramme. La livraison des œuvres de Carl à l'hôtel Chevalier l'enleva quelque peu à ses soucis et elle imagina aussitôt les réactions de son mari lorsqu'il découvrirait ses commandes à son retour de Russie : les bronzes et les marbres correspondaient à ses goûts. Par ailleurs, elle ne doutait pas qu'il remarquerait l'harmonie de l'ensemble. « *Ces œuvres exaltent la beauté, la douceur et la sensualité !* écrivit-elle à son mari le soir même. *Le portrait de Marina est fidèle : romantique et élégant. Après l'expo-*

sition, je compte offrir le buste à notre amie pour la remercier de son aide... Vous me manquez beaucoup, Maxime. L'appartement est vide depuis votre départ : je n'entends plus votre pas ni votre voix. La nuit, dès que je me réveille, je vous cherche en vain à mon côté et je relis vos lettres avant d'essayer de retrouver le sommeil. Le courrier lambine et je perds patience tous les matins après le passage du facteur tant mon attente est interminable. Je vous en supplie, Maxime ! Ne prenez pas de risques ! J'ai peur qu'il vous arrive malheur... Je ne pourrais pas m'en consoler... »

Les invités regrettèrent tous l'absence de Maxime le 15 juin, dans les salons de l'hôtel Chevalier, autour des œuvres de Carl : ils auraient souhaité qu'il puisse participer à la brillante soirée que son épouse avait organisée, tant l'artiste les captiva jusqu'à une heure tardive. «*Quelle aisance !* raconta Estelle à Maxime dans une lettre quelques jours plus tard. *Quel humour ! Alors que Carl déteste parler de son travail en public, il s'est prêté de bonne grâce à un échange qui s'est révélé passionnant mais que nous avons été obligés d'interrompre à l'approche de minuit. Certains sont revenus le lendemain pour poursuivre leur conversation. D'aucuns souhaitaient acheter les baigneuses et les chevaux mais je n'ai pas cédé. Beaucoup nous envient de les posséder au point que le marquis de Boishaut et le banquier Halder ont passé des commandes ! Olympe Halder a promis à Carl de le présenter à un journaliste du* Temps *dès cet été. Ce qui permet à Laura de penser qu'une galerie parisienne pourrait l'exposer la saison prochaine... Quand comptez-vous rentrer, Maxime ? J'ai l'impression que vous êtes parti depuis des mois !*

Jour et nuit, vous ne quittez pas mes pensées un seul instant... »

Elle cherchait dans les tiroirs de son secrétaire une feuille pour achever sa lettre quand Philomène frappa : sa cousine l'attendait dans le boudoir.

« À cette heure ? » s'étonna-t-elle.

La pendule de la cheminée sonnait 9 heures, le personnel terminait son service. Quelles raisons pouvaient justifier une visite tardive d'Amélie ? Elle pensa à Julien et abandonna son écritoire pour la rejoindre en hâte, affolée à l'idée qu'un malheur la frappait peut-être. Mais, à l'instant où elle pénétra dans la pièce, son angoisse disparut : la jeune femme avait une mine radieuse.

« J'étais impatiente de te prévenir ! » avoua-t-elle.

La nouvelle la comblait de bonheur depuis quelques heures : elle avait désormais la certitude d'être enceinte.

« Le médecin me l'a confirmé cet après-midi », précisa-t-elle.

À peine rentrée, elle s'était empressée de l'annoncer à Julien dans une lettre qu'elle avait déposée à la poste du quartier avant la levée du dernier courrier.

« J'aurais tant souhaité qu'il soit le premier à l'apprendre... »

Estelle la félicita, heureuse par ailleurs d'avoir été choisie pour être la marraine de l'enfant. Elles parlèrent pendant près de deux heures puis une pendulette les rappela à la réalité.

« Il est déjà 11 heures ! » s'exclama-t-elle.

Elle multiplia alors les recommandations auprès de sa cousine puis commanda un taxi pour la ramener chez ses parents.

« Repose-toi et ménage-toi ! insista-t-elle.

– C'est promis ! » répondit Amélie en souriant.

Après son départ, elle demeura longtemps dans le boudoir à feuilleter distraitement des magazines de mode avant d'éteindre et de rejoindre sa chambre. Il était une heure du matin qu'elle n'avait pas trouvé le sommeil : Amélie occupait ses pensées. « Je l'envie : elle a de la chance d'être enceinte ! » songeait-elle. Estelle avait désormais renoncé à attendre la paix ; elle était exaspérée de constater que la guerre s'éternisait. Combien d'années durerait-elle encore alors que les lignes de front paraissaient immobiles ? Son désir ne cessait de grandir lorsqu'elle croisait des enfants ou de futures mères, se laissant même abuser par son imagination. À force de guetter des signes au plus secret de son corps, elle s'était précipitée chez le médecin à trois reprises en l'espace de quelques mois, animée de la ferme conviction qu'elle attendait un enfant. Il avait à chaque fois déçu ses espoirs mais ne l'avait pas découragée pour autant :

« Accordez-vous du temps ! Vous êtes jeune ! »

Elle admettait qu'il avait raison : elle n'avait que vingt-sept ans. Certaines femmes, à l'instar d'une lointaine cousine de son père, avaient accouché de leur dernier enfant à l'approche de quarante ans. « Rien n'est perdu ! » martelait-elle, décidée à mettre toutes les chances de son côté pour y parvenir. Elle ne doutait pas que la naissance d'un enfant fournirait à Maxime l'énergie nécessaire à défendre son « empire » russe. « Il aurait une raison majeure de lutter jusqu'au bout et d'accomplir son rêve ! » était-elle persuadée. Mais pouvait-elle forcer la nature ?

Après trois mois passés en Russie, Maxime rentra en France par une journée brûlante du mois d'août ; il avait prévenu Estelle qu'il souhaitait s'arrêter à Cannes. « *J'aimerais profiter avec vous de la Méditerranée avant de regagner Paris !* avait-il insisté dans ses dernières lettres. *Les voyages en train à travers l'Europe en guerre sont épouvantables : on fouille et on contrôle sans cesse les passagers ; on immobilise les convois pendant des heures, de jour et de nuit, dans les gares de triage en nous interdisant de descendre du wagon. Quelle époque ! J'ai comme l'impression de vous avoir abandonnée depuis des années pour aller courir le monde ! Il me tarde de vous serrer à nouveau dans mes bras et je ne veux plus vous quitter...* » Dès qu'il l'avait informée du jour de son arrivée à Cannes, par télégramme pendant une halte de quelques heures à Venise, Estelle avait réservé une suite au *Carlton* puis préparé ses bagages. Elle avait proposé à Marina de l'accompagner pour écourter son attente mais la jeune femme avait refusé : elle préférait réserver à Rodolphe des retrouvailles plus intimes à Paris. Respectant ses souhaits, Estelle n'avait pas cherché à la convaincre. Maintenant, en cette matinée du 16 août 1916, elle arpentait nerveusement la salle des pas perdus de la gare de Cannes ; l'employé du PLM avait annoncé un retard de quinze minutes pour l'express de Petrograd. Autour d'elle, des femmes élégantes commentaient les aventures de leurs époux ou de leurs amants dans la lointaine Russie.

Un moment plus tard, les coups de sifflets de la locomotive la délivrèrent des tensions accumulées depuis son départ de Paris mais la foule l'empêcha d'accéder à la tête du train. Pour éviter la bousculade, elle se réfugia près d'un kiosque à journaux. Quand Maxime la rejoignit en compagnie de Rodolphe, elle manqua ne pas le reconnaître.

« Maxime ? » murmura-t-elle.

Les traits tendus, il semblait flotter dans son costume d'été.

« Comme vous avez maigri ! » s'exclama-t-elle.

Il ne répondit pas et l'embrassa devant son collaborateur.

« Vous êtes fatigué », ajouta-t-elle.

Estelle enleva un gant pour caresser ses joues émaciées à la peau brûlée par le soleil.

« Vous avez besoin de repos ! » poursuivit-elle.

Il haussa les épaules puis esquissa un sourire ; il n'avait guère l'habitude de se plaindre.

Une limousine affrétée par le *Carlton* les emmena à l'hôtel. À peine installés à l'arrière, Maxime chercha sa main.

« Vous êtes toujours aussi belle ! » chuchota-t-il à son oreille.

Rodolphe partagea leur table dans l'immense salle à manger rococo du *Carlton*. La situation en Russie constitua le sujet majeur de leurs conversations tout au long du déjeuner.

« L'empire de Nicolas II est au bord du gouffre ! expliqua-t-il. Le peuple n'éprouve plus que de la haine à l'égard de son tsar : il est saigné à blanc par la guerre, la misère et la famine. Il suffirait d'une étincelle pour tout embraser. »

Pour désamorcer la grogne qui sourdait au sein de ses deux entreprises de Bakou, il avait remplacé Anatoli par Ivan Zatourof, son adjoint, qui bénéficiait de la confiance du personnel.

« C'est un homme d'expérience ! précisa-t-il à Estelle. Le jour où les bolcheviks réussiront à dresser la classe ouvrière contre le patronat et à imposer la grève générale dans les usines, il nous permettra de limiter les dégâts...

— Nous résisterons ! affirma Rodolphe avec optimisme.

— Même en cas de révolution ? demanda-t-elle.

— Comme en 1905, les bolcheviks s'attaqueront en priorité à Petrograd et à Moscou ! » répondit-il.

Les esprits géorgiens avaient paru plus calmes à Maxime et à Rodolphe après leur inspection des mines de manganèse. Le propriétaire des sociétés Chevalier avait rencontré les délégués des ouvriers, en présence des ingénieurs et de leur directeur. À l'issue de leurs conversations, il avait consenti aux ouvriers une augmentation de salaire qu'ils réclamaient en compensation de la hausse des prix et des dangers auxquels ils étaient exposés.

« C'était mérité ! » trancha-t-il.

L'heure tournait. Le maître d'hôtel rappela à Maxime qu'il avait retenu une voiture pour conduire Rodolphe à la gare : il prenait peu après 17 heures un express du PLM qui le ramènerait à Paris au petit matin. Le temps de rassembler ses malles pour les confier au chasseur et ils quittèrent précipitamment le *Carlton*.

Lorsque le train s'éloigna du quai dans un panache de fumée, Maxime et Estelle se retrouvèrent seuls. Ils flânèrent en bord de mer et dans le port puis rentrèrent à l'hôtel pour dîner. Ils étaient tout juste sortis de l'ascenseur qu'elle s'emparait de sa main pour l'entraîner dans leur chambre.

« Dépêchons-nous, Maxime ! » murmura-t-elle.

Tant d'impatience le combla d'aise. Il avait craint que son désir s'émousse après les premières années de mariage et qu'elle se contentât de l'aimer tendrement. Pouvait-il rêver à un plus beau cadeau après trois mois d'absence ?

Pendant leur séjour à Cannes puis dès leur retour à Paris, elle multiplia les prévenances à son égard. Grâce à elle, il chassa les idées noires et oublia ses soucis pour un temps. Leur installation en Sologne aux premiers jours de septembre paracheva les efforts de la jeune femme : le chasseur put à nouveau pister les chevreuils et les perdreaux, le cavalier sillonner les chemins, le mécène engager de longues discussions avec Carl au sujet des bronzes et des marbres qu'il avait découverts à son arrivée à Paris. Séduit à son tour, Maxime avait approuvé la suggestion de son épouse de regrouper les sculptures au second étage de l'hôtel Chevalier, dans l'une des bibliothèques. Olympe Halder interrompait parfois les conversations des deux hommes après avoir frappé discrètement au carreau d'une porte-fenêtre : elle posait pour un buste qu'elle devait emporter avant les dernières réceptions de la saison d'automne. Carl se demandait comment il parviendrait à tenir ses engagements dans les prochains mois : il devait tout à la fois honorer les commandes de juin, mettre en chantier les nouveaux projets de Maxime, préparer l'exposition que l'oncle de Laura avait prévu d'organiser au printemps dans sa galerie de Lausanne.

«Je n'y arriverai jamais ! se lamentait-il.

— Mais si, tu y arriveras ! protestait sa compagne.

— C'est le début de la gloire ! » répétait à l'envi son mécène qui ne cachait pas sa satisfaction de constater qu'il n'était plus seul à prêter attention à ses talents.

Comme la guerre paraissait loin ! Pourtant elle les rattrapa. Au mois d'octobre, Casimir monta au front rejoindre le 203ᵉ régiment d'infanterie. Même si elle s'attendait à son départ, Perrine ne put s'empêcher d'exprimer sa détresse. «*Il n'est plus là depuis quelques jours et c'est comme si je l'avais perdu à jamais !* écrivit-elle à Estelle. *Il y a tellement de morts autour de nous que je désespère de le revoir. Pourtant, je ne devrais pas. Casimir n'a pas rechigné à accomplir son devoir : il est parti rassuré de savoir que j'aiderai au mieux sa mère en son absence... Grâce à toi, nous avons gagné plusieurs mois de bonheur...* »

Pour la soutenir, Estelle descendit dans l'Aveyron la semaine de la Toussaint. Le temps était maussade, la pluie glaciale et les conversations mornes. Comme chaque année, Norbert passa la journée du 1ᵉʳ novembre à Lunet. Ils assistèrent ainsi en famille à la messe de 11 heures à Sainte-Croix et déposèrent des fleurs sur la tombe familiale. Les averses et le vent qui soufflait en rafales les dissuadèrent de retourner au bourg à l'heure des vêpres d'autant plus que Norbert devait rentrer au domaine de Nouviale avant la nuit. Aussi demeurèrent-ils à table jusqu'en milieu d'après-midi. Comme la visite au cimetière avait ravivé de pénibles souvenirs dans le cœur de tous, ils parlèrent peu au cours du repas. Après le café tandis qu'Eugène quittait la salle à manger pour endosser une tenue de travail et que Perrine revenait au château, Estelle demeura seule avec son frère. Norbert devait fêter ses dix-neuf ans au mois de février prochain et la commission de recrutement le convoquerait au début de l'année. La jeune femme s'inquiétait de son sort : la guerre s'éternisait et l'armée continuait à mobiliser pour renouveler les effectifs de ses régiments décimés dans une effroyable boucherie. Aussi proposa-t-elle à Norbert d'intervenir auprès du ministère pour qu'il soit affecté dans un secteur moins exposé que la région de Verdun et le plateau de Craonne, tant redoutés par les jeunes recrues.

« Maxime a des relations au gouvernement, expliqua-t-elle. Il peut obtenir un passe-droit. »

À sa grande surprise, il refusa net.

« Je ne veux pas de faveur ! rétorqua-t-il. Je ferai mon devoir comme les copains. »

Estelle insista longuement : elle avait peur qu'il tombe sous la mitraille et souhaitait le protéger.

« Me protéger ? s'étonna-t-il. Pourquoi ?

— Parce que tu es mon frère et parce que je t'ai élevé après la mort de maman...

— La belle affaire ! ricana-t-il.

— Je veux t'aider ! »

À ces mots, il la foudroya du regard.

« Maintenant, c'est trop tard ! » lança-t-il amèrement en écrasant son poing sur la table.

Il quitta sa place, traversa la pièce à grands pas pour rejoindre la cuisine.

« Norbert ! »

La porte de la salle à manger claqua.

« Norbert ! Attends-moi ! » cria-t-elle.

Elle tenta de le rattraper mais il avait déjà disparu

derrière les bâtiments de la ferme lorsqu'elle arriva dans la cour.

« Norbert ! Norbert ! » balbutia-t-elle.

Elle n'attendit pas le retour de son père et regagna aussitôt le château. Elle s'enferma dans sa chambre pour pleurer, refusa de descendre à l'heure du dîner en prétextant qu'elle souffrait d'une migraine. Pendant une partie de la nuit, elle ressassa les propos de Norbert : « Maintenant, c'est trop tard ! » À force de remonter le cours de sa vie et de chercher des explications à son attitude, elle comprit qu'il n'avait pas supporté son départ de Lunet. Son frère n'avait que douze ans lorsqu'elle avait quitté l'Aveyron pour Paris. Au moment des adieux, elle avait promis de revenir sous huitaine mais elle n'avait pas tenu parole. Aussi, au lendemain de l'annonce de son installation à Paris, s'était-il senti abandonné par celle qui avait remplacé sa mère et occupé une place essentielle dans son enfance. Il avait alors pensé à tort qu'elle l'avait abandonné et ne l'aimait plus. D'où sa révolte. Il détestait désormais sa sœur mais aussi sa famille, son patron et le monde qui l'entourait, convaincu qu'il n'intéressait personne. Norbert était devenu un rebelle. « Il ne me pardonnera jamais ! en conclut Estelle. Il n'a plus confiance en quiconque : il est persuadé que je l'ai trahi et que d'autres, après moi, le trahiront aussi... » Elle regretta de ne pas avoir songé aux conséquences de son choix lorsqu'elle avait décidé de s'établir à Paris mais se demanda si elle aurait pu prévoir alors les réactions de Norbert. Depuis sept ans, il souffrait de cette situation et elle se reprochait de ne pas l'avoir remarqué en menant une vie sans soucis à Paris. Aussi, en dépit de son refus, se jura-t-elle de l'aider et de l'aimer plus encore.

19

L'année 1917 débuta dans l'angoisse. Julien, blessé près de Péronne dans la Somme au cours des premiers jours de janvier, lutta contre la mort pendant deux semaines dans le dortoir d'une ancienne caserne d'Amiens. Amélie ne l'apprit que le 12 janvier, au milieu de l'après-midi. C'était un vendredi neigeux. Elle devait accoucher sous quinzaine, condamnée par son médecin à garder la chambre depuis la mi-décembre.

« Julien est en danger : il est peut-être mort ! » sanglotait-elle à l'arrivée d'Estelle.

Sa cousine essaya de la réconforter et promit d'accompagner les parents de Julien, le lendemain, à Amiens : ils étaient aussi désemparés que leur belle-fille. Ils partirent à l'aube à bord d'un express bondé de permissionnaires et de femmes seules. Peu avant midi, une infirmière de l'hôpital n° 3 les guidait à travers une salle commune où un paravent séparait les vivants des morts. Ils découvrirent Julien tout au fond, près d'un trépané qui délirait. Le corps fiévreux et décharné, il somnolait.

Lorsqu'elle remarqua qu'il n'avait plus qu'un bras, sa mère jeta un cri d'effroi :

« Mon Dieu ! »

Le malade souleva alors ses paupières et les reconnut tandis qu'un sourire éclairait son visage cireux. Ses parents l'accablèrent de questions mais un interne les entraîna à l'écart.

« Il est très fatigué ! » dit-il à mi-voix.

Le jeune homme aux cheveux blonds et aux lunettes rondes les informa des circonstances de sa blessure, de l'amputation de son bras gauche à laquelle les chirurgiens avaient dû se résoudre dans un hôpital de campagne avant de le transporter à Amiens, de sa convalescence prévue à Paris.

« Dans un centre de rééducation pour les mutilés de la guerre, précisa-t-il. On fabrique aujourd'hui des prothèses…

— Le mois prochain ? se soucia de savoir sa mère.

— Comptez plutôt au printemps », répondit-il.

Ils songèrent alors aux souffrances qu'il devrait encore endurer pendant plusieurs mois mais aussi au courage et à l'énergie dont il aurait besoin pour s'adapter à une nouvelle vie. Sa mère quitta l'hôpital effondrée.

« Il n'y arrivera jamais ! se lamenta-t-elle.

— Je suis certaine qu'il y parviendra ! les rassura Estelle. Julien a échappé à la mort : c'est l'essentiel. »

Amélie partagea l'opinion de sa cousine, à leur retour à Paris, même si elle craignait qu'il n'accepte pas d'être diminué par son handicap et qu'il devienne irritable.

« Notre enfant l'aidera ! » affirma-t-elle en posant une main sur son ventre rebondi.

Leur petite fille poussa son premier cri au matin du 25 janvier. Amélie décida de la prénommer Victoire en hommage aux poilus qui combattaient dans la boue et le froid.

Une semaine après sa naissance, sa marraine demanda à un photographe du boulevard Montmartre de déplacer son trépied et sa chambre noire chez les Castelnau ; il prit quantité de clichés de Victoire dans les bras de sa mère puis de sa tante et de ses grands-parents. Dans l'attente de pouvoir l'embrasser à l'hôpital d'Amiens, Amélie les envoya à Julien.

Quand la commission de recrutement convoqua Norbert, aux premiers jours de mars, Estelle demanda à son mari d'intervenir auprès du ministère pour l'affecter à l'arrière.

« Je n'ai qu'un frère et j'aimerais qu'il puisse retourner à Lunet dès que la paix viendra », insista-t-elle.

Maxime obtint qu'il rejoigne le secteur le moins exposé de la région d'Épernay mais ne cacha pas à son épouse les difficultés qu'il avait rencontrées pour arracher cette faveur : l'état-major était de plus en plus réticent à accorder des passe-droits en raison de l'indiscipline qui se manifestait dans certains régiments.

« Beaucoup de jeunes sont aujourd'hui révoltés : cette guerre d'usure est trop meurtrière ! expliqua-t-il. Ils ne tolèrent plus qu'il y ait des milliers de blessés et de morts pour gagner une bande de vingt mètres de terrain qu'ils perdront dans huit jours... »

Elle les approuvait :

« Ils paient cher l'orgueil des généraux. »

Un matin de mai, le facteur remit à Norbert sa feuille de route. Le jeune berger quitta Lunet le 28 mai, voyagea jusqu'à Paris en compagnie de deux permissionnaires de Cénac qui regagnaient le nord de la France, préféra s'incruster au buffet de la gare de l'Est à attendre l'heure du départ du train d'Épernay en éclusant des chopes de bière plutôt que d'emprunter un taxi pour rendre visite à Estelle.

« Je n'aurai pas le temps ! » avait-il répondu à son père.

En réalité, il avait indiqué de faux horaires de correspondance pour ne pas la rencontrer. Elle guetta son arrivée pendant deux heures parmi les soldats qui traversaient le hall. En vain. Dans le fiacre qui la ramena à l'hôtel Chevalier, elle refoula ses larmes...

La guerre ! la Russie ! ces mots obsédaient Maxime et ses collaborateurs parisiens qui assistaient semaine après semaine à l'effondrement de l'empire. Depuis la grande grève de janvier et les offensives désastreuses de l'armée tsariste, les événements s'enchaînaient sans interruption : Nicolas II avait abdiqué au mois de mars en faveur du grand-duc Michel, son frère, qui avait à son tour renoncé au trône ; les différents gouvernements provisoires étaient contestés par les bolcheviks qui bénéficiaient du soutien camouflé de l'Allemagne et tentaient de soulever Petrograd pour s'adjuger le pouvoir.

« C'est le chaos ! » affirmait Maxime.

Mais, pour autant, il ne recevait pas de nouvelles inquiétantes d'Azerbaïdjan et de Géorgie : le Caucase semblait à l'écart de l'agitation politique.

« Les bolcheviks mettront des mois pour s'organiser à travers l'empire ! » répétait-il.

Les tactiques des Allemands le préoccupèrent davantage au cours de l'été quand les divisions de Ludendorff enfoncèrent les lignes russes, envahirent la Finlande, occupèrent la Lettonie puis menacèrent Petrograd. Il demanda alors des rapports quotidiens à Rodolphe qui l'appelait chaque matin à sa villa de Deauville où il séjournait avec Estelle. La stratégie allemande les intriguait : la déroute de l'armée tsariste ouvrait au kaiser les portes de l'empire mais souhaitait-il s'en emparer ? Ils pensaient tous deux que Ludendorff ne pousserait guère au-delà de la Volga.

« Il prendra les terres à blé de l'Ukraine mais ne s'aventurera pas dans le Caucase », prédisait Maxime.

Quand les bolcheviks déclenchèrent la révolution à Petrograd, il chassait le chevreuil en Sologne. C'était un mercredi brumeux. L'équipage, dépité d'avoir perdu la trace de deux brocards dans la journée, retourna de bonne heure au château. Les cuisinières proposaient des boissons chaudes aux chasseurs réunis devant la cheminée de l'office au moment où Rodolphe téléphona.

« Les bolcheviks ont attaqué Petrograd ! » annonça-t-il.

À Paris, la rumeur d'une révolution en Russie s'était répandue comme une traînée de poudre à la mi-journée, notamment à la Bourse ; des informations fantaisistes avaient prétendu que des insurgés avaient assassiné la famille impériale et le chef du gouvernement, que la capitale était à feu et à sang. Une heure plus tôt, Rodolphe avait obtenu quelques détails de l'insurrection auprès du ministère : des détachements d'ouvriers et de soldats avaient attaqué le palais d'Hiver pendant la nuit, appuyés par le croiseur *Aurore*. Il ne doutait pas que Lénine mettrait ses plans en œuvre : prendre le pouvoir par l'intermédiaire des soviets et appliquer la doctrine marxiste. Malgré sa détermination, Maxime considérait que l'entreprise exigerait du temps : l'état de guerre, la désorganisation de l'administration, les rigueurs de l'hiver, les difficultés de communication, l'immensité du pays constitueraient autant de freins à sa progression.

« Pour régner en maître de la Baltique jusqu'à Vladivostok, de Petrograd au Caucase, Lénine doit avoir l'étoffe de Catherine la Grande ! expliqua-t-il à son collaborateur. C'est un agitateur. Il n'a aucune chance d'y parvenir.

— Détrompez-vous : les bolcheviks ont réussi à déborder les modérés dans une majorité de soviets ! rétorqua Rodolphe. Ils sont organisés et très actifs ; ils proposent d'arrêter la guerre, de partager entre les paysans les terres des grands propriétaires et de contrôler les usines : le peuple les suivra. »

Désormais, il estimait indispensable de rejoindre rapidement l'Azerbaïdjan.

« Pour éviter toute catastrophe », insista-t-il.

Maxime en convenait mais préférait consulter au préalable les services du ministère des Affaires étrangères.

« C'est un déplacement dangereux ! » jugea-t-il.

Après le départ de l'équipage, il téléphona à des banquiers, des négociants en pétrole et des diplomates pour connaître leur analyse de la situation mais les opinions étaient encore confuses. Lorsqu'ils passèrent à table, il était déjà 9 heures du soir. Fatigué d'avoir couru les forêts depuis le matin, les nerfs tendus jusqu'à réprimander la cuisinière à tort, il avoua à Estelle :

« Le bras de fer commence : les ouvriers peuvent tout casser ou tout préserver... »

Il dormit peu cette nuit-là, quitta leur chambre très tôt pour son bureau, regagna Paris après le déjeuner. Pendant une semaine, il partagea ses journées entre les ministères et l'ambassade de Russie pour tenter d'y voir plus clair dans l'évolution politique et sociale de l'ancien empire après l'instauration du gouvernement bolchevik. Dans le même temps, Rodolphe s'attacha à préparer son périple, éprouvant des difficultés à établir un itinéraire fiable pour parvenir jusqu'à Bakou. Un casse-tête ! Comme la presse prétendait que certaines lignes de chemin de fer étaient coupées en Russie, il ne pouvait rallier l'Azerbaïdjan par l'Italie, l'Autriche, la Pologne et Petrograd. Aussi songea-t-il à emprunter en partie le parcours de l'Orient-Express : il s'efforcerait de rejoindre la mer Noire et Constantinople depuis Venise, Zagreb et Sofia puis d'embarquer pour Batoum. Son voyage promettait d'être long et périlleux mais il ne l'effrayait pas.

« Je saurai me défendre ! » affirma-t-il.

Adepte des sports de combat japonais qu'il pratiquait depuis son retour en France, Rodolphe tirait également au pistolet : il emporterait son browning. En dépit de ces précautions, Estelle le dissuada de partir : l'expédition comportait trop de risques. Il balaya ses réticences :

« C'est une question de survie pour les sociétés Chevalier.

— Avez-vous pensé à Marina ? objecta-t-elle.

— Je vous la confie ! répondit-il en souriant.

— Rodolphe est incorrigible : il a toujours eu l'esprit d'aventure ! » reconnut son épouse, résignée.

Il quitta Paris le 20 novembre tandis que Lénine demandait à l'Allemagne et l'Autriche l'ouverture de pourparlers pour obtenir la paix ; il n'atteignit Bakou qu'un mois plus tard après bien des péripéties, notamment en Serbie et en Bulgarie. Au matin du 19 décembre, lorsqu'il s'installa à l'hôtel, le gouvernement bolchevik n'était plus en guerre : il avait signé l'armistice quatre jours plus tôt en Pologne. Avant d'inspecter les puits de pétrole, la raffinerie et les ateliers de construction de chaudières, Rodolphe télégraphia à Marina pour la rassurer. Le lendemain, il câblait ses premières impressions au siège des sociétés Chevalier : « *Usines encore calmes. Soviets modérés.* »

Les Chevalier célébrèrent Noël à Paris en compagnie de son épouse dans une atmosphère morose. Marina les entraîna à Notre-Dame pour y entendre la messe de minuit et ils dînèrent ensemble dès leur retour à l'hôtel Chevalier, impressionnés par la ferveur des fidèles. Avant de s'endormir, Estelle songea à son frère qui endurait le froid, la pluie et la boue dans le secteur de Reims où son régiment s'était déplacé à la Toussaint. Elle regrettait qu'il persistât à l'ignorer, refusant de répondre à ses courriers et d'accuser réception des colis qu'elle envoyait chaque semaine. Heureusement, il écrivait encore à son père et, grâce à Perrine, elle n'était pas sans nouvelles. Estelle pensa aussi à sa sœur qui rêvait sûrement d'un réveillon en amoureux au côté de son mari pour marquer leur premier anniversaire de mariage ; elle devait pleurer son absence dans leur appartement du château...

Au début de l'année 1918, les Allemands se rapprochèrent à nouveau de Paris qu'ils bombardèrent le

1er février. Personne ne s'attendait à cette attaque dont le bilan effraya les Parisiens : plus de quarante morts et de deux cents blessés. Dès le lendemain, comme les Fokker et les Albatros tournoyaient toujours, Maxime conseilla à sa femme d'emmener Marina à Deauville.

« C'est plus sûr ! » estima-t-il.

Elles commencèrent à préparer leurs malles avant le déjeuner et les bouclèrent en hâte en milieu d'après-midi au point qu'à l'heure du thé, le majordome pouvait les conduire à la gare Saint-Lazare submergée par des bourgeois chargés de bagages qui s'empressaient de rejoindre leurs résidences normandes. Arrivées à Deauville en début de soirée, elles dînèrent et dormirent à *L'Hôtel Mirabeau* qui était proche de la gare en attendant que la villa soit prête à les accueillir. Deux jours plus tard, elles purent apprécier enfin la quiétude de la propriété. Dès lors, elles consacrèrent leurs journées à des promenades au bord de la mer lorsque le soleil daignait paraître, surtout à des ouvrages pour les œuvres des soldats comme en Sologne. La lecture des journaux parisiens les absorbait également : certains parvenaient à Deauville par le premier train du matin et d'autres n'y étaient livrés qu'à l'approche de midi. Philomène ramenait *Le Temps*, *Le Figaro* et *L'Aurore* à l'heure du petit-déjeuner que les deux jeunes femmes prenaient aux environs de 9 heures puis *Le Petit Parisien* à l'approche de midi ; elle retournait au kiosque dans l'après-midi pour acheter *L'Éclair*, quotidien du matin qui avait fidélisé ses lecteurs en publiant les dépêches de la nuit. Certes Estelle et Marina s'intéressaient aux bombardements qui continuaient à frapper

Paris mais également aux négociations de paix entre Allemands et Russes. Rodolphe séjournait toujours à Bakou, impatient de connaître les intentions du kaiser à propos du Caucase. Des rumeurs prétendaient que les divisions de Ludendorff investiraient des points stratégiques de l'Azerbaïdjan et de la Géorgie après la signature du traité que beaucoup prévoyaient humiliant pour l'ancien empire des tsars.

« On nous prédit la ruine de la Russie et un coup de poignard dans le dos de la France qui n'a jamais trahi son allié ! » s'emportait Estelle lorsqu'elle repliait les journaux.

Elle trouvait étrange que Maxime n'en soufflât mot et esquivât le sujet lorsqu'elle l'appelait le matin à l'hôtel Chevalier ou à son bureau. Depuis qu'elle avait quitté Paris, elle ne cessait de le harceler de questions auxquelles il se contentait de répondre de manière évasive comme s'il ne souhaitait pas l'alarmer quant aux conséquences désastreuses pour l'avenir de leurs sociétés. Son mutisme l'inquiéta davantage à l'annonce des dispositions que la délégation bolchevik avait avalisées : la Russie perdait l'Ukraine, la Finlande, la Pologne, la Lettonie et une partie du Caucase.

« Les imbéciles ! tempêta-t-elle le matin du 4 mars quand elle découvrit les manchettes des journaux. Quelle honte ! »

Lénine laissait désormais toute latitude à l'état-major allemand pour occuper un immense territoire qui s'étendait de la Baltique à la mer Noire, de la mer du Nord à la Volga puis de Berlin jusqu'à Constantinople. Elle chercha un atlas dans le bureau de son mari, couvrit de hachures le nouvel empire de Guillaume II.

« Plus de la moitié de l'Europe ! » constata-t-elle.

Estelle n'était pas au bout de ses surprises : l'armée du kaiser s'installait dans le port de Rostov pour empêcher les bolcheviks de progresser en direction du Caucase, mais aussi en Géorgie.

« Les Allemands contrôleront la route du pétrole ! conclut-elle. Le manganèse les intéressera aussi : les gisements de la région de Tchiatouri sont parmi les plus importants du monde...

– Vous perdrez tout ! s'écria alors Marina, effrayée par cette perspective. Ce sera la faillite !

– Peut-être ! » soupira-t-elle.

Tout autant que la débâcle financière, ils avaient à craindre des spoliations. Estelle ne doutait pas que les champs de pétrole de Bakou susciteraient la convoitise des Turcs, plus proches voisins du Caucase, alliés de l'Allemagne et farouches adversaires de la Russie dont ils n'avaient pas apprécié l'offensive en Arménie en février 1916. Dans l'instant, elle appela Maxime qu'elle imaginait abattu. Il était à peine 10 heures et son mari attendait l'arrivée d'un taxi pour le conduire à ses bureaux des Champs-Élysées.

« Il neige ! » murmura-t-il.

Avait-il parcouru les journaux du matin ?

« Bien sûr ! » glissa-t-il.

Il y avait appris que les services de la mairie de Paris avaient enlevé de leur place habituelle des œuvres d'art célèbres, parmi lesquelles *Les Chevaux de Marly*, pour les remiser en lieu sûr et les soustraire aux bombes allemandes.

Le traité assassin que Lénine avait signé ?

« Le chauffeur est là, s'empressa-t-il de répondre.

Nous nous rappellerons plus tard... Je vous embrasse... »

Elle raccrocha, perplexe. Pourquoi s'entêtait-il à la tenir à l'écart de ses affaires alors qu'il avait besoin de son soutien ? Pourquoi s'efforçait-il de cacher ses angoisses alors qu'ils s'étaient promis de tout partager ? Attendait-il des nouvelles de Rodolphe avant de l'informer de la situation de leurs sociétés, ou l'heure était-elle trop grave pour qu'il ose en parler ?

Avant de prendre son bain, elle tenta de le joindre à nouveau mais il avait déjà quitté la rue de La Boétie pour le Quai d'Orsay. Néanmoins une longue conversation avec son directeur général, Bastien Parly, l'informa de la situation notamment des démarches que les exploitants français du pétrole d'Azerbaïdjan multipliaient auprès du ministère pour défendre leurs intérêts.

« Plus que les Allemands, c'est l'anarchie qui menace la région de Bakou ! révéla-t-il. Les Russes blancs sont prêts à combattre les soviets pour reprendre le pouvoir ; des troupes turques sont massées à la frontière du Caucase pour marcher en direction de la mer Caspienne ; les Anglais comptent aussi débarquer...

— La France ? demanda Estelle.

— Elle rassemble les unités disponibles pour repousser les Allemands qui rapatrient dans la Somme et autour de Verdun une partie de leurs divisions du front russe.

— La France ne peut pas abandonner ses industriels : elle doit envoyer des soldats à Bakou ! protesta-t-elle.

— Impossible ! rétorqua-t-il.

— Elle préfère qu'ils soient pillés ? » répliqua-t-elle.

Embarrassé, il ne répondit pas.

Comment rassurer Marina qui tremblait pour Rodolphe ? Elle arracha à Bastien Parly la promesse qu'il rentrerait prochainement en France. Maxime confirma ses propos le soir même, après le dîner, lorsqu'il téléphona enfin à la villa : il refusait qu'il s'expose à des risques inconsidérés en restant à Bakou.

« L'Azerbaïdjan ressemble à un bateau à la dérive ! confia-t-il à Estelle, désabusé. L'État ne peut plus garantir la sécurité : il n'y a plus d'État ! C'est la loi du plus fort qui s'applique... »

À cet instant, même s'il ne l'avoua pas à sa femme, il regretta de ne pas avoir cédé ses sociétés à l'État russe qui avait insisté pour les acheter à un bon prix en 1908 puis en 1910, offrant par ailleurs à son fondateur un titre de baron que Nicolas II réservait à quelques étrangers en guise de récompense pour des services rendus à l'empire.

À ses paroles empreintes d'amertume et aux silences qui les ponctuèrent, la jeune femme devina que Maxime était résigné à tout perdre, désarmé pour lutter contre ce désastre annoncé. Elle proposa de prendre le train de Paris dès le lendemain pour être à son côté mais il l'en dissuada par mille prétextes : la neige et le froid qui paralysaient les déplacements d'un quartier à l'autre, les alertes de plus en plus fréquentes qui obligeaient à descendre la nuit dans les sous-sols, la poursuite des bombardements, ses engagements auprès de Marina.

« Laissez-moi seul ! la supplia-t-il. C'est mieux... »

Elle continua à l'appeler aussi souvent, à son bureau ou à leur hôtel selon l'heure, mais s'interdit la moindre allusion à la Russie.

Maxime la rejoignit à l'improviste un après-midi de mars alors qu'un soleil radieux et une douce température l'avaient entraînée le long de la plage puis au bassin des yachts en compagnie de Marina. Lorsqu'elle rentra, il l'attendait au grand salon.

« Maxime ? » s'exclama-t-elle en pénétrant dans la pièce.

La porte refermée, elle déposa son chapeau sur un guéridon pour s'élancer à sa rencontre. Déjà il ouvrait ses bras.

« Toutes ces journées sans vous, c'était trop long ! avoua-t-il avant de l'embrasser.

– Pourquoi ne pas m'avoir prévenue ?

– Je ne me suis décidé qu'à midi, répondit-il en caressant ses joues fraîches. Ce matin, Paris était lugubre sous la pluie et dans le brouillard. J'avais trop envie d'être près de vous... »

Comblée, elle l'étouffa de baisers.

Ils s'aimèrent cette nuit-là avec une fougue de jeunes amants.

Dès le premier soir, après le dîner, elle constata que Maxime avait changé en quelques jours : il était parvenu à surmonter ses déceptions et son abattement pour tourner le dos au passé.

« Nous nous installerons en Afrique : il n'y a plus d'avenir pour les industriels français en Russie ! » lâcha-t-il dès qu'ils se retirèrent dans la bibliothèque.

Moins d'une semaine après la signature du traité de paix, les Allemands s'étaient emparés de ses mines de Tchiatouri pendant que les Turcs s'adjugeaient par la force ses puits de pétrole, ses ateliers et sa raffinerie.

Personne n'avait essayé de s'interposer pour ne pas prendre de risques inutiles.

« En admettant que l'Allemagne perde la guerre, les divisions de Lundendorff ne laisseront partout que des ruines ! l'assura-t-il. Après leur départ, personne ne pourra empêcher les bolcheviks de contrôler la Géorgie et l'Azerbaïdjan, de nationaliser la grande propriété et l'industrie. C'est l'une des priorités de Lénine... »

Chassé de Russie, il envisageait d'abandonner l'extraction du manganèse et l'exploitation du pétrole malgré le savoir-faire que les sociétés Chevalier avaient acquis, pour consacrer ses efforts aux activités du secteur du caoutchouc promis à une expansion durable après la guerre grâce à la reprise du marché automobile interrompu en 1914. Il possédait des actions d'une compagnie belge installée au Congo, souscrites après son retour à Paris en 1906 et dont le montant avait triplé en quatre ans ; il comptait désormais participer au développement de la société Rambutot que l'un de ses anciens camarades de l'École des mines, Adrien Rambutot, avait fondée au Gabon dans la région de Brazzaville. Les deux hommes s'étaient perdus de vue depuis trente ans et s'étaient retrouvés fortuitement, au mois de janvier, au ministère des Colonies. Le lendemain, ils avaient déjeuné ensemble pour échanger des souvenirs puis s'étaient rencontrés à nouveau la semaine suivante avant qu'Adrien retourne à Brazzaville.

« Il m'a proposé d'entrer dans le capital de sa société comme associé principal, révéla Maxime à sa femme. Il souhaite acheter sept cents hectares de terrains à défricher pour pouvoir étendre les plantations de palmiers à huile et d'hévéas, construire ensuite une usine pour exploiter la gomme. »

Ils devaient signer un premier accord lors du prochain voyage d'Adrien en France, programmé pour la dernière semaine d'avril, qu'ils finaliseraient dès que les hommes renonceraient à se battre en Europe ; leurs banquiers préféraient attendre la paix avant de s'engager. Maxime comprenait leur prudence mais contenait mal son impatience : il avait hâte d'insuffler un nouveau dessein à ses sociétés. Son enthousiasme rasséréna Estelle qui avait craint le pire pour son mari depuis le début de la révolution d'octobre.

« Bien évidemment, dès la fin de la guerre, Adrien nous invite au Gabon ! » ajouta-t-il.

Conquise à son tour par ces projets, elle trouva le lendemain dans une géographie de l'Afrique en cinq volumes que recélait la bibliothèque de la villa des réponses à ses questions à propos des paysages du Gabon, de Brazzaville, du fleuve Congo, des planteurs d'hévéas et des traditions du pays. Dans l'après-midi, elle téléphona même à son libraire parisien pour qu'il recherche des ouvrages consacrés à la culture des palmiers à huile et à la transformation industrielle du latex mais également des récits de voyages ainsi que des romans. Au bout de quelques jours, son mari constata qu'elle parlait du Gabon et du caoutchouc avec autant de passion qu'elle évoquait Bakou et ses puits de pétrole au terme de leur séjour en Azerbaïdjan. « Elle ne cessera jamais de m'étonner ! pensa-t-il. Elle est toujours aussi curieuse de tout et très attentionnée. » Il apprécia de se sentir si bien soutenu par sa femme à tel point qu'il en oublia momentanément la guerre et ses déboires en Russie.

Maxime n'avait prévu de passer qu'une semaine à Deauville au côté d'Estelle : les affaires exigeaient à nouveau sa présence à Paris où il devait assister entre autres à une importante réunion du groupement des producteurs de manganèse d'Europe. Mais pour le plus grand bonheur d'Estelle, il repoussa son retour à la demande de Bastien Parly : les troupes du kaiser soumettaient désormais la capitale à un pilonnage constant grâce à leur canon géant, *La Grosse Bertha*, qui portait à cent vingt kilomètres.

« C'est un déluge de feu et d'acier qui s'abat sur nous de jour comme de nuit ! » insista son collaborateur, tout à la fois effrayé et impressionné par l'ampleur de l'offensive.

Les obus de 240 éclataient de quart d'heure en quart d'heure, semaient partout la mort et la désolation, creusaient de profonds cratères jusqu'au milieu de la chaussée sur les boulevards Saint-Michel et Saint-Germain tandis que les raids aériens redoublaient d'intensité en dépit de l'intervention des escadrilles alliées.

« Il est plus prudent que vous restiez en Normandie pendant quelque temps ! » recommanda-t-il.

Maxime observa ses conseils et le président du groupement des producteurs de manganèse d'Europe, un Français tout aussi préoccupé par la situation, décida de reporter leurs discussions à des jours plus calmes au cours de la première quinzaine de mai.

Malgré la poursuite des attaques allemandes, le propriétaire des sociétés Chevalier regagna Paris à la mi-avril : il avait sollicité des entrevues dans les ministères à propos de ses activités à Nouméa. Ils se quittèrent à regret ; ils auraient tant souhaité l'un et l'autre prolonger encore les merveilleuses journées qu'ils avaient passées ensemble.

« Vous me manquez déjà ! » avoua Maxime à Estelle le matin de son départ dans la salle des pas perdus de la gare.

Grâce à son séjour à Deauville, il avait puisé auprès d'elle une énergie nouvelle dont il avait besoin pour affronter les difficultés que traversaient ses sociétés.

« Mes journées sont grises lorsque vous n'êtes pas là et que je vous attends », confia-t-elle à son tour.

Il l'embrassa passionnément au moment où le train entrait en gare.

20

Rodolphe rentra le 20 avril au matin au grand soulagement de sa femme que l'inquiétude minait un peu plus chaque jour. Tout à la fois émue de le retrouver et effrayée de le découvrir si amaigri, elle s'effondra en larmes à sa descente de l'express de Cannes. Il s'appliqua à sécher ses pleurs avant de l'emmener au buffet de la gare où Maxime les attendait. Alors il avoua avec colère et amertume :

« La page est tournée… »

Devant Marina, tremblante de peur, il raconta comment il avait échappé à la furie des militaires turcs le matin où leurs ingénieurs s'étaient installés dans les bureaux de la direction générale. Trois d'entre eux avaient frappé sauvagement Ivan Zatourof sans qu'il puisse intervenir, retenu prisonnier par des gardes dans la pièce attenante où il classait des dossiers. Il était parvenu à leur fausser compagnie dans l'après-midi, profitant d'un court relâchement de la surveillance pour s'enfuir par les combles et escalader les toits. Il s'était réfugié à l'hôtel jusqu'à l'heure du dîner avant de prendre un train pour Batoum, emportant dans ses malles des brevets et une importante somme d'argent qu'il avait prélevée l'avant-veille dans le coffre d'Ivan Zatourof.

« Depuis que Lénine avait signé le traité de paix, Bakou était devenue ville ouverte ! » expliqua-t-il.

Avant d'embarquer pour Constantinople, il avait pu rencontrer Andréi Mantacheff à Batoum grâce à la complicité du coursier de son hôtel. Le directeur de la Compagnie minière avait résisté aux Allemands à sa manière en leur subtilisant des billets à ordre que Rodolphe avait également rapportés. Maxime le félicita.

« Maintenant, reposez-vous ! » ordonna-t-il.

Il insista pour qu'il rejoigne la Normandie en compagnie de sa femme, dès qu'il aurait ouvert ses bagages.

Deux jours plus tard, le couple abandonnait son appartement des beaux quartiers de la capitale pour se précipiter à la gare Saint-Lazare. Maxime aurait souhaité les accompagner mais il devait accueillir, le lendemain, Adrien Rambutot pour mettre au point les ultimes détails de leur accord financier ; il promit de les retrouver à Deauville au cours de la première semaine de mai.

La colère des porteurs de fonds russes en décida autrement : elle éclata soudain le 27 avril alors que le gouvernement tardait à annoncer s'il garantirait ou non le paiement des coupons arrivés à échéance le 1er avril. L'inquiétude des milieux épargnants sourdait en réalité depuis janvier dès que Lénine avait décrété l'annulation des dettes contractées par les tsars : cette mesure concernait les emprunts que les Français avaient souscrits en masse à partir de 1888 pour soutenir le développement économique de l'empire, encouragés par les plus hautes autorités de l'État, fournissant à la Russie des Romanov douze millions de francs or de capitaux en vingt-cinq ans. La nouvelle confirmée, Clemenceau s'était efforcé de rassurer les 1,6 million de détenteurs de titres en demandant à la Banque de France d'avancer les sommes nécessaires au remboursement des coupons du premier trimestre de l'année 1918. À maintes reprises depuis trente ans, les gouvernements de la France ne s'étaient-ils pas portés garants de la solvabilité de leur allié ? Aussi beaucoup de Français ne comprenaient-ils pas, en cette fin du mois d'avril, pourquoi Clemenceau et son ministre des Finances tergiversaient à leur égard alors que l'évidence ne souffrait d'aucune contestation : le Trésor public devait payer. Le décret de Lénine frappait aussi Maxime qui avait investi dans les emprunts d'État au moment de son installation à Bakou pour obtenir plus facilement des concessions dans l'empire puis avait continué à acheter jusqu'à son départ de Géorgie des titres émis par des grandes villes et des compagnies de chemin de fer ; les deux tiers d'entre eux, liquidés au cours des années qui avaient précédé la guerre, avaient financé en partie la modernisation de la raffinerie de pétrole. Plus que les pertes à venir, l'industriel était préoccupé par les réactions des épargnants dont la presse, y compris les grands journaux parisiens comme *L'Aurore* et *Le Figaro*, adoptait désormais les exigences en ce samedi 27 avril dans des articles agressifs qui mettaient en lumière leur désarroi : il redoutait que l'intransigeance du pouvoir provoque une révolte des petits porteurs qui étaient lassés de supporter des sacrifices depuis quatre ans et dont les économies ne cessaient de fondre en raison de l'inflation.

Ses pressentiments se confirmèrent quelques jours plus tard. Lorsque Clemenceau trancha, refusant le paiement des coupons d'avril, des rentiers exaspérés l'accusèrent d'escroquerie et réclamèrent sa démission. Des journaux populaires les relayèrent, s'empressant de dénoncer la collusion qui régnait entre les ministres de la République, les banquiers et les anciens agents financiers du tsar. « Ces gens sans scrupule ont édifié des fortunes en peu de temps grâce à la crédulité des Français : ils ont empoché des commissions et des pots-de-vin à tour de bras ! » prétendirent-ils. Ils s'intéressèrent bientôt à des hommes d'affaires qui possédaient des intérêts commerciaux ou industriels en Russie et avaient participé en France au lancement de l'emprunt d'État à 5 % en 1906. C'était le cas de Maxime qui rentrait de Géorgie lorsque le ministre des Finances en personne l'avait sollicité pour présenter ses réussites dans l'empire russe à l'occasion de conférences que les courtiers organisaient dans des grandes villes comme Lyon, Toulouse ou Marseille avec l'espoir de convaincre les épargnants. Son nom se retrouva donc jeté en pâture aux lecteurs de *La France* et du *National*, deux quotidiens aux accents populistes et xénophobes qui fustigeaient souvent le parti de l'Étranger. Furieux d'être traité à tort de malfrat puisqu'il n'avait touché aucune rémunération, il réagit le matin même de leur parution en téléphonant à la direction de chacun de ces deux journaux pour obtenir un droit de réponse dans leurs prochaines éditions. *La France* et *Le National* rejetèrent poliment sa requête mais récidivèrent de plus belle le lendemain en première page. « *Le magnat du manganèse et du pétrole russe est loin d'être un preux capitaine d'industrie !* affirma le chroniqueur de *La France*. *C'est une crapule de haut vol qui a bluffé et grugé des centaines de milliers de Français en flattant leur fibre patriotique pour qu'ils souscrivent un placement d'une sûreté à toute épreuve et d'une rentabilité exceptionnelle. Le résultat se passe de commentaire : c'est la banqueroute. Avant l'été, une foule de familles modestes devront aller à la soupe populaire pour éviter de mourir de faim alors que l'arnaqueur continue à mener grand train de vie. C'est insupportable ! »*

Lorsqu'il découvrit le pamphlet, Maxime appela sur-le-champ son avocat-conseil, maître Antier.

« Poursuivez-les devant la justice, exigea-t-il.

— Vous le souhaitez vraiment ? rétorqua l'avocat. *La France* et *Le National* sont des journaux de caniveau ! C'est trop d'honneur que de les traîner devant la barre d'un tribunal.

— C'est mon honneur qu'on traîne dans la boue et je ne peux pas le tolérer ! répliqua-t-il, déterminé à se défendre et à obtenir réparation des outrages.

— Ces vautours ne vous lâcheront pas si vous vous obstinez après eux ! objecta maître Antier.

— Poursuivez-les ! » répéta-t-il.

L'avocat s'inclina.

L'après-midi même, Maxime recevait les premières lettres d'insultes et d'intimidation. Les journalistes de *La France* et du *National* pouvaient être satisfaits : ils avaient réussi à susciter de la haine à son encontre. Que faire ? Ses relations d'affaires et son cousin d'Angoulême l'exhortèrent à garder son sang-froid.

« C'est un feu de paille, estimait Irénée. La tension retombera comme un soufflet dans quelques jours, le temps que les petits porteurs se défoulent... »

Le propriétaire des sociétés Chevalier pensait aussi que les attaques cesseraient dès que la presse populiste aurait désigné, selon ses pratiques habituelles, de nouvelles personnalités des milieux financiers et politiques à la vindicte publique. Malgré tout, refusant de mêler Estelle à ses ennuis passagers, il intima l'ordre à sa femme de chambre de ne plus acheter désormais dans les kiosques de Deauville que *Le Temps*, le seul quotidien parisien qui l'épargnât alors que *Le Figaro* et *L'Aurore* semblaient douter encore de son honnêteté.

Jour après jour, les articles injurieux se succédèrent tandis que s'entassaient dans une corbeille de son bureau des centaines de courriers répugnants et pour la plupart anonymes, provenant de différents quartiers de Paris et d'une douzaine de départements. Certaines lettres proféraient des menaces de destruction contre son château de La Motte-Plessis, ses forêts, ses chevreuils, ses chevaux ainsi que sa demeure de Deauville. Il les prenait toutes au sérieux à l'inverse de son directeur qui taxait leurs auteurs de plaisantins.

« Ces gens-là sont manipulés par la presse mais ils n'oseront jamais empoisonner votre gibier ou mettre le feu à votre villa : ils n'en auraient pas le courage ! affirmait Bastien Parly.

– Détrompez-vous ! rétorquait Maxime. Ils sont dangereux ! Comme ils sont ruinés, ils n'ont plus rien à perdre : le désespoir peut les pousser à des gestes insensés. »

Aussi prévint-il sans tarder les services de la gendarmerie qui s'avouèrent incapables d'assumer une protection efficace de ses biens, faute d'un effectif suffisant dans les brigades de Deauville et de La Motte-Beuvron. La réponse ne l'étonna guère : l'armée avait aussi mobilisé les gendarmes. Il demanda alors au colonel de La

Garinière d'engager trois hommes auprès du Saint-Hubert Club de France, souvent sollicité par les propriétaires solognots dans la lutte contre le braconnage, pour surveiller le château et patrouiller à travers le domaine au côté de son garde-chasse.

« Je ne discuterai pas le salaire ! » précisa-t-il à son ami.

Il redoutait saccages et incendies tant dans les bois que dans le château, inoccupé depuis le début du mois d'avril à la suite du départ de Laura et de Carl pour la Suède où ils devaient séjourner pendant près de trois mois. Par ailleurs, il alerta discrètement son collaborateur Rodolphe qui n'avait pas encore quitté Deauville ; il le chargea d'engager deux hommes de confiance pour observer les abords de la villa, écarter les curieux et effectuer des rondes de nuit pendant quelque temps : il craignait qu'un déséquilibré ne s'attaque à sa femme et à ses hôtes.

« Au besoin, j'interviendrai ! » promit Rodolphe.

Maxime s'adressa enfin à un cabinet de détectives privés de Paris pour veiller sur l'hôtel Chevalier, assurer sa propre sécurité dans son immeuble de la rue de La Boétie et lors de certains de ses déplacements. Il se félicita de la promptitude avec laquelle le directeur répondit à son appel : le jour même, il accepta de se déplacer au siège des sociétés Chevalier pour examiner tout à la fois les lieux et les termes du contrat. C'était un mardi de mai sombre et pluvieux. Les deux hommes passèrent deux heures à définir dans le moindre détail les dispositions qui devaient être appliquées dès le lendemain matin. Maxime éprouva un grand soulagement après son départ comme si les mâchoires de l'étau qui l'emprisonnaient depuis quelques jours se desserraient enfin. À nouveau seul dans son bureau, il regarda alors tomber la pluie derrière les rideaux de la fenêtre puis consulta sa montre : il était déjà 6 heures. Avant de retourner à son hôtel, il décida de parcourir les journaux de l'après-midi et de s'informer des derniers cours de la bourse dans l'attente de la sixième distribution du courrier que le préposé des Postes assurait peu après 7 heures. On frappa soudain. C'était sa secrétaire qui s'apprêtait à partir.

« Un monsieur souhaiterait vous rencontrer ! glissa-t-elle. Il est à la recherche de conseils pour des placements...

— Mais je ne suis pas banquier ! rétorqua-t-il.

— Il insiste », répondit-elle.

Puis elle ajouta à mi-voix :

« C'est un homme courtois et élégant. »

Comme il n'avait aucune raison de l'éconduire, il accepta de le recevoir.

L'instant d'après, la jeune femme introduisait un homme d'une quarantaine d'années qui portait un pardessus de drap noir et qui déposa son chapeau sur un fauteuil dès qu'il entra dans la pièce. Maxime le pria de s'asseoir puis brossa longuement un tableau des dernières performances des compagnies coloniales.

« C'est le meilleur rendement aujourd'hui ! affirma-t-il. De quel capital disposez-vous ? »

Après un temps de silence, l'homme répondit enfin :

« Je possédais 500 000 francs de titres russes qui arrivaient à échéance à partir de cette année... »

Des éclairs de colère brillaient dans ses yeux noirs tandis que ses muscles étaient tendus à se rompre.

Il se leva brusquement pour l'accuser :

« J'ai tout perdu à cause de vous !

— Monsieur ! protesta le propriétaire des sociétés Chevalier. Je vous en prie ! Je ne suis pas responsable de...

— Vous allez payer pour tous les épargnants ruinés ! » jeta-t-il.

À ces mots, il sortit un pistolet de la poche de son pardessus et déchargea le barillet dans la poitrine de Maxime.

Il y eut des hurlements, du sang, le bruit sourd d'un corps qui chuta sur le tapis. Puis, à nouveau, une déflagration. Pour ne pas devoir comparaître devant les juges, le meurtrier avait retourné le canon de l'arme contre sa tempe et s'était donné la mort. Déjà Bastien Parly avait accouru dans le bureau mais il était trop tard : Maxime Chevalier avait cessé de vivre.

Lorsqu'elle apprit la tragique nouvelle, Estelle s'évanouit près du téléphone dans le vestibule de la villa. Le médecin, prévenu aussitôt, demeura auprès d'elle une partie de la soirée mais, dès le lendemain, elle trouva le courage et l'énergie de rejoindre Paris pour affronter la réalité : le corps de Maxime, recouvert d'un drap blanc, reposait dans un salon que le majordome avait transformé en chambre mortuaire avec l'aide du personnel. Dès son arrivée, Célestine la pressa contre sa poitrine.

« Quel malheur ! bredouilla-t-elle.

— Laissez-moi seule, insista la jeune femme.

— C'est horrible ! ajouta la cuisinière. Tu ne devrais pas... »

Estelle soulevait déjà le drap.

« Mon Dieu ! » murmura-t-elle en découvrant à la faible lumière des cierges ses traits cireux, ravagés par la souffrance.

Elle ferma les paupières et les ouvrit à nouveau une seconde plus tard. Comment pourrait-elle s'y habituer ? Elle enleva un de ses gants pour dessiner du bout des doigts le contour de ses joues mais sa main trembla et elle recula brusquement sous le coup de l'horreur. Alors, s'agenouillant sur le parquet, elle enfouit son visage dans ses paumes.

« Maxime ! Maxime ! »

Elle l'appela doucement puis une plainte déchira sa gorge.

Célestine se précipita pour la prendre dans ses bras.

« Pleure, ma petite ! Pleure ! »

Elle pleura longtemps alors que les souvenirs s'entremêlaient dans sa mémoire : les aveux de Maxime, sa lettre d'amour, leur Noël au Pays basque, leurs nuits d'automne dans les bois de La Motte-Plessis, leur mariage, leur séjour en Russie... Cinq ans de bonheur.

« Déjà ? » pensa-t-elle.

« Pourquoi ? Pourquoi ? » répéta-t-elle à mi-voix.

Les explications de Bastien Parly et de Rodolphe, qui n'avait rien dévoilé la veille des menaces que Maxime recevait depuis une dizaine de jours, déclenchèrent sa fureur.

« Pourquoi ne m'avoir rien dit ? tonna-t-elle.

— Il nous l'avait interdit ! répondit le directeur, confus.

— Vous auriez dû m'en parler quand même ! coupa-t-elle.

— Nous avions des instructions, Madame ! insista-t-il.

— Même vous, Rodolphe ? » demanda-t-elle, incrédule.

Rodolphe confirma d'un hochement de tête.

« Personne ne s'imaginait qu'un rentier ruiné aurait la folie de demander une entrevue pour venir se venger dans son bureau, souligna Bastien Parly.

— Maxime le redoutait certainement sinon il n'aurait pas sollicité des détectives privés pour le protéger », observa Estelle.

Un silence pesant ponctua ses propos. Le directeur regrettait d'avoir mésestimé les dangers qu'encourait son patron ainsi que le désespoir des épargnants : il aurait dû fouiller le meurtrier dès son arrivée à l'étage, malgré son apparence bourgeoise. Quant à Rodolphe, il éprouvait des remords de ne pas avoir proposé à Maxime Chevalier sa protection personnelle comme lors de leur périple dans le Caucase en 1916 où il l'avait arraché aux griffes d'un malfrat dans les rues de Bakou. « Il l'aurait refusée pour que je puisse veiller sur son épouse et sur Marina ! » conclut-il tandis qu'Estelle parcourait des coupures de presse et des lettres que le directeur avait emportées avant de les rejoindre.

« Quelle horreur ! » gronda-t-elle, atterrée.

Puis, fixant Bastien Parly, elle lui dit bouleversée :

« C'était trop grave ! Vous auriez dû m'en parler. Mais maintenant à quoi bon... »

Le directeur des sociétés Chevalier encaissa sans sourciller et retourna à son bureau. Devant l'hôtel, il rencontra maître Lombart qu'il avait prévenu dès l'ouverture de l'étude. Estelle apprit ainsi que Maxime avait déposé un testament chez son notaire en mai 1916, avant son départ en Azerbaïdjan.

« C'était un homme prévoyant ! glissa-t-il. Il n'est jamais parti en voyage sans avoir laissé ses affaires en ordre. »

D'une voix chevrotante qui trahissait son trouble, il entreprit la lecture des deux feuillets dès qu'ils se retrouvèrent seuls dans le bureau de son mari. Estelle héritait de ses immeubles et de ses propriétés, de ses participations dans des groupes industriels et de ses capitaux, des sociétés Chevalier qu'elle avait mission de développer. « *Les femmes sont capables de diriger aussi bien que les hommes ! écrivait-il. L'intérêt que vous avez manifesté à Bakou pour l'exploitation du pétrole m'autorise à penser que la présidence de nos sociétés vous revient naturellement le jour où je disparaîtrai... Je suis convaincu que vous vous acquitterez de cette charge avec compétence même si elle vous effraie dans un premier temps. Nos plus proches collaborateurs sont là pour vous soutenir et vous conseiller : vous pouvez compter sur leur dévouement... Vous aurez à défendre notre réputation mais je souhaite également que vous parveniez à accroître nos activités en Russie et ailleurs dans le monde...* »

La nouvelle abasourdit la jeune femme, nullement préparée à le remplacer aussi rapidement. Le vertige la saisit. Elle s'accrocha aux accoudoirs de son fauteuil comme si la terre tremblait.

« Maître ! balbutia-t-elle. Maître ! »

Mais le notaire ne l'entendit pas, pressé d'aborder maintenant les dispositions que Maxime avait arrêtées pour les obsèques : il souhaitait être enterré dans le cimetière de Marcilly-en-Gault où son grand-père reposait déjà. « *N'oubliez pas votre promesse, ma chère*

Estelle ! Prenez grand soin de La Motte-Plessis et ne l'abandonnez jamais. Je n'ignore pas que vous y êtes attachée. Croyez que j'en suis heureux ! »

Avec une encre différente pour retenir son attention, Maxime avait ajouté une phrase que maître Lombart refusa de lire.

« C'est trop personnel », reconnut-il avant de lui tendre la feuille puis de ranger ses bésicles.

Une intense émotion la gagna lorsqu'elle découvrit ces mots : « *Je voudrais vous dire une fois encore, ma chère Estelle, que je vous ai beaucoup aimée et que vous avez illuminé les dernières années de ma vie. Quelle chance de vous avoir croisée dans les salons des Mornand ! Depuis, vous m'avez tant apporté que je n'ai jamais oublié ce moment. Grâce à vous, que de bonheurs...* »

Sa gorge se noua alors et ses yeux se brouillèrent. Elle l'avait aimé bien plus qu'elle ne l'avait imaginé au lendemain de leur séjour à Biarritz. Aussi regrettait-elle, aujourd'hui, de ne pas l'avoir comblé pleinement : ils n'avaient pas eu l'enfant qu'il désirait tant. Elle s'en attribua la responsabilité. « C'est de ma faute : j'ai trop attendu ! » conclut-elle lorsque le silence retomba dans la pièce, après le départ du notaire. En proie à des déchirements, elle s'en ouvrit à Marina qui passa une partie de la soirée à apaiser ses tourments.

Dès le lendemain, on ramena le corps de Maxime au château de La Motte-Plessis mais Rodolphe éprouva les pires difficultés à trouver un fourgon funéraire pour l'emmener jusqu'en Sologne : les restrictions d'essence persistaient. Le personnel du domaine, notamment les épouses des hommes mobilisés qu'Estelle avait souvent secourues depuis le début de la guerre, le veilla dans le salon Régence où le maître d'équipage aimait se réfugier devant un feu pétillant à son retour de la forêt. On l'inhuma par une belle matinée de printemps. Le colonel de La Garinière avait attelé les demi-sang de Maxime au corbillard de la commune. Au moment où son fouet claqua, où les chevaux s'élancèrent entre les enfilades de charmes dans un grincement d'essieux mêlé au crissement des cailloux de l'allée, Perceval et Ivanhoé hennirent tristement devant les barrières de la prairie proche de leurs écuries pendant que trente sonneurs en uniforme interprétaient un classique des messes de Saint-Hubert. Précédant l'attelage, les joueurs de trompe l'accompagnèrent en musique et à cheval jusqu'à Marcilly, formant aux côtés de l'équipage de La Motte-Plessis qui s'était déplacé au complet et en tenue un cortège qui avait du panache, digne d'un grand seigneur. Les cors retentirent jusqu'au profond des bois, se mêlant bientôt aux notes lugubres du glas que les cloches égrenaient au loin.

Les paroissiens et une foule de notables s'étaient massés devant l'église. Lorsqu'elle descendit de la victoria décorée aux armes des seigneurs de La Motte-Plessis, Estelle attira tous les regards : elle était élégante et belle dans une robe de soie noire, d'un calme surprenant. À l'instant de pénétrer dans l'église, elle marchait d'un pas assuré, affrontant la douleur avec courage au point de susciter de l'admiration parmi les femmes de Marcilly dont beaucoup pleuraient un fils, un père, un frère, un fiancé, un mari que la mitraille avait fauché dans les tranchées.

Après les obsèques, Rodolphe la dissuada de rentrer à Paris que les Allemands bombardaient toujours.

« Reposez-vous au domaine ! insista-t-il.

— Les affaires ? rétorqua-t-elle alors.

— Plus tard ! » répondit-il.

Elle accepta, encouragée par Marina qui promit de rester à La Motte-Plessis jusqu'au retour de Laura.

La femme de chambre et les deux cuisinières fermèrent alors la propriété de Deauville pour les rejoindre mais marquèrent une étape à Paris où Philomène confia à une teinturerie la garde-robe d'Estelle qui s'attendait à recevoir la visite de bourgeois et de châtelains de la région qu'ils avaient accueillis les automnes précédents lors des dîners d'octobre ou de la chasse de la Sainte-Catherine. Hormis Olympe Halder, le marquis de Boishaut qui était devenu un familier de l'atelier de Carl depuis quelques mois, le maire de Marcilly et sa femme, personne ne se dérangea.

« Comme si je n'existais pas ! » enrageait Estelle.

Après s'être contentés d'envoyer une carte de condoléances qui manquait de sincérité, beaucoup l'ignorèrent. Jusqu'à certains membres de l'équipage de Maxime qui ne la fréquentaient plus.

« Parce que je ne chasse pas ? demandait-elle au colonel de La Garinière qui s'arrêtait souvent à La Motte-Plessis. Ou parce qu'ils m'imaginent ruinée par la révolution russe ? ou bien parce que Maxime m'avait imposée dans leur monde ? »

Son ironie était à peine voilée. Le comte haussait les épaules et ne répondait pas, même s'il les désapprouvait.

En revanche, le comportement des femmes de Marcilly qu'elle croisait tous les jours dans les allées du cimetière ne la déçut pas. Mères de famille d'âge mûr, jeunes veuves ou fiancées, elles se montraient toujours aimables à son égard. Refoulant leur timidité, certaines la guettaient près des portails d'entrée pour confier leur peine et la soutenir aussi dans l'épreuve : Estelle était appréciée des habitants de la commune qui l'avaient jugée à sa générosité à l'égard des poilus dès le premier automne de guerre. Elle avait l'habitude désormais de prendre la route du bourg chaque matin après avoir sellé Ivanhoé. En chemin, elle cueillait des fleurs des champs qu'elle déposait sur la tombe de Maxime et ne rentrait à La Motte-Plessis qu'à l'heure du déjeuner.

Un matin de juin, s'apprêtant à détacher son cheval qui patientait à l'ombre d'un arbre, elle sentit soudain ses jambes vaciller et ne se rattrapa que de justesse au pommeau de la selle qu'elle avait agrippé d'une main. La scène n'échappa pas à une femme qui sortait du cimetière et courut à son secours.

« Vous êtes bien pâlichonne, madame Estelle ! s'écria-t-elle.

— Ce n'est rien ! protesta la châtelaine en épongeant son front moite. La chaleur… Un peu de fatigue… »

Nouvel étourdissement le soir même dans les salons puis les jours suivants, des maux de tête et des nausées.

Un matin, alors qu'elle préparait son bain, Philomène se fâcha dans l'espoir de la forcer à réagir :

« Consulte un médecin ! Tu as une mine de papier mâché ; tu ne manges presque rien. »

Marina, qui avait également remarqué son peu d'entrain et ses joues creusées, la supplia à son tour d'appeler le docteur Auriac de Marcilly qui l'avait soignée pour un début de bronchite lors de son premier séjour en Sologne.

De guerre lasse, Estelle s'exécuta.

Le docteur Auriac était un homme charmant ; il exerçait dans le pays depuis trente ans, sans cesse en déplacement de hameau en ferme en compagnie d'une jument à la robe baie qui le guidait efficacement par temps de brouillard. Estelle téléphona un matin avant sa toilette ; il était déjà parti en tournée mais son épouse promit qu'il passerait dans l'après-midi. Elle l'attendit jusqu'à 11 heures le lendemain.

« Je suis débordé ! » s'excusa-t-il.

Ils parlèrent de Maxime autour d'une tasse de café qu'ils prirent dans l'un des salons puis montèrent à l'étage et il l'examina.

« Il n'y a aucun doute, Madame ! dit-il un moment plus tard en refermant sa sacoche. Vous êtes enceinte. »

Elle avait peine à y croire.

« Un bébé ? » répéta-t-elle après son départ, comme pétrifiée devant la glace de sa chambre, une main sur son ventre plat.

Tiraillée entre le bonheur d'être mère et le remords de n'avoir pas donné cet enfant plus tôt à Maxime pour qu'il puisse grandir à son côté, elle fondit en larmes.

Marina la découvrit affalée dans une bergère, les paupières rougies, lorsqu'elle la rejoignit peu avant l'heure du déjeuner. Une fois passé l'étonnement, elle la raisonna.

« Comme je t'envie ! s'exclama-t-elle. Tu voulais un bébé : tu l'as, maintenant ! Alors que moi…

– C'est trop tard ! coupa Estelle.

— Trop tard ? Pourquoi ?

— Cet enfant ne connaîtra pas son père : j'aurais tant souhaité que Maxime puisse le prendre dans ses bras puis le regarder grandir, l'aider à marcher dans les salons et les allées du château, partager ses jeux, le mettre en selle dans quelques années comme son propre père l'avait fait...

— Pense à tous les enfants que la guerre privera de père et obligera à se contenter de peu ! » répondit Marina.

Estelle hocha la tête, consciente du dénuement et du désarroi qui frappaient beaucoup de veuves.

« Quelle chance pour toi ! » insista son amie.

Une chance ?

« Oui. Peut-être », répondit-elle sans conviction.

Elle était quelque peu saisie de vertige face aux événements qui s'enchaînaient sans répit depuis plusieurs mois : la spoliation de leur « empire » caucasien, les projets des sociétés Chevalier en Afrique, l'affaire des emprunts russes puis la mort tragique de Maxime sans oublier la poursuite de la guerre qui accentuait ses inquiétudes au sujet de Casimir et de Norbert toujours exposés à la mitraille. À devoir en assumer seule la charge désormais, elle ressentait de la lassitude certains jours. Comme si elle avait vieilli avant l'heure sous le poids des soucis. Aussi, emportée dans ce tourbillon, n'était-elle pas préparée à l'arrivée de cet enfant qui la désorientait : saurait-elle l'élever selon les principes que Maxime aurait souhaités ? l'entourer suffisamment pour qu'il ne souffre pas de l'absence de son père ? assurer son avenir ? Elle ne manqua pas de confier ses craintes à Marina qui s'appliqua à chasser ses doutes tout en l'assurant de son soutien.

« Je t'aiderai ! » affirma-t-elle.

En l'écoutant, Estelle prit conscience qu'elle était privilégiée et songea alors à ses années d'enfance pour se convaincre qu'elle saurait l'éduquer dans le respect des valeurs qu'elle avait reçues de ses parents, auxquelles elle demeurait fidèle. Elle réalisa par ailleurs à quel point cet enfant allait bouleverser sa vie. Certes il transformerait son quotidien et l'amènerait à changer d'habitudes mais, surtout, son existence n'aurait plus le même sens : elle disposerait d'une raison majeure pour défendre puis accroître le patrimoine des Chevalier qu'elle avait dorénavant l'obligation de transmettre. Aurait-elle éprouvé, à cet instant, l'envie de renoncer à la mission dont l'avait chargée Maxime qu'elle ne le pouvait plus désormais.

« Nous serons tous à tes côtés ! dit Marina. Rodolphe t'aidera pour diriger tes affaires… Je serai là aussi. »

Réconfortée et touchée à la fois, Estelle retrouva son énergie puis se laissa envahir par le bonheur.

Dans l'après-midi, rayonnante, elle s'empressa de téléphoner aux Ballard pour qu'ils annoncent la nouvelle à son père et à sa sœur. Reine Ballard l'invita à séjourner à Lunet dans le courant du mois de juillet ; elle ressentait de l'ennui à ne pouvoir quitter ses salons, souvent fatiguée et malade, incapable depuis le début du printemps de manier le crochet alors que c'était sa passion.

« Je vieillis », avoua-t-elle tristement.

Estelle promit de lui rendre visite après les foins.

Elle appela aussi Constance et Amélie puis François

Berthier, témoin de mariage de Maxime, qui s'était déplacé en Sologne à l'occasion des obsèques. Ils l'accablèrent de conseils de prudence qu'elle appliqua dès le lendemain : elle décida de ne plus monter à cheval, de ne plus cajoler les bêtes dans leurs boxes à l'écurie ni franchir la barrière de la prairie pour jouer en compagnie de Perceval et d'Ivanhoé. Elle demanda au garde-chasse de la conduire au cimetière de Marcilly trois fois par semaine, à bord de la victoria, puis à Marina de l'accompagner près des étangs ou en forêt les après-midi de beau temps pour profiter du grand air.

Quand sa tournée l'entraînait à proximité de La Motte-Plessis, le docteur Auriac poussait jusqu'au château pour constater que sa patiente arborait une mine resplendissante.

« Vous n'avez pas besoin de médecin ! » plaisantait-il.

Il arrivait souvent à l'approche de midi ou peu après et elle le retenait à déjeuner. Il racontait volontiers ses périples à travers la campagne solognote et les deux jeunes femmes savouraient le plaisir de l'accueillir à leur table.

« N'hésitez pas à me déranger ! répétait-il à Estelle à l'instant de prendre congé. À n'importe quelle heure ! »

Ses visites fréquentes la rassuraient. Certaines nuits, elle était angoissée à l'idée de perdre son bébé…

À leur retour de Suède, par une chaude matinée de la fin du mois de juin, Laura et Carl la trouvèrent épanouie.

« Nous sommes si contents pour toi », glissèrent-ils

tous deux en l'embrassant sur le quai de la gare de Nouans.

Par télégramme auprès de l'oncle de la jeune femme, Estelle les avait prévenus de la disparition tragique de Maxime puis de sa grossesse. Ils avaient manifesté leur amitié à chaque fois, prêts à l'épauler de leur mieux dès qu'ils rentreraient en France.

« J'aime cette terre ! » avoua Laura alors que l'attelage traversait un paysage parsemé de bois et d'étangs.

Des questions l'assaillaient à propos de son avenir et de celui de Carl. Les préjudices subis par les sociétés Chevalier dans le Caucase obligeraient-ils Estelle à se séparer d'une partie de son personnel, à interrompre les inventaires du château qui n'étaient pas terminés ? En dépit de sa passion pour l'art, la jeune femme aurait-elle désormais les moyens d'être aussi généreuse que Maxime à l'égard des artistes ? À défaut de commander de nouvelles œuvres à Carl, leur permettrait-elle d'habiter encore au château pendant quelque temps ? L'après-midi même, au cours d'une promenade qui les emmena jusqu'aux Sablières, Estelle chercha à dissiper ses inquiétudes qu'elle avait devinées dès le début du déjeuner : elle n'avait pas l'intention de renoncer à ses compétences.

« J'aurai toujours besoin de toi ! » confia-t-elle à Laura.

À moins d'être confrontée à d'importants soucis financiers, elle ne souhaitait pas davantage interrompre les efforts engagés par Maxime depuis des années pour soutenir graveurs, sculpteurs et peintres.

« Son œuvre est loin d'être achevée », souligna-t-elle.

Laura en convenait d'autant plus qu'elle demeurait convaincue que de nouveaux talents s'exprimeraient dès le lendemain de la guerre et qu'ils auraient besoin de mécènes.

« Je m'efforcerai d'avoir autant d'enthousiasme », promit Estelle qui entendait rester fidèle à sa conduite désintéressée.

Soudain, elle s'arrêta au milieu du chemin pour demander à son amie :

« Mais pourrai-je accomplir seule ce que j'avais tant de plaisir à réaliser avec Maxime ? »

21

Prenant à cœur ses nouvelles fonctions à la tête des sociétés Chevalier, Estelle regagna Paris aux premiers jours de juillet : les bombardements allemands avaient enfin cessé depuis que les armées alliées avaient réussi à repousser les divisions du kaiser au-delà de la Marne. Malgré l'insistance de Marina, elle s'accorda peu de loisirs pour flâner dans les grands magasins et les parcs ; elle préféra consacrer l'essentiel de son temps à ses affaires. Dès le lendemain de son arrivée, elle s'installa dans le bureau qu'elle avait demandé à Rodolphe d'aménager à l'étage de la direction, ne souhaitant pas occuper la pièce où travaillait Maxime et où s'était déroulé le drame. Par peur d'imaginer l'horrible scène, elle refusa d'en franchir le seuil pour emporter ses objets personnels qui s'y trouvaient encore : des photos de famille, son portrait en marbre de Carrare que Carl avait exécuté après leur mariage, sa canne au pommeau d'ivoire, une écritoire en bois et en cuir rouge qui était gravée à ses initiales, une pendule dont il avait hérité de ses grands-parents maternels. Une secrétaire se chargea de les transporter dans son bureau avant d'y déposer également les archives et les ouvrages reliés. Aux murs blancs de cette pièce spacieuse, dont les deux fenêtres offraient une belle vue sur les Champs-Élysées, la nouvelle présidente accrocha des toiles qui représentaient ses paysages préférés : les plages de Deauville et les forêts de La Motte-Plessis.

« Maintenant, je m'y sens bien ! » avoua-t-elle un matin.

Pendant trois semaines, au côté de Rodolphe, elle décortiqua les comptes de « l'empire » Chevalier, comme le surnommaient quelques financiers parisiens puis de la société Nouméa-Nickel à laquelle son mari était associé, avant de s'intéresser aux rapports des dernières assemblées générales d'une foule de banques et de compagnies coloniales dont elle était dorénavant l'actionnaire. La récente décision de Lénine de nationaliser l'industrie confirmait les prédictions de Maxime : il fallait renoncer à toute activité dans le Caucase, quoi qu'il advienne en Russie une fois que les traités de paix auraient déterminé les frontières d'une nouvelle Europe. À l'inverse, les bonnes performances de Nouméa-Nickel et des actions coloniales dont les dividendes n'avaient pas faibli depuis l'avant-guerre constituaient autant de motifs de satisfaction.

« Votre mari s'est rarement trompé dans ses choix ! » souligna Bastien.

À l'instar de Rodolphe, il approuvait les investissements que leur ancien patron envisageait d'effectuer au Gabon.

« N'hésitez pas : foncez ! conseillèrent-ils à Estelle, appuyés par les banquiers. Le caoutchouc est une industrie d'avenir. »

Adrien Rambutot demeurait encore en France, dans sa famille qui habitait le Bordelais, mais il devait embarquer le 1er août pour l'Afrique. À trois reprises déjà, entre le 20 mai et le 15 juin, il avait insisté auprès de Bastien pour la rencontrer mais le directeur des sociétés Chevalier avait reporté cette entrevue.

« Madame Chevalier a besoin de repos ! » avait-il répété.

Estelle ne pouvait plus désormais prolonger son attente : elle accepta de le recevoir au lendemain de la fête du 14 Juillet pour annoncer d'emblée ses intentions :

« Nous sommes partants ! »

Dès la première entrevue, l'industriel apprécia son franc-parler mais aussi son esprit curieux qui l'incitait à s'intéresser à la culture de l'hévéa, à la récolte de la gomme, aux différents procédés de transformation du latex.

« Nous devrions nous entendre ! » estima-t-il, confiant, avant de quitter son bureau.

Ils poursuivirent leur conversation deux jours plus tard autour d'une bonne table du quartier et il renouvela l'invitation transmise à Maxime au mois de janvier :

« J'espère vous accueillir à Brazzaville dès la fin de la guerre ! Je ne doute pas que vous aimerez l'Afrique... »

Elle retourna à son bureau sous le charme de cette prochaine découverte qu'une mauvaise nouvelle rompit dans l'après-midi : Jules Ballard l'appela pour annuler son séjour à Lunet.

« Madame Ballard est malade », expliqua-t-il.

Estelle avait commencé à préparer ses bagages : elle devait prendre le train pour l'Aveyron le 22 juillet au matin.

« C'est une bronchite », précisa-t-il.

Souffrant d'une forte fièvre, Reine Ballard était alitée depuis le début de la semaine.

« Le médecin est réservé : elle est faible, compléta-t-il.

— Je peux m'installer à la ferme, suggéra-t-elle.

— Le docteur Orsière redoute, souligna-t-il alors, que Madame Ballard soit contagieuse… »

Renoncer à embrasser sa famille et à passer deux semaines au pays de son enfance contraria Estelle. La châtelaine de Lunet était-elle aussi contagieuse que le prétendait son mari ? Intriguée par ses propos, elle s'enhardit à téléphoner au docteur Orsière qui ne mâcha pas ses mots.

« C'est certainement la grippe espagnole ! » révéla-t-il.

Au lendemain de l'apparition des premiers cas à Paris, dès le mois d'avril, elle avait appris dans les pages du *Figaro* que cette maladie entraînait des complications pulmonaires qui la rendaient meurtrière chez les plus jeunes sans épargner les personnes âgées.

« Protégez-vous de la foule, Madame ! martela-t-il. Évitez les stations de métro, les gares, les grands magasins, les hôpitaux ! Une femme enceinte ne prend jamais assez de précautions… »

Observant ses recommandations, elle décida de rejoindre La Motte-Plessis au cours des derniers jours de juillet et de ne plus bouger du domaine jusqu'à l'automne.

Reine Ballard s'éteignit le 8 août après avoir agonisé dans sa chambre pendant une journée et une nuit entières.

« C'était terrible ! » raconta Perrine au téléphone.

Son décès manqua éclipser un heureux événement : la jeune femme attendait un enfant qui naîtrait au mois de mars prochain.

« J'aimerais tant que les hommes rendent les armes avant les premiers raisins et que Casimir revienne, confessa-t-elle au bord des larmes. Je n'en peux plus... »

Elle était épuisée pour avoir soigné sa patronne sans relâche depuis la mi-juillet et l'avoir souvent veillée.

« Repose-toi maintenant ! insista Estelle. Pense à ton enfant ! »

Elle promit de ménager ses forces mais la grippe espagnole, devenue épidémique, frappa Jules Ballard pendant la première semaine de septembre. Il en mourut à son tour à la Saint-Michel et Estelle regretta, comme un mois plus tôt lors du décès de son épouse, de ne pouvoir assister à ses obsèques. Elle les estimait tous deux : ils l'avaient toujours bien traitée lorsqu'elle travaillait au château et ils étaient fiers aujourd'hui de sa réussite. Elle leur devait beaucoup : ils l'avaient encouragée à rejoindre son oncle et sa tante à Paris pour rencontrer l'exécuteur testamentaire du fondateur de *La Parisienne*, et son séjour dans la capitale avait infléchi son destin...

La disparition de Jules Ballard plongea tout le personnel dans le désarroi. En effet, après son inhumation dans le caveau familial de Sainte-Croix, ses neveux réunirent à l'ombre des tilleuls les employées du château, les domestiques et le maître-valet pour les prévenir qu'ils avaient chargé un notaire de Villefranche de trouver un acquéreur pour l'ensemble du domaine : les terres, le manoir et les bâtiments d'exploitation. « *Ils ne m'ont accordé que huit jours pour déménager !* précisa

Perrine dans la lettre qu'elle adressa à Estelle dès le lendemain. *Je reviendrai m'installer à la ferme où j'aurai de quoi m'occuper en cette saison à la maison et aux champs mais je n'aurai pas de salaire. Comme la gardeuse d'oies ! Père ne pourra me donner qu'un lit et le couvert... Je n'en parlerai pas à Casimir : j'ai peur qu'il se ronge les sangs dans les tranchées alors qu'il doit être tellement heureux de devenir père. L'avenir ne s'annonce guère réjouissant : nous devrons peut-être quitter Lunet dans quelques mois. Tout dépendra des nouveaux propriétaires... »*

Estelle pensa aussitôt à son père. Aurait-il une chance d'être à nouveau engagé comme maître-valet ? Ses compétences et sa réputation d'éleveur plaidaient en sa faveur. À l'inverse, n'avait-il pas mérité d'être relevé à soixante ans passés ? Eugène s'était dépensé sans compter depuis le début de la guerre, suppléant l'absence de main-d'œuvre, et il aspirait aujourd'hui au repos. La jeune femme ne doutait pas qu'il inciterait les prochains maîtres à choisir Norbert pour le remplacer. C'était son souhait depuis des années ; il ne paraissait pas avoir changé d'opinion en dépit des difficultés auxquelles il s'attendait dans ses rapports quotidiens avec son fils. Mais l'accepterait-on ? Il n'avait aucune expérience alors que son caractère ombrageux desservirait ses prétentions. Certaine qu'il courait à l'échec, Estelle s'inquiétait pour leur père. Dans l'obligation de partir, il n'aurait plus de toit alors qu'elle avait abondance de demeures. Aussi l'imaginait-elle à La Motte-Plessis, secondant le palefrenier, prêtant main-forte à Urbain pour l'entretien des étangs, taillant les massifs de buis, se préoccupant des coupes annuelles de bois. Mais comment parvenir à l'arracher aux paysages parmi lesquels s'était écoulée la moitié de sa vie pour l'entraîner en Sologne où il jouirait d'une vieillesse paisible, où Perrine et sa petite famille pourraient également les rejoindre ? « Plutôt que d'être déraciné à La Motte-Plessis ou traité d'étranger à Sainte-Croix, il préférera retourner au pays de ses ancêtres ! » pressentit-elle.

Pendant quelques jours, ces pensées ne la lâchèrent pas. La lettre de Perrine était un appel. « C'est mon devoir d'intervenir », estimait Estelle. Comment ? Une nuit, une décision s'imposa : acheter la propriété. Elle confierait l'exploitation des cent hectares de terres et de bois à son père et à son frère. Qu'adviendrait-il alors du château ? Elle ne voulait pas d'une résidence supplémentaire. Par contre, elle avait désormais la possibilité d'accomplir un vieux rêve que Maxime s'était promis de réaliser après la guerre : créer une fondation pour accueillir des jeunes filles de condition modeste auxquelles la vie ne permettait pas d'avoir accès à l'instruction. La mise en vente de ce château, où elle avait débuté comme bonne à tout faire, était un signe du destin pour l'amener à mettre en œuvre ce projet qu'elle porterait avec Maxime malgré sa disparition. Elle pourrait, comme ils l'avaient désiré, y fonder une école pour recevoir les jeunes filles que leurs parents préféraient placer comme bergères ou bonnes plutôt que de leur permettre de poursuivre leurs études.

« Ils les louent à l'âge de onze ou douze ans dans les fermes et chez les bourgeois du pays pour avoir une bouche de moins à nourrir ! expliqua-t-elle à Laura, le lendemain, au cours du petit-déjeuner avant de brosser un tableau édifiant de la situation des jeunes filles de

Sainte-Croix et du causse proche de Villeneuve. Dès qu'elles sont capables d'apporter de l'argent dans la famille, elles ne reviennent jamais en classe... Dans les campagnes, on considère que l'instruction est superflue : beaucoup affirment que les filles en sauront toujours assez pour s'occuper de leurs enfants et engraisser des cochons. On se dépêche de les marier à l'âge de dix-sept ou dix-huit ans puis de les accabler de travail dans la maison et aux champs alors que certaines d'entre elles ont envie d'apprendre. C'est injuste ! »

Bien peu, à l'instar d'Estelle, échappaient à leur destin. Aussi, mesurant son privilège, la jeune femme avait-elle des ambitions pour son école : elle mènerait certes les élèves jusqu'au certificat d'études mais souhaitait également dispenser un enseignement de haut niveau aux meilleures d'entre elles pour les présenter au brevet supérieur puis au baccalauréat.

« Au baccalauréat ? mais c'est formidable ! s'exclama Laura.

— J'y tiens beaucoup ! » répondit Estelle.

Peu de jeunes filles passaient alors le baccalauréat. Les rares candidates, toutes d'origine bourgeoise, devaient s'inscrire à une préparation dans une institution privée où elles pouvaient suivre des cours de latin ou de mathématiques qui figuraient seulement dans le programme des lycées de garçons. En effet, les lycées de jeunes filles n'avaient pas d'autre objectif que de procurer une culture générale et littéraire, couronnée par le brevet élémentaire ou un diplôme d'études secondaires.

« Cette inégalité est scandaleuse ! » s'insurgea Laura.

Elle imaginait déjà les réactions que susciterait son initiative à Rodez, à Villefranche, à Figeac et à Cahors.

« On te taxera de féministe ou de pétroleuse ! prédit-elle.

— Qu'importe ! » rétorqua Estelle.

Plus que les critiques, c'était l'avenir des élèves qui constituait sa seule préoccupation. Elle songeait à l'éventail de métiers que ses protégées pourraient choisir après le brevet : employée au service du télégraphe ou du téléphone, receveuse des Postes, secrétaire dans l'administration, institutrice après leur admission à l'école normale. Le baccalauréat leur permettrait de s'élever plus encore dans l'échelle sociale en devenant professeur de lycée.

« Mais également avocate ou médecin », ajouta-t-elle.

Elle comptait, en effet, octroyer une bourse aux plus brillantes bachelières pour qu'elles entreprennent des études supérieures à Toulouse ou à Paris. Convaincue par ailleurs que les grandes écoles admettraient bientôt les femmes, elle n'était pas peu fière de penser que l'une d'entre elles parviendrait un jour à avoir un diplôme d'ingénieur.

« L'égalité des droits et des chances s'imposera dès le retour de la paix ! affirma-t-elle. La guerre a tout bouleversé. »

Depuis la mobilisation, la situation des femmes avait changé : elles avaient courageusement remplacé les hommes à l'usine et aux champs ; elles assumaient désormais des responsabilités qu'on leur avait toujours refusées. Certaines disposaient d'un salaire et s'offraient des loisirs.

« Elles ont enfin acquis leur indépendance : on ne pourra plus rogner leur liberté ! » jugea Laura.

Depuis son arrivée à Paris, elle militait en faveur de l'éducation politique républicaine des femmes dans les rangs de *La Fronde* dont la présidente, Marguerite Durand, consacrait toute sa fortune à la cause féministe. Aussi approuvait-elle Estelle sans réserve, disposée à l'aider pour que son projet aboutisse.

« Tu dois réussir ! » insista-t-elle.

Elle proposa d'assurer régulièrement des leçons de dessin et d'anglais, de mettre au service des élèves sa culture générale et sa passion pour l'histoire des civilisations.

Estelle qui n'avait pas douté un instant de son soutien ni de sa collaboration la remercia chaleureusement. Pour l'heure, elle avait l'intention d'ouvrir modestement son école aux élèves de onze à treize ans et de les confier dès l'automne à l'ancienne maîtresse de Sainte-Croix en attendant de pouvoir engager du personnel. Élise Mercier avait cessé de diriger la classe des grandes depuis la rentrée précédente et s'était retirée au bourg ; elles s'écrivaient souvent depuis leurs retrouvailles de l'été 1913.

« Pour moi, Mademoiselle Mercier n'hésitera pas à reprendre du service ! » estima Estelle.

Échafaudant l'organisation de son école, elle avait décidé par ailleurs de solliciter Perrine : sa sœur s'occuperait de l'intendance en compagnie de son mari.

« J'espère que Casimir rentrera avant l'automne », dit-elle.

Pour parachever la présentation de son projet, elle demanda à Philomène de prendre dans son bureau des feuilles de papier et des crayons de couleur. Un moment plus tard, elle dessinait à grands traits les plans de l'école qu'elle envisageait d'établir dans la partie ouest du château puis représenta en jaune la buanderie, en rouge la cuisine, en bleu les salles de classe, en grisé les trois salles de bains et le dortoir qu'elle prévoyait d'aménager dans les combles, enfin en orangé les chambres actuelles du second que les grandes partageraient à deux. Elle profiterait du chantier pour rendre le château plus confortable en y installant l'eau courante, le chauffage dans une partie des bâtiments grâce à une chaudière à bois, en enrichissant le décor des pièces qu'elle se réserverait à chacun de ses séjours. Elle y transporterait des beaux meubles et des tapisseries, y accrocherait des toiles aux couleurs fauves, commanderait à Carl une série de gouaches autour du thème des quatre saisons dans la campagne de Lunet.

« Tu dépenseras une fortune ! s'écria Laura.
— Beaucoup sûrement ! confirma Estelle. Mais je peux…
— C'est une folie ! Tu es vraiment sûre que…
— Je suis née et j'ai grandi dans cette ferme ! s'obstinat-elle à répéter. Nous y sommes tous attachés et mes parents y ont été heureux jusqu'à la maladie de ma mère… J'ai toujours aimé cette terre comme si elle m'appartenait ! Mon père la travaille dans les larmes et la sueur depuis plus de trente ans : il rêve de ne jamais la quitter et d'y mourir un jour… C'est une chance que les héritiers ne veuillent pas garder Lunet ! Le reste ne compte pas… »

Dans l'après-midi, elle appela le notaire chargé de la vente et maître Maruéjouls accepta de venir en Sologne pour débattre des exigences défendues par les cinq neveux des Ballard. Elle écrivit aussitôt à son père pour le mettre dans la confidence mais obtenir, surtout, une évaluation précise de l'état et de la valeur du cheptel de la ferme, des bâtiments, des champs, des prairies et des bois. Soucieuse de disposer par ailleurs d'une estimation à propos du château, elle sollicita discrètement un ancien président du tribunal de Villefranche qu'elle avait rencontré chez les Ballard à Pâques 1914. Ses méthodes impressionnèrent Laura : elle se comportait désormais comme une vraie femme d'affaires.

Maître Maruéjouls le constata aussi dès leur premier entretien alors qu'il s'imaginait emporter facilement la décision ; il arriva à La Motte-Plessis par un après-midi d'octobre balayé par le vent et dont la fraîcheur préfigurait déjà les premiers froids de l'automne. Antoine de La Garinière, toujours dévoué envers Estelle, s'était proposé de l'attendre en gare de Nouans à sa descente du train et de l'emmener à bord de son coupé. À peine avait-il mis pied à terre que le notaire tomba en admiration devant les motifs des massifs de buis, les arbres majestueux, l'architecture du château. Par comparaison, le manoir de Lunet apparaissait austère.

« Pourquoi vous encombrer d'une demeure aussi rustique en Aveyron ? demanda-t-il avec insistance.

– J'ai mes raisons », répondit-elle.

Le soleil disparaissait derrière l'épais rideau des bois lorsqu'ils entamèrent leurs discussions dans le salon Louis XIII. Il remarqua rapidement qu'elle connaissait les moindres recoins du domaine, jusqu'à la composition du mobilier des chambres. Il saisit alors sa motivation mais comprit par ailleurs qu'elle n'était pas disposée à débourser des sommes exorbitantes pour devenir propriétaire de Lunet. Juste après le dîner, Estelle soumit à son appréciation les expertises établies par son père et par l'ancien président du tribunal pour dénoncer les prétentions des héritiers puis avancer une offre nettement inférieure.

« Les neveux des Ballard ne l'accepteront jamais », prétendit-il.

Il admit toutefois que leur proposition méritait d'être ramenée à un montant plus raisonnable.

« Nous y réfléchirons ! » promit-il.

Il retourna en Sologne deux semaines plus tard accompagné d'Honorin Ballard, pharmacien à Limoges. Après une journée de transactions acharnées, Estelle arracha un accord provisoire.

« Ils ergotent pour des broutilles ! grommela-t-elle après leur départ, les nerfs à fleur de peau. Ils hésitent encore à se séparer de quelques meubles du château et de la bibliothèque de Jules Ballard... À ce train-là, l'affaire traînera pendant des mois... »

Plutôt que de ronger son frein en guettant une lettre du notaire ou la sonnerie du téléphone, elle préféra préparer la récolte des alevins qui se déroulerait pour la première fois sans Maxime. Le colonel de La Garinière insista pour superviser les opérations : il secondait le châtelain de La Motte-Plessis depuis le début de la guerre ; il considérait surtout qu'Estelle ne devait pas passer des journées à patauger dans la boue près des étangs.

« C'est imprudent et malsain ! trancha-t-il. Dans votre état... »

La récolte des alevins s'achevait que le notaire de Villefranche la rappelait à sa grande surprise.

« Tout est réglé : les Ballard sont pressés de conclure ! »

Maître Maruéjouls monta une dernière fois à La Motte-Plessis quelques jours après la Toussaint et Estelle signa une promesse d'achat. L'après-midi même, elle expédiait un télégramme à son père : « *Lunet est à nous.* » Jusqu'à la nuit, elle répéta ces mots pour s'en convaincre.

Le 11 novembre, pendant le déjeuner qu'elle prenait comme à l'habitude en compagnie de ses amis, Estelle entendit soudain la porte du château s'ouvrir puis une exclamation :

« C'est l'armistice ! C'est l'armistice ! »

L'instant d'après, sans s'accorder le temps de confier chapeau et manteau à Philomène, le docteur Auriac les rejoignait.

« Les cloches sonnent à toute volée dans le pays ! ajouta-t-il. Les poilus reviendront avant Noël... »

Quel soulagement ! Estelle imagina le retour de Casimir et de Norbert qui combattait désormais dans les Balkans, du personnel de l'hôtel et des domestiques du château notamment du régisseur qui manquait cruellement depuis la mort de Maxime pour diriger le domaine.

Les hommes rentrèrent tandis que l'hiver approchait et que la jeune femme ne quittait plus ses salons.

« Ne vous inquiétez pas ! persistait à répéter le médecin lors de chacune de ses visites. Tout se passera bien ! »

Honorant sa parole, il accourut au château dès qu'elle ressentit les premières contractions. C'était un après-midi de décembre, trois jours avant la Saint-Sylvestre. Il tombait du crachin et une brume épaisse noyait le pays. Une douce température régnait dans sa chambre plongée dans la demi-pénombre malgré une lampe allumée à son chevet.

« Maintenant, je ne vous lâche plus ! » prévint-il.

Il demeura près d'elle toute la soirée puis une partie de la nuit, la stimulant dès que son courage faiblissait. Le bébé naquit enfin à 3 heures du matin.

« C'est une fille ! » souffla le docteur à Estelle, épuisée.

En nage au milieu des draps tachés de sang, le corps meurtri, les traits ravagés par la souffrance, elle esquissa un large sourire :

« Merci ! »

Lorsqu'elle pressa la petite Léa contre sa poitrine, un moment plus tard, elle pensa à Maxime et son cœur se serra : il aurait été si heureux de prendre sa fille dans ses bras et de la couvrir de baisers. Alors les larmes la submergèrent et ruisselèrent le long de ses joues. Puis elle se reprit pour ne songer qu'à demain.

Léa l'accapara désormais pour son plus grand bonheur mais ne l'empêcha nullement, lorsqu'elle fut rétablie, de travailler à ses projets. Par l'intermédiaire de maître Maruéjouls, elle avait confié à un architecte de Villefranche le soin de dresser les plans d'aménagement de l'aile ouest du château, de prendre contact avec des entrepreneurs et d'estimer les dépenses avant qu'elle descende dans l'Aveyron à Pâques pour signer l'acte. Au cours des premières semaines de l'année 1919, ils ne cessèrent d'échanger de longs courriers enrichis de croquis au point qu'il ne restait que des détails à examiner le jour même où elle se mit en route. Elle quitta La Motte-Plessis un matin d'avril, heureuse de voyager à nouveau après des mois de retraite forcée que sa grossesse puis l'hiver avaient imposés.

« Je me sens différente ! » avoua-t-elle, radieuse, à Philomène qui l'accompagnait pour s'occuper de Léa.

Le lendemain, Estelle devenait enfin propriétaire du manoir et de la ferme de Lunet. Sortant de chez le notaire, elle emmena sa fille et sa femme de chambre dans la maison où elle avait grandi. Philomène protesta : midi approchait et la petite Léa avait besoin de repos.

« Elle dormira en chemin ! » décréta la jeune femme.

Le chauffeur du garage Vergne les conduisit au volant d'une Peugeot d'avant-guerre à la carrosserie abîmée, dont il actionnait le klaxon à chaque carrefour. Leur arrivée causa sensation : on ne les attendait que dans l'après-midi. Eugène et ses domestiques étaient déjà attablés dans la cuisine pendant que Perrine langeait son enfant sur le lit de sa chambre sous l'œil attendri de Casimir ; elle avait accouché trois semaines plus tôt d'une fille qu'elle avait prénommée France.

« Par patriotisme ! » avait-elle expliqué à sa sœur.

Estelle les entraîna tous en direction du château.

« C'est à nous maintenant ! » s'écria-t-elle.

Avant d'entrer, Eugène enleva ses souliers maculés de boue pour ne pas salir les parquets puis son chapeau lorsqu'il pénétra dans le petit salon où Jules Ballard le recevait toujours. Déjà ses filles s'empressaient d'ouvrir fenêtres et volets. Il les suivit à distance dans chaque pièce où flottait une odeur de renfermé, en promenant un regard curieux et ébloui.

« C'est à nous ? demanda-t-il à Estelle, incrédule.
— Oui. Bien sûr !

– Non ! C'est à toi plutôt ! rectifia-t-il.
– C'est pour la famille ! » insista-t-elle.
Ému, Eugène hocha la tête.
Elle avait accompli le rêve qu'il savait ne pouvoir jamais réaliser.

22

Le chantier était bien avancé lorsqu'elle y retourna au moment des moissons et l'architecte l'assura qu'elle pourrait y accueillir les premières adolescentes au début du mois d'octobre. Grâce à ses relations dans les ministères, Estelle avait obtenu au mois de juin les autorisations indispensables à l'ouverture de l'école dont son ancienne maîtresse, Élise Mercier, assurerait la direction jusqu'à la fin du trimestre, en attendant l'arrivée de la jeune institutrice qu'elle avait engagée à Cahors ; elle pouvait maintenant se consacrer au recrutement des élèves. Dès la première semaine d'août, elle sillonna les campagnes proches de Lunet en compagnie d'Élise qui connaissait la plupart des familles. Emmanuel, démobilisé en début de l'année, les emmena en tournée à bord de la De-Dion-Bouton de Maxime ; le chauffeur avait repris son service à l'hôtel Chevalier. Ils partaient en général pour la journée, déballant leurs provisions à l'ombre d'un bosquet lorsque sonnait midi dans les lointains. À peine s'arrêtaient-ils dans un hameau que les enfants les entouraient, pressés d'admirer les chromes rutilants et la belle mécanique, tandis que quelques femmes les reluquaient derrière les rideaux des fenêtres des souillardes. Partout, Estelle et Élise ne rencontrèrent qu'incompréhension et méfiance. Les mères de famille qui acceptaient de les écouter les recevaient au milieu des caquètements de volailles ou devant l'entrée de la maison.

« Les écoles ne rapportent rien et nous empêchent de placer nos filles ! » observaient-elles unanimement.

Subissant les assauts des corniauds qui s'amusaient à lacérer le bas de ses robes et à mordiller ses souliers, piétinant la fiente qui tapissait la terre battue des cours de ferme et dégageait des odeurs repoussantes sous l'effet de la chaleur, Estelle expliquait sans se lasser le bien-fondé de l'instruction mais ne recueillait le plus souvent que de l'hostilité.

« Encore des *cabourdises** de Parisien ! » s'écriaient-elles en haussant les épaules.

Les efforts que déploya à son tour Élise Mercier ne réussirent pas davantage à entamer leur entêtement en dépit des relations amicales qu'elle entretenait avec quelques familles ; la gratuité de la pension et de la scolarité ne constituait pas un argument aussi déterminant qu'elle l'avait imaginé.

« La meilleure école pour nos filles, c'est le travail au cul d'une patronne ! » répétaient crûment les mères.

Profitant de leur passage, certaines d'entre elles manifestèrent de l'antipathie à l'encontre d'Estelle que beaucoup surnommaient La Richarde, La Pétrolette ou La Parisienne depuis son rachat du domaine de Lunet.

Le maire de Sainte-Croix qui soutenait mollement le projet la dissuada de s'obstiner pour ne pas déclencher les passions.

* Cabourdises : bêtises, lubie.

« Vous ne les changerez pas ! » estima-t-il.

Nullement décidée à capituler, elle poussa ses investigations au-delà du pays de Sainte-Croix dans les communes du canton et jusqu'aux portes de Villefranche. Grâce à l'appui de quelques notables qui la recommandèrent, convaincus de la pertinence de son initiative, elle parvint à rassembler une douzaine d'élèves.

« Comme c'est laborieux ! » soupirait-elle lorsque Emmanuel les ramenait à Lunet après d'interminables palabres et des dizaines de kilomètres parcourus à travers les routes du causse.

Même si elle espérait accueillir une vingtaine de jeunes filles la première année, Estelle éprouvait la satisfaction d'avoir rallié des familles à ses arguments.

« C'est un bon début ! » insista-t-elle auprès de sa sœur qui ne cachait pas sa déception.

La bataille qu'elle engageait promettait d'être longue et difficile mais elle était persuadée d'avoir déjà remporté une victoire : ses élèves effectueraient leur rentrée à Lunet le 6 octobre prochain à 10 heures, en dépit de la campagne de dénigrement de l'école et des calomnies qui persistaient.

« L'année prochaine, les parents nous jugeront ! » ajouta-t-elle.

Forte de l'enthousiasme de Perrine et de l'expérience d'Élise, elle était disposée à tout mettre en œuvre pour que la réputation de l'école soit irréprochable. C'était une affaire d'honneur.

La batteuse s'était installée depuis deux jours à Lunet lorsque Norbert retrouva sa famille. Il n'avait pas prévenu de son arrivée et déboula près du gerbier, chargé de son baluchon, à l'heure la plus chaude de l'après-midi alors que les équipes s'activaient au milieu d'un nuage de poussière et que la machine tournait à plein régime dans un vacarme assourdissant. Eugène qui surveillait les opérations le confondit au premier abord avec un chemineau qui cherchait de l'embauche pour l'automne puis réalisa sa méprise à l'instant où il s'approcha.

« Norbert ? » s'exclama-t-il, abasourdi, en soulevant son feutre pour éponger son front ruisselant de sueur.

Même s'il ressemblait quelque peu à un trimardeur avec ses cheveux hirsutes, sa barbe en broussaille et sa peau tannée par le soleil, c'était bien son fils. Il remarqua qu'il avait maigri et que ses traits s'étaient encore durcis.

Les deux hommes s'embrassèrent.

« Pourquoi nous avoir laissés sans nouvelles depuis Pâques ? s'égosilla alors Eugène. Nous étions inquiets... »

Norbert, impassible devant ses reproches, ne répondit pas ; il observait les gestes des hommes qui hissaient des sacs d'un quintal sur leurs épaules pour les emporter au grenier.

« Quelle bande de mazettes ! » tempêta-t-il.

Soudain il retroussa ses manches pour marcher à grands pas en direction de la batteuse et prendre son tour. Jusqu'à la pause, marquée par trois coups de sifflet de la machine qui libérèrent de puissants jets de vapeur, il s'épuisa à charrier du blé. Dès que le silence retomba, il montra à des journaliers qui étaient encore des adolescents comment on portait les sacs en Provence. Rapatrié à Marseille au mois de juin puis aussitôt démobilisé, il s'était loué dans les fermes de l'arrière-pays.

« Maintenant, apporte-nous à manger et à boire ! » ordonna-t-il à une jeune fille qui n'avait pas perdu une miette de la scène.

Un instant plus tard, les dépiqueurs dévoraient du poulet froid et du fromage à l'ombre des arbres tandis que les pichets d'eau fraîche et de vin circulaient de main en main.

« C'est de la piquette ! ronchonna-t-il à la première gorgée de rouge, en esquissant une moue.

— L'année n'était pas fameuse ! reconnut Eugène.

— Rien n'est jamais fameux dans cette baraque ! se plaignit-il. Une année, c'est le blé qui ne pisse pas. L'année suivante, c'est le pinard qui tourne dans les tonneaux ou les bêtes qui brament à longueur de journée parce qu'elles n'ont plus d'herbe dans les prairies... C'est toujours la dèche quand on est paysan ! »

Son père le foudroya du regard puis frappa dans ses mains.

« Au travail ! » hurla-t-il.

Hommes et femmes coiffèrent leur chapeau, regagnèrent leur poste d'un pas mesuré : la fatigue pesait sur leurs épaules. Seul Norbert ne bougea pas : il continua à mâchonner un brin d'herbe, adossé contre le tronc d'un arbre.

« À la batteuse ! imposa Eugène en désignant la cohorte des porteurs. On a besoin de toi. Le temps presse ! »

Norbert refusa d'obtempérer ; son père haussa encore le ton. Le ronronnement de la locomobile résonnait à nouveau.

« Dépêche-toi ! répéta Eugène. On doit terminer avant la nuit. »

Le jeune homme empoigna alors son baluchon puis s'éloigna du gerbier sans se soucier des injonctions réitérées de son père et décampa après avoir jeté ses hardes tout en haut de l'escalier de la maison. Lorsque sa silhouette disparut derrière le rideau de chênes majestueux qui bordaient le chemin conduisant à Sainte-Croix, Eugène comprit que de longues années s'écouleraient avant que son fils ait tué les démons et le désespoir qui l'habitaient pour que, un jour, il revienne vers lui ; il en conclut alors qu'il devrait trouver un fermier avant la Saint-Jean prochaine. À la fraîche, il s'en ouvrit à ses filles quand elles le rejoignirent près du chantier après avoir couché leurs enfants. En dépit de l'heure, les équipes besognaient encore : l'entrepreneur avait demandé aux bouviers de déplacer la batteuse jusqu'au Trioulou, avant l'aube.

« C'est une tête de pioche que personne ne réussira à mater », persista-t-il à affirmer.

Son jugement d'une extrême dureté étonna Estelle.

« La guerre a traumatisé les soldats ! répondit-elle. Il changera peut-être dans quelque temps...

— N'y compte pas ! rétorqua Eugène. Je préfère qu'il retourne chez son patron : il est incapable de diriger le domaine...

— Nous pourrions tout de même...

— Les domestiques ne l'accepteront pas ! coupa-t-il, désireux d'éviter les tensions. Même les plus fidèles nous quitteront sans hésiter ! Les patrons se disputent la main-d'œuvre qualifiée : il en manque partout dans les campagnes. »

Après les révélations de son père au sujet de son insolence à l'instant de la reprise du battage et malgré sa déception car elle aurait souhaité qu'il prenne sa place au domaine, Estelle pensa à son tour qu'il devait partir.

Perrine s'effondra en larmes : elle s'était peu à peu habituée à l'idée qu'ils pourraient désormais être heureux, à nouveau réunis comme avant à l'ombre des tours de Lunet...

Les domestiques et journaliers achevaient de souper lorsque Norbert entra dans la cuisine en entonnant des couplets paillards. Il s'empara aussitôt d'une bouteille qui trônait sur la table et but à la régalade au point de tacher sa chemise, puis poursuivit jusqu'à la souillarde la jeune fille qui assurait le service. Exaspéré par son comportement indigne, Eugène quitta sa place en bout de table et décrocha le fouet des juments ; il le pourchassa jusque dans la demi-pénombre de la pièce pour le surprendre, à la lumière d'un rayon de lune, en train de trousser la jupe de Marion qui essayait de résister de son mieux. Sa colère éclata alors :

« Espèce de saligaud ! »

Lorsque le fouet claqua, elle poussa des hurlements de peur. Les bouviers accoururent aussitôt, arrachèrent Norbert aux griffes de son père et l'emmenèrent dans la grange.

« Quel déshonneur ! Quel affront ! » tonnait Eugène.

Le lendemain, après le deuxième repas du matin, il le secoua sans ménagement alors qu'il ronflait dans la paille.

« Debout ! »

Comme son fils dormait encore, il déversa de l'eau

fraîche sur son visage. Le jeune homme se réveilla puis s'ébroua.

« Décampe ! exigea Eugène qui agrippa sa chemise pour le forcer à se lever. Récupère tes affaires dans ta chambre, prends ton baluchon et déguerpis avant que tes sœurs arrivent ! Estelle et Perrine rougiront de honte quand elles apprendront comment tu te conduis sous notre toit. »

Puis il glissa quelques billets dans la poche de sa veste.

« Ne les gaspille pas bêtement dans les cafés ! » conseilla-t-il.

Il s'apprêtait à retourner à l'étable lorsqu'il ajouta :

« N'oublie pas de passer à la cuisine : Louise t'a préparé des provisions ! »

Hébété, la bouche pâteuse, Norbert lâcha quelques mots de remerciement avant de boutonner sa chemise.

Après son départ, des tensions persistèrent à la ferme durant une partie du mois de septembre. Eugène se montrait inflexible à l'égard du personnel, tatillon et souvent injuste au point que les bouviers menacèrent de rompre leur contrat avant les semailles ; il promit alors de modérer ses réactions et la grogne cessa peu à peu. « Je vieillis : il est urgent que je cède ma place ! » pensa-t-il après cette alerte. Fatigué, Eugène était aussi un homme blessé et assailli par le remords : il regrettait d'avoir chassé si durement Norbert.

« Il devait partir ! » se persuadait Estelle que l'attitude graveleuse de son frère avait offensée tout autant.

Elle approuvait son intransigeance et s'appliquait à l'enlever à ses tourments, l'entraînant au château chaque jour après le repas de midi. Les travaux de l'aile ouest étaient terminés.

« L'école peut ouvrir ! » répétait-elle, satisfaite.

En revanche, ses appartements étaient toujours en chantier et elle occupait pour l'heure des pièces qu'elle souhaitait aménager dès le printemps.

« Pour toi, précisa-t-elle.
— Pour moi ? s'étonna-t-il.
— À la Saint-Jean prochaine, tu devras déménager...
— Pourquoi m'installer dans un château ? rétorqua-t-il.
— Pourquoi pas ! » répondit-elle en souriant.

Ses réticences fondirent rapidement à la grande joie de sa fille et la perspective de couler ses vieux jours dans une demeure douillette le transforma. Désormais il porta plus d'intérêt à l'école au point qu'il suggéra de commencer les vendanges l'après-midi de la rentrée pour permettre aux élèves de couper le raisin.

« C'est un jour de fête, expliqua-t-il à Estelle. Tu accueilles tes premières pensionnaires ! »

Elle jugea l'idée excellente.

Quelle belle journée, ensoleillée et douce, émaillée de chants et de rires ! L'arrivée des jeunes filles s'échelonna tout au long de la matinée. Pour les emmener jusqu'à Lunet depuis leur hameau du causse, parfois éloigné de douze à quinze kilomètres, Estelle avait mobilisé son chauffeur et deux loueurs d'automobiles de la sous-préfecture. Elle leur procura d'emblée un premier bonheur : monter à bord d'une « voiture sans chevaux ».

« Comme des grandes dames ! » s'exclama l'une d'entre elles que le voyage n'avait pas impressionnée.

Son attention les toucha, atténuant quelque peu la

séparation douloureuse à laquelle toutes s'étaient résolues le matin même : elles quittaient leur famille pour la première fois et ne pourraient y retourner qu'à l'occasion de la Noël, dans trois mois. Quand elles descendirent du marchepied, les plus jeunes essuyaient encore des larmes mais les aînées les consolèrent tandis que Perrine et Casimir emportaient les malles puis les guidaient jusqu'à l'étage des chambres. Leurs affaires rangées, Élise Mercier les attendait dans la salle de classe pour distribuer livres et cahiers. Depuis la grande bibliothèque jusqu'aux gravures et aux cartes murales en passant par le parquet ciré et les tables fraîchement vernies, tout les émerveilla ; les écoles où elles avaient appris les rudiments de la lecture et de l'écriture étaient pauvrement équipées par comparaison. Leurs réactions comblèrent Estelle qui n'avait pas ménagé ses efforts.

Aussitôt après le repas, les élèves changèrent de tenue pour rejoindre les vendangeurs. Estelle ne résista pas à l'envie de les accompagner entre les rangées de ceps où flottait une odeur de soufre : elle retrouva en peu de temps ses gestes de jeunesse, goûtant plus que de raison aux grains de raisins gorgés de soleil et barbouillant les joues de Perrine. Quand les attelages chargés de comportes rentrèrent à la ferme, elle marchait à demi courbée dans le chemin bordé de noyers, moulue de fatigue et les mains abîmées pour avoir manié le sécateur pendant une bonne partie de l'après-midi. Les plaisanteries de sa sœur et des femmes du bourg ne semblaient pas l'atteindre : elle savourait son plaisir de récolter sa première vendange.

Dès le lendemain, Estelle entreprit de préparer ses bagages. Une semaine plus tard, elle regagnait la Sologne pour profiter de la symphonie de couleurs que la nature offrait à cette saison dans les bois de La Motte-Plessis. L'automne s'écoula au rythme des promenades quotidiennes au bourg et des escapades à cheval en forêt, des discussions passionnées autour d'une sculpture ou d'une gouache dans l'ancienne orangerie, des longues soirées à débattre des nouvelles tendances de la peinture en compagnie de Laura devant un feu de cheminée, sans oublier les déjeuners d'affaires avec Rodolphe qui descendait de Paris chaque mardi. Comme Léa l'accaparait par ailleurs, l'ennui ne pouvait la guetter.

L'approche de la Noël l'amena toutefois à regagner l'Aveyron et à s'arracher de ses habitudes : elle avait promis de participer à la fête que Perrine et Élise avaient décidé d'organiser à l'école le 22 décembre avant le retour des pensionnaires dans les familles. Quelle heureuse surprise ! Après le commentaire de la directrice à propos des progrès effectués pendant le trimestre, les plus jeunes élèves remirent à Estelle une robe garnie de broderies et d'un col en dentelle que les plus habiles en couture avaient confectionnée tout au long de l'automne sous la houlette de Perrine.

« Pour l'anniversaire de Léa ! » précisèrent-elles en chœur.

Lorsqu'elle ouvrit le paquet, la jeune femme ne cacha pas son admiration en découvrant la qualité de l'ouvrage.

« Que c'est beau ! » s'exclama-t-elle.

Elle les félicita puis les embrassa.

Tandis qu'elle parlait avec chacune d'entre elles,

soucieuse de connaître leurs impressions, des larmes coulèrent sur ses joues.

« Ne pleurez pas, Madame ! la supplièrent-elles. Aujourd'hui, c'est Noël. »

Mais Estelle était trop émue : elle pensait à Maxime à qui elle devait tant, et surtout d'avoir pu apprendre. Elle revécut alors la scène qui avait transformé sa vie, le soir où les Mornand l'avaient surprise dans leur bibliothèque un livre entre les mains à leur retour de l'Opéra. À l'inverse d'Hortense Mornand qui avait jugé son attitude scandaleuse, Maxime avait compris qu'elle était différente. Il lui avait donné la chance de parfaire son éducation ; elle l'avait séduit tant par son esprit que par sa beauté au point qu'il l'avait épousée et avait changé le cours de sa vie... À son tour, elle voulait que ces jeunes filles aient toutes leur chance. Par fidélité à son mari et à leur fille.

Lorsque les élèves entonnèrent un chant de Noël, son regard troublé alla de l'une à l'autre en songeant aux femmes qu'elles seraient peut-être demain.

Du même auteur
Aux Éditions du Rouergue :

ROMANS

Les Feux de la liberté, 1988.
La Cloche volée, 1989.
Les Neiges rouges de l'an II, 1991.
Le Pain blanc, 1994. Prix Mémoire d'oc 1994. Pocket, 1997.
Le Café de Camille (avec Danielle Magne), 1995.
La Gantière, 1997. Prix Lucien-Gachon, 1998.
Prix des Inter CE (comités d'entreprise) des Pays de Loire, 1998.
Le Livre de Poche, 1999.
La Fille de la Ramière, 1998. Le Livre de Poche, 2000.
Julie, 1999. Le Livre de Poche, 2001.
La Montagne sacrée, 2000. Le Livre de Poche, 2002.
Le Bal des gueules noires, 2001.

ALBUMS ET ESSAIS

La Bête noire. L'aventure du rail en Aveyron depuis 1858, 1986.
Douze Métiers, treize coutumes, 1987.
De Corne et d'acier. L'épopée du couteau de Laguiole, 1990.
Raymond Lacombe. Un combat pour la terre, 1992.
Les Aveyronnais. L'esprit des conquérants, (avec Danielle Magne), 1993.
Daniel Crozes vous guide en Aveyron, 1994 ; nouvelle édition revue et actualisée sous le titre :
Le Guide de l'Aveyron, 2000.

Métiers de tradition, coutumes en fête, 1995.
L'Année des Treize lunes, almanach perpétuel, 1996.
Le Laguiole. Une lame de légende, 1996.
Ces objets qui nous habitent, 1999.

Composition réalisée par INTERLIGNE

Imprimé en France sur Presse Offset par

BRODARD & TAUPIN

GROUPE CPI

La Flèche (Sarthe).
N° d'imprimeur : 28296 – Dépôt légal Éditeur : 55554-03/2005
Édition 01
LIBRAIRIE GÉNÉRALE FRANÇAISE – 31, rue de Fleurus – 75278 Paris cedex 06.
ISBN : 2 - 253 - 11257 - 7

31/1257/0